MW01578974

长篇小说

伍倩

著

匣心记

1

江苏凤凰文艺出版社
JIANGSU PHOENIX LITERATURE AND
ART PUBLISHING, LTD

图书在版编目（CIP）数据

匣心记.1 / 伍倩著. — 南京：江苏凤凰文艺出版
社，2016

ISBN 978-7-5399-9080-4

Ⅰ.①匣… Ⅱ.①伍… Ⅲ.①长篇小说－中国－当代
Ⅳ.①I247.5

中国版本图书馆CIP数据核字（2016）第054169号

书　　　名	匣心记.1	
著　　　者	伍　倩	
责 任 编 辑	孙金荣	
特 约 编 辑	罗雪峰　李淑红　康天毅	
文 字 校 对	文　浩	
封 面 设 计	主语设计	
封 面 插 画	钱　妤	
版 面 设 计	李　亚	
出 版 发 行	凤凰出版传媒股份有限公司	
	江苏凤凰文艺出版社	
出版社地址	南京市中央路165号，邮编：210009	
出版社网址	http://www.jswenyi.com	
经　　　销	凤凰出版传媒股份有限公司	
印　　　刷	三河市金元印装有限公司	
开　　　本	700毫米×1000毫米　1/16	
印　　　张	19	
字　　　数	266千字	
版　　　次	2016年8月第1版　2016年8月第1次印刷	
标 准 书 号	ISBN 978-7-5399-9080-4	
定　　　价	35.00元	

目录 匣心记

匣心记

尾犯序

二女对坐，青田与喜荷。

二人谁也不曾想过，一生中竟会直面身份一如对方之人——青田是娼妓，喜荷是帝国的国母。

中间一条长桌将两者隔开，桌上一只金匣。

黑色的面纱与长久的停顿后，喜荷再度开口："这个，他托我转交给你。"

青田怔望，抖动着伸出手去揭那金匣。

于是匣子便如一本书似的徐徐被开启，书里的故事，自引子，细说从头。

第一章

占春魁

一

北京，庙右街。

街口是始建于唐贞观年间的一座真君庙，历经了百年的朝代更迭，香火已不如旧日繁盛，庙南的这条街却成了京城最热闹的街市之一。此刻时值正午，林立于街边的酒家无一不人满为患。就在这无数的红男绿女间，总有谁和谁蓦然撞了个面对面。于是，与君初相识，犹如故人归。

一对男客沿着楼梯走下，年轻的那个扭头神往道："才过去的是谁家小姐？样貌当真不俗！"

一旁年老些的压低了声音，耻笑道："谁家小姐会往这饭庄里头跑？这是来'应条子'的。"

"应条子？"

"呵呵，真是个傻小子。京中的妓院将客人留宿称作'住局'，窑姐儿外出应酬称作'出局'，出局必须由客人写请柬邀请，这请柬就叫做'局票'，也叫'条子'，

'应条子'就是窑姐儿应召陪客。"

"才那位姑娘是窑姐儿？窑姐儿竟有这么阔绰的排场？"

"窑子分三六九等，窑姐儿自然也贵贱分明。那最下等的窑子是'老妈堂'，窑姐儿全是些老丑不堪的。高一等的是'下处'，里头的女人大多略有姿色但年岁已长。再高一等的'茶室'中，就尽是青春妍丽之人。顶级的妓院专有个名儿叫做'小班'，小班中的妓女以南国佳丽居多，因此也随了南边的叫法，被尊称为'倌人'[1]。小班倌人不仅个个容貌出众，而且琴棋书画无所不通，达官贵人们宴客多要请她们侑酒助兴。方才那一位就是问鼎花榜的当红倌人，槐花胡同的怀雅堂段家班，花名'青田'。"

"叔叔，照您这么说，我也可以写条子叫这位段青田姑娘出局？"

"休得胡闹，你爹这次让我领你进京是有正事要办，可不是访翠眠香来的。你年纪尚轻，过两年，叔叔再带你好好地见见世面。"

……

男人间这一番私语的工夫，那女子早已娉娉婷婷地上了二楼。她后面跟随着一班娘姨丫头，有捧拜匣的、捧手卷的、捧毡包的……最前面引路的是一位身着雪青小褂、月白六幅裙的大丫鬟，她怀抱着一把束于囊中的琵琶，絮絮说道："这顿饭好生奇怪，做东的是乔运则相公，请的却不是祝一庆大人。乔相公高中头名状元，祝大人是今年科举的主考官，照道理，乔相公要称祝大人为'座师'，今儿也就算是谢师宴。可分明听说祝大人不过是作陪，另有一位贵客驾临，不知会是谁？"她转眸一望，却吐了吐舌尖笑出来，"我晓得，姑娘的心上从没贵客贵得过咱们乔状元半个铜子儿。"

一听"乔状元"，青田就轻斜了婢女一眼，耳下的一对玉蟾折桂耳坠欢欣地摇动起来。她两眉秀长，双眸清亮，白皙的脸面上施一层浅红胭脂，乌发高绾着

---

[1] 历史上的"小班"约出现在清末，最初以"本帮"、"旗帮"等北地胭脂为盛，后"苏帮"、"扬帮"等"外江帮"居上，"倌人"一词是苏浙一带对高级妓女的称呼。

匿心记

苏样髻，身着一袭织金缠枝花细绸子窄袄，绉纱的长裙随脚步而轻扬，整个人仿似是一阙顿挫的柳永词。

"青田姑娘进来，旁人退开。"满壁雕花的深深廊道里守着好几名佩刀护卫，将一众侍婢挡在了雅间的门外。门缓缓地开启，青田独自移身而入。

满堂的富丽映入眼帘，地下铺着龟背如意花样的绒毯，雪白色的粉墙，墙上横一轴唐寅的仕女，正中是一张圆桌，罩着瑞草葫芦闪缎锦绣桌围，桌上摆一席精致的酒宴。

席宾只有寥寥数人，陪坐席末的就是新科状元乔运则，秀眉隽目，不过二十出头。他对面那年过五旬的长者便是祝一庆，官居礼部尚书。祝一庆的背后，有谁叫了声："青田姐姐。"

青田回以一声："惜珠妹妹。"

惜珠柳叶眉、吊梢眼，斜插着一朵白芙蓉。她也是一位名满京师的倌人，且与青田自五六岁起就一道学艺，正出身于同一家小班，算是一山难容二虎。只见她虽然摆出了一脸的热络，身子却向前头的祝一庆偎过去，佯笑道："祝大人，昨儿您老明明吩咐的午时一刻，这时已酒过三巡，青田姐姐才姗姗来迟，面子竟比三爷还要大呢。"

祝一庆慈眉善目的，只打个哈哈，把手冲着席首一张，"青田姑娘，快来见过三爷，呃——，王三爷。"

两名伴酒的娈童间，王三爷踞坐在正中，看年岁约莫有二十七八，肤色略黑，眉目生得棱角分明，看起来有一股奕奕逼人的英气，神色倒十分淡淡的。青田不认识这位王三爷，但她成日打交道的不是高官就是贵戚，早练就了一双火眼金睛，既然一品大员祝一庆也对该人谦恭有加，又姓"王"——京中再无第二个王家，乃头一号豪门望族，权倾朝野。

她心内一凛，立时就娇滴滴地万福下去，眼波流闪出万种风情，等闲一睐使人瘦。

"见过王三爷。"

从青田出现在门前，王三爷只深望了她一眼就转开目光，想来是见惯了各色佳人，对怎样惊人的美貌也只视若等闲。此时也不过把双目向这里掠一掠，可有可无地点了个眼皮，就再不曾朝她多瞧。

惜珠却在另一头紧盯住青田不放，一双艳眸中满是讥诮，"三爷有所不知，青田姐姐的吹弹歌唱样样出色，莫说在我们怀雅堂，就在整个槐花胡同的小班里也是首屈一指的，有'花魁娘子'的雅号。她肯定是故意迟来，存心讨罚。不罚她好好弹一套大曲，倒辜负了她呢。"

青田与惜珠自幼不和，没一天不勾斗上几回合的，早听出她明里是称赞自己的才艺，实则是暗指自己恃仗花魁的身份摆谱迟到。当即娇笑一声，轻巧地避开了舌锋，"休提吹弹歌唱，只听妹妹这话就知道，同她比起来，连讲笑话我也望尘莫及。贵人在座，我纵有天大的胆子也不敢故意迟到。原是琵琶的弦断了，临又换了一套弦，所以耽搁了一阵子。"

祝一庆显然也不愿横生事端，只理一理长须，顺着青田的话接道："讲笑话也好，平日里就算了，今儿三爷在，迟到可不像话。"

乔运则也即刻在一旁温润一声："老师此言有理，方才大家联句作对，雅也雅了，不妨就来个俗的清爽一下耳目。"他转面青田微微地一笑，"就罚你讲个笑话吧。"

二人暗暗交了一个眼神，眼神里满是老辣而醇厚的默契，像没有个几十年酿不出的酒。青田心知这场迟到风波就此揭过，便笑盈盈地捧上一只小小的豆蔻盒。倌人陪酒有一条规矩，所侍奉的是哪位客人，就要将自己的豆蔻盒子摆在哪位客人的面前。但看青田先把手中的盒子放了乔运则的杯盘边，便告坐于他肩后，作势一叹："情愿领罚。既然我来晚了，无缘见识方才诸位的巧对，只好说个《拙对》的故事博大家一笑。说是河南一个员外，有一个不学无术的儿子。员外出上联说：'门前细水流将去。'儿子对下联说：'屋里高山跳出来。'如此文理不通，把

匣心记

员外气得痛骂了儿子一顿。这一天，父子二人去道观里拜客，一个道士出门迎接。员外一见就哈哈大笑说：'我冤枉儿子了，屋里高山跳出来，果然是有的。'原来呀，这道士名号'高山'，是个跛子。"

房间里不知怎地一下静极，唯有那王三爷笑哼一声，拈起了手里金红两色的珐琅杯，"道士腿跛，过门槛，得跳。'屋里高山跳出来'，两位没听懂吗？"

"嘿嘿，是。"

"哦，呵呵。"

零碎的笑声中，青田见大家全显出一种极为惶恐的神色，正感到迷惑不解，屋外走入了一名仆从向王三爷附耳一阵，三爷懒懒地放下酒杯，"有事，告辞。"

祝一庆急忙提身，"我送三爷。"殷勤尾随间，一面冲诸人将袖裾一拂，"你们待着，不必送了。"又转头朝三爷咕哝着什么就往外走。

青田也随着众人一并起身行礼，"三爷慢走。"但只顷刻间，她的目光就悚然巨变，但看王三爷一站起，肩背挺拔，身材高大而魁梧，可每等左腿迈出，右腿才稍显拖拉地跟上，一步就带着右肩稍稍地一沉。但这跛行的姿态却并未流露出丝毫不雅，反而充满了权势的威严。

王三爷稳稳地跨过门槛，随后把头拧回，冷飕飕地道："乔公子，多谢你这顿饭。"

乔运则的满腹文章都在舌尖打了结，只能冲对方和头也不回的老师祝一庆的背影，头碰脚地弓下腰。

漫长的死寂后，小娈童中的一个绞扭着两手，声音荏弱而惊惧："青田姑娘，你可闯大祸了。"

青田只觉心口像是被填了块冰疙瘩，齿关都打起颤来，"王三、王三爷？他、他不是——王家三公子？他是——跛子三？"

等候在雅间外的侍婢们有几人探足而入，最前头的小鬟看着还不满十岁，童言无忌地发问："跛子三是谁？"

一旁的同伴忙一把捂住了她的嘴，那头的惜珠却"咯"地一下笑出了声来，"说来话长。"她声音脆亮，飞天髻间的一支紫金簪喋喋乱闪，"当今幼君临朝，上有两宫太后，母后皇太后是先皇的正宫，圣母皇太后是天子的生母，人称'东宫''西宫'，朝廷也分为东、西两党。东党党人就是外戚王家，王家累世巨宦，曾出过五位皇后、四代宰辅，把持大政已近百年，如今以东太后王娘娘的父亲、内阁首辅王却钊王大人为首。至于西太后一党，倚仗的就是这一位！"

惜珠高挑起两眉，将手朝王三爷离去的方向一指，"这一位倒真算半个王家人，论辈分，东太后王娘娘还要叫他一声表哥。他的生母就是王娘娘的姑妈，老王皇后。当年王皇后只有这一个独生子，在皇子中排行第三，本该是以嫡出之尊承继大统的，可无奈老皇帝不喜欢这个身有残疾的三儿子，硬是将皇位传给了庶出的长子，也就是先皇。先皇一共在位四年，就把他三弟给幽禁了四年，后来暴病驾崩，蒙古鞑靼趁乱进犯边境，朝廷屡战屡败，倒多亏那笼中之囚少年时曾在鞑靼做过人质，熟知蒙古的地理军情，自请披甲上阵，挽狂澜于既倒。西太后待其凯旋回朝，便大肆封赏，结党来抗衡外戚王家，以图扶助幼帝、振兴宗室。"

"哦，"那小鬟扎开两手，倒抽一口凉气，"原来他……"

"没错，不姓'王'而身为'王'，非乃'王三爷'，却是'三、王、爷'。"惜珠驻足于青田身前，抚一抚对方袖上的洒金线滚边，满脸都是不加掩饰的幸灾乐祸之色，"姐姐，你若依时前来，就能听见祝大人提前向咱们交待三爷此次白龙鱼服之举。可惜呀，姐姐是花魁娘子，动不动就要搭架子迟到，什么也没听见，没听见也罢了，一看人家假托姓王就当是东党王家人，不曾想'巧对'真成了'拙对'，弄巧成拙。当年有不开眼的趁龙困浅滩时拿这不雅的诨号在背后取笑，眼下也早落得满门抄斩，姐姐今天竟敢公然嘲弄，不知会是何等下场？"

另一个看着老成些的娈童赶紧把青田裙间的闪金双环绦一扯，宽慰道："别听惜珠姑娘开玩笑，青田姑娘不必担心，开席前祝大人千叮万嘱过的，今儿与三爷共宴之事不准咱们外泄半个字。听见了吗你们，啊？想惹上杀身之祸，那就只管往外讲。"他环视屋中的众婢，厉色警告，又转向青田低语："也就是说，咱们从未见过三爷，既然从未见过，又何来冒犯？再说姑娘本是无心之失，三爷也不会自贬身价跑来同咱们这样的人计较，只是……"他叹了口气，瞄了瞄始终保持着沉默的乔运则。

惜珠又"咯咯"地笑了，她抄起两臂，浓香逼人的脸蛋依然凑着青田，却把一双艳丽而残酷的眼睛直直盯住了乔运则，"是啊，状元公，青田姐姐是您叫的条子，这笔账看来要记到您头上了。想您寒窗苦读十载，难得一朝金榜题名，更难得的是祝大人这位座师的赏识之情，破例为您亲自引荐，本该是一步登天的，却不想青田姐姐的嘴一张，就替您把朝廷战功赫赫、炙手可热的皇叔父摄政王，得罪了个底、朝、天！"

在惜珠尖锐的嗓音中，青田终于失魂一震，移目看向乔运则。那俊雅的男子空自怔立在门前，腰身仍沉沉地躬曲着，如同背负着一份巨大而沉重的、从天而降的厄运。

窗外一阵温风，卷过了四月的艳阳。

二

倏忽间，已至午后的日影狭长。

先见一带一望无际的红墙碧瓦，正是巍巍帝阙——紫禁城。又见城中一座宏殿，蓝地立匾上三个祥和的大字：慈宁宫。

层层的殿堂深处，一位男子立于当地，赫然乃席间的"王三爷"，却改换了一身八宝立水的亲王常服。

"臣齐奢，恭请圣母皇太后万福金安。"

自一道五色的盘金绣幕后，传来了一个神秘而动听的声音："皇叔父摄政王免礼。赵胜、玉茗在这里伺候，其他人都退去廊外。"

余人散尽，只剩下一位太监与一位宫女，他们也一同走去了隔间外，将门掩起。

足足过了整一个时辰，门才重新打开。齐奢面无表情地走出来，手中多了一卷黄轴。

"备轿，去老四那儿，德王府。"

一天已近终结之时，夕阳西坠。

暮色泻入了德王府的寝殿，齐奢手托黄轴昂然直入，"奉圣母皇太后慈谕赐帛。"

正坐当中的德王齐奋已完全被来者的投影所笼罩，他的面目干枯而憔悴，眍䁖的两眼里闪动着阴暗的光，嘿嘿干笑了数声道："终于来了。给我定了什么罪名？"

"贪黩逾制。"齐奢平视着前方，四平八稳，"德王府私用大内陈设铜龟铜鹤，私藏玉珠，较之御用旒冕明珠更大。僭妄不法，其心可诛。"

"胡说！我府内什么时候有铜龟铜鹤，又有什么大珠？！"

齐奢向旁边移开了半步，他身后的奴仆便鱼贯而入，将禁内之中的各色陈设、装满珍宝的数只漆盘一一摆放在齐奋的周围，随即游魂一样散去。

"现在有了。"齐奢宣告。

齐奋不可思议地四顾一番，一阵瑟缩，跪地抱住了齐奢的两腿，"老三——三哥，我错了，四弟错了！当年你和先帝争夺储位，我不该帮着他，后来你被圈禁那几年，我也不该那么整治你，但你不也关了我这么些年吗？你瞧瞧我如今这副惨状，比你从前有过之而无不及，就留我一条生路吧！"

齐奢冷漠地俯视着，"请德王尊奉圣母皇太后懿旨。"

绝望在齐奋的脸上一分分蔓延，他哆嗦着嘴唇猛一把就将那黄轴掀翻，咆哮着跳起来，"什么圣母皇太后？詹喜荷那个荡妇！她为了对抗母后皇太后和王家，早在先帝尸骨未寒时就和你暗结奸情、里应外合。这几年你们的威势一天天壮大，

匣心记

礼部一位清吏不过在床帏间悄悄同夫人议论了一句'墙有茨'[1]，第二天就被充军新疆。你手下那班无孔不入的镇抚司密探能堵住天下人之口，可能堵住我的嘴吗？我敢说，你这'皇叔父摄政王'的头衔与其说靠军功卓著，倒不如说靠床上卖力挣来的，连你这道'懿旨'也是陪詹喜荷睡了一觉才讨到的吧！跛子三，你不顾忌先帝，也该顾忌你死去的王妃，她可是詹喜荷的亲姐姐。你这算是小叔奸嫂，还是姐丈偷姨？如此罔顾人伦，简直连槐花胡同的婊子都不——"

话尾未断，齐奋的咽喉已被一只极强悍的手一把扼住，齐奢的另一只手顺势从墙上抄下了一把挂弓，弓弦套住对方的脖梗反向一绞。肩臂处的衣裳因巨大的发力而高高鼓起；待到肌肉疙瘩松开时，似有另一个解不开的心头的疙瘩跟着一并松开。

他朝一旁轻抛开手内的弓，"周敦，何无为。"

应名而至一位双目浑圆的年轻太监与一名英气矫矫的带刀侍卫，太监将一条黄绫布飘然展开，侍卫接手托住了德王齐奋，将其已折断的头颈缠入了长绫，挂上梁。

至此，骨肉相残的场景落幕——夜幕。

一轮明月照耀着巍峨宏丽的摄政王府，远远地先传来蹄铁声，就见齐奢不疾不徐地驱马前来。按理，摄政王驾到，府前的一条路就该清街，但齐奢素喜微行，最讨厌出警入跸那一套，因此只有十来名便装的侍卫骑马簇拥在他左右。马队方至府门外，蓦地里从暗处闪出一道人影，正横身挡在了齐奢的马前。马儿受了惊，半身都腾起在空中，颈下的银马铃"哗哗"震响。齐奢拉着缰低喝一声，一个回旋间便稳稳立定了坐骑，手一撑，翻下鞍，骑术漂亮而精湛，但再往前跨出两步，就显露出右腿微微的跛态。随行的侍卫们见惊了驾，一拥而上吆喝着去打拦路之人。齐奢眯起眼，出声制止，语气里有些意味使得一字颇显深长："你——？"

---

[1]《诗经·鄘风·墙有茨》："墙有茨，不可扫也。中冓之言，不可道也。所可道也，言之丑也。……"
　　讽刺卫国公子与君母私通，后世便以"墙有茨"暗指宫闱丑闻。

侍从递着灯笼，照出了一位揽衣跪地的年轻女子：素衣素裙，长发披散在两肩，清冷的面貌与白日精描细画的美艳大相径庭。她膝行到齐奢脚前，磕下一个头，"贱妾段氏青田叩见皇叔父摄政王，贱妾自知今日在酒宴上失言，罪无可恕，只是此事与乔公子绝无干系，恳求摄政王明鉴，有何责罚，贱妾皆愿一命承当。"

听到后半句，有一声冷哼自男人英挺的鼻准内发出："一、命、承、当？一个妓女的命，好值钱吗？"

青田愣了一愣，便一边思索着缓缓答道："晋，巨富石崇宴请客人，命家妓劝酒，客人三次拒饮，石崇当席连斩三妓。唐，军人罗虬欲将缯采赠予营妓杜红儿，长官不许，罗虬恼杀杜红儿。宋，太尉杨政在府中豢养乐妓数十人，稍不如意，便杖杀剥皮。摄政王所言极是，妓妇之命从来便似蝼蚁一般，何况贱妾不过是曲巷流莺，比之家妓、军妓、官妓更有不如。可是王爷，自古有言'蝼蚁尚且偷生'，青田这条贱命虽则一钱不值，倒也算敝帚自珍，乃贱妾最为宝贵之物，心迹可表，伏请王爷不弃。"

齐奢垂视着地面，微微颔首，"如此，你所犯乃渎言忤逆之罪，依律当处凌迟，剐三百六十刀。头一刀剜舌，二三刀去乳粒，四五刀去乳房，六至十一刀去股，其次肩膊、两手、手指、两脚、足趾、背臀、头皮、脸面……鱼鳞细割，直至末一刀刺心，枭首示众。"

青田唯觉这男人毫无感情的低沉声音似一把钝刀，一个词、一个词地割下她全身上下的每一块血肉。他就像第一眼看到她时那样冷漠而无动于衷，似乎一眼就看穿她绝色的皮囊，面对他，她只是一具失去了一切凭借的、生死一线的骷髅。

青田的浑身都瑟瑟地打起抖来，整张脸变得惨极无色。霎时间，无数的往事涌起在她心头，在这些往事中只有一个人的脸、一个人的名……青田横下了决心，深吸一口气，一字一句道："只要王爷宽免乔公子之罪，三百六十刀，贱妾身上每受一刀，便在心中感念一声王爷大恩。"

匣心记

　　齐奢伸手自侍卫手里取过了灯笼，更近地，直举到青田面前。一片血红的光打亮了妓女自颊边垂发中所露出的一张脸，脸已完全被恐惧所扭曲：双颊僵缩、鼻翅扩张、下颌乱颤、唇洼渗满了冷汗、额心沾染着尘土……最后一点残存的美丽也已褪去，唯独一双深陷在阴影中的眼早已乱耀着点点粼光，但却始终也不曾滑落哪怕是半滴眼泪，只这么炯炯明亮地、直直接迎他冷酷无比的目光。不禁令男人奇怪，这双眼哪来这么大的——力量。他不由自主地俯下身，几乎快与她鼻尖相抵，只一霎，便抬起，灯笼放去了地下。

　　"路黑，拿着灯回去。"

　　春日夜风吹透了青田一背的冷汗，她像做梦一样望着摄政王淡淡地转过身，和他的扈从们离去。她控制不住地打摆子，"啪"的一下，听到终难忍的一大颗泪，在脚边的灯笼上砸碎。

三

　　之后的几天青田都惶惶不可终日，却到底没见摄政王那边有什么动静，慢慢也就定下心来，每天里照旧过着高车宝马、衣香鬓影的红牌倌人生活。相比起来，那些低等的流娼们就凄惨得多，一到傍晚便得在穷街小巷间穿梭浪笑，笑含凄楚，倘若拉不到客，等待着的就是老鸨的鞭子。而二等妓馆的娼妓们则个个光鲜亮丽，在百盏纱灯的高楼上美酒酣宴。至于头等小班反不见这份招摇的热闹，京城顶级的妓院全扎堆在槐花胡同，这槐花胡同直连着棋盘街，棋盘街则直连着皇城根，是寸土寸金的地界，默默出入的权贵们就是一只只整元宝，毫无声息地便胜过了乱响的万串铜钱。

　　今夜此时，怀雅堂的当家段二姐就盯着一只十足成色的大金元。

　　段二姐曾是红极一时的艺妓，年长色衰后便置房产、蓄馆徒，江湖中浸淫多年，一双慧眼尽透着老辣。但看这一位来客的气度与出手，十分不敢怠慢。她的段家班里数名养女，当中最红的青田、惜珠两个都是一人各占着后楼的好几间房，来客大多被撂在偏房里干等，只有少数极要紧的客人才会被直接引入闺房。

"冯公爷府上有牌局，青田出局去了，不过应该很快回来。王三爷您少坐。"

"王三爷"恰便是齐奢，高耸的鼻峰，五官沉着，神色却不比当日无情，反带着几分若有似无的笑意。一袭流云纹缕金衣，象牙盘螭束带，一看即身家不菲。他在摆放着古铜炉的香几边落座，随口发问道："青田姑娘现在做着有几户客人？"

段二姐摆手让丫鬟们退下，亲自动手摆上十碗时鲜果品与两架攒盒糕点，"也就三四户老客人。"

"平日里忙？"

"怎么不忙？忙得不得了。就说这两天，前儿被冯公爷的一班清客请去赌棋，昨儿是在裴御史府上陪酒，晚上连翻了两次台，今儿大早上才回。哎，尚书府的柳衙内数日前下了东道要起画社，到现在还没排上儿呢。三爷今儿是赶巧了。"

其实说的听的各自有数，若不是才进门那一两黄金的茶钱，和一对宝环珠钏的见面礼，怕是挨到下辈子也赶不上这个"巧"。齐奢暗自一笑，将佩着一枚白玉扳指的右手往下一压，"大娘坐吧。青田姑娘是打小跟着大娘的？"

"是，提起这孩子——王三爷您用茶，这是新下的峨眉雪芽。"段二姐在客人脚下的一张矮杌上坐了，侃侃而谈，"惜珠跟她前后脚到的。惜珠是罪臣内眷，像这种姑娘我们不大敢多管，怕是日后家里平反。青田呢，就是自个亲娘卖进来的，从小又性子死拗，没少挨打，好几次差点儿就被活活打死。"

齐奢接过了镂花银茶托，却一口也不碰，只用手指拨弄着托子里的小玉盏，露出了颇感兴味之态，"哦？"

段二姐把掖在手镯里的一条帕子抽出来往外一招，"胡同口原有个裁缝铺，

匣心记

里头有个小裁缝是同爹妈逃荒逃到此间的，七八岁上爹妈死了，裁缝铺就把他收养下来做了学徒。这小裁缝十三岁那年，他师父领着到我们怀雅堂给青丫头裁衣服，说来也是几世的缘分，两个娃儿竟一见如故。后来青丫头开门做生意，但凡客人私下给她些值钱东西，全背着我这个当妈妈的悄悄当掉贴补那小裁缝，供他吃穿行住、聘师求学，被老身发现以后狠抽了她一顿，又把她严格看管起来。谁想这鬼丫头拿戏文上的缺德把戏来教那小子，让他把两只大钱箱装满石头，说发了注横财，堂而皇之地带进来，再把自个的金银细软换给他带出去。东窗事发，恨得老身是一佛出世、二佛升天，自免不了又将她一顿好打，扔到柴房里活活饿了三天。这犟丫头，小命也快没了，就是不服一声软。多少年，老身打也打、骂也骂，实在没法子，只能睁一只眼闭一只眼，反正她做生意精明能干，其他地方要犯傻就由着她傻吧。可最后，嘿，不得不说我们青丫头的眼光。这流民出身的小裁缝，十来岁还斗大的字不识一箩筐，几年间居然就考中了举人老爷，今年春闱更是得中第一甲第一名，御笔钦点的状元，榜名乔运则！"

读书人须过童生试、乡试、会试，才可入禁宫参加决选状元的殿试。主持殿试的考官叫"读卷大臣"，中意哪本卷子便在其上标个圈，最后选出十本，以画圈最多者为压卷之作，一起进呈御前。今年共设有八名读卷大臣，由于皇帝还未成年，所以由摄政王代行其权。故而正是齐奢本人挑开了画有八圈的第一本卷子的弥封，用点状元的御笔点中了乔运则。

之后，他接受了乔运则的座师祝一庆的再三邀约，出席了谢师宴，就在那儿，他遇见了青田。齐奢觉得奇妙，一支带着血腥色的朱笔是如何拐弯抹角地辗转着，最终于命运的考卷上，点给他一个叫"青田"的答案。他清楚地记得第一眼看到青田时的悸动，诚然，在过往的生命中，他不止一次经历过当男人面对美貌的女人时的那种特有的悸动，但当他面对青田，那不是男人面对女人，而像是凡人面对造化的神秀，骤见火山与海啸、沙漠的日出或冰川的风暴。她带给他的冲击是如此强烈，以至于她或许认为自己的美丽并不曾打动他一分时，他只是正为难以自持的狂热而感到深深的羞耻，不得不在一席华筵后避开了目光。而当她在一笼血光中把痴情的颜容向着他仰起，齐奢明白，他已避无可避。那一夜，他终夜不成眠，自十六岁后，头一回在枕上想着谁默默地微笑——他不停地想起她那个"蹩脚"的笑话。

花门柳巷间，齐奢再一次露出了微笑，垂望着段二姐，"听明白了，大娘意思是说，不做在下这笔生意。"

段二姐"嘿嘿"一乐，又将帕子塞回了镯内，"三爷真是个在行的。说句大实话，青田养了乔公子这些年，槐花胡同里人人晓得，可在外头硬是没漏过一丝风，连乔公子的老师、同年都当他的钱是外地一户富亲戚资助的。便有谁听见了传言问到青田自己，她也只说乔公子就是她一位普通的客人，没什么特别交情。这倒为什么呢？就因为倌人倒贴从来都是堂子里的大忌，倌人拿钱养恩客，那简直就是自个砸自个的招牌，叫其他正经花钱的客人知道，谁还肯做这个倌人的生意？所以青田和咱们乔家状元这一出《玉堂春》[1]，她几个多年的客人哪个也不知情，之所以一上来就告诉给三爷听——呵，眼瞅着这一对苦鸳鸯是熬出头了，只等乔公子放职拜官，闺女就赎身去做状元夫人。老身已应承过她，几位经年的老客人她还得再应酬一阵，新上门的客人她可断断不肯再接了。老身倒是想做三爷这笔生意，可儿大不由娘，一会子青田回来，做得成您别喜，做不成您莫怪。"

有道是"姐儿爱俏鸨儿爱钞"，段二姐虽答应过青田不再接客，可遇到齐奢这般大手笔的客人如何割舍得下？故此先收了茶礼兜进来，再把丑话说在前头。正着听是有心维护，反着听则意在炫耀养女的卓尔不群，以高身价。

对段二姐的面面俱圆，齐奢单微微一笑，"青田姑娘倘若说个'不'字，在下立即抬腿走人，绝无二话。"

---

[1]《玉堂春》最初为话本传奇，又被改编为小说、昆曲剧目，在清代时出现花部乱弹，后演变为京剧剧目。讲述了名妓苏三（玉堂春）与公子王景隆的爱情故事，表现了风尘女子对爱情的忠贞。

匣心记

"那可不成，您人都来了，哪能就走？老身的另一个闺女惜珠也是响当当的名头，花榜的榜眼，三爷只移去她屋里听上两首体己曲子，慢慢地吃上一回茶，也不算白跑了这一趟。"段二姐的两手正大起大落地比划着，忽地一拧头喜叫了出来："哟，回来啦！"

四

青田出局甫归，身着簇新的刺金掩襟衫、青靛如玉的采莲裙，带着几名侍婢呆立在门外。她看到屋内的齐奢，只觉"嗡"一下冒出一脊背冷汗，正欲跪拜，却见他把手指往嘴唇上压了一压。青田立即领会，便仅仅屈膝为礼，唤他道："王、王三爷。"

当日一宴，礼部尚书祝一庆早就下过封口令，事乃绝密，连巴不得四处宣扬青田出丑的惜珠也不敢与谁讲起，因而段二姐一无所知。此时看二人一副旧相识的样子，不觉一愣，"哟，原来认识啊，那老身就不多啰唆了。"一头向齐奢堆笑告辞，另一头就板起脸喝弄着，"暮云你傻啦，杵在那儿干什么，还不搀姑娘进屋？汪嫂，送两碗莲子雪花羹上来。那三爷您坐，一会儿若是饿了，只管叫青田喊几道菜，服侍您在这儿吃就是。"

屋子里乱过一阵，杂人散去。齐奢这才将打量金粉珠楼的眼光收回，由壁上一副米元章的书法立轴转向青田。一和她四目相触，他就又一次感受到那种迷心摄神的情愫，但这一次他并没有调转视线——他根本就无法把视线从她那里移开。望着她惊魂未定的样子，不由自主就笑起来，"吓你一跳？"

青田原本极其忐忑，可是看微行登门的摄政王竟浑不似人前那一派倨傲冷淡，而且这样盯着她的眼神——她当然清楚自己的美丽，也清楚美丽所拥有的力量——立刻暗暗放下了提到喉咙口的心，面上做出了十分的娇憨来，递上一碗甜羹，"比起前两次的魂飞魄散，不算什么。"

齐奢惊异于她的慧黠，不亚于惊异于她的美。他伸手接过了瓷碗转放在一边，尽量让自己别总死盯着她看。"你可知道我的来意？"

"总不会是——来听笑话的？"

"所差不远，来讲笑话的。"

青田抿嘴一乐，两朵金丝点珠的桃花掩鬓[1]光晕波动，明妍袭人，"三爷的笑话，青田代您来讲，可好？"得到了默允，她便字句清脆地启齿道："还是那儿子不学无术的河南员外，有一回家里宴客，员外在席间问一女子最爱读什么书，这女子只说了三个字，就把满堂逗得捧腹，她说：'《烈女传》。'——原来这女子是个青、楼、娼、妇！"

自嘲既毕，瞧对方忍俊不禁之态，青田也笑着退半步拜下去，"贱妾负荆请罪，三爷大人大量，容听跪禀。素来在怀雅堂出入的皆为东党人，礼部祝大人也一向依附于王家，当日又说三爷姓王，贱妾只道三爷定是首辅王大人家的三公子。原本东党党徒在席间谈谑玩笑便属常事，王家又素与三爷不睦，故而贱妾也就不知避讳，想起什么就脱口而出，实乃思虑不周，绝非有意讥讽王爷。多有得罪之处，恳请王爷海涵。"

楼下传来一阵阵的管弦丝竹，齐奢的音调却如一尾夜泊近酒家的客船，淡漠而孤清，"内阁首辅王却钊，共育五子：幺女为当今东太后，二子早殇，长子王正浩为吏部左侍郎，三子王正廷为工部尚书，四子王正勋为户部右侍郎。三人科考之年均位列一甲，分明是王却钊动用关节、贡举不公。眼下除了王正勋年纪太轻，其余两子王正浩、王正廷皆已入阁。四位阁臣，三位是王家人，朝廷内阁竟变成了王家的'家天下'，乱政之举昭然若揭。我身为宗亲，维持纲纪责无旁贷，至于祝一庆等朝臣先前不过是含垢忍辱，时机既到，自然弃暗投明。"

---

[1] 对称使用于发髻两侧的发簪称为"掩鬓"。

匣心记

青田诺诺而应："贱妾虽不懂国事，可只瞧三爷的恩泽上庇乔公子这样的栋梁之才，下及青田这样的卑贱之躯，就知道大势所趋、天下归一。"

齐奢动容一乐，"你给我灌的这碗米汤浓虽浓，但有点儿馊，不中吃。你见我贸然造访，生怕我是看中了你的美色心生邪念，便抢先说我有恩于你们二人，把我抬得这样高，我便不好意思再做那等欺男霸女、棒打鸳鸯的下流事了。"

心事被一语道破，便有两片颜色从青田的额际直贯腮颊，红若流霞。她低低地嗫嚅："三爷取笑。"

齐奢在上高高地俯视着她，轩昂的面目被梁上的几盏宫灯染得泛黄，似贴了金箔的巨像，有一种不动声色的、华美的慈悲。他无缘无故地叹一声："你既肯为乔运则身受千刀万剐之刑，自不是以一般的客人待他的。你们间的过往我也听说了一二，其实他这状元全都是靠你以身供养，他能修成正果自也是你的福气，不过，'福兮，祸之所伏'，你可曾想过，你二人眼下的地位已是天悬地隔，他一旦辜恩忘情，你当如何是好？"

彻耳的通红在青田的面上渐渐褪却，余下了薄薄的胭脂色，浓淡相宜，"非是青田斗胆，三爷此话差矣。乔公子天赋英才，不管有没有我，他都绝不会久居人下，我只不过是略尽绵力，免除了他一点儿生活上的困顿而已。倒是我自己本就身在这烟花之地，反而该感激乔公子厚赐我一番情由，令我自觉迎来送往、倚门卖笑之举，还不至于不堪到极处。故而，说到'恩'，是他有恩于我，而非我有恩于他。至于'情'，男欢女爱原出自本心，若我对他十分，就要他还我十分，那与这地方一手交钱一手交情的荒唐又有何不同？我虽'愿得一心人，白头不相离'，亦知'易求无价宝，难得有情郎'。我以前怎样待他是我自愿，他以后怎样待我——"她嘴边浮现出一丝惘然笑意，稍纵即逝，"命里有时终须有，命里无时莫强求。"

"既然勘破无常世事，何苦一往情深？"

"三爷是明白人。好比人生在世终须一死，也没见谁因为总是要死的，就不拼命活着。"

　　齐奢似有所思，未曾得语，忽闻"喵"一声，一只雪白的波斯猫不知从哪里钻出，一眼海蓝一眼碧绿，直直蹿过来，竖起了尾巴来来回回在他小腿上擦蹭。青田忙嘘声去赶，猫儿转了个圈，竟"噌"地直接跳上了齐奢的膝面。青田又慌又惊，讪讪堆起笑，"这鬼东西自来不亲生面孔的，想是见了贵人了。它倒有眼力见儿，不像我，有眼不识泰山。"

　　齐奢笑了，翻开一手往上抬抬，"好了，事不过三，赔了三遭礼了，不必再提。起来吧。"他手掌长大，掌心布满了腘子与擦痕，一看就是弓与刀留下的印记。就用这只粗糙的手，他细致地、轻柔地擦过了腿上的白猫，"你的？"

　　首饰碰撞的淅沥声中，青田提裙起身，发窘地点点头。

　　齐奢笑意不减，专心致意地抚着猫，"我以前也有只猫，跟了我七年。最后它老病的时候水都喝不下一口，结果那晚上它也不知哪来的气力，一下蹦到我床上，头抵头跟我睡了一夜，第二天就死了，回回想起来都叫人难受。以后，我也就再没养过猫了。"

　　青田听后，清音阑珊道："一人可贺，一人可叹。"

　　"此话怎讲？"

　　"三爷身为天潢贵胄，成日价所谈的皆是国计民生，偶尔一段闲情杂事，青田有幸聆听，谓之可贺。然而政治之争风波险恶，须得步步为营，三爷的身边虽从者千万，人心叵测间，也只好将念念不忘寄托于一只畜生，谓之可叹。"

　　静静地，齐奢望向她。如果说一直以来女人带给他的诱惑都像是一间密闭而暧昧的房，让他只想进去好好地睡一觉；面前的女子则是一扇窗，总有一天那窗儿一推开——他确定——窗外的风景就是他内心。

　　青田嫣然一笑，"我伺候三爷一套曲子吧，三爷想听什么？"

　　齐奢也微笑一笑作答："男怕《夜奔》，女怕《思凡》。来段《思凡》吧。"

　　青田回身取了琵琶，入座，转轴拨弦三两声，开口唱："小尼姑年方二八，正

匣心记

青春，被师傅削了头发。每日里，在佛殿上烧香换水，见几个子弟游戏在山门下。他把眼儿瞧着咱，咱把眼儿觑着他。他与咱，咱共他，两下里多牵挂。冤家，怎能够成就了姻缘，死在阎王殿前由他。把那碾来舂，锯来解，把磨来挨，放在油锅里去炸，啊呀，由他！则见那活人受罪，哪曾见死鬼带枷？啊呀，由他，火烧眉毛且顾眼下。"

莺音巧啭，云凝冰噎。不知是楚馆佳人去到了古佛前，或是缁衣尼跌落进月地花天。

一曲终，齐奢由衷赞叹："'曲罢曾教善才服，妆成每被秋娘妒'。花魁之名，名不虚传。"顿了顿，却又自己把头一摆，"不妥，这首《琵琶行》引得不妥，'老大嫁作商人妇'——后事悲苦。"略为沉吟后，他清越一笑，"不瞒你说，我是个领兵打仗的粗人，诗词上头一概不怎么通，一时竟也想不起什么，只记得金人刘迎有一首《乌夜啼》，牌名虽不甚好，里头有两句倒很贴。但愿'青衫记得章台月，归路玉鞭斜'，任你'相逢不尽平生事，春思入琵琶'[1]。"

锦墩上的青田琵琶半抱，一时竟怔住了。第一次，有这样出身高贵的一个人，真挚地祝福她这样一个卑贱者。她垂望着款放于膝头的右手，手指上的碎宝戒指晶光耀动。"多谢三爷金口吉言。"

檐外有柳枝轻扫着窗楣，齐奢望了望那影儿，也不知究竟是何种神情，只把猫儿摩挲着，"有名字吗？"

青田含笑颔首，"在御。"

"琴瑟在御？"

"莫不静好。"[2]

---

[1]（金）刘迎《乌夜啼》："离恨远萦杨柳，梦魂长绕梨花。青衫记得章台月，归路玉鞭斜。翠镜啼痕印袖，红墙醉墨笼纱。相逢不尽平生事，春思入琵琶。"词中记叙了作者对一位青楼女子的思念，并最终与之相聚团圆的喜悦。

[2]《诗经·郑风·女曰鸡鸣》："……宜言饮酒，与子偕老。琴瑟在御，莫不静好。……"形容夫妻之间和谐美满。

那一刻谁也不知晓，当《诗经》里的古老可以如暗号般在无意间对上，对得不能再对的什么，就会发生。

五

齐奢走后，段二姐马上就对这神秘豪客的身份大加盘问："哎，这王三爷到底是哪位？才我问了半天他也只含含糊糊地说是首辅王却钊大人家的内侄。我看他官威不小，腰里头又挂着把短刀，腿还稍稍有些跛，该是个有战功的武将。可想来想去，王家中有头有脸的又都对不上，或是才从外省进京的督抚？但年纪又太轻。死丫头，你们到底是在谁的局上认识的，你别糊弄我。……"青田自不敢妄言，只扔下一句："还有个酒局，待我先去应酬一下，改日再与妈妈说。"就搪塞了过去。

一场酒又到了近四更，次日一觉醒来日头已老高。青田朦朦胧胧地听见屋外有动静，遂伸了个懒腰坐起，"暮云？进来吧。"

就见她贴身的侍婢暮云掀开门帘张了一眼，嘻嘻笑了，"我就不进来了，有人进来。"

暮云往边上一让，斜照而来的日光就一闪，恰好给她背后的修长身影烫上了一道金边：琼枝璧月，人争掷果之姿；斗酒百篇，光照生花之笔——正是状元才郎，乔运则。

青田笑了，那与她昨夜面对齐奢时的笑容全然不同，没有任何多余的、用力的妩媚，只有清澈见底、澄澄明明的欢和喜。她两手撑着床板，微微地仰起脸，散乱的长发直拖在枕上，"坏了，我还没梳妆呢，就这么黄着脸，乔大状元可别嫌。"

乔运则笑着来床边坐下，替青田拢起她半垂的寝衣，把额头同她碰一碰，"我最喜欢瞧你不施脂粉的样子。"

匣心记

"我也只敢在你面前才素着一张脸,"她粲然地露出一排洁白的齿,"连牙都没擦呢。"

乔运则低下头吻进了青田的嘴,他阖着眼,侧脸的轮廓细腻的像一针一针绣出来的绣像。终于,他重新张开了眼睛,近近地睖着她,"什么事急着找我?"

青田懒懒地抽身,用如释重负的轻快语气说道:"摄政王爷昨儿晚上来过了。"

乔运则的面色一紧,眼光即刻往叠在床里头的另一条绣被望去。

青田扬手就在他的胸口一拍,语带薄嗔,"偏你会瞎想,没住局。不过打了一回茶围,仍旧假托姓'王',同我聊了几句天、听了一支曲子,连茶也没喝一口就走了。我听他说话间竟是一点儿也没把那天我失言的事放在心上,必也不会迁怒于你,只管安心。"

乔运则沉思了一时,温柔的声音徐缓地响起:"这才叫我难以安心。摄政王爷手掌镇抚司,整肃异己、睚眦必报,就连对亲兄弟也不手软,听说就在那一天,他亲手逼死了自己的四弟德王。你当着他的属官出了他那样大一个丑,他却豁免重罪,现在又微服探访,只恐怕心上对你甚为喜欢。你那几位客人里,建国公冯公爷身份贵重,御史裴谨器手攥实权,尚书公子柳衔内身家丰厚,尽管个个财势傲人,可也各有顾忌,只要你不肯嫁,谁也不能把你强抬进府里。但摄政王却大不相同,他若起了垂涎之心,说句话就能霸占了你去,那时咱们俩……"

青田用一声轻叹截断了乔运则,"我也虑到了这一层,所以昨儿直截了当地同他表明,我虽沉沦风尘,不得不逢场作戏,但心中所爱只有你一人。朝堂党争,你死我活是一定有的,不过私底下瞧着,摄政王爷颇具悲悯之心,并不像是那种以势压人的人。设若我看走了眼,他果真在那里打我的歪念头,我也有把握应付。我天天从睁眼到闭眼都在应付男人,摄政王再怎么了不起,也是个男人。总而言之,万万不会因为我的缘故，而对你的前程有分毫的损害。"

"我的前程？"默默半晌后，乔运则同样叹了一声气，"我的前程难道不是你给的？三月会试那天你为我送考，一直送到了贡院[1]考场。考场大门外有三道牌坊，东为'明经取士'，西为'为国求贤'，正中为'天开文运'，穿过大门、二门，就是天下寒士十年一争的'三龙门'。我就站在龙门下回过头，望着你心里想，此一去鲤鱼跃龙门，不为经义、不为国家、也不为天下，只为你。一路走来，我的每一步都靠你提携扶持，供我生计读书、助我结交攀附，你对我倾尽所有，我又有什么可给你的？扪心自问，我甚至连你的那些客人都不如。他们为了奉承你，送你整套的柴窑酒具，用十里不断的长绸铺街，或是制一双银底镂空的龙涎香粉鞋，一踩就在地下留一朵馨香的红花，让你步步生莲……而我，我枉称什么'大魁天下'、'天子门生'，到今天，连填装鞋底的香料都买不起。"

青田的一对眼珠子两边摇动了几下，就直直地定在乔运则的眼睛里，"他们送我这些玩意儿，因为他们也只把我当成个玩意儿。他们爱看我唱、看我跳、看我七步成诗、看我艳冠三界，看我一下子惹人怜惜、一下子逗人开怀……就像人人都爱看角儿在戏台上虞姬舞剑、天女散花，可等散了戏，戏子累得一动不能动地倒在戏箱子上，又有谁爱看？"她盈盈地凝着他，忽而一笑，垂目执住他双手，"只有对着你，我能干干净净地素着一张脸，不用粉墨登场、千面迎看客，只有对着你，我才是我自己。没有你，我就什么都不是，只是个'玩意儿'罢了。阿运，我整个人都是你给的，相比起这个，其他又算什么？你可别生出这样的拙念头。"

青田的床前挂了一副鸳鸯，重台莲密叶下二鸟交颈。乔运则向这画痴望了一瞬，目光又重回到青田洗净铅华的脸上，"相信我，很快你就再也不需要过这种生活，不用成天周旋在不同的男人间，再忍一忍，好日子马上就来了。"

青田细着眼笑出来，上下眼睫缠绵地交织在一处，"傻子，我五岁被我娘卖

---

[1] 科考会试的考场，北京贡院建于明永乐年间，中轴线上有三进大门，第三进被称为"龙门"，取"鲤鱼跃龙门"之意。清代时，贡院所在的老人胡同也改名为"鲤鱼胡同"。

进来，过的是坏日子，可打我十一岁遇见你，每一天就一直都是好日子。"

乔运则也笑，眼睛黑沉沉的，里头却像蕴着全世界的光，"你这些年做生意愈练得有口齿了，跟我也来这一套，也不知你哪句真哪句假。"

青田笑得直靠在他肩头，腻腻地打了个呵欠，"快到端午盘账的赛花酒，过几天做生意可真有的忙了，我也少不得应酬一下，你就甭过来了。"

乔运则点点头，又看向了那画上的鸳鸯。他展开双臂，像展开一副无法飞翔的翅膀，把爱侣拥入了胸怀。

六

时近端午。

端午节与中秋节、年节并称为三节，因槐花胡同中的头等小班皆有"开市"之说，一开市，客人们就要替相好的倌人摆牌酒撑场面，称之为"做花头"，而所有的花账就在这三节结算，嫖客们卯足了力气比阔自不必多言，妓女们也是憋足了劲头一较高下，看看每一节中谁的花酒最多、谁最红。眼瞅着又近结账之期，怀雅堂成日间高朋满座，忙得掌班段二姐好似热锅上的蚂蚁。这一日刚入夜，便在华灯煌煌之下对一位年逾半百、三绺髯须的客人大赔着笑脸，左一句"冯公爷"，右一句"冯公爷"。

冯家是京城望族，世代公侯，冯公爷少年时就承袭了祖上建国公的爵衔，一辈子过的是豪奢浪荡。这几年新迷上了青田，仗着家世富贵任意挥霍，是堂子绝不能开罪的衣食父母。可偏生上门访艳，竟赶上青田在接待其他客人，不由得大发脾气，"去，把人给我叫出来！"

"人"，指的当然是青田。段二姐卖力地挥动起手中的一柄纨扇，指望把财神爷的火气扇灭，"哎哟公爷，这不就因为也是您老的朋友，我们青丫头才不得不出面应付一下吗？"

"哼，我没这样的朋友，背过脸就来割靴腰子。"

"割靴腰子"是行话，意指相好的倌人遭他人染指。而就在冯公爷破口大骂的同时，二楼东头青田的客室内，则正有一只手掏进了自个的靴腰子。

裘谨器弯着腰摸索一阵，打靴筒里摸出两张银票，"怎么样小乖乖，说了今儿给你送钱来，没哄你吧？"

青田淡妆素裹，藕荷色的轻罗衣仅下摆绣着一脉竹，发间几星银插针，半笑不笑地望着那人。她对这裘谨器厌烦透顶，此人官居右都御史，堂堂二品大员，回回给钱却都这么不痛不快。青田当场就哼一声，把俏脸一冷。

裘谨器的年岁也有三十五六了，颐方面丰，颏下一点黑须，他将那须梢抖一抖，也有些不高兴，"怎么，嫌少？"

青田暗应，少，少得给姑奶奶塞牙缝都不够！话说出，却是另一番柳暗花明："前脚才进门、后脚就拿钱，一句体贴人心的话都没有，倒好像我盼着七爷就为了钱似的。"

这话说得裘谨器好生喜欢，一张脸全笑开了花，"好乖乖，原是我的不是，你别恼，不看我裘七的面子，也看在钱的面子上。"

青田"哧"的一声转嗔为喜，却只把春葱一般的手摇一摇，"这钱你拿去给班子，结这一节的局账。"

裘谨器忙摇头，"那不成，局账是局账，一文钱落不进你手里，这是我单给你的。"

青田拿着手绢，把绢头在手指上左一道右一道地缠绕着，"说你不明白人心，你是真不明白。且不说你们家那母夜叉镇日防着你来我这儿，把你口袋管得牢牢的，就这大过节有多少人情要送？你又是官场上的红人，打点各位上司的'冰敬'[1]

---

[1] 地方官员或下级司官对上官的公开行贿，夏日以降温消暑为名，称"冰敬"，冬日以购炭取暖为名，称"炭敬"，是明清时期官场不成文的规矩。

要费多少银子？进宫给两宫太后和皇上请安又有多少太监等着伸手要门包？这节下的开销比什么时候都大，我这儿可不能再让你多破费。你只管把账结清了就是，至于我自个的开销不消你操心，我自会找个冤大头弄来。"

裘谨器只觉一股子醋气直冲脑袋，当机立断又自靴内另掏出一张票子叫道："我好歹也是位朝廷大员，若竟劳你一个做生意的佣人替我省钱，那成什么话？你放心，钱我有的是。喏，这还有整一百，连这些总共是三百，你拿着，明儿我再叫人给你送二百来。你缺钱只管告诉我，不许找别人，听见没有？谁也不许找。"

青田喜上心头，却只蹙紧了两眉一推再推，"不行，我真不要你的。"

裘谨器只闷着头把钱硬往她手里塞，"我给你你就拿着，别人想要我一个大钱也是不能，只有你，只要你肯，我什么都肯。拿着，啧，不拿可真就是嫌少了。"

"你这么说，我就只有拿着。"青田一脸勉为其难地接过，其实心里头早就笑不可抑，都明说了找个冤大头弄钱，这冤大头就引颈就戮。正待再慰劳他两句，却听得帘外有人唤了声"姑娘"，她信手把银票一卷，提声道："暮云，什么事？"

婢女暮云急走了进来耳语两句，青田点点头，这边就对裘谨器赔出了笑容道："七爷，不好意思，冯公爷突然来了，我得去敷衍一下。"

裘谨器的脸色登时就难看极了，"哼，这头从我这儿拿了钱，那头就奔你亲亲的干爹去了。怕得罪他，就不怕得罪我？"

"裘七爷，您怎么这么说？"

"暮云！"

青田喝断了侍婢，回身就往边上一张大榻上稳稳地坐定，"那我就在这儿陪七爷，让冯公爷等着去吧。暮云，你叫汪嫂子把新蒸的咸甜粽子各送一打上来，七爷坐了这些时候也该饿了，先垫补垫补。去呀！"

弄出这个架势，倒叫裘谨器有些拘束了，再看人一去，青田就又把胁下的手绢抽出来往脸上擦擦抹抹，更后悔了起来，"好了，我不过随便说两句，你就哭开了。"

青田拿帕子印着泪，故意做出索索有声的鼻响，"我是吃千家饭的人，这个客人不来自有那个客人来，我怕得罪谁？往日里我也不是没叫冯公爷等过，可为什么偏你在这里我却要急着敷衍他？还不是怕你得罪人家吗？我就这么打开天窗说亮话：你得罪不起人家。难道我放着你年富力强、知情识趣的不爱，倒爱那老不休的？我陪他还不是为了周全你，你倒拿我撒气！"

见青田这样地动之以情晓之以理，裘谨器早已是身心服帖，忙搂过了女人的杨柳纤腰，贴住了她的梨花白面。青田放出手段来和他腻了一阵，等粽子送上来亲手布碟子摆碗，又再三留裘谨器吃夜饭，这才退去小套间，把脸上被哭残的胭脂补一补，就往冯公爷那里亮相。

怀雅堂内进是一座走马楼，青田一人就占了小半层，足足有八间屋子之多，因此客人来各有坐处，互不冲撞。裘谨器在紧东头，冯公爷就被让在了西屋。这时见青田进屋，满屋子的丫鬟娘姨都松了一口气，段二姐把手内的扇子大招特招道："来了来了，这不是来了？公爷，那叫我们青丫头陪着您，你们都同我下去吧。"

一架楠木泥金满床笏的五屏风前，冯公爷手持一只犀角杯歪坐在椅上，气焰汹汹地端详了青田一番，"口脂是新擦的！说，你才跟那姓裘的小子怎么厮混来着？"

青田也不接茬，项上璎珞圈的银丝花珠在丰鼓的胸脯子上一敲一敲，人已风姿袅娜地走上前，将冯公爷手中的酒杯一夺，拧身坐去他大腿上，"叫爹爹在偏屋里干坐了半天，闺女给爹爹赔罪，自罚一个皮杯。"

"皮杯"乃妓院中的狎亵伎俩，就是以口渡酒。真就见青田仰首含了半口酒，双手捧过冯公爷满是褶皱的脸，嘴对嘴地喂给他。

冯公爷半含香舌，气已消了大半，又见青田唇边带着清清莹莹的一滴酒对他尽态极妍地一笑，"爹爹不生气了，气坏了身子不是白叫闺女心疼？"

冯公爷的喉咙里痒痒得直要笑，到了嘴上却依旧还骂骂咧咧的："心疼？怕未必吧，气死了我，你不正好心安理得地跟着那小子？"

青田顿显出满面的委屈来，一根染得红脆脆的指甲往冯公爷额际一戳，"说这话，你良心可是被狗叼了。你自己算算几天没来瞧我？三天！要不是你把我丢着不管，哪儿就叫那吊死鬼缠上了？一听见你来我拔脚就走，他现在还在那里拍桌子呢，我才懒得理，自有班子里的人去哄，反正我是没好脸子给他的。"

见青田的怒容，冯公爷反倒开颜，干笑了一声，"这时节过来，怕是偷偷给你送节钱的吧，你倒好意思干晾着人家？"

"有什么不好意思？他送钱是他的事，跟我什么相干？反正我没要他的钱。"

"哦？为什么？"

青田将老者的一缕长须柔柔地绕在指上，又放在自家的鼻尖前撩弄着，"吃人的嘴软拿人的手短，那裘七倒有几个钱，可他家奶奶有个名头叫'茶壶钱罐'，抠他抠得厉害，故此他每回给个仨瓜俩枣，都好似就他的钱分外值钱，要我承他的情。那份烦厌自不必说了，只说像今天这样碰上爹爹来，我若拿了他的钱，怎么好意思掉身就走呢？反正局账的钱自有当家的跟他结清，我是不愿意多使他一点儿、多欠他一分。有爹爹疼我，谅也不至于少了我的，轮得着他来卖好吗？"

冯公爷满意地颤动着身子笑了，手一晃，就晃出了一张银票来，"这才是爹爹的好闺女。来，拿着。"

青田展开来一看，竟是巨额一千两，立时欢叫了起来："好爹爹，亲爹爹，我就说爹爹最疼我了。"

冯公爷哈哈大笑道："小鬼头，瞧把你乐的，那就再敬爹爹一个'皮杯'。"

青田"唉"一声，就将香酥欲滴的红唇往冯公爷枯皱的老脸上揾下去。

小半个时辰后，冯公爷离开。青田再一次修饰了残妆，正往东屋去，半路却叫段二姐给截住，"我的儿，那瘟生又来了。"妓院里骂人"瘟生"是极贬损的话，是说这客人不识高低不辨好坏，是最好哄骗的傻瓜。

青田听了这一句，双眸立时间寒凉映人，"谁？杜宝祥？"

"除了他还有谁？"二姐的脸上透出一股满满的嫌憎之情，大手帕往楼下小茶厅的方向戳戳，"我才瞧他给大姐儿打赏，摸了半天一共才掏出两钱银子，真是连个屁都不剩了。我说乖女儿，怎生使个法子打发了这破落户，好让他以后再不来纠缠？"

"我有什么法子？我的法子不都是妈妈传授的？"青田面带薄怒地剪断了二姐的话尾，"行了，我晓得妈妈早有锦囊妙计，要做哪出戏女儿演就是了，好聚好散。"

二姐将手绢往青田的肩膊一撩，"真真是个水晶心肝玻璃人，一点就透，不枉妈妈偏疼你一场。"说着凑近了低低蹑语一番，又把人伸手一揉，"去吧。"

青田下了楼走一小段，便来在大厅外的茶室。一脚还未踏入，包镶炕上坐着的一人便"嗖"一下起立。守在一边递烟斟茶的两个小婢互使个眼色，相约而退。

青田纤纤一身，飞投入怀。"祥哥！"她叫一声，把面前人看了又看，哽噎道："几日不见，你又瘦了。"

杜宝祥生得虎头燕颔，印堂间却带着重重的霉气，恰如其身上的衣衫，原本的好料子一残旧，更显出落魄来。他一面捏着青田的双肩，发狠一顿足，"青妹，我，我，唉……"

青田忙横过手掌摁住他的嘴，手心里散出隐隐的清幽麝香，"别，别总这么唉声叹气的，我最不忍瞧你这个样。"

"不这个样，还能怎样？"杜宝祥又叹了一声，退几步跌回到炕上，握拳朝炕几上一击，"都是段二姐那老贼妇，哄得我今儿典地、明儿卖房，等我百万的家资统统都败尽就马上翻脸不认人！眼下不要提拿钱来赎你，就是我自个的前程还不知在哪里。"他突然一下抬起了头，瞪圆的两眼又红又肿，嗓音也变了调，"青妹，我杜宝祥虽说不算个多大人物，可当初从白手起家做到数一数二的富商，也不是白来的。一会儿我就到前头寻二姐那老贼婆再问她一问，她若还不肯兑现诺言把你给了我，我索性一刀捅死她！再提着刀上来问问你！我杜宝祥为你把偌大的一个家业折腾得精光，弄得妻离子散，我究竟是不后悔的。你当初也亲口答允过嫁给我，我得问问你，瞧我今天这个情形，你是后悔不后悔？你要反悔，哼哼，好，我也就照着你来一刀，再自己抹脖子！生不能在一起，死在一块，我也值了！"

"祥哥，瞧你说的是什么话？"青田又一次堵住了杜宝祥的嘴，暗自心惊的同时，她倒真不禁佩服起养母段二姐的洞事精明，再不打发了这走投无路的家伙，看架势真要闯出大祸来！她稳了稳心神，拿手抚一抚男人冷汗涔涔的额头，款意柔声道："你要说死，我现在就跟你死。可我的傻哥哥，你本领这样大，怎么遇到这么个槛儿就动起了这样没出息的心思？我一心想着好好地跟你过一辈子，你倒傻得说死。唉，为了你，我真是把这颗心都活活揉碎了。"

杜宝祥牛瞪着眼珠子，他瞅见青田走去到门口很谨慎地掀开门帘往外探了探，似在瞧瞧有没有谁偷听，又快步折回牵住他的两只手，"哥哥，我早都想好了，你听我说……"

青田又快又利索地说了一大串，一说完，杜宝祥就愣住了，他难以置信地哆嗦着嘴皮子，"青妹，你这是说真的？你可别冤我。"

"怕我冤你？怕我冤你，你就甭来。"

"不不，我，我只是——"杜宝祥呆望了青田半天，猛一把向前箍住了她，男儿泪就落上了香粉肩，"青妹，我就知道你是真心待我，我杜宝祥的一颗心总没有白费。我、我……"

"好了，现在不是说这些的时候。"青田替他抹了抹眼泪，也把自己的眼睛逼出了几点泪光来，"祥哥，我从第一次见你就认定一辈子跟着你，穷也罢、富也罢，你只管放心。"

杜宝祥被引动了真情，手和嘴巴也就跟着动了。青田还急着应付被半路撂在屋里的裘谨器，不愿与他多缠，满口子推拒着："哎呀，好啦，等以后踏踏实实在一起，你什么时候缠不得？偏赶这当口儿，我哪有心思？好啦，放手，打你了啊，讨厌，打重了我又心疼，行了，哎！哪，这样规规矩矩的我才喜欢。你快回去吧。

记着，辰时一刻，张家湾码头北边，船家刘百塘，万不可耽搁了。"

她连挽带推地把杜宝祥弄出房，目送他穿廊而去。送客的龟奴很不带劲地懒懒拖着腔："杜大爷您这就走啦。"

杜宝祥仍转头来看，青田冲他扬了扬手，手腕上盘着只孤鸾戏凤的赤金镯。等杜宝祥的背影消失，青田满面依恋的笑意也消失，而且消失的速度是那样快。没有整天笑到晚的人不会知道，笑，是多么累人的一件事。

回到楼上的东屋时，裘谨器已等得打起了盹，口涎乱淌。青田动手绞了毛巾替他擦脸擦手，蜜语相慰："对不住，要你等这么久，可委屈坏了吧？"又很使出腔调来诘责下人们："都欺负七爷没脾气，就敢这么怠慢，回头我挨个揭你们的皮。这粽子能吃吗？放这么半天，早都凉了，去，换两碟新的来！"

裘谨器迷迷吞吞的，还当着丫鬟们就把手往青田的胸口里乱摸，"那老东西走了？嘻，粽子有什么好吃？爷留着胃口就等着吃热乎乎软蓬蓬的白馒头呢。"

青田身一歪就跌坐在人怀，满室的灯彩之外，窗下半沉着一弯冷月，相嘲红粉，划破兰香。

七

新一天的晨曦不知不觉已升起，仿似一位烟花女子，缓缓对男客拉高自己的月华裙。

这里是通州的张家湾码头，号称运河第一码头，舟楫之盛可抵长城之雄，虽刚过辰时，已是人来人往。但再往远里去，也渐渐地人气凋蔽，衰草蓬勃。就立在这人迹绝至的小路上，一个男人长伸着脖子四处瞭望，突然间举起了两手乱舞着，激动得似乎整个人都要沸腾了一般，"青妹，这儿，在这儿！"

只见远远走来的女子皮色白皙、身段娇美，不是青田又是谁？她挽了挽肘上挎着的一个小布包儿，也扬起了娇声："祥哥！"

"你怎么才来呀？船家都等得上火了。"杜宝祥乐得大步迎上前，又将手往后一指：水湾处有一条半大不小的乌篷船，船上已堆放有三五行李，船夫刘百塘正坐在舷头，移开了嘴里的旱烟一笑，露出一口黄牙来。

"你们俩，给我站住！"

不妨哪里传来一声啸叫，听声音分明是怀雅堂的段二姐。杜宝祥一激灵，张目四顾，青田也变了颜色，把手中的小包袱一下紧护在胸前望出去。

眼目尽头，段二姐领着一群人拂草而来，尖利的嗓音撕破了长空："可算叫老娘给赶上了！好你个死丫头，你昨儿晚上跟那穷鬼叽叽咕咕半晚上，他一走你就偷偷地收拾银钱细软，还使法子把跟班的给支走，你以为老娘我猜不到你是想跟他私逃吗？这笔账回头再跟你算！各位官爷，青姐儿是我们怀雅堂第一红人，这杜宝祥竟敢就这么带着她私逃去外地，天子脚下拐带人口，还有没有王法？请官爷们替老身拿住他，老身重重有谢！"

只听得几声咋呼，数条人影近前，果然个个都身着巡警铺的号衣，雄赳赳地挎着刀。杜宝祥心惊肉跳，青田也花容失色地连声叫苦："糟了，糟了，叫妈妈发现了，她还领了官府的人来，这下可完了！"

杜宝祥被青田这么一说，更没了主意。那叫做刘百塘的船夫倒沉着非常，只把烟斗往牙齿里一咬，一手解缆一手就抽过了船桨，"青姐儿你们还走不走？你们不走我可要走了，我一个贩私盐的可不敢招惹上他官兵。"

恍惚间杜宝祥只觉得两手一热，已被青田一把攥住，她眼泪汪汪地望过来，情急而意切，"祥哥，你听我说，我不要紧的，妈妈抓到我无非打一顿、饿两天的事儿，可你要落在她手里——她在五城兵马司有人的，到时候不把你下到天牢毒刑致死，她不会罢手。为今之计只有我去拦着她，你走吧！你快走，叫船家载你去前头的渡口，去哪儿都好，切莫再回京城。"

　　她忙忙卸下了臂上挽着的布包，正要囫囵递给他，却又缩回手，单从包内抓出了一张银票搁进他手中，"不行！你若拿了我的钱，天涯海角妈妈也定要追到你，反成了害你了。你只拿着这些零碎当个盘缠，到了落脚处再作计较。走吧，快走，再不走来不及了，走吧祥哥，你自个好好的，便是不负我的一片痴心了，走吧！船家，快走！"说话间把杜宝祥使劲一推，杜宝祥向后一绊，便栽进了刘百塘的小船内。

　　刘百塘手脚颇快，只问一句："青姐儿你不走啦？"便将长篙子左右一撑，眼看就直直地驶离岸边。

　　就在此时兵丁们已蜂拥而至，"唰唰"拔出刀，却无可奈何地在岸边煞住脚，狠霸霸地大喝："回来，给爷们儿们回来，听见没有？快把船摇回来，你那船上是个人犯！"

　　段二姐也横里赶上，一把扣住了青田死死抓紧，"你个作死的丫头，看你往哪里去？官爷，官爷，快，快找船跟上去，给我拿住那姓杜的！他诱拐人口，不能这么白白放了他。"

　　青田回身扭住养母，只管蒙头痛哭："妈妈，好妈妈，你饶了他，让他去了吧，都是女儿想出的主意。女儿也并没有打算一去不回的，只说先拿钱给祥哥做个本儿，等他在外地东山再起，就回京来把女儿的赎身款子尽数都赔给妈妈。妈妈，女儿错了，你瞧，女儿的钱都在这里，一文也没少，你只罚女儿就是，放了祥哥去吧！妈妈，妈妈你若断不肯饶他，女儿这就跳河给你看，妈妈……"

　　船头的杜宝祥望望哭断肝肠的青田，又望望豺狼虎豹的官兵，脑袋一片空空如也，不知进退时已被船儿带出好一程，来在宽广的河面上。岸边有几株垂杨柳，柳树下的段二姐扬起了一片桃叶锦帕隔着水大骂道："姓杜的你给我听好了，看在我们青姐儿的面上，这回老娘饶了你。你若知趣，就休要再踏入京城半步，再让我撞见你可就没这么便宜了！啊呸！"

　　飘摇的孤舟上，杜宝祥已看不清留在河畔的青田的脸，只看她被鸨母架着一步三回头地去了。泪水早盖了他一脸，人瘫坐于甲板，手指抽搐一下，手间仍捏

匣心记

着她最后塞过来的银票，薄薄的纸面上染着她的泪。杜宝祥把这银票摁在心口上痛哭流涕，浮生半世呀，美人如玉，挥金如土，最后竟落得这匆匆地步，只把夙命恨上一声，往事已成空，还如一梦中[1]。

船夫刘百塘哑了两口烟，自管悠然地摇着桨子，往五湖四海里去了。

岸上的树影外，段二姐前一刻还横眉立目对着青田，左一声"臭丫头"右一声"小蹄子"，见江心的船去远了，立马换过另一副嘴脸，伸手挡开官差们，把个青田搂入怀中抚抚拍拍地连声疼爱："妈妈的小宝贝儿，可辛苦你了，快，把这泪擦一擦。瞧瞧这裙子都弄脏了，不怕啊，妈妈回去就给你裁新的。"

青田没好气地甩开二姐的手，自己擦拭着脸面，面上毫无离愁别绪，只有烦累，"我可告诉你，这是第一遭，也是最后一遭。"

"是的是的，我的小祖宗，妈妈再不敢这样劳动你了。这不打发了这瘟神，咱们才好过太平日子嘛。来，走吧，车在前头等着呢，慢着点儿啊，仔细崴了脚。哦对了，"二姐冲仍跟在身边的几位兵勇一笑，颇有徐娘之姿，"辛苦各位官爷了，回去只代老身向白档头问好就是。"一摇三晃地搀着青田爬上停在路口的一架马车，冉冉而去。

剩下的几名兵丁说说笑笑，亦顺着大路朝南走。风拂过了路旁两列直溜溜的白杨，树叶片片乱翻着银光，不安的骚潮。兵丁中一个年纪极小的忽扯住一个年长些的，细弱地问："尹哥，今天这一出到底是怎么回事儿？我只管跟着你们吃喝，到现在还稀里糊涂的。"

"哈哈，"姓尹的点着年轻人向其余伙伴笑道，"哎，哎，小蚂蚱还昏着头呢。"

大家哄乐。一个留着大胡子的朝这小蚂蚱的帽上撩了一巴掌，豪笑两声，"才那怀雅堂的老鸨子是咱们巡警铺档头白爷的老相好，每每她院子里弄得嫖客家破人亡，若那人性情顽狠些，怕是狗急跳墙，就要找咱们来出头收拾烂摊子。先叫姑娘

---

[1]（五代）李煜《子夜歌》："人生愁恨何能免，销魂独我情何限！故国梦重归，觉来双泪垂。高楼谁与上？长记秋晴望。往事已成空，还如一梦中。"

约了那嫖客假说私奔，再让咱们一头撞破扬言要送官，那嫖客自就吓得逃命去了，再不敢相扰。他心里还只道窑姐儿待他情深意重，谁知是遭了'拖刀计'。才那摇船的刘百塘是个专带私货的贩子，也是怀雅堂一伙儿的。你瞧瞧他船上的瘟生，唉，原也是风风光光的人上人，为了个婊子弄成这副丧家犬的惨相，当真可叹。"

小蚂蚱听后恍然大悟，摆着头喃喃道："原来是这样。可那'青姐儿'生得真美，她若能为我这样哭上一场，哪怕是假的，我就是倾家荡产也甘愿了。"

男人们笑得更凶，先前那老尹跺了跺脚，几直不起腰来，"果真是个乳臭未干的小子，说这样孩子气的话。老子倒也愿意为那青姐儿倾家荡产，只不过要真真格格地搂着她弄上一夜，才不枉人世走一遭。"

"得了吧，也不撒泡尿照照，就凭你们也想槐花胡同的姑娘？那是王侯达官们找乐子的地方。咱们呀，还是去窑子街快活吧。"

"妈的，人跟人怎么就差这么多？"

"得啦，吹了灯，什么样的女人不都是一个洞？"

"对咱们老尹，那可是两个洞。"

……

越来越下流的调笑间只有小蚂蚱默默无语，单纯的两眼怔望着前路。满是黄尘的路上，两道车辙深深地、深深地印着。

车子早已走出了半里多地，车中的段二姐笑揽着青田不住嘴地哄："乖女儿，路上长，睡一会子吧，难为你了，一夜间打这么个大来回。睡会子吧啊，晚上还要伺候冯公爷的局,好好休息休息。来,趴妈妈腿上,妈妈替你把头发拢一拢,瞧瞧,全弄乱了,趴着吧,乖。"

青田是真累了，便依言伏去了二姐的腿上。二姐的裙子衬着层纱料，蹭在脸上有些密密的痒。青田合了眼，感到二姐的手指爬进她头皮里，把她的发一层层地梳着、绾着……万千之丝，万千之思。她想起了杜宝祥。她记得一年前他刚进京时，仆从成群，家财万贯，熏香的衣上拿金线滚着宝瓶荷叶。一年后他手里只

匣心记

剩下——她忘了才扔给他多少钱，不是三十就是五十——至多五十两。他在她身上千金散尽，到头来买了个骗局。可青田知道，当杜宝祥把他破败的身躯随便丢到旅途中任何一张破败的床上，眼一闭，就会有一间金玉辉映的绣房、一副酥软柔滑的胴体、一颗至死不渝的心，发着光一起爬进他灰絮絮、臭哄哄的被子间。一夜一夜，一生一世。这样一个骗局，千金散尽，一点儿也不算贵的。

青田只觉得神魂重重一沉，就永远地忘记了杜宝祥这个人，睡了过去。

八

夜将至未至，天光还未曾全熄灭，整个清空呈现出一种浅白的淡色，屋子里却已是昏昏不明的了。

有人进来点起灯，等满堂的明光从暗处托出齐奢的身影时，就仿佛使这地方亮起来的并不是火焰，而是他那一张轮廓深刻的英俊脸庞。

这脸庞上沉稳的神色随光亮有一丝丝轻微的摇动，齐奢抬眼向窗外瞧了瞧，"天要黑了？"忽记起来什么似的，他抛开了手中朱砂红的笔，站起身，"备马，怀雅堂。"

可等两名太监围上前替他宽衣时，他却又迟迟不动，末了摆摆手道："算了，你们退下吧，都退下。"

他一个人站了一会儿，退回到椅上坐下。他很想去见青田，他知道自己渴望着和她亲近，从第一眼就知道。而且只要他愿意，他马上就可以占有她，她也将用令人销魂的方式来款待他，一点儿也不勉强，毕竟，她是个最出色的妓女，会令最挑剔的男人也感到满意——但齐奢不会。在目睹过那一夜她直面死亡和爱情的双眼后，他永远都不会为只占有她的嘴唇、她的胸、她的腰肢和双腿、她精致的身体和精湛的假情假意而感到满意，就像佩戴着翡翠的贵妇不会被碧绿的玻璃所打动一样。不，他想要的远不止这些。

他想要她对他也抱有一样的热望，他想在触碰她的身体时不只是肉体和肉体的缠抱，而亦是灵魂与灵魂的静躺。他清楚这一切将给自己带来很多的麻烦，他这半辈子所需要面对的麻烦已经够多了：比如他并非生来就是个跛子，他的腿是被人弄瘸的，他被自己的兄长当成囚犯一样足足关了好几年，他曾经的妻子和儿子都死于非命……但这些麻烦中从没有任何一件能让他一想起，就这么一个人静默地微笑，因此齐奢才确定，他第一回碰上了人生中真正的、最大的大麻烦。

但令他担心的并不是另外一个男人——乔运则，完全不。他看人一向还算准，如果这次也不出错的话，他对那个男人什么也不用做，只用再耐心多等一等就好。齐奢并不介意晚一点儿再进入青田的生命，既然他已等了这么多年，才等到这奇迹般的女子降临在他面前。

桌上的海晏河清小书灯把光明和阴影同时投在齐奢的脸上，他微微地笑着，想着他天大的麻烦。

"青田姓段氏，隶怀雅堂。精声律，工书法，通词翰，琵琶精绝一时。评曰：艳夺明霞，朗涵仙露，香心婉婉，柔情脉脉，骨逾沉水之香，色夺瑶林之月，色香一界，欲使神仙堕劫。诗曰：芙蓉出水露红颜，肥瘦相宜合燕环。若使今人行往事，断无胡马入潼关。此曲只应天上有，不知何处落凡尘。当年我作唐天宝，愿把江山换美人。[1]"说话的是一位穿着鳝鱼黄罗衫的男子，手持一本红布面小手折，摇头摆尾地念着。

他旁边还有两位同伴，都身穿葛布长衫、头戴东坡巾，看起来不是纨茵浪子便是潇洒词人。三人就并立在槐花胡同的胡同口，摩拳擦掌地向内张望。

其中一人搔着头嘟囔："你这念的都是些什么？"

那黄衫男子掸了掸手里的折子，把脑袋一昂，"老弟你就有所不知了，这京中

---

[1] 诗出（清）陈森《品花宝鉴》第一回：史南湘制谱选名花，梅子玉闻香惊绝艳。

匣心记

的槐花胡同比别处格外有趣，每年开市之后，各家小班均有花酒之赛，三节中每节所得花酒最多的十二位倌人，其花名便被收入当季的《十二花神谱》，年底又要将三节的《花谱》总甄一回，从中推选出色艺资格桩桩出众之人，编成《蕊珠仙榜》，也取状元、榜眼、探花、传胪诸名。我手里这本就是近几年花榜的总录，我瞧连续数年竟都取了同一人作第一甲第一名，我才念的就是她去年当选的批语。"

"哦？那可果然有趣。"另外一人被吊起了胃口，瞪着眼问道，"怀雅堂的段青田是状元，那榜眼、探花又是何许人呢？"

"嘶，"黄衫男子拿唾沫把指头湿一湿，搓过去两页，"榜眼是这个，对，'惜珠姓段氏，隶怀雅堂，本官家之女，因漂泊入平康，不屈豪贵，铮铮有声。工胡琴，娴吟咏，能翰墨，善弈棋。评曰：好花含萼，明珠出胎，吴绛仙秀色可餐，赵合德寒泉浸月，哀情艳思，风流别有销魂。诗曰：楚楚林下久传扬，飒飒风前斗晚妆。一曲清歌绕梁韵，天花乱落舞衣裳。箫管当场犹自羞，暂将仙骨换娇柔。一团绛雪随风散，散作千秋女儿愁。'[1]"

一念毕，其余二人立即就大加感慨道："这一番笔墨想来虽难免粉饰，却倒也足以令人心神向往。"

"既然这状元、榜眼都出自一门，那还有什么说的？今夜定要先到这怀雅堂鉴赏一番。"

定下了主意，便向胡同里走去。只见一条宽宽的巷子里车如游龙马相接，两边青楼云集，家家都悬灯结彩。靡丽的灯影下，一路经过了六福班、雨花楼、武陵春等诸多妓馆，这才见到一座红窗香阶的绣楼，一副烫金的沉香木招牌上书斗大的"怀雅堂"三字，一派富贵气象。

刚迈进大门，马上就有黑衣外场迎上前，先拿一双三角眼把他们从脑袋瓜到脚底板打量一番，就微微笑着行个了礼，"哟，诸位爷可对不住，今儿没有屋子了。"

---

[1] 诗出（清）陈森《品花宝鉴》第一回：史南湘制谱选名花，梅子玉闻香惊绝艳，略有改动。

三人一同紧皱了眉头，黄衫男子先探头往里张望着，"姑娘的屋子没空，人难道也没空下来敬杯茶吗？"

外场翻了翻眼睛，"各位要是有相熟的姐儿，那就提一提名字？"

"也说不上相熟，不过久闻青田、惜珠两位姑娘的芳名。"

外场呵呵了两声，"几位爷是外地来的吧？咱们青田姑娘不会生客。再者说，今天已有她的客人包场摆酒，请几位改日再赏脸吧。"

"那惜珠姑娘呢？"

"惜珠姑娘出局去了，一会子回来还要翻台，也不得空的。"

三人正十分败兴，忽见许多的仆从姨娘簇拥着两顶小轿来到了近前。先自头一顶轿中下了一位精神轩昂的青年公子，衣裳时新，腰间还挂许多金玉配件，他往回走两步等在后一顶轿前。那轿子四角流苏，蓝呢上还绣着百色蝶，自其中走出一位十八九岁的丽人，姿态如流雪回风一般，生得更是芙蓉输面柳输腰，只颇为冷傲地将眼梢一横，便随那公子闪入了大门。

"戴爷、珠姐儿，你们可回来了，冯公爷都写了好几回催客条子了……"外场见着了亲爹娘似的抢上前，早把那三位闲客丢在门外，任他们一脸又惊又痴地空自嗅吸着脂粉余香。

来的正是惜珠，步子细细而眉头窄窄。随在她身畔的公子姓戴名雁，也是世家子弟，专爱流连闺中，做些填词弄曲的勾当。某一次酒宴偶遇惜珠，惊为天人，自此就成了怀雅堂的常客。惜珠喜他年少多金、温柔痴情，也引为半个知己，有什么不便在其他客人前倾吐的心声倒愿与戴雁一吐为快。

"你说，我原是官家千金，青田那婢子不过出身穷家小户，我哪里比不上她？是样貌不如她，还是才华不如她？没奈何妈妈的心长得歪，处处偏着她，从我们还是清倌人的时候就把最好的出局衣裳留给她，后来一起搬到走马楼上，又让她住东厢、我住西厢，反正哪里都胜过我。"

戴雁显然已将这话听得两耳起茧，只笑着摆摆手，"我做你的生意不过半年，

匣心记

已见你和你那青田姐姐三天一小吵五天一大吵，少有消停之日。你们一位榜眼一位状元，自是谁也不服谁。"

"你怎么不向着我说话？你别看我那'好姐姐'一副温和知礼的样子，实际上心肠又冷又毒。我们十五岁那年，有一天，我不过是好玩，把她的猫扔到水缸里试一试，又不曾淹死，谁想她当天晚上就把我屋子里一缸白花珍珠的名本金鱼全捞出来喂了她的猫。还有一回，我们俩出局前拌了嘴，她就在出局时把我的胡琴偷偷调高了两个调子，差点儿就害我破了嗓儿在人前出丑。她这么欺负我也罢了，其他几个人也助纣为虐，不是往我擦脸的硝里撒灰，就是往我的茶罐里放泥。总而言之，这院子里全是一群心胸卑污的贱人。"

"你素日为人也的确是傲慢了些，但凡你也学着青田对姐妹们宽仁相待，同她们交心亲热，谁也不会老和你作对。"

"哼，什么交心亲热？青田不过是暗地里和人做恩客，怕丑事传扬出去，所以格外要收买人心。"

"青田和人做恩客？和谁？她客人里有个举子，刚中了新科状元，听说家境一般，人却文采风流，八成就是和他吧？"

"做恩客"是说妓女同某一位客人格外要好，甚至到了倒贴嫖资的地步，对小班倌人来说是尤其难听的名声。但槐花胡同里十个红倌人倒有八个都弊端百出，真互相揭起短来那就成了冤冤相报，非闹到谁也做不成生意为止。为此各家小班第一条不成文的规矩就是：倌人间就算有再大过节，也不准在客人面前搬嘴。

惜珠一时说漏了，便赶紧又推脱道："我可没说，我就是瞎猜，也许并没有人。那乔状元虽在这里没什么倚靠，但他家南边的亲戚还是很有些产业的，要不然也不能支持他在京孤身求学这么久。你可不要乱讲话，白得罪了人。总之我就是说，我顶看不上青田的那副虚伪面孔罢了。这胡同里近百位倌人，不管是红的，还是不红的，她都摆出一副一视同仁的态度，谁有个灾病难处就她假惺惺地冲在头里。连武陵春那个多纳——你没见过，她是个二等茶室爬上来的野鸡，人人都瞧不起，若局上碰见了谁也不和她说话，只有青田一个每次都和她打招呼，不露一分鄙夷冷淡。有一回出局多纳突然来了月事，又没带衣包，青田竟把自己衣包里一条新做的石榴裙给了她。就为了这件事，武陵春从没夸过人的掌班妈妈也夸青田'展样大方、宽宏心善'。我们小时候，每一年花榜上的状元一出，总有一票子人不服气的，结果轮到我们段家班青田姐姐做花魁这些年，竟是众口一词，说不将她置诸榜首，这花榜简直就与废纸无异了。她若真那么好，天天对我背后使诈的又是谁呢？这一份虚冷狡猾不是无情到极处者怎么能做得来？你倒叫我学她？"

"也没叫你学她多的什么，无非你这性子太过目无下尘，若能有她一两分的长袖善舞，也不至于天天和姐妹闹得不愉快。"

惜珠一面向内走，一面已把白玉堆雪的脸庞气得如锦如霞一般，"你这一句'长袖善舞'才算说得妙。像我做生意不过凭自己喜恶，比如我与你脾性相投，自和你倾心吐胆，但我若看不上的人，就算他拿成箱的金银来报效，我也不会多理睬，更不会开口求谁替我做花头，一切都随客人自愿，哪比得了人家？你当青田那花魁怎么来的，还不就是能放得下身价媚颜求人吗？她呀，过河都不靠桨——只靠浪！前几年生叫冯公爷认她做了干女儿，气得公爵夫人直要上吊。冯老爷子也是个瘟生，玩了半辈子倒跳不出青田的五指山，回回选十二花神都要砸钱捧她作牡丹。你瞧，就为了快到端午，又该选这一节的花神，竟包下整个怀雅堂请客，摆只摆一台酒，却按二十台的价钱来付，给青田挂了个'双十台'。偏生你还要去捧场，成心气我不是？"

戴雁只听着惜珠的牢骚，一脸无可无不可的笑容，捏着她的手把她手心搔一搔，"我们戴家虽也是父子尚书、兄弟督抚，但到底不及人家公府财雄势大。我又管冯公爷叫'世叔'，他请了，我自要去。不过你也别不高兴，回头我也替你挂'双十台'，至于花谱，呵呵，那牡丹俗艳，哪里担得起你这份西子捧心的愁态？你只还做你的芙蓉仙子，才是名副其实。哟，说说便到了，嘘，先不谈这些了，咱们进去吧。"

匣心记

九

这一夜正是冯公爷为青田摆酒，不过请三五近亲旧友。一时客人尽到，只有戴雁下午携惜珠在另一朋友那里打雀儿牌，此时也进得门来，众人寒暄一番后让位落座。

堂子中客人聚会，在本院召妓陪宴称作"本堂局"，从别的妓院自携妓女称作"带局"。一席客人间只有一位是带局，叫了另一家武陵春的倌人绣杏，余下都叫了本堂局，怀雅堂倾巢而出。除青田、惜珠外，另有蝶仙、对霞、凤琴三位倌人。蝶仙形容风骚，削肩膀、水蛇腰，一双盛唐仕女的丝眼氤氲横陈。对霞则有着极丰美的肉体，把一件斗纹缎衣撑得满满的，脸却偏于瘦小而工峻。凤琴只有十三四年纪，眉憨目圆。诸女还过了台面规矩，便于客人的背后分别坐下，各自的娘姨丫鬟或手捧烟筒茶盂，或徒手侍立一壁，一众的相帮杂役则都在厅外听差跑腿。

青田甫从张家湾码头赶回，马车上睡得骨节酸疼，只为冯公爷做东，也免不得硬撑倦体打扮得光艳夺人。正面戴一件六金凤，每只凤嘴衔一挂珠儿，后髻戴一件观音倒插，两边各一对玳瑁捧鬓，身着纱罗褙子、银丝湘裙，裙下两带锦心宫绦，飘飘欲仙。先上前筛过一回酒便退于冯公爷身后，叫婢女暮云取了琵琶，小唱一段开片。满座叫好声中，但有一人意犹不足道："何苦唱这些陈词滥调，今夕既然各位女校书[1]群花雅集，何不以诗句酬之？咱们也不限韵、也不拘体、也不定题，只使一人咏一样花，唱来给大家洗耳。"

发话的是一位封号"太和"的郡王，胜在身份清贵，因此众宾客无不应诺。正拍手赞许间，青田但觉脚尖被谁一踢。她眼一偏，就见几位倌人中年纪最小的凤琴对她偷偷地摆手，手腕上的一串彩石手链碎碎而响。青田深知凤琴的文采有限却羞于启齿，遂和和煦煦一笑，曼声道："凤琴妹妹这两天嗓子不好，妈妈要她

---

[1] "校书"是以校勘书籍为业的官职，因唐代名妓薛涛曾被剑南西川节度使韦皋授以"校书"一职（上报朝廷后未获允准），"女校书"在后世就成为对歌女妓妇的雅称。

养着，暂不许她唱，就容她下回补作吧。至于咱们几人，绣杏姑娘算半个客，那就让客人先作，余者依着座次一一作来，好吗？"

凤琴感激一笑，绣杏几个也点头称是，唯独惜珠"哼"一声，拿出了一种笑中藏刺的神情，"长者为尊。青田姐姐的年纪最老，说出话来大家自然是要遵从的。"她把那个"老"字咬得极重，是露骨地嘲笑青田青春已长。

一抹清清楚楚的怒色由青田的眸中闪过，人倒依旧只款然地笑了笑，"是啊，再过几时等我离了这里，其他的这些妹妹也都要听妹妹你的了。"

惜珠身着洁白上衣，衣上的肩领处绣着一只白鹭鸶，鹭鸶的双翅却是以真羽织就，一霎间羽毛迎风抖动，狂傲欲飞，"姐姐糊涂了，蝶仙和对霞也都还长我一岁呢，哪里就轮到我了？"

"哟，"那蝶仙横眸一撩，眉眼处风情流荡，嘴角却冷冰冰地向下一撇，"谁又能今年二十，明年十八？眼前轮不到，总有轮得到的时候，妹妹不必心急。"

"说的很是，"叫做对霞的佢人鼻尖一耸，筋骨分明的脸上写满了讥嘲，"今日咱们姐妹几个都服服帖帖地听从青田姐姐，来日凤琴妹妹听不听你的却不好说，就怕是长而不尊，难服人心。"

主位上的冯公爷嗽了一声，须知他少年时也是红粉追捧的佳公子，现如今虽也还仗着权财在花丛里纵横，但到底是年朽貌衰，最忌讳一个"老"字，故此满怀不快地把袖裾一甩，"你们别你一句、我一句的净顾淘气，快快作来是正经。"

这一下诸女不好再斗嘴，便各自敛态默思。片刻后，武陵春的绣杏先作成一首《咏蔷薇》，唱曰："竹架藤篱迥绝尘，长条狂蔓斗横陈。盈盈承露如含笑，脉脉临风别有神。惭愧诗翁称野客，分明少府当夫人。不知何事偏多刺，惹带钩衣作态频。"[1]

接下来是对霞，也是一蹴而就，作成一首《咏杜鹃》，唱曰："望帝魂消出蜀都，

---

[1] 诗出（清）兰皋主人《绮楼重梦》第八回：学中属对舜华为魁，园里吟诗优昙独异。

匣心记

花间血泪半模糊。笙歌可醉红帛否，罗绮曾烧绛蜡无。十里春风山蹀躞，一堂夜身锦氍毹。鹤林寺里留佳种，谁遣仙人顷刻呼。"[1]

蝶仙不假思索，作成一首《咏桃花》，唱曰："风流雅似武陵溪，勾引游人迹满蹊。洞口妖娆迎远近，水边轻薄逐东西。丹砂私向雕栏吐，红雾偷从竹径低。纵使无言情万缕，刘郎别后梦魂迷。"[2]

转到了青田这里，冯公爷先抚髯而笑："你这位花王当然是要咏牡丹的。"

青田微微一笑，拨动了冰弦，低首轻唱曰："第一秋华第一香，天然富贵冠群芳。汉家宫里金为屋，唐苑亭前玉作堂。种占人间数姚魏，族居天上拟金张。瑶台月下分明见，好谱清平入乐章。"[3]

由她指下流出的琵琶声缓缓若疏风、急急如骤雨，更衬出一段冰润柔丽的嗓音，听得众人如痴如狂。

戴雁率先回过神来，"啪啪啪"地把手掌拍得透红，"好，好！当真绝妙好技，更何况歌喉婉转，令人闻之欲醉。"

青田将琵琶交予暮云，欠身微礼，"漫缀俚词而已，献丑。"

戴雁正有些情难自禁似的，却只觉两道冰锥一般的目光向他扎过来。他回望了惜珠一眼，忙尴尬地笑两声，转过了话头道："你也不用说，自是咏芙蓉的了。"

惜珠冷着颜面空望向满地的月辉，一面早已奏起了胡琴，遏云生风地唱曰："芙蓉艳质殿群芳，媚压金钗十二行。露浥轻红浓欲滴，风含叶翠霭如狂。谁方脂肉谁方镜，窃比娇容窃比裳。大抵诗人工说谎，翻言不及美人妆。"[4]

惜珠的琴技宛若流波而高如崇山，嗓音则又饱满又亢亮，赛过了清秋鹤喉，也把几位男客皆听得呆了。

一番喝彩后，适才出题的太和郡王拿衣襟捻了捻眼角，点评道："曲技且不论，

---

[1] 诗出（清）兰皋主人《绮楼重梦》第八回：学中属对舜华为魁，园里吟诗优昙独异。
[2] 同上。
[3] 同上。
[4] 诗出（清）嫏嬛山樵《补红楼梦》第四十回：怡红院灯火夜谈书，蘅芜苑管弦新学曲。

若只论诗，那些'惹带钩衣'、'血泪模糊'、'洞口妖娆'等句实在有欠检点，受不得福泽，只难得牡丹与芙蓉二位气势阔大、冠冕庄重，竟全不似青楼之辈，可赞可叹。"

青田笑而受之，惜珠的面色却为之一变，"王爷言辞间似乎对'青楼之辈'颇具偏见？"

她语出不善，郡王也不恼，只呵呵一笑："本王意在夸赞校书出类拔萃，不想校书反以为忤。既然执意相问，本王并非是当着矮人说矮话，但'青楼之辈'以色事人、以财利己，只晓得朝秦暮楚，又何知情之所钟？"

惜珠立即反唇相讥："历代名妓个个胸怀不让须眉，前有绿珠[1]报主，后有红拂识人，文有薛洪度，武有梁夫人，况且文人墨客路过钱塘必会追念小小，途经虎阜也会凭吊真娘，为她们颂扬美名者不乏其人，何故独独王爷竟如此不屑？"

郡王听过只笑着摇摇头，"早听闻惜珠校书出身大家，果然风雅卓识。但女子一旦堕入乐籍，便已是残花败柳，终不及在深闺中清白有德，纵然才情心志再高，也不能为人正室，说到底就是有亏于'德行'二字。"

惜珠偏过头，一对珇珊绿耳环寒意逼人，"正室侧室，不过是世间的俗名。王爷说我辈不解真情，我倒要告诉王爷，若有人合我的心，给他为奴为婢也情愿，若不合我的心，就是当今的天子十六抬大轿抬我进宫去做皇后，我也不去。"

郡王一扫说笑之态，拧紧了两眉，"区区平康[2]之女何敢狂言辱蔑天子？实在僭妄。"

这一头冯公爷早就拍案而起，之前惜珠的一个"老"字已令他心中郁结，此时又看她对贵客再三顶撞，一股气冲上来，直接就把手中的一双镶金筷朝惜珠兜头砸过去，"母狗无礼！"

---

[1]绿珠，西晋石崇的家妓。下文所言红拂、薛洪度（薛涛）、梁夫人（梁红玉）、真娘、小小（苏小小）均为各朝名妓。

[2]唐代长安城平康坊为妓女居处，"平康"便代指妓女。

匣心记

惜珠虽也是自幼沦落风尘，但正因家世好，被段二姐居为奇货，故意养着她的小性儿不曾打骂过的，开门接客后又自恃容貌才技，多少王孙求一见为荣，几曾大庭广众下受这样的凌辱？一刻间竟呆了，出声也不是，不出声也不是。客人们窃窃私语，满厅的仆妇则面面相觑。戴雁看着心疼又不敢干涉，只隔席向太和郡王与冯公爷打躬，"王爷息怒，世叔息怒。"

其他佢人见惜珠被打了脸都递着眼偷笑，青田也抱着手在那儿看笑话，却又见惜珠容色青惨地干坐着，素日里的桀骜不驯都扫地以尽，又不禁暗叹了一声。当即灵机一动，东边日出西边雨地一面微蹙着眉，一面又兜出一个眼儿媚的笑，伸手挽了冯公爷入座，"她虽是母狗，您可是公侯（猴），居然与她一般见识吗？"

登时一片哄堂大笑，各人绝倒。太和郡王直笑得大捶酒案，冯公爷曲了指捏住青田的腮角连扭几扭，"我是公猴，你就是母猴，撕烂你这张小猴儿嘴。"

青田笑着躲，头上的金钗珠花、项上的银索翠链、手上的玉戒宝镯在满厅河阳花烛的映照下彩光如瀑，直教人讶异这样纤小的一个人在这一头一身金与银的重压下，举动仍可以娇俏而多姿。"诸位别净顾着款待了耳朵、戏耍了嘴皮，倒亏空了肚子。公爷您呀先举杯打个通关，再招呼大家用菜。"

冯公爷乐得直把青田塞入怀中嘬一口，一壁撸起了袖管挨个搳拳。席面上旋即有说有笑，喧闹了起来。惜珠狠狠剜了青田一眼，不出一声地起身退席。戴雁忙随上，一路低声劝慰着去了。冯公爷只作不见，自行取乐，输了拳就把酒交予身后的青田，青田半掩着笑面一饮而尽。她从大早上就没吃过两口东西，虽对着满席的燕翅参肚，但妓女陪宴素来是只能坐在后头给客人布菜，自己不许动筷子的。故而空腹连吃了几巡酒，只觉满身烧哄哄的难受。她带笑辞了出来，叫丫鬟暮云扶到花厅后的小净室里，拔下脑后一根素簪朝嗓子眼儿内挖几挖，把喝下的酒水尽数呕出。暮云替她抚着背脊，又递过了一碗漱口水，"姑娘晚一点儿再过去不要紧的，我给你端碗粥来，稍微吃上一口，要不又该犯胃疼了。"

青田摇摇手，从腰间的一只五福荷包内取一小瓶香玫瑰露滴两滴去清水里，往口中一过就吐掉，两手又把笑僵的脸面推上一推，拖着脚回到了花厅。

冯公爷一见她就点出手指，枯白的指上有一枚大大的翠玉戒，"小鬼头，跑到哪里躲酒去了？快来，还都给你留着呢。喏喏，这两杯，一口气连吃了。"

青田满面盎然的甜笑，嘟嘴央告着："好爹爹，饶闺女一遭吧，是真不能吃了。"

"我倒想饶你，大家不饶啊。来吧，乖乖吃了。"

青田再推脱几句，已被冯公爷夹着她鼻子来灌，呛住了，咳嗽得眼泪直流。暮云忙替她又捶又抚，男人们击腿大笑。冯公爷边笑边拿一只手臂捆住她，又举起剩下的半杯酒，"惯会做这娇气的模样唬人心疼，得了，爹爹替你吃半杯。"

对面的对霞已倒了半盅茶水递给就近的凤琴，凤琴捧来青田的腿边，轻叫了几声"姐姐"。青田端过盅子抿两口，一抬头——额际咳出的细细筋络仍未退——仍是个明媚的笑脸，"哎哟，全凭爹爹疼我了，我是再也不能了。"

那头的蝶仙抱起了琵琶，弹起首滴滴答答的小快曲儿来。贵族男客们觥筹交错，时不时把身边的姑娘摸一把、掐一掐，再爽朗地大笑。

厅外点着一对兰花灯，似一个打瞌睡的人一坠一坠的眼，昏昏不定。

十

直待灯儿也睡去，斗转参移铜壶三滴，方告宴罢。武陵春的绣杏与客人自去，凤琴还是未破身的清倌人，不留人住局，因此也捧茶送客。余下人等均在怀雅堂歇息，冯公爷就与青田一道回到她楼上的卧房。

因常年饮酒无度，一日三餐又不规律，青田落下个胃痛的病根，一时发作了起来，只指望着赶紧打发冯公爷去睡，谁知他老人家兴致高涨一定要行事。她再三求告，他只不信，说一晚上花了上千的银子就为她痛快，"如今你痛快了，却不

匣心记

让我痛快，这般装模作样是何道理？莫不是把我当瘟生？还是嫌弃我老了？"说到后来，已有些变脸变色的。青田见冯公爷的酒劲儿上来，也不敢再申辩什么，只得把他存在她闺房中的箱子呈了来。箱内有个淫器包儿，冯公爷从包里取了春药，又挂上了药煮的银托子，就笑着搋倒了女人。

等冯公爷的鼾声响起，青田自己爬下床，头晕目眩，手止不住地发颤，只觉腹中有一片粗粝的石磨一圈一圈地磨，五脏六腑都要磨碎。她悄悄拉了门出来，哑着声低呼："暮云，暮——"

"唉！"外间还掌着灯，暮云就在灯下半蜷着，这时一下翻起，上前扶了青田在软椅坐下，又自温桶内端来一只粉彩药碗，"药是热的，加过了蜂蜜，不苦，快喝了吧，喝了舒服些。这老不死的，还容不容人活命了？"边骂着边动手替青田拢起了散发，触手处全是一把把的虚汗，而自发间拨出的一张脸盘则颜色煞白，唇角还沾了些墨色的药痕，人向她孱弱地笑了笑。

暮云但觉心酸难禁，拿手绢给青田揩了揩嘴角，又将她搀起，"回去睡吧，趁着药劲儿好好睡上一觉，醒来就好了。哎，往小肚子下垫个枕头啊。"

青田带笑点点头，合了门，又躺回到冯公爷身边。她扯了个引枕压着胃，面朝下趴着，不几时，酒意搅着睡意就渐渐地袭来。

一梦方醒，疼痛已遁去无踪，夜还在——怪了，夜怎地这样长！她翻个身，隔着枕畔震天的呼噜响，忽听见谁在帘外憋着嗓子叫："姑娘，姑娘？"

青田撑身把床帐揭开一边，看见暮云立在依稀的暗光中笑着向外指了指。

西套间里的小客堂烛光馨然，大理石桌上摆着套铜珐琅的瓶炉盒。桌子对面的一只冬青釉绣墩上，乔运则垂目而坐，安然似一行诗。而待他眼一抬，心中就涌起了一首古词：花明月黯笼轻雾，今霄好向郎边去，刬袜步香阶，手提金缕鞋。画堂南畔见，一向偎人颤。奴为出来难，教郎恣意怜。

这首词是南唐李后主之作，说的是小周后与他幽会时怕被人发现，除去了金鞋，罗袜裹足前来，相见又是如此地不易，所以请郎君尽情地怜爱吧！

眼前，青田就一手里提着鞋，两脚打赤，蹑步向他这边走来，欢喜得迫不及待却又铺莲慢踏，活脱脱是从历史的艳词中步出。笑意刚刚在乔运则的嘴角浮现，又瞬息冷却——那词中鹄步凤影的是一位皇后，而这女子之所以偷偷摸摸提着鞋，只因为她是个从熟睡的嫖客身边溜出来的妓女。乔运则的胸口有一阵熟悉的绞痛，他站起，把这妓女揽入了怀抱。

有一场绵绵的静谧，青田才从乔运则的怀中抬起头，两手绕在他颈后，一手的指尖还挂着凤回头的绣鞋。

“怎么这时候来了？”

乔运则用长长的手指从青田的额心直划到她鼻尖，“想你。”

他将她一捞就抱起到墙角的一架贵妃榻上，回身又取过只小坛，坛上一条杏黄色签封。

“呀，”青田惊喜地叫出声，“我正想吃这个呢。”她撕开了坛子的封口便把右手探入，从里头拈出颗油光晶莹的杏脯眯着眼放入嘴里，在两腮滚几滚，就“噗”地吐出了一只杏核。

暮云在榻边气得连连跺脚，“你这阵子又活过来了，胃也不疼了是吧？乔相公偏就你给她买这个，回回都要我趴在地下收拾。”

乔运则闻而不应，溺爱的眼神一刻不离青田，“怎么，胃又疼了？吃酒吃多了？”

“听那蹄子瞎说，小题大做。”一层新鲜的血晕在青田残留着憔悴的面颊徐徐弥漫开，“哎，暮云，这个不忙收拾，你悄悄回屋把我抽屉里的‘东西’拿来，我才忘记了。”说着就笑笑地又捏出一颗杏脯直送到暮云噘起的嘴跟前，“劳姐姐大驾。”

暮云绷不住也笑了，张嘴噙过了杏脯，即扭腰而去。

夏日的流风令窗影上的枝桠微微摆晃着，乔运则专注地看着青田。隔过一会儿，他把手放上了她的肩，如一只鸽栖息于一剪凛秀的梅枝。

“这几天，我常常想起咱们小时候的事儿。那时候，你十一，我十三，你还在学艺，我也在裁缝铺给人当学徒。每天晚上，我就拿石头敲你的后窗根，你睡

匣心记

在大通铺上，得一连跨过六七个女孩儿才能到窗口来。我就在下头拿手接着你的脚托着你落地，然后咱俩溜去没人找得见的角落，肩挨肩一说说半宿的话。你把手臂上被妈妈掐青的地方给我看，我也把被师父打了手板的手心给你看。你那么撇着小嘴，眼见要哭了，我就从耳朵后、从袖子里、从半空中变出颗果脯来，喂到你嘴里——"

"吃了一天的苦，尝点儿甜头。"青田把手指唆了唆，仿若念一首古老的童谣，怀旧而温馨，念他们曾经的悄悄话儿。她回忆起乔运则少年时指尖的触感，带有细密的针眼和粉灰，然而是甜的，那样甜，她生命中唯一的一点儿甜，每一天都在他指尖里捏着。青田无声地笑了，把脸偎去乔运则的肩头。

他依然沉溺在往事中，目光柔和又沁远，"其实我买了一整包，不过我每次只带一颗来，因为还要存很久的钱，我才买得起下一包，可我愿意你天天都能尝到点儿甜。我看你吃得那样欢也犯了嘴馋，但就是一颗也舍不得吃，只偷偷把包蜜饯的纸舔上一舔，舔完了还舍不得丢，全攒着，到最后竟攒了那么足足一大捆。"

青田半闭着眼，睫毛微微地覆下，"是啊，真是穷！你穷，我也穷，身在这花花世界，天天看着那些红倌人珠翠锦阑，自个却连一文钱的零用也没有，只得央了你从铺子里偷些零碎下脚料给我，闲了就埋头做鞋面子，还哄着蝶仙和对霞帮我一块做，也不知做了几百双，才托人从外头换了只小青玉坠。你一见脸都白了，直问我哪来的钱买这个？我说是我卖绣品得来的钱，你才肯乖乖戴上。"她的指尖滑过他光滑的颈，滑入颈窝中一带紧贴他皮肤的红丝绳。

乔运则笑起来，"后来你知道那玉是假的，气得直哭，非要去找那骗子。我哄了一夜才哄好，发誓说一辈子都戴着这玉坠，不离不弃。"

"都是小时候的玩话了。"青田轻轻一勾，便将他颈中的红绳勾起：已旧得起了毛，细绞着同心结，挽一块拇指甲盖大小的玉坠，坠子也被汗水斑驳，只是块染了色的普通石料。她捻着这坠子，咬住了嘴唇笑，"想起来真够傻的，那时候也没见过好的，一点儿不识货，真假都辨不出。也就你，多少年了还戴着这赝品，也不嫌掉价。"

乔运则将手掌覆在青田的手上，合拢了她手心的石坠，"这不是赝品，这是这世上最最真的。"

青田举眸来望他，眸子黑得像黑琥珀，蒙有着一层淡淡雾霭，而后她笑了。这一霎，乔运则觉得，整个世界都在他们身畔退后了一步。

她又含着笑一点点垂低了眼，"好在后来咱们有钱了。"

乔运则朦胧的眼神急剧一变，"后来，"他松开了青田的手，声音听起来节制而有分寸，"你有钱了。你每一次私底下给我钱，叫妈妈发现了都是你遭罪，要么就饿着不给饮食，要么就干脆一顿毒打。妈妈最后一次打你，我记得很清楚。我爬窗进来探你，结果被妈妈给堵在屋里，你吓得把我一把推进了衣柜，她直接走过来拉开柜门，指着你跟我说：'这个倔丫头，我拿沾水的鞭子打她，打得皮开肉绽的她一声不吭，见了你，哇的一下哭那么响，我在院子外都听见了。你不用藏了，以后想来就来吧。'"

青田的两眼里亮晶晶的，只是深深地笑，"今儿是怎么了，净说起这些陈年旧事来？"

正值脉脉不得语，忽听见"嚓嚓"几响，是猫儿放出了指甲在地下走路的声音。"在御！"青田欢笑着轻叫，一弯身就把白猫捞进了怀里，往那毛乎乎的耳间连亲带蹭，又抓住它的前爪去闹乔运则，"你瞧瞧谁来了，谁来了？在御，不许这样，在御，喂！"

在御的反应出乎意料地大，起始是别扭着来回躲避，后来竟一抬爪，往乔运则的手背上狠挠了一把，跳下地，三下两下就钻没了。

青田气得满口子要打，"这作死的畜生，怎么最近一见你就这副鬼样子？哼，反倒上次摄政王爷驾到，它殷勤得不得了，撵都撵不走地围着人家转，越老竟越成个势利鬼了。"她骂两句，捧过了乔运则的手来看，往那爪痕上轻轻地吹着气。

他盯着手背的皮肤上渐渐浮起的几丝血痕，眼睑抽动了一下，"摄政王爷没再来过？"

匣心记

"嗯，就那么一次。妈妈后来还缠着问我'王三爷'的身份，我生了几个脑袋敢乱讲话？就说好像确实是首辅王家的一个侄子，之前一直放外任来着。结果妈妈还怪我巴结得不好，弄得人家连二回门也不肯上。她知道什么呀？我才不在乎什么王家公子、什么摄政王爷呢，你才是我的王爷、我的皇帝、我的天……"她没说两句就笑嘻嘻地抱住了乔运则的一条臂膀，侧着脸偎上去又挨又蹭。

"啧啧啧，刚几日不见，就腻成这副叫人看不入眼的模样？"但见暮云去而复返，一面嗤笑着扁嘴，一面将好几张纸头直杵来青田的鼻子下，"喏，吃酒吃糊涂了不是？哪里在抽屉里？你又塞到妆盒下头了，害得我这一通好找。"

青田笑着直起身，两手仍挽着乔运则的手臂，把嘴向他努一努。

乔运则摇头，"我的钱够了。"

"够什么？"青田抓过了那一沓银票，直接打开他腰间的火镰袋往里装，"没听见人整日说'穷翰林''穷翰林'，上头那些人个个狮子大张口，哪里有个够？你的身份又今非昔比，既要拜老师、会同年，又要立旗杆、请贺客，出手原该大方些。这个节骨眼儿可一点儿马虎不得，稍有疏忽，往年的打点也白费。再说你才置了新宅子，修整又得一笔开销。那几个糊里糊涂的老婆子也该辞了去，换几个像样的人给你烧汤做饭，别回头请那些年谊去家里，酒不成酒、席不成席的遭人笑。"

"当真不用。最近我听着风言风语的有些厉害，都说我的钱并不是亲戚接济的，而是一位小班倌人贴补的，回头传到你那几个客人耳朵里还不是你麻烦？"

"什么风言风语？不就为你皇榜夺魁，姐妹们方才议论了起来？咱俩也好了这么多年，要传早传出去了。你只管放心，就惜珠那样作怪的也不敢在背后放小话。我讲句难听的，做我们这行谁背后还不给自己寻个乐儿？槐花胡同的这帮小蹄子做恩客的做恩客、养姘头的养姘头，甭提姘戏子，姘马夫的都有的是，谁还没个把柄给人捏着？谁也不敢太造次。"

"话是这么说，可你一天到晚置办新衣头面，开销也够大的，总为我弄得手

头吃紧，叫我心里也过意不去。"

青田吃吃地笑出来，两手捧住了乔运则的脸，鼻尖对鼻尖地同他一抵，"哎哟哟，乔大状元倒跟我客气起来啦？你若真待我有些良心就别在这儿推来让去的，我成天这样子，想在你身边替你尽一丝半点的心也是不能，你收下这些我还能好过点儿。反正那些个死瘟生一个比一个瘟得厉害，钱来得容易，不花白不花。"

乔运则看也不用看那些银票的面值，总之他卖了自己的锦心绣口，卖了一条命也买不起的，而她只消对另外的男人们卖一个微笑、一身冰肌玉骨的皮肉——他的神光乍离乍合，似乎就在某一瞬息间，他会将那叠票子掏出来直掷回到青田的脸上，但最终他只深情一笑，"你也瘟得厉害。"

青田笑着把他轻拍了一下，旋即就仰起脸，嘟起毫不加修饰的丰腴红润的双唇。这是等待亲吻的样子，可并不像一个妓女的等待，而像一个孩子。

于是乔运则就亲吻了她，也像吻一个孩子，用自己的唇，又怜惜、又轻柔地碰了碰她的。接下来，他向她盯了足足半日，眼光里有所有年景的山沉水逝。

临到头，他猛地抽了一口大气，调子变得低沉而喑哑："对了，五天后，京城首富焦遵在府中宴客，我也去，到时候叫你的条子。"

青田别过脸，又从身边的小罐中抓出一颗杏脯，塞进嘴里头含弄着，"我尽量，不过可说不准。你也知道过两天端午歇夏，堂子不做生意，老头子就说要带我去傅家东园避暑呢，烦死了。"

乔运则的喉头滚动一下，卡着个咽不下、吐不出的什么，"这一场晚宴，你务必要来。"

"什么这么重要？"

"没什么，我想你来。"

青田笑叼着手指点点头，"那好吧，我想个法子不去傅家东园就是。"

"一定？"

"一定。"

不知出于何故，乔运则幽深的双目中有水光浮动。他也微微点了点头，不动声色地转过脸，"暮云，你把那件包袱替我拿来。"

暮云循其所指，取过了案上的一只缎包。乔运则接来放在青田的脚边，亲手、轻手打开。

青田裹在薄薄一件弹绡衣下的身子僵住了，呆瞪瞪地干坐着。暮云却骤一下拿手掩住了口鼻，两行眼泪淌落。烟霞色的包袱皮里，是一件叠放得整整齐齐的、凤穿牡丹的女子嫁衣，蝶恋花金纽子，袖口是近两寸的堆绣花边，衲有颗颗饱满的五色细珠。

乔运则淡之又淡地说："我亲手做的，手艺生了，做得不好。"

青田眼轮血红地笑了笑，对，她几乎忘了，这人中龙凤的状元郎当年不过是个小裁缝，他永远是她的小裁缝。

玉尺金剪，天衣无缝；君曾寸寸抱我身，肥瘦处处不消量。

她张臂圈住他，把脸藏去他肩后。从来都是值得的，那些为了他而对其他男人的忽嗔忽喜、乔张做致，那些轻身贱骨、摇尾乞怜，因为只有这个人把她当做一个堂堂正正的人，一个值得这样好的男子亲手去裁一件嫁衣的，好女人。

乔运则拥着青田，字句笃定："等我官职一放，我就三媒六聘、八抬大轿，娶你为妻。"

青田笑着流泪、笑着沉默，而后她笑着摇了摇头，"阿运，我出身不正，你若明媒正娶，一旦言官纠弹起来，必将获罪。你苦了多少年才换来的金殿胪唱、独占鳌头，极士林罕有之荣，老天爷给的前程不能就这样白糟蹋了。纳我为侧室，一心一意待我三年，三年之后，你去世家女子间另觅良缘。倘若日后你的夫人对我妒不能容，我就效仿鱼玄机[1]，披戴出家，诗酒趁年华。"

---

[1] 鱼玄机，晚唐女诗人，原名鱼幼微，初为状元李亿妾，李妻不能容，遂被弃，进长安咸宜观出家为女道士，与文人来往唱和，后因妒杀婢女被处死。"易求无价宝，难得有情郎"便为其《赠邻女》一诗中的名句。

乔运则也摇了摇头，"我娶你为妻。"

"阿运，你别这样固执，我明白你的心，可是——"

"乔运则娶段青田为妻。"他字字如铁石，但他的嘴唇温存如水，轻覆了上来。

在他的嘴里，青田哭得要断气。

后头的暮云早已是泪流满襟，她扯起袖口摁了摁脸面，无声无息地退出了房外。

外头正有个好月亮，暮云绕开了王颜六色的风灯，只拣月光所至的冷僻之处，一径从后楼梯溜出院子。她靠在一头的门墩子上仰首出神，冷不防却一声尖叫，回身去打谁的手，"小赵你个死人，吓得我魂都没了！"

是个看着有些木讷的少年人，笑着去弄暮云的花领子，"你这是中什么邪了，一边哭一边笑？"

暮云是圆中带方的一张脸，两道眉虽浓重些，却如初三望四的月微弯着，配着单眼皮的白果眼，秀气中不失精干利落，挂着泪就更见几分娇蛮；手只把那小赵乱推着，"大夜里的，你又从哪个地缝里冒出来？"

"老被二姐骂，我不敢进去，就想着你总得出来的，一直在这儿等着你呢，等了快一个时辰了。金铺打了种新钗子好看得很，我送来给你戴着玩。只别丢了，戴腻了还我，我再拿新样子出来给你。"

"要说你多少遍？上回被老板发现还不够受的？我缺这些东西吗？拿回去拿回去，我不要。"

小赵便受屈地申辩："暮云……"

青霄中一轮上弦月，前半夜的歌舞喧嚣都已经平息，仿佛是渣滓沉淀后，上浮的纯净。

十一

　　平静的日子并未过多久，便来了一场大风波。挑起这一场风波的，是惜珠。

　　惜珠在那日酒宴上被青田的客人冯公爷当众羞辱，一直忿忿于心，原就性子孤高，这下更变得乖僻了几分。这一天刚上楼，迎眼就瞧见两个垂髫小鬟正凑在她房门口唧哝着什么，其中一个是自己屋里的梅子，另一个是青田屋里的桂珍，一瞅见她忙就跑开了。惜珠骂了一句"鬼鬼祟祟"，上前照着梅子的嘴就掴了两把，"你不晓得我讨厌青田那贱人不是？专要找她的人往一处说话？下次再让我看到，拧烂你这张嘴。"

　　梅子哭着捂住了嘴巴急切地分辩道："姑娘我错了，可我没找她，是桂珍自个找我说话，她说青田姑娘快走了，到时她想来姑娘你这边伺候，先和我商量商量。"

　　"快走了？"一丝疑色掠过了惜珠的脸，她微微地俯身，把梅子拉进了屋里，"桂珍同你说了什么？你一字不差地同我说出来。"

　　梅子被掴出了血的嘴唇一点一点地肿起，笨拙地上下翻动着，"桂珍说，头两天青田姑娘的乔相公送了她一套亲手裁的凤衣，说马上就替她赎身，抬她上门做大老婆，现在大家伙都管青田姑娘叫'状元夫人'呢。"

　　惜珠的眼睛猛一下瞪圆，梅子吓得赶紧抱住了头，良久，却始终没有等到巴掌落在她脸上或身上，这才怯怯地向上望一望。她望见惜珠姑娘露出了一个明艳而狡黠的笑，伸出手，把手心放来她嘴边揉了揉，"你再去问问桂珍，她们'状元夫人'把那凤衣搁在哪儿了？悄悄的，别叫旁人知道，回来我疼你。"

　　绿窗风月处，不知不觉间又已是残日西沉，又已是东方新亮。

　　第二日过了午，惜珠刚起身，正傍在窗下早妆就听得妆房的房门"嗵"一声，被谁一脚踹开。

　　她连看也不用看就猜到是谁，脸上露出了得胜的笑容，"哟，姐姐为人可愈发地不拘了，连敲门都不会了。"

门外，青田一身火冒三丈之态，正欲说什么，却见惜珠的客人戴雁自进间走出，满面堆笑地赶上前，"青田姐姐来了，进来坐。"

青田不知戴雁在此住局，只得把口边的谩骂生吞而回，拗出了略显僵硬的一笑，"戴爷您早。"

戴雁见青田脂粉不御、乌云散绾，面上又微含着几分怒意，极是顾盼非凡，不由就贴过来把鼻头探在她脖梗处轻嗅，"姐姐熏的是什么香？这样好闻，我竟从不曾闻过的。"

青田稍一躲，"大早起的谁熏什么香啊？戴爷净说笑。"

"哎，我倒有句不是说笑的话，人所谓之'一字字更长漏永，一声声衣宽带松'[1]，那夜听了姐姐的唱奏，我才知晓这句话中的意味。"一双软溜溜的含情目像热乎乎的狗舌头，只黏在青田的脸上舔来舔去。

青田又移了移身子，直直朝屋里头望进去，"我有些话问惜珠妹妹，烦她出来一下。"

戴雁伸手往她的腰间环过，"什么话进来说。"

近午的好日头把屋里照得白辉一片，雕红镜台边，一个梳头的大丫鬟替惜珠绾发，另有梅子等几个小丫头手捧了三四件衣裳立在后头等她挑。惜珠本是逍遥自在地涂脂抹粉，却看戴雁在门后跟青田叽咕个没完，立时就几步上前横臂隔断了二人，重重把戴雁一瞪，"我同姐姐说话，你来瞎讲啥？"

她扯着青田，一行吩咐外屋几个摆茶插花的丫头们好生伺候戴爷，一行来在廊道间。

甫站定，青田就将身子一回，"是不是你干的？"

惜珠的脸上只扑了粉，还未擦胭脂，看起来白苍苍的一片，似一条狠戾的鬼影。她伸出戴着一只细麻花金银双绞镯的右手，把那直抻到自己鼻下的物事

---

[1]（元）王实甫《西厢记》第二本第四折："一字字更长漏永，一声声衣宽带松。别恨离愁，变成一弄。"

撩起一角，十分矫情地端量一番又抛开，"我当是什么呢？原来是姐姐的嫁衣。这不好好的吗，怎么了？"

青田一手捏着大红绸衣，另一手拖起一角，"这墨汁，是不是你干的？"

惜珠带着毫不掩饰的喜色瞧着自己的杰作——这被一大摊墨汁泼污的锦线细绣，两手往胸前一抱，"哦，这个啊！嗻，姐姐得配状元，自己可不也该有几两墨水嘛。再说了，状元娶亲可是轰动四海的大事，成亲当天宾客们也得看一看清楚，这位状元夫人到底是纤尘不染，还是满、身、污、渍。'一日为娼，终身为娼'，这世上还没听见过哪个男人愿意娶个娼妇做大老婆的。姐姐一心盼着终成眷属的《绣襦记》[1]，我却怕最后盼来一出负心薄情的《焚香记》[2]。妹妹是一片好心为了姐姐，劝姐姐，这场春秋大梦，差不多就醒吧！"话毕，对青田千娇百媚一笑，蛇妖款摆地走了。

青田拳着红衣的指节根根突立，好，就是惜珠干的，趁自己昨夜随客人外宿溜进了她的房，打开了她那架千枝万叶纹样的紫檀衣箱，把整整一盒的墨汁倒在了她珍藏的嫁衣上。多少年，在这个虚情假意的地方，她学会了随心所欲地从眼里挤出几滴白水来，却忘记了怎么发自真心地哭一场。可这些个日子，每一天每一夜，只要有独处的时光，她都抱着这件嫁衣哭得死去活来。

在飘散着瑞脑清香的走廊中，青田望着惜珠远去的背影，浮出一个扭曲的笑。惜珠这婊子不知道自己干下了什么，她毁掉了另一个婊子的，最大的一件奢侈品。

十二

夜来，初掌灯。

端午节原是收账之期，客人们在这一节中所叫的局、所摆的牌和酒均要一一

---

[1]《绣襦记》，昆腔，后成为苟派名剧。讲述了名妓李亚仙与状元郑元和历经风波、终成眷属的故事。
[2]《焚香记》，昆腔，元代有《海神庙王魁负桂英》杂剧。讲述了负心郎王魁辜负痴情女子敫桂英的悲剧。

结算，故此生意零落。但惜珠因与青田斗花酒落败而郁郁难平，戴雁为了安抚她，特砸了四百两的现银摆一场牌局，就在西头小花厅与几位相熟的公子哥儿一行抹雀儿牌一行推杯换盏，喝了一阵觉得有些内急，便叫身后兑酒点烟的惜珠替打，自个抓了把紫砂茶壶嘬一口，起身出去方便。

戴雁才出门，就见门外守着个并梳两角丫髻的小姑娘，一望到他"噌"一下便往楼上跑，依稀是青田房里的丫头，也未瞧得真切。谁知在净房小解毕，手里还理着衣裤往外走，就看青田本人俏生生地立在院中：金绿小袄，雪白纱裙，宝髻上对插着两支镶有整块大祖母绿的赤金蜻蜓簪，更衬出涂抹得绯红的两叶嘴唇，明艳得动人心魄。

戴雁一时看怔了过去，半天才笑不迭地凑上前道："姐姐怎么一个人在这里？"

"我掉了样东西。"

"姐姐掉了什么？告诉我，我替你找。"

青田抬起手，将一只留有着寸长红指甲的小指支在他眼前，勾魂一样地软软一勾。

戴雁张手来握，那面却一抽，自向前找了去。戴雁心痒难搔，亦步亦趋地跟在后头。青田一会儿掠掠发角，一会儿斜斜腰身，耳下的一对玉兰花坠左摇右荡，直荡得戴雁心魂不属。他见女人停脚，忙一个箭步赶上，把地下直闪油光的一只金珐琅护甲抢先捡进了手里。

"这可是姐姐的？"

青田递出腻白的手心，"拿来。"

戴雁要笑不笑的，满目尽是偎傥公子的风流，"我找到了姐姐的东西，姐姐拿什么谢礼给我？"

青田"哧"一声，"本就是我的东西，你还了我，还要什么谢礼？"

"没谢礼，我可是不还的。"

青田偏头作想，把眼儿斜着飞了飞，"哪，去那边的小茶厅，我给戴爷敬一盅茶好好地谢谢您，您就把东西还了我成不成？"

匣心记

戴雁歪着嘴笑了，把护甲轻轻贴着自个的双唇滑过，手一折便顺入了袖内，潇潇洒洒地翻开掌心，向青田做了一个"请"的动作。

怀雅堂后进的一层有几间茶厅，是专为打茶围而设的。这个月多是大客摆酒，并无什么散客，故此全空在那里。青田叫一个老妈子开了门，又叫她沏了茶送来，就放下了门帘子，两手端茶捧来戴雁的面前。

"戴爷请用，清清凉凉的蜂蜜银耳茶，消暑去燥。"

戴雁一手将茶盏放过一边，另一手就把青田强拉着挨坐在自己的身旁，"哪里要什么茶？姐姐你就能去我的燥。"

青田抽回手，由腋下牵出了一条手绢印着面颊，白腻细长的手指仿若迎风的兰花，"瞧你文质彬彬的样子，原来也这么不正经。"

戴雁的脸胀了，另一处也胀了，"这世上的男人见着你还能正正经经的，姐姐你说一个来我听听？"他重新抓住了青田的手和手绢，欲火中烧地一把箍紧了她，"好姐姐，我想你好久了，真真是个玉美人，神仙也不如你！"

"我的哥哥，你这样聪明杰俊，我也早有意于你。我并不求你跳槽[1]来做我，只时时地和我谈情亲热我也就满足了。"青田斜坠着金钗，高挑着银裙，任随戴雁吃得满嘴胭脂记。正待入港时，却又一手抵去他胸前，挣起了身子躲避道："不，怕只怕我是个有心的，你倒是个无情的。你和惜珠好得一个人似的，回头却把我当笑话讲给她听。"

戴雁已是裤裆里着火，指天说地地赌起咒来："我若告诉给人去，叫我五雷轰顶不得好死。"

"你们男人家说话我才不信。"她只把他半揉半就着，"除非你拿件东西来作保——"

"好姐姐，金山银山你一句话，只求你方寸慈悲，舍一滴菩提救命。"

---

[1]（清）徐珂《清稗类钞》：跳槽一词"原指妓女而言，谓其琵琶别抱也，譬以马之就饮食，移就别槽耳。后则以言狎客，谓其去此适彼"。

青田拢抱住戴雁的头颈向他耳中吹入几个字，噙过香茶饼的口气仿佛是朵朵的花蕾凭空初绽。戴雁仍陶醉不已时，她已翻身而起，款款作态地立于男人两腿间，把腰里的汗巾轻挽着，"亲亲的哥哥，我金山也不要，银山也不要，只要这个。你把这个拿来给我作保，我就信你。"

戴雁恐她要走，正欲嚷，青田却又曲下颈子自往他的口内笑吐舌尖。他忙把她揽住，但觉怀中贴上了一对酥极软极的胸乳，正待上手揉摸，手腕却一凉。青田的指尖已蛇入他袖内摸出了自个的护甲来，小小一盏幽灯的暧昧颜色中，她的手在空中划出一道耀目的金线。

"三更前管她要来，敲了更鼓还来这里等我，我自救你焚原苦海。"她嫣然展一笑，婷婷地转身。

青田头也不回地走出茶厅，穿过天井，脸皮绷得活像个死人。她有把握。对于这些每次看见她都活似婴儿看见乳房的男人们，她从没失手过。

夜，恰似一场仓促而轻率的引诱，匆匆过去了。

接下来是一个微阴的天。自起了床，惜珠就头疼得要命，昨夜帮戴雁吃了足有半斤酒，天还没亮他就说府中谁做寿，歪帽散衣地走了。叫他这么一吵，她也没睡好，躺到中午起了身，也懒得梳洗，只靠在床头捧了本元稹的诗集，正闲翻着，听见小丫鬟在外间叫了一声："青田姑娘。"

惜珠放开了书，一想起青田拎着嫁衣在她面前愤然欲狂的败相，她就禁不住洋洋自得。这自得很快又变本加厉——对方居然无故出丑，一进房就绊了下脚。

"哎哟，姐姐可看着！"惜珠倚着大红金钱蟒靠背，一段藕白的臂腕打绢袖中滑出，举手轻揉着额际。她头上光光的，只在前额环了根紫销金箍儿，太阳穴上贴着两小方头痛膏，人是病西施的红颜妙相，"咱们命薄，压不住'状元夫人'这非分之荣，要不怎么好好的平地上也能绊住自己？我要是姐姐，日后出入必然加倍当心，别有什么无妄之灾、飞来横祸。"

"是，好好的，平地上怎么也绊一下？"青田一手捏着一把宫扇撑住门槅扇，

匣心记

另一手下去脱鞋，把左腿的绫裤抖搂着，好半天，自一只珍珠软底的绣鞋里捏出个什么来，"我说呢，原来有这晦气东西硌在鞋里，怎么能走得稳当？"她转视着惜珠骤然瞪直的两眼，更把两指间的东西来回晃悠着，"哟，怎么，莫非这是妹妹你的？"

"当头一棒"远非只是辞藻之妙，此刻，惜珠便觉半空中当真横生出来一根狼牙棒重重击上她天灵盖。难怪！昨夜里戴雁先给她大灌黄汤，回房后又说什么"青楼也赋白头吟"，非要与她一同剪发，作为结发夫妻之意。她待他一向是有点儿真心意的，见他情深若此，也就一半醉、一半真地和他共剪香云，谁料他竟是吃里扒外哄别的臭娘们儿去了——哄她不共戴天的大仇人！惜珠想起她手持银剪的那一幕：小心翼翼地铰下一缕发，挑一根最细最红的勾金丝绳分分缠就，把她的一缕情送给那男人。而现在她的情，竟从这女人的脚底掏出来，钳在她指间，又轻飘飘地往前一掷，像一撮卑贱无根的野草——

"嘻，我还当是哪个小野逼的骚毛呢！"

青田拍了拍手，直望惜珠惨黄的容颜。那令人不齿的勾引、龌龊如猫狗的交尾只不过是漫长的前戏，这才是快感降临的时刻，痛快极了！她将脚尖递出，踢了踢被抛落在地的一束细发，做出一副极尽夸张的忧心忡忡，"真奇怪，妹妹的头发怎么会跑到我的鞋里？不过妹妹啊，人家都说要是头发呀、指甲呀这些东西被人踩去了脚底，可是要倒大霉的。我要是妹妹，日后出入必然加倍当心，千万可别有什么无妄之灾、飞来横祸。"她趿拉着鞋，风摆杨柳轻摇着扇子出屋了。

惜珠一句话也说不出，顷刻之间一切都涌上来，千金小姐沦落风尘，似花深陷泥淖，如血空枝碧啼。她喉如土塞，泪似江流，很久很久之后才积攒了足够的力气站起来。她赤脚蓬头地冲下床，狂喊一声："段青田我杀了你！！"

随后她就膝盖一软，向前扑倒过去。

十三

青田把惜珠直气得昏厥，自己却优哉游哉。这一夜正是先前与爱郎乔运则说定的焦府之宴，故此还特地沐浴熏香、穿戴一新。谁知等到太阳下山，请她出局的局票未等到，先等来一名不速之客：

摄政王齐奢。

他仍同一个月前一样，微服，随身只带两名仆从，自称"王三爷"，出手就赏了一两黄金、一对玉璧。段二姐一见，直若见了苦思的亲人，简直恨不能亲自赤膊上阵，奉承得不知怎么才好，着急着慌地叫青田出来敬瓜子、敬新茶，更把一色的白粉定窑碟盛了桂林马蹄、广东荔枝、青梅桔饼、桂花八珍之类的珍席果品统统摆上。青田虽不晓得什么风又把这位给吹了来，却也只得堆起了笑容相陪。他一连听她唱了几支曲，又与她置枰对弈，总之不见动身的意思。

室内焚着生结香，更熏得几盆素馨花、茉莉花浓香沉沉，惹得青田一身燥热。她一手把宠物猫拢在腿边抚着其纯白的毛皮，心不在焉地投下了黑子一枚，满脑子只惦记着乔运则，他们的今夜之约，还有——青田甜蜜地遐想着——他们的今生之约，她和他尘埃落定、永不分离的结局。

"青田姑娘出局！"

外场嘹亮的喊声传至楼上，青田回过神，立即心内雀跃不已，却明知故问道："哪里？"

"灯市口纱帽胡同焦府。"门帘被打起，婢女暮云走进来，当心地向齐奢深施一礼。

齐奢一根犀带拦腰，身着品蓝色的箭袖袍，遍嵌着只在光下才可见的卍字暗纹。他的人有一刹若有似无的惊疑，撷棋子的手静止在半空，眼望青田以询："富商焦遵？他是你的客人？"

"回三爷的话，"暮云轻声代答，"叫局的是——乔运则乔公子。"

匣心记

　　不知为何，听到焦、乔二人被联系在一处，那一丝惊疑猛然蜕变为沉重的阴霾蒙上了齐奢的脸。他转视纹枰，放落了手中的白子，既没有走，也没有放青田走的表示。

　　依照惯例，倌人如需在待客时转局，无论客人是什么身份也不能强留不放。但青田觑了一眼男人的脸色，就见风使舵地打发暮云道："你去说一声，说我晚些动身。"一行重拾残局，仅来个小尖的自补。近百手后，中腹棋筋被吃，青田即推枰认输，"三爷，天色也不早了，您饿了吧？要不去旁边的馆子叫两个菜？其实我们自己的小厨房做得倒比外头好，又精致又干净，三爷试试？"

　　齐奢置若罔闻，单是低着头一粒粒地捡棋子，"再来。"

　　青田不敢违拗，只好强捺下性子再战。小半个时辰过去，一旁的猫儿在御已发出轻微的鼾声，青田把手挖在棋盒内一个劲往计时的刻漏上瞄，又不好提醒齐奢，便再唤进了暮云旁敲侧击："你派人去焦府走一遭，说我耽搁一下就到。"

　　暮云面露尴尬，把绣有绿萼的小袖轻轻地搓弄着，"哟，怎么才汪嫂子送茶上来没跟姑娘说吗？不用去啦。惜珠姑娘早取了局票代局[1]去了，这阵子想来酒都吃完了。"

　　青田一听就愣了，惜珠强撑病体代她出局，自不会安了什么好心，怕是要当席给乔运则难堪，更怕是——她倒抽一口冷气，回想起自己魅惑戴雁的一幕，仿佛已看到惜珠照猫画虎地对付乔运则。她不是信不过自己的爱人，但他只有过她一个女人，看惯了她的柔媚，难保不会突然发现惜珠的冷艳是种更新鲜、更凌厉的美。不行，必须得阻止惜珠——在她把自己变成席间一道最美味的大菜前。

　　青田的心中十万火急，却只娇慵起身，碰巧她穿的也是蓝，宝蓝色的密绣纱衣上穿枝宝仙的花样绵延舒展，"三爷，您是天底下头一号忙人，照理好容易逮住，轻易不能放您走的。但——搁在别的客人，我一定天花乱坠编出些理由来，在三

---

[1] 如客人所请的妓女不能赴约，而改由另一妓女相代，就称作"代局"。

爷面前我是不敢掉花枪的。实不相瞒，早几天乔公子就跟我定下了这个约会，让我——"她笑着顿了顿，有一丝不易觉察的腼腆，"务必要到。"

"务必要到。"齐奢玩味着这句话，直望住青田的眼神很复杂，竟似有种悲天悯人的意味。之后他游目旁顾，声音里生出了隐隐的凉意来："他说'务必要到'，我说'坐下，下棋'。"

青田稍一琢磨，就不着痕迹地连消带打道："三爷总摄国政，朝廷的谕旨都是经由三爷的口中发出，其他人说的话叫做'话'，三爷说的话叫做'旨意'，号令天下，任谁也该听三爷的。不过，今日焦府夜宴，青田早已经应承过乔公子。子曰：'民无信不立。'[1]青田守约，并非拂逆三爷的意思，而正是为了三爷。假如一个如我之位卑的女子也懂一诺千金的道理，那么试问举国上下还有谁会不谨守诚信之道？'夫信者，人君之大宝也。'[2]"

齐奢聆听着青田的娓娓之辩，一笑置之："你若是个男子在朝为官，定写得一手谏诤的好文章。"

"谏诤可不是青田的长项，我擅长的是在酒席上讲笑话得罪人。"她见对方的笑意更加明显，也就笑着拜一拜，"三爷日理万机，我原是不敢留的。不过您要不着急，我叫人进来给三爷再唱几首时新的小曲，您宽坐，我去打个照面就回，再给您斟酒赔罪。"

齐奢仍那样半笑不笑的，"我并没允许你走。"

青田怔了怔，复强颜而笑，"青田可否知道理由？"

"你会知道的，不过不是现在。"

"三爷，多余的都不讲，只是'国有国法，家有家规'，我们身为伎人，也自有小班里的一套规矩。打茶围时逢人叫局，或出局时另有客叫，牌、酒一巡就转局，这是行规，所以就算今夜叫局的并不是乔公子，青田也是不得不去敷衍一下

[1] 句出（春秋）孔子《论语·颜渊》。
[2] 句出（宋）司马光《资治通鉴·周记·商鞅变法》。

匣心记

的。您看，本来客人都有个先来后到，可您一进门，我立刻就使法子把前头那位都已经坐进正屋里的给支走，又放着西屋里那个傻等了半晚上，这阵子再叫局不到，真是坏了规矩，就是妈妈知道也要骂的。"

齐奢显然被冒犯，恢复了一身的傲慢之气，"不管在哪儿，规矩都由我定。坐下。"

青田却只把姿态放得更低，几乎是求恳的语气了："三爷，您是坐坐就走的，我却要在这里天长日久地待下去，做坏了生意可没活路了，烦您也体谅体谅我的难处。"

"坐下。"

"三爷，要不您看这样——"

"不识抬举的玩意儿！"毫无征兆，齐奢改颜，凶神恶煞地一把掀翻了黄花梨棋桌。打盹的猫儿在御一惊跃开，门口却冲进了两个人。原是他贴身的太监周敦跟侍卫何无为，一听见里面的动静不对，便趋肃待命。

青田的笑在面上僵住，她对乔运则的一腔深情只向面前这个地位崇高的男人吐露过，她当他将心比心，她当他大慈大悲，然而他不过只是又一个贪图她美色的当权者，恃强凌弱、仗势欺人。她对他一直存于心间的感激，就随着倾翻一地的棋子而分崩离析。

青田蹲下地，捻一粒黑子重新放回到齐奢的手边，美目含笑，流动顾盼，"三爷，这叫玩意儿，任您抛，任我捡，自个不知道动弹。青田，是有手有脚的人，爱去哪儿就去哪儿。您若非要强留，就用腰间的蒙古刀吧。"她笑着深躬一个万福，瞥都不瞥门前那一对凶恶的哼哈二将，转眼即去。

暮云吓得杵在当场，喉间发出"咔咔"的响动，"三爷，您、您千万别介意，姑、姑、姑娘她——，姑娘！姑娘！"终是看了看青田的背影，踉跄追出。

屋内，是银红撒花的帐幔、楸木雕玉的花罩、紫檀缂丝三屏风、海棠绣墩五开光……齐奢一个人被剩在这琐碎的花团锦簇的暗角。他伸长手把受惊的猫儿抱入怀，极长久地抚慰着，黑白分明的双目在满炕满地的黑子与白子间逡巡，最终落在了其中一颗上——由青田放回的那颗，衷心地，绽开了一个笑。

"何无为。"

与太监并立在一旁的侍卫大步上前，他神态威重，鼻梁略勾如弯刀。适才眼巴巴放走了那目无纲纪的婊子，正叫人恨得牙根痒，见主子开口，立时精神地一挺胸道："奴才在！"

就这一阵子工夫，青田早已经登轿而去。红倌人的香轿与众不同，只见洋蓝大呢的轿衣上是白绒线绣的折枝梅，四角结着翠色流苏，杭州香藤轿杠上还垂下四只以水钻镶点的彩球，在一路上又好奇又艳羡的目光中，流星赶月似的就来到了灯市口。

顾名思义，灯市口遍地都是灯。临街的铺面在梁上、檐下、门前、室内，以至于把墙壁镂空了挂嵌彩灯，霞罩烟笼，炫目迷神。灯海中一所幽深巨宅，石狮把门，上书"焦府"二字。

"姑娘，到了。"

青田的心不是不发慌的，也为自己在摄政王面前的一时鲁莽而追悔，但事已至此，先顾眼前罢了。她从轿窗后探出半扇眉眼，指派跟局娘姨道："你去通报。"

"是了，"未及移步，娘姨却又站定，"哟，出来了！"

由焦家大门内涌出十来人，看起来是宴毕四散之际，男客们均被莺莺燕燕所包围，其中乔运则走在末尾，他身畔女子的腰肢细得像一只春瓶，瓶内的插花是一支高耸出云鬓的鲜红牡丹。

今岁东风巧剪裁，含情只待使君来[1]——正是惜珠。

街口的轿内，青田恨得眼中直要喷出火来。但转目一瞧，见爱郎乔运则在惜珠的陪伴下浑不复平日神采，竟一副步履沉沉、郁郁寡欢之相，顿令她转怒为喜。

---

[1]（宋）苏轼《吉祥寺花将落而述古不至》："今岁东风巧剪裁，含情只待使君来。对花无语花应恨，只恐明年花不开。"

匣心记

忽又看乔运则心有灵犀般朝她这边拧过了头来，二人目光相接。距离与光线令青田看不太清对方的表情，她仅仅暖意盈然地笑着，向他点个头。

夜色间，乔运则惊望对街那熟悉的轿子，薄而锐的嘴角有一抽动，随之更是整个人都一震。他回头，原来肩膀搭上了惜珠的红酥手，她的人亲密地把他半扶半靠，脸向着某处挑衅而笑——只因也看见了青田的帏轿。

青田再一次怒火重燃，直想冲下去拽开那女人的手。也许是恨意之盛，只一刹后，就有一股无形之力一把从乔运则身上拽开了惜珠的两只手，并恐怖而不可思议地，用它们扼住了惜珠自己的喉。焦府前，人们开始惊呼，围观着名妓骤然的失态：好似一朵暴风中的花，惜珠静默而狂烈地挣扎，把身体向各个角度旋舞着，又重重摔倒，双手仍掐住自己的喉头，嘴角吐出了血沫。抽搐，死亡。

发间的牡丹犹自簌簌抖索着，飘零了几点花瓣。

全部的过程从头到尾仅用了眼睛眨几眨的工夫，而青田根本忘记了眨眼，瞠目结舌地看。接着就觉得轿厢猛一晃，吓得她忙撑住了两边的板壁，晕头转向中感到轿身被掉了个头，重新向来路奔去。她惊惧万状地扒开了轿帘，发现怀雅堂的轿夫们全不见了，取而代之的是一队腰间佩剑的陌生人，前方领头的正是摄政王那叫做何无为的贴身侍卫。他脚不沾地地奔跑着，任何解释也无，只把永远冷峻的面孔转过来瞟了她一眼。青田失力地垂下手，任由被绑架似的带离了现场。

风一阵阵地扑打着前帏，欲开还闭，如一则揭晓前的谜。

十四

房间仍是青田离开时的样子，满地都散落着黑色和白色的象牙棋子，连同静坐其间的齐奢也像是从未移动过。

她立在门前呆呆地望着他，他也在细细审视她：她的眼、胸膛，全身。但青田压根无视这犀利的目光，她全部的思维都已被惜珠所占据。她和惜珠是敌人，没错，可她们间无休止的吵嘴、掐架、互相使绊子，是交缠着一块长大、一块学艺，乃至于一块被褫夺了童贞的亲密，对彼此的憎恶早变成了彼此的一部分。因此失去了惜珠的她，好比一个词失去了自身的反义词，令到青田完全地不相信，并且完全地——

"不明白？"齐奢终于开口讲话，语气淡而无味，"今日宴客的富商焦遵，同朝廷礼部左侍郎张延书有过节，起因是，张延书看上了焦家在纱帽胡同的这栋宅子，想买，焦遵不卖，其间闹得相当不愉快。我手下有批人专司刺探京师官绅的动向，前几天上报了一条消息，说张延书的管家密购了一种无色无味的昂贵毒药，直到刚才我才明白它的用途。今天晚上的这件事在外人看起来，是焦遵意图毒杀乔运则，却误杀了代酒之人。实际上，是乔运则监守自盗，自己给侑酒的倡人下了毒。府上出了这么一桩人命案，焦遵从此便成了俎上鱼肉，任凭张延书宰割。——还不明白？那么看来，你并没有听说。"

齐奢由鼻内长出了一声气，直视迷惑的青田，目光中似也含有着一道恻隐叹息，"乔公子双喜临门：官场，已放了九品礼部观政；情场，已聘了张延书的独女为妻。"

伴着最后一个字，血色就一下自青田的面上消失，连一对丰柔嘴唇上的胭脂都褪成了夺目的惨白。她的手指打着抖，在身侧碰到了一把如意圈椅，就紧紧地攥住了椅子的扶手。

齐奢稍一顿，便清清楚楚地继续道："因此，为了缓和与张延书的关系，焦遵才会设宴款待乔运则，却正堕入其老泰山的彀中。而乔运则这位东床快婿则有足够的理由认为，对于他美满姻缘最大的阻碍就是——你。若不是我今日兴之所至上门探访你，这一顿鸿门宴，就会是张家翁婿的一石二鸟，惜珠姑娘不过是李代桃僵。"他再次停顿下来，观察着青田的反应，"什么感觉？想哭，觉得自己是最可怜的人？还是想笑，觉得自己是最可笑的人？"

匣心记

青田什么也没答，因为她根本描述不出这诡异的感觉，活像是，自己亲耳听闻自己的死讯。她回想起那一夜，乔运则为她亲手所裁的嫁衣、向她亲口所许的婚约，所以她不明白，还是不明白，丝毫也不能明白，她的头脑已陷入绝对的混乱。也许是一霎，也许是千年，反正当感官恢复时，她发觉自己已滑落进那把圈椅中，双眼发直，看一个男人拖着条瘸腿在她的房间里踱来踱去。

"我小时候，可以跑得飞快，快到满宫的太监宫女都捉我不住。"这就是齐奢信口的开场，其后，是一张信手的泼墨画，枝叶旁逸地勾勒出半生的洋洋洒洒，"八岁，册立太子大典，皇极殿中的一根横梁落下来砸断了我的腿，以天象不合与身有残疾为由，父皇第一回剥夺了我的皇储之位，而那根横梁是他预先叫人锯断的。九岁，我母后薨逝。十岁，从未单独召对过我的父皇把我叫到跟前，拍着我的肩，教导我作为一个皇子的责任，然后将我当做和谈的人质送去了蒙古鞑靼。结果我只在草原的帐篷里睡了七天，就听到父皇亲率三十万大军突袭边境的消息。鞑靼大汗没杀我，他明白，我不过是这场游戏里的一枚——'弃子'。这一切，只为我母后是中宫皇后，也是外戚王家的女儿；身为她的独子，我是唯一合法的皇储，也是父皇最不希望看到的继承者。十七岁，我自己从草原一路逃回到北京。这一次，我外祖父出面，以首辅之名发动了满朝的亲贵大臣扶助于我，要求父皇早立国本。旷日持久的争论后，父皇终于让步，他许诺：我与皇长子谁先诞下世子，谁就将成为太子。我的王妃与皇长子的侧妃几乎在同一天生产，都是儿子，我的王妃早了两个时辰。就在我即将第二次被册为储君前，孩子却迸发痘症，未满月而夭折。王妃悲痛不胜，投环自缢。她至死也猜不到，那不是人人认定的天灾，那是人祸。孩子发病前曾穿过一件百衲衣，那件衣服是我父皇所授意，却由我皇兄的侧妃——也就是当今西太后——出面送来府中。我与皇兄是敌手，西太后与我的王妃却是亲姐妹，王妃没有提防。孩子死后，我的外祖父也放弃了我，转而挑选出一位嫡孙女塞给皇兄，作为新晋太子妃——下一位王皇后。两年后父皇驾崩，太子正大位，而我大哥登基后的第一件事，就是下旨将我这个无妻无子的跛兄弟幽禁终身。直到又过了四年，他服食仙丹过量暴死在宠妃宫中，新皇登基大赦天下，我才被释放。正逢鞑靼进犯边境，我立下军令状，率三军拼死取胜，从而夺取兵权，进而践祚居摄。"

　　讲述中，齐奢的语调始终保持着单调的平静，继而他站定，盯住了瘫坐在椅内的青田，"我这是在安慰你，'祸兮，福之所倚。'我之前不过是个被圈禁的废王，今日却手操国柄，并不是由于我贵为天子叔父的身份，而是由于我懂得怎样在沙场上击败战无不胜的鞑靼骑兵、在朝堂上运用波谲云诡的权谋之术。而我之所以能够击败鞑靼，是由于我在鞑靼当了足足七年的人质；我会玩弄权术，也只不过是由于我打出生起就见遍了世上最丑陋的权术。相信我，我和你一样，被最亲的人背叛过——不止一次，我几乎谁也不相信。第一天晚上你跪在我府门口的时候，我就一直在琢磨，这姑娘到底是个太聪明的玩意儿，还是个太傻的人？我想我有答案了。这就是为什么，我会把这些最黑暗的事儿都一股脑地告诉给你听，因为你，已成为我齐奢一生中最为光明磊落的一个决定。"他把脸定在青田的正前方，屈着半截身子好似一匹白马，"段青田，我要你。"

　　闻言，青田愣了半晌，随之"噗"一声笑了，唾沫腥子简直直喷去齐奢脸上。她把自己笑得前仰后合，仙台髻上一副沉沉的和合如意金簪摇摇欲落，"三爷，莫说您是至尊无上的摄政王，就算只是贩夫走卒，只要拿得出真金白银，青田这身子就是您的，何用摆出这么大阵仗来？"

　　对她这副谬然之态，齐奢单是把嘴角一歪，直起了腰杆道："说不想你这身子，是假话，可拿钱买，里头装着的那颗心你就不肯给我了。买椟还珠的傻事儿，我不做。"他蹭了两步停在门前，俯视着青田，把手压上她一边的肩，"你那乔公子是我拿御笔选中的，所以别太难过，区区一个状元，没了就没了，我赔你一个——点状元的人。"他并不再多看青田一眼，仅微含笑意地朝前直望了一刻，手在她肩头拍拍，拉开门，离去。

　　椅上，青田大口地吐着气，握住坐椅的扶手向前半倾下身体。摄政王的话已随他的人同一刻消失，不断出现着的，唯有灼烧着脑髓、大片大片的往事：乔运

匣心记

则十三岁、十四岁、十五岁……千秋万岁的眼耳口鼻，他谦洁的布衣同台阁体[1]，硬邦邦的标尺同狂热的花样，滚烫的情书同冰凉的眼泪，一座汪洋那么多的眼泪。他们束手无策地抱头痛哭着，因为第二天，她的豆蔻年华将被一位富可敌国的男子梳栊。妈妈强行把她拖走，她绝望地在柴房内绕着圈，后来恶狠狠地拿一根肮脏的柴枝自己污辱了自己。最纯洁之物，心爱的他得不到，那就谁也别想得到。无数次因他而得的殴打，那一次是最狠的，若非妈妈打到了手臂脱臼，她一定会死。她用扭伤的腰肢蹁跹起舞，弹琵琶弹到五根指甲剥落四根，一锭墨只练一个大字……她刻苦地学习每一项技能，尤其是如何痴声痴气地抱着人，用从里到外的柔软骗取到硬的金与银，为他去买一个把手中的剪刀换做笔的机会。男人们伏在她身上，一个又一个，她大张着眼躺在最深的烂泥底，含笑仰望着一株花，抽芽吐穗，在红绡帐顶上慢慢地开。

泪滴落下，长久的努力后，青田终于哭了出来。她弄懂了整件事，却又什么都不懂。唯一可确定的，就是乔运则的谋杀并未因她的迟到而失败。房间内四面是棋子，在这一片自古令人热衷的、永恒的关于厮杀的游戏间，青田缓慢地滑下，出现了跟死者惜珠相同的症状：双手扣住自个的咽喉，剧烈、致命地干呕起来。

穿堂风把那由齐奢所推开的门扉轻微地摇晃着，仿似一张迫切的书页，跃跃欲试地，要翻去到新一章。

---

[1] 台阁体，大小齐平而方正乌黑的书体，流行于官方与科举考试，又称"馆阁体"。

第二章

锁南枝

一

这是一支非常奇怪的送葬队伍，除了抬棺礼乐，所有的送葬人皆为清一色的年轻女子，个个艳服盛装地随在棺后拍着手，长歌当哭。

路过的行人莫名驻足，有明白人便给大家解释道："死者是个窑姐儿，无亲无故，因此连个给她披麻戴孝、摔丧驾灵的人也没有，送葬的这些全是她院子里的姐妹。也不知什么时候传下来的规矩，这行里死了人不能哭，要笑，庆祝这一世苦楚受尽，来世可以清清白白地投胎，重新做人。"

路边这些嗡嗡的耳语，再加上尖利的唢呐铙钹也不能将妓女们的歌声遮盖，紧跟在棺后的领唱稍一顿，清亮的嗓音就又如云雀破空，把古老的《蒿里》唱了又唱："蒿里谁家地，聚敛魂魄无贤愚。鬼伯一何相催促，人命不得少踟蹰……"

和着姐妹们的声音，青田唱一句，就捞一把冥钱撒出，满脸上都是脂粉难掩的萎败之色。她差不多四天没合眼了。事发后，她向暮云道明了真相的一部分：乔运则变节另聘。至于那真正残忍的另一部分——乔运则才是杀害惜珠的真凶，而惜珠

匣心记

不过是她自己的替死鬼——青田则绝口不提。纷纷扰扰中，所有人皆认为惜珠是被商人焦遵误杀，因此在背后对青田颇有议论："青姐儿这回是做得太绝了些，竟把人家的头发拿去脚底下踩，这下好，惜珠姑娘真遭了祸事，怕青姐儿自己心里也要过不去呢。"很快，大家的看法就得到了验证。段二姐将惜珠的尸首领回来，本只打算破席子一卷扔去乱葬岗，青田死活不允，自己出了千把银子，一头补段二姐的亏空，一头替惜珠置衣衾、布灵堂、买棺木、请僧道做消灾洗孽道场，又日以继夜地守灵哭丧，不眠不休不吃不喝，慌得满院子来劝："生死有命富贵在天，姑娘节哀。"

为惜珠吊唁的几乎全是槐花胡同的人，怀雅堂的蝶仙、对霞、凤琴自不必说，另几家院子也有倌人前来。至于惜珠生前的客人则无一人露面，只有戴雁遣人送来了不菲的丧银。倒是有个陌生的男人强行冲进来，对着灵柩哭晕了好几次。青田对他没一点儿印象，段二姐也好久才想起，这男人是苏浙酒肆里赶车的，有几次替怀雅堂的车夫接送惜珠。"惜珠可能连句话都没跟他说过。"段二姐拿手绢揩着泪，如斯回忆道。尽管青田再三坚持，惜珠也只停床了短短三日，怀雅堂是寻欢作乐之地，不适于过久的悲伤。

这一日出棺，伴着一路上的哀乐滚滚、灵幡簌簌，丧仪执事将棺椁抬到了城外。破土下葬后，前来送丧的十余名妓女环立在坟周，默然不语。惜珠为人乖僻尖酸，大家都厌恶她，但此际见她生前芳名远播，是何等的热闹排场，死后却冷冷清清地往沟壑里一埋了事，不觉皆惹动了自家的愁怀。群女之中，青田双膝一软，缓缓地跪坐而下，血红色的烟绡长裙逶迤于黄土。她以手轻抚着墓碑，手指经过阴刻的六个字：校书段惜珠墓。她想象着假若这碑上刻的是自己的名，会有谁来送她一程？自不会是裘七爷、冯公爷，但乔运则——这口蜜腹剑的凶手，他会来吗？

老讲究是不能掉泪的，但一念及此，却有忍不住的泪扑扑簌簌地从青田的眼中滑落。她把手摁在被太阳晒得滚热的石碑上，阖目喃喃："生做万人妻，死为无夫鬼。"

周围呜呜咽咽地响起了一片压抑的哭声，累累古墓间，一群身着花衣的妙龄女子在哭着座新坟。风吹过苍天与红日，漫天纷卷的冥钱下，青田送殡着她自己——被深深埋入地底的不是惜珠，而是曾全心全意地深爱着、信任着一个人的青田。死了，在艳阳天与挽歌的葬送下。

重回怀雅堂的当晚，青田再一次见到了齐奢。随同他一起的照旧只那一名太监、一名侍卫，周敦和何无为见了她，跟前两回的轻慢很不同，竟都审慎请安。青田略一愣，也出声回了礼。齐奢打发了下人，不咸不淡地把她上下端详了一遍，"怎么，连个笑脸也不肯给？"

"不敢，"青田立即挤出个硬板板的笑，却依然显得冷淡至极，"本就是卖笑之人。话说回来，三爷您乃——"

齐奢手掌一举，拇指上的白玉扳指闪过一道柔光，压下了她的谈锋，"上次说得够清楚了，我对你就是'窈窕淑女，君子好逑'。在这段关系里，你不是低微的娼妓，我也不是高贵的亲王，你是淑女，我是君子，就这么简单。既然我有求于你，所谓'欲取先予'，姑娘有何心愿尽管开口，我一定竭力而为。"

临近仲夏的夜里头风也是热的，把知了的鸣叫刮来耳边，一刮又一刮，像有刀在割。隔过了好一段，青田才又低又哑道："那么贱妾确有一桩心事，该夜之后，'他'就对我避而不见。"

"何必要见？"

"死个明白。"

齐奢的嘴角轻轻一斜，"就是说，我刚对你剖明自个的心迹，你就让我替你和别个牵线？"

青田脸色晦暗，一副任杀任剐的漠然，"三爷不愿意，就不做。"

齐奢早料知她心中的难处，自不会对这不近人情之态多加计较，只淡淡地一笑了事，"不愿意，更要做，但你得明白我这份委屈求全的诚意。说起来，六部九卿谁也不能明令发文，叫新翰林明儿上你怀雅堂来。但乔运则既已身在朝廷，就得懂朝廷的规矩。他的座师祝一庆是西党，岳丈张延书是西党，西党的党魁并非西太后，而是在下。头两回我来你这儿，身份讳莫如深，你也知道轻重，未曾吐露一个字。打今儿起这封口令就算是解禁了，你可以大大方方地告诉段二姐我是谁，用不了多久，整个北京城都会知道你的新客人。我也不消你唱曲佐酒，也不消你伺候枕衾，只消你收起这副拒人千里之外的样子，每每和我说说话，我没事儿了多跑两趟。你想见的人不愿开罪我，就不愿开罪你，不出两个月，一定会登门。"

青田听了良久不语，之后，转面齐奢一笑，哀恸的眼神竟瞬时水灵灵地荡漾了起来。只细看之下，这水灵是冰块化出来的，凉得蜇人。

二

至戌时，齐奢动身离开。段二姐马上就踅了来，又打问这王三爷的来路。青田一五一十，惊得二姐的眼珠子几不曾掉地，热泪盈眶地将她一把抱住，"我的儿，你可真是妈妈的活宝贝！"

这以后，齐奢来之前都会有专人告知，段二姐也特意收拾出后院的角门专供摄政王出入，并提前叫龟奴们驱逐一概闲杂人等。但每次齐奢来，也不过就在青田的房中坐一坐、说上两句闲话，水也不沾唇就走。

他当然不是不想和她多待一会儿，事实上，他愿意花上整整一天、整整一辈子的时间，只用来看她是怎么把双眉轻轻地蹙起又懒懒展开，听每一个平平无奇的字眼是怎么被她柔美的声音变成他从未谛听过的天籁，只要简简单单地在她身边，他的心就入迷狂喜。但这并未令齐奢丧失他一贯的谨慎和理智，他清楚地知道，她在他面前每一声得体的浅笑、每一句机敏的应答、每一个优雅的眼神和转身……

所有令他心驰神往的这一切都得耗费掉她无穷的精力，就像一个遍体鳞伤的战士还得背负着铠甲迎敌，像一名折断了足踝的舞者趔趄着取悦她的看客。他不忍这么苛待她。

所以尽管恨不能一天见到青田一百遍，齐奢却严格地克制着自己的热情，他必须一步一步、一点一点地靠近她，从在她的生命中每次只出现一刻钟、两刻钟，再到一个时辰、小半天，到一天、十天、半个月……直到她余生中的每一天、她的每一次呼吸都被他所填满。直到她真正地爱上他，如同他爱她。

对齐奢而言，这是场清苦而神圣的修行，但在无数的旁观者看来，这只是香艳而略带秽亵的、又一位掌权者的堕落。

"摄政王微服秘会名妓"不久就有声有色地传开了，青田本就花名远播，这一下更是扬溢八方，数不清的客人慕名造访。然而自乔运则金榜题名后，段二姐已答应过青田不再接待新客人，实在遇到威势大的还逼得动青田陪饮香茶一杯，至于锦心绣口却囊中羞涩的文人们，只好在门外自叹无缘。轰轰烈烈下，青田却是心如死灰，除了在齐奢的面前不得不强撑谈笑外，对待其他人皆是一副凛然难犯的模样。生客只当是花魁应有的傲气，深以为然，还写下了不少"春眉恁蹙，秋目恁愁，凡夫端的难消受"之类的酸诗来赞美，至于冯公爷、裘御史等熟客则当是青田因惜珠之故而兔死狐悲，也不忍求全责备。

唯独有一回，冯公爷在怀雅堂摆酒，青田单木头人似的往后头一坐，也不唱，也不说，酒也不知道添一杯，倒是来客看不过抱怨起来："公爷花钱吃酒，又不漂你的账，又不借你的光，是来给你绷场面。你倒仗着红一些就端出这样的架子给我们客人闷气受，你这把势饭还想不想吃下去？"

青田不过赔一个冷冷的笑，"大人莫动气。我最近没什么精神头，一天到晚恹恹牵牵的，我早也同公爷说了，让他不用来我这里请客，省得我应酬不到冷淡了台面。公爷说，谁还没有个不舒服的时候？他的朋友们必没有这样挑刺的。我一向是把公爷当成自家人，自家人跟前也就随意些，没那么多瞎巴结的花招子，

匣心记

请您多包涵了。"

那人被这软钉子碰得更要发作起来，冯公爷却只听得青田当众称他"自家人"，骨头都轻了两三斤，反吊下脸来责备朋友："我早说了，她这段身子着实不好，怕是犯了暑病，你们不原谅着些，还来这般为难，是故意和我过不去吗？"友人们见冯公爷执言，不便反驳，自此便将批评之语绝口不提。

就这样，青田只管混沌着把日子往下挨，挨一日，再一日。

也不知过去了几个日子，这一天从外头酬酢归来，下了车刚进过厅，就看见蝶仙、对霞、凤琴几个全拥在堂前，围着看段二姐手里牵着的一个女娃儿。自惜珠死后，二姐就张罗着要再给院子添一个人，不用猜也晓得，这就是新来的小倌人。倚门而站的蝶仙先瞧见青田，叫了声"姐姐"，却是满脸的不高兴。对霞靠在另一头，手里捏了把瓜子嗑着，把一片瓜子皮朝那女娃儿的脚边啐去，"妈妈新买的，说等一阵把惜珠的旧屋收拾出来拨给她住。"言辞间有不小的怨恚。倒是凤琴好奇地摸着那女娃儿头上垂下的一段红头绳，笑嘻嘻地歪过头，"她叫照花。"

段二姐推了照花一把，一手指住了青田，"叫，快叫大姐姐好。"

青田近前细看，只见照花已有十四五岁的年纪，梳着双丫髻，压眉打一层刘海，皮肤明润的小脸上生着秀丽的薄腮细嘴，嘴唇紧抿着不出声，只将一对极长的黑眼睛向上翻看着，很有一番清纯的韵味。段二姐一向眼毒，短短几日间又不知从哪里觅来这样的拔尖人才。院子后进的走马楼上除了青田所住的东厢房，就属惜珠生前的西厢宽敞华美，蝶仙和对霞觊觎已久，此时却被二姐腾给这新人，如此力捧，当然惹人嫉妒。

搁在以前，青田兴许还问上三两句，如今只觉对万事万物皆是木然，只淡淡把目光由这女孩的面上移开，向大家点个头，"我身子不舒服，回房去躺会儿。"

段二姐近来总有些怕这个女儿似的，应声不迭："哦，你去你去，快去歇着吧，不吃点儿东西？好，那你去吧。暮云好好服侍你姑娘，那几个小丫头偷懒你只管狠狠地打。"

青田一径上楼回到房中，歪身就睡倒在床。一挨着枕头，那些乱昏昏的记忆就来了：大笑，吻，冰凉的小鼻头，他一年一年强壮起来的臂与膀，甜甜的舌尖与情话，嫁衣，婚约，他与另一个女人的婚约，褪色的红丝绳，仿冒的青玉坠。睡不着，醒不了。业障因果像炸了的马蜂窝，亿万根刺蜇蜇在她身上，每一寸皮肤都是烧的、疼的、鲜血奔涌的，一如当年被妈妈高抡起皮鞭子抽。

啪啦！啪啦！

随后是女孩子尖惨的哭号。

青田烦躁地翻了个身，半坐起，"暮云，暮云！"

有个红裤绿鞋的半大小丫鬟推了门进来，是青田房里的桂珍。"姑娘有什么吩咐？"

"你暮云姐姐呢？"

"好像旁边金铺的小赵找她，方才去了，我替姑娘叫她来。"

"不用，你回来。"青田一手摁在床上一手往外指出去，圆髻边的一根银珠钗子滴溜溜地打着转，"你下楼去跟妈妈说，她要打谁让她改天再打，吵得我头疼。"

桂珍去了有半日，从楼外传来的鞭风与呼痛仍不绝于耳。青田但觉满心的火气，欠起身拍着床帮叫："来人，来人！"

又是桂珍一阵风地冲进来，不等问，满嘴里已辩解着："姑娘，我同妈妈说了，妈妈说叫姑娘略忍一忍，一会子就打死了，打死了就不打了。"

这话倒说得青田一愣，"妈妈要打死谁？"

桂珍还捏着条结了一半的梅花络子，绞在手里头嘿嘿地傻笑道："就是新来的小倌人。听凤琴姑娘说，她进门了半日也不言语，妈妈叫她拜白眉大仙，她突然喊了一句：'你们这里是什么地方？'就动手把供大仙的沙盆给掀翻了，还要往外跑。妈妈叫人捉了她回来，说她冲撞了白眉大仙，不赔上性命是不成的。我才下楼去，就见妈妈把她剥得光光的吊着打呢，打得团团乱转，真好玩！姑娘，哎姑娘，你不睡啦？啊？我扶你起来。鞋，鞋在这儿，姑娘我给你穿上。"

三

一双鸳鸯戏红莲的绣鞋急急而行，青田甫踏入院堂，打眼就望见段二姐坐在一张藤芯凳上，手握一根铜把皮鞭，正赫赫生风地抽打着。小倌人照花全身赤裸，一条牛皮绳横兜在她胸前，从两边把她的两条胳膊高高地吊起在头顶，最后在两只拇指上打个绳结，把人直挂去梁上，只容脚趾尖落地，每挨上一鞭就在原地转一圈，惨叫连连的，活似个血陀螺。

青田皱了皱眉，上前唤一声："妈。"

二姐住了手，回头瞧见她便挤出了笑脸，"哟，心肝，妈晓得吵到你了，对不住啊，快上去歇着，妈叫人把这小娼妇的嘴给你堵上。曹旺儿，九叔，都没听见哪？快找块抹布把她的嘴给我塞上。"

照花早已颠散了头发，满脸泪水，浑身血痕，还未发育完全的瘦小身体上凸起着一对微贲的乳，两根大脚趾险险地点在地下，身子忽悠悠地打了几个转儿，口内只顾连声地哀求着："妈妈奴家错了，再也不敢了，委实是疼得熬不住了，只求妈妈手下留情，求妈妈饶命！"

对霞还在门槛子那儿嗑瓜子，半摊着手心，蝶仙也笑着自她手内捉了瓜子来嗑，凤琴拿手蒙着脸，又露出一条缝来偷偷地看。也不知怎么，青田见了这情状只觉得一股子邪火上头，劈手就朝对霞的手打过去，瓜子"哗啦"撒了一地。

"大暑天的，妈动这么大的气亲自动手来打人，你们也不怕妈累坏了帮忙劝一劝，反扎着手在这儿看热闹？别以为我不晓得你们的心思，打死了这个，你们好占着惜珠的屋子。惜珠是横死，你们住进去可吉利得很哪。"

对霞老大没意思，又不敢跟青田顶嘴，只堵着气揉手。蝶仙臊着脸解释："不是啊姐姐，她自己得罪了白眉神，干我们啥事啊？"

白眉神乃上古黄帝的乐官，据说名叫"伶伦"，因娼妓隶属于乐籍，所以就把伶伦看做是祖师爷。槐花胡同的数家小班里皆供的有神像，神像长髯伟貌，骑马持刀，乍一看与关公颇为相似，但眉白而眼赤。怀雅堂的白眉神就供在院堂内，塑金身嵌七宝，当年如青田、惜珠等初夜开怀纳客，都要和客人一起拜过了这大神以后方可成事。遇初一、十五，更要拿绣了神像的手帕上供祝祷，谓之"撒帕看人面"，好使得相好的客人不移情于他人。

此刻，照花就被绑在这大殿的神像前，神像脚下是一只翻倒的沙盘，贡品撒了一地。

"你瞧瞧你瞧瞧，"段二姐立起身，指着地下的鸡鱼果桃尖声大斥，"这个不要脸的小贱货，我让她拜一拜白眉大仙，嘿，一个错眼儿，她差点儿把大仙给我砸喽！还问我这是什么地方？老娘就让你看看这是什么地方！"口内说着手就抄起了鞭子，又准备抢上去。

"妈！"青田一下挡去到段二姐的面前，口口声声地细劝，"妈，何苦动这么大肝火？新来的不懂事儿，有什么错处打两下，立立规矩就完了，我们哪个没挨过打？什么时候竟这样认真排场起来？"

段二姐恶瞪着被半悬在梁下的照花，头上的一件赤虎挑心[1]摇摇欲扑，"别的错处尤自可饶，这件不行。乖女儿，这事儿你甭管，我今儿不亲手打死她就不姓段！九叔，把这小贱坯子的嘴给我塞上！"

"慢着！"青田喝止了龟奴，一壁将二姐挽住，一壁抽出了帕子给她轻印满脸的油汗，"妈，你买这女娃儿花了多少钱？"

"别提了，提起来就心疼，整整四百两。当年买你这宝贝疙瘩才花了我五十

[1] 佩戴于发髻顶部的簪饰称为"挑心"。

两银子。我原是看这小妞儿生得可人，又鼓得一手好瑟，才不嫌她年纪大，花了这笔大价钱将她买来。原指望着好好抬举她，捧她当红人，谁想这个不知好歹的贱货——"

"好了妈，消消气，你看她也知错了，就饶过她这一遭吧。要不四百两银子白打了水漂，也怪叫人肉痛的不是？"

"再肉痛也顾不得了，乖女儿，你是不晓得这其间的厉害。这贱坯子冒犯了白眉大仙，大仙怪罪起来，不是让姑娘们闹花柳病，就是引客人们往别家跳槽。到时候别说四百两银子，四两也没得要，咱们全都得喝西北风去。只有在大仙面前把这贱货给活活打死，才能平了大仙的怒气，消这场灾。"

"妈，你今天是一定要打死她？"

"一定要打死她。"

后头的对霞扑了扑身上的葱黄褙子，乜着眼瞅过来，凉声绕树三匝，"看见了吧姐姐，不是我们不劝，实在是自作孽、不可活。"

照花已吓得全无人色，她把脚趾头连搓几搓，似乎想往后退，却只被绳子挂着在原处打滴溜，一身的白肉衬着横七竖八的刺目血痕，似一条已被刻过了刀花只等着上锅的鱼。她哇哇地哭起来，两眼瞅定了青田，嘴角有汩汩的白沫溢出，"姐姐，姐姐救命！姐姐救救我，我不想死！求求姐姐了，救救我！"

凄厉的喊声把凤琴惊得掩住了两耳直往蝶仙的裙边藏，蝶仙一手将她拢住，另一手拨弄着鬓角的一根平金簪丁香坠，簪身事不关己地高高挂起在那里。"省省吧，谁也救不了你。"

血红的眼泪由照花的面颊淌落，她哀哀地望住青田，喉间嚅嚅有声。青田回望着她，如此出众的姿色，又如此年轻，在这靠着姿色与年轻混饭吃的世界里难免碍人眼。而身在这样的世界，她也早磨得心肠死硬，并不觉有多怜悯这女孩，比之还要悲惨得多的人与事她也见过——她自身就是亲历者。青田仅有的感觉只是：眼看这女孩被活活打死而一无作为，这样不对。

然后她就想到该怎样才对。

往前走两步，拈一枝香在火头上点着，双手持握跪倒在神像前的蒲团上，仰目扬声道："白眉爷爷，女弟子段青田虔心祝告，今日照花小婢无状，开罪爷爷，爷爷有怪莫怪。自此，照花一应生死富贵只在女弟子的身上，若有报应事故，也只由女弟子一人担当。白眉爷爷在上，受女弟子四拜。"

青田向白眉神磕过头，敬了香，回身来淡然地望住段二姐，"妈，把人解下来吧。"

鸨母、粉头，屋里屋外的茶壶乌龟，他们全部震惊地呆瞅着青田，猜不出这红透半边天的花魁何苦为一名素不相识的雏妓在神怒前挺身而出。至于青田自己，她只有想笑的冲动，一个顽劣的、作了弊的孩童的窃笑。

所有人全被她蒙骗了呀，连神也被骗了，她段青田根本就不畏惧任何的报应。因为再毒的报应，也不可能让她比现在的每日每夜——一个心已入土、躯壳却被迫行走在活人的太阳下的死魂灵的每日每夜——更痛苦一分。

四

小倌人照花被重新穿起了衣裳送去后楼，段二姐也算是白捡回了四百银子，高高兴兴地叫人替照花洗了身，又把黄酒、红花、桃仁、苏木等行血之药与她服下。照花尽管伤重，却也不曾动得筋骨，因此将养了两天已行动如初，再见到二姐如羊见狼，说什么是什么。二姐见照花学得乖巧，也一心栽培她，得了空便与她宣讲些娼家的魅惑心术，只等她身体一痊愈就接客逢迎。

青田虽替照花抢回了一命，但事了无痕，连探望也没有探望过一回。这一天中午，照花却主动请见。青田才陪了裴御史裴谨器一夜，端的是半句话也懒得再说，只吩咐暮云道："她若是来谢的，告诉她不必。"

暮云转去一趟，回来笑说："这小倌人倒有些意思，说谢也要谢的，却不是专

匣心记

为道谢而来，另有衷情求姑娘一听。"

青田的上身单穿着贴肉的小袄，正坐在床头给琵琶换弦。她叹声气，把绕在手内的一把乱弦扔开，"带她进来。"

照花进了屋，她身着白瓷色衣裙，外头罩着一件明绿的纱比甲，比甲的领口绣有一圈纷纷柳絮。青田记得这比甲是惜珠以前穿过的，套在照花的身上略显肥大，人偏又那般地纤薄，还带着病容，瞧起来益发惹人怜惜。照花叫了声"姐姐"，就弄着手不再往下说，只把两眼左右地撩动；弯而长的眼几乎从鼻根直开到鬓角，似一株凤尾蕨上对生的叶子。

青田于是摆摆手，叫屋中的几名大小丫鬟尽数退出。谁知门帘才放低，照花竟也"嗵"的一声低身委地，连拜数拜，"姐姐，好姐姐，多谢姐姐的救命之恩，只求姐姐救人救到底，送佛送到西，放我离了这里吧！求求姐姐，姐姐的大恩大德我一辈子不敢忘，我若得脱虎口，必定供奉姐姐的长生牌位，一辈子替姐姐吃长斋，保佑姐姐长命百岁、多福多寿，求求姐姐……"

青田见状倒也不惊讶，只随手自枕边摸出了一块百色丝绢递过去，"有话慢慢说。"

照花接过手绢拭了拭鼻眼，一声一抽，"姐姐，我本是山西大同人氏，今年十四岁整。去年我爹爹妈妈出门拜庙，不想路遇强人害了二老的性命。我孤身一个女孩儿在家，只认得一个舅舅，就前去投奔了他。偏舅舅又惹上了官司，舅妈说，须要千把的银子打点官府才救得出人来，家里拿不出这许多，问我愿不愿意舍身。我本就寄人篱下，话说到这份上哪儿还容我肯不肯？没几天舅妈便找了媒人上门来，我想着，拼着与人当妾当婢，能救得了舅舅一命也算是我的造化了，于是顾不得出乖露丑，随人家看手看脚，叫我作诗我就作诗，叫我弹琴我就弹琴，就这样卖了百十银子。分明说得好好的，是把我卖给京城的一户员外家做小妾，谁知竟拐到了这里来！姐姐，我本是好人家的女孩儿，如今背井离乡、无亲无故，这里的男男女女又个个凶似狼虎，只有姐姐你一人是菩萨心肠，好姐姐，我不求着你还求着谁呢？

只求姐姐发发慈悲，放我走吧！就是死，我也断不肯做这里的勾当！……"

照花惨无天日地哭下去，青田听在耳朵里只是钝然。她记得自个刚被卖进来的时候年岁小，什么也不懂，只是突然不见了娘亲，心里怕得很。后来天天与几个年龄相仿的女孩子从早到晚地习字学唱，困得倒头就睡，又在打骂中揉开眼开始新一天，日子倒也过得快。有一天终于明白了将来要做什么，也不觉怎样，仿佛是一直走在一条荒无人迹、兽噑凛凛的路上，走到了尽头看见横尸与鲜血，自不会讶异到哪儿去。但眼前这女孩，十四岁，原就能写会画、吟诗弹琴，家境不会太差，该是老父母的掌上明珠，半生都被粉墙、绣阁、秋千架保护得好好的。她无瑕的脚掌几曾被血污沾染，亲自走一段蛮荒的人生路？

故此照花所有的悲恸与恐惧，青田都懂得。

只用一个字，她就打断了她的哭诉："好。"

连照花自己也被青田的痛快呵傻了，呆呆地跪在那儿，还只打嗝似的抽噎着。

青田已站起身来，伸手从衣架上捞了件枝叶旋绵的纱衣穿起，一颗一颗地系着祥云纽，"起来，我带你走，起来呀。暮云！暮云，你叫外头备车。妈要问起来，你就说照花妹妹跟我出去走走。"

六月初的天气正熬人，四处是白花花的热浪。车夫听见青田这时外出，又听她亲口说出那几个字，极其讶异，"姑娘，好好的去那地方做啥？"

青田将手内的真丝菱扇半扣在脸边遮挡着阳光，由扇下只露出一根细直的银丝耳线。

"让你去就去。把曹旺儿叫来押车。"

怀雅堂除了段二姐就是这位大小姐，车夫哪有胆量同她较劲？转身就叫了曹旺儿来。曹旺儿是护院，一身体面的黑短打，腰勒绸巾，人也是又粗又壮，见了青田却缩腰缩肩的，"青姐儿出去？"笑呵呵地便四肢着地趴去了地下。

车前还侍立着一个小鬟，青田搭了她的手，脚往曹旺儿的背上一蹬便上了车，又叫照花也上来。

匣心记

照花眼瞅着曹旺儿鼓囊囊的脊背，只不敢伸脚去踩，曹旺儿抻头一笑，两手把照花的膝盖一搂就将她抽上车。照花被蜇着了伤处，疼得"啊"一嗓子，已被车里的青田挽住了挨肩坐定。曹旺儿跃上了车帮，车夫一挥鞭，一头足有五尺高的大骡子抖了抖项下的红缨，阔步而出。

骡车的车厢两侧开的有纱窗，窗外支着遮阳的蓝布，垂着黑绸子飞檐。一路上，青田光盯着忽忽飒飒的飞檐，手摇丝扇，只字不吐，满车里就听见斜插在她盘髻后的嵌珠流苏"哗哗"的振响。照花几次欲问什么，又胆怯地把话吞回。

车子直奔崇文门的方向，一头就插到了东城根。三拐两拐，穿入了一带杂街小巷。

照花只觉道路越来越不平坦，把车颠得厉害，接着就看青田在身边拿扇柄一捶厢壁，唤声"慢走"。话音才落，车速已渐放渐缓，忽闻得车外有谁七嘴八舌地叫嚷起来：

"哎，来了个坐车的，来了个坐车的！乖乖，有年头没见过这么俊的车了。"

"瞧瞧这骡子，正经的大西口野鸡红，再瞧这一身雪亮铜活儿，敢情大贵人来了！"

"车这边停、这边停，这边有荫凉。"

"赶车的大爷，您这拉的是哪家的公子啊？"

"车里的爷，您别脸皮薄啊，下车咱慢慢看，保证您恨不得长出第三只眼睛来！"

"是啊，大热天的闷在车里多不适意？您老下来歇歇脚，高抬贵步到咱家一坐。"

"爷您留步！大老黑，还愣着干什么，还不快给窗户眼儿透透气，让车里的爷也开开眼！"

"对对！快，把咱家的窗户也打开，爷您往这里瞧！"

……

照花听男男女女的在车下乱喊，也不知是到了哪里，害怕得簌簌发抖地望向青田。青田只将扇面往窗口一翻，示意她朝外看。这一看不打紧，照花差点儿就魂飞魄散。

只见车子走在条脏兮兮的土路上，路两旁栽着两溜又矮又破的平房，每所房前都高挑着一条市招，上头写的不是"醉生室"，就是"梦魂香"。房子全有一扇向街的纸糊大窗，窗内是一间小厅，厅堂里竟有一群一丝不遮的女人，统统光屁股坐在长条凳上，窗一开，争先恐后地涌向窗口，"爷，挑我！挑我！""爷，我叫小翠儿，您打听打听，这街上就属我功夫好！""哥哥，哥哥您下车来，妹子等你等得眼皮儿直跳！""相公您露露金面，瞧瞧我这一对好奶子！""爷，爷，我前头后头都能来，胳肢窝子都能伺候得您舒舒坦坦！""我是新出道的，我的鱼口比乳酪子还嫩！"

……

烈日当空直射，隔着层蝉翼窗纱，照花模模糊糊地望见结队的、成群的、无数的女人，如一群疯狗抢一块肉般飞扑在窗口，同时又把她们自己像一片悬在狗嘴跟前的生肉那样抖动着、摇晃着。每一所房屋的每一扇窗全被这白花花的肉堆填满，而前方的窗户还在随车子的行进一扇接一扇地打开。

路西的一间屋前立着个赤膊的斜眼汉子，他把两手扎在空中跳脚大喊："朱妈，把门开开吧，叫爷看得清楚些，我们家货好，叫爷看得清楚些！"

另一个头皮上涂着些煤灰的半秃婆娘两手一掀就推开了门，如同有钱人家宰完了鸡鸭，将鸡屁股之类的边角料成盆泼掉，门内呼喇喇地泼出了二三十件胳膊、乳房、屁股、大腿……这些女子似乎就只有一块块零碎的躯干，脸长得什么样完全看不清——她们压根就没有脸。挺胸撅臀，乱抛着腰肢立在骡车前，跑来骡车边，拿手朝车厢上重拍着，"爷您看看我！爷您要了我吧！"

照花猛一下把脸从窗边弹开，坐在外面车盘上的曹旺儿坠着两手猛拨一气，"让开让开！都他妈给爷让开！"曹旺儿是练家子，这一喊有如钟鼓齐鸣，一条街霎时间静了一静。随即有一条活像被捅烂的嗓子，伴着门沿上的土布招简陋又热络地扬起在闷热的风中，"哎哟喂！旱天旱地的，一见着位龙王爷，大家的规矩全忘了不成？都按着章程，一家一家来！"

这头还没嚷完，那头又传来一声暴喝："嘿你个小婊子，跑？我看你往哪儿跑！抓住她，给我抓住喽！他妈的臭婊子，让你跑，大爷我让你跑！跑啊？你倒是跑啊？"

是方才门户大开的那一家，有个女人逃跑又被拖回来，让一个男人的千层底鞋子重重地踹着肚子、胸口、脸，而她只是在地下翻滚，竟叫也不叫一声。其余的裸身女子全蓬头垢面地立在原地观望，中有两三个面对着骡车搔首弄姿，岔开了大腿，把手伸下去揉着，如鬼怪，如禽兽。

车仍缓缓地前行着，车中的照花紧闭了两眼，一把扯住并坐在一旁的青田，"姐姐、姐姐，做什么带我到这里来？"

青田的人在被车身不断地摇晃着，神色却不动不摇，视之等闲，"这条路走出去，你就是自由身了。"

照花一个劲把头往她的肩后藏，上下牙打颤道："姐姐，换一条路，我不要走这条路，我不要走这条路！"

青田抄过另一条手臂将照花的两颊硬生生扳起，直直看进她眼内，"你真不要走这条路？"

照花的脸被掐得变形，却仍鼓着嘴不住地小声祈求着："不要走、不要走、不要走……"

青田放开她，抬手又往车顶上敲两敲，小指上的银盘金丝甲套击出了清洌的微响，"调头，回去。"

赶车的技术精湛，窄窄的道儿上一拉缰，车身就险险地擦过了房檐直顺着原路加速飞驰。外面一下子炸了窝，"嘿！怎么又走了？""爷爷，您不再瞧瞧啦？我们后院还有个鲜货！""哎，还没看完哪！这后头还有哪！我们家，我们家！""他妈的，玩我们是吧？""大中午的，不成您是上这儿遛食儿来的？""想是那小脑袋没进过红门开荤，是吃素的吧！""看了一整货，车也不下，真当你是皇帝老子选妃呢！""坐着这样的车，您跑咱们这儿干吗呀？趁早槐花胡同去吧您！"……

纷纷籍籍的谩骂一刻间就已被抛远，唯剩车铃阵阵，清脆入耳。照花逐渐又觉出了大道的平稳，反而更显得惊恐，"姐姐，你不是放我走吗？怎么又往回去了？"

青田扭转脸，微暗的车厢内，如有一口龙泉剑贯于她眸内，宝光森森，锋利直指人心，"照花，你父母双亡，只有舅舅可以投靠，舅妈卖了你出来，你回去，一样再把你卖出来，你不回去，偌大的一个北京城，你举目无亲，一个女孩子家打算往哪里走？你走到哪里，我想都不用想也知道你会遇上些什么，老天爷给了你这样一张脸，你这辈子能遇上的无非只有男人。男人不会娶你为妻，因为你既无媒妁，又无嫁资，'聘则为妻，奔则为妾'[1]。你也原说是卖与人当妾，可你知道什么是妾？妾乃'立女'，哪怕你亲生的儿女也不能唤你一声娘，他们坐着你得站着，他们是主子，你是奴才。丈夫的官衔尊荣与你毫无干系，族中的婚丧大事一概不准露脸，死后不能合葬，牌位不入宗庙。且不说多少的大房太太凶蛮残妒，叫你竖着死你不敢横着死，就是那面上看着有容人之量的，十个有九个也不过是假贤假惠，一得着机会便赶你出门。倘若连妾也不能做，那就是为奴未婢。婢女不仅睡迟起早，而且得时时苦工不辍，一个不留心便有痛打痛骂，略有几分姿色的非但难保清白之躯，遇上了厉害的主母必往死里弄，或等着失宠，照样送出来卖给人伢子。然而为妾为婢也算是好的，依我看，你遇上的男人保不齐是个游手好闲之辈，甜言蜜语地哄了你去，玷污了你的身子，再转手把你卖回风月场。

"北京的风月场，大的有三处。一处就是槐花胡同，一处叫帘子胡同，其间以优伶相公居多，还有一处就是方才经过的'窑子街'。槐花胡同是全北京最好

[1]（西汉）戴圣《礼记》："奔者为妾，父母国人皆贱之。"

的地望，紧挨着棋盘街、富贵街——出了皇城就是棋盘街，而朝廷的吏、户、礼部，宗人府衙门，门全朝着富贵街开。槐花胡同的女人披绸挂缎、穿金戴银，新兴起什么妆扮，宫里的妃嫔也要跟着学。你住在铺金的绣楼上，睡雕花的拔步床。要上你的床，男人得先开盘子、打茶围、做花头、替你置头面衣裳、办皮货珠宝、买家具铺房间、拜白眉神、点大蜡烛……数十道手续，千两的黄金，来来往往，繁琐调情。窑子街的周围是铃铛大院、箭杆胡同，住在那一带的不是匠役就是流民。窑子街的女人就像你才看见的一样，从早到晚身无寸丝，来了客，不管是什么臭鱼烂虾也要你争我夺，见头一面就迎去屋里，一天多了接十来趟，少了也要接三四趟客。土话管这叫'打钉'，打一次钉二十文钱，全被龟子鸨儿拿走，吃窝头馊饭，睡光门板。槐花胡同与窑子街，干的是一模一样的事儿，可一个是羊脂白玉天，一个是猪血红泥地。"

青田略一顿，口吻仿似是瘦金体的收笔，撇如匕首，捺如切刀，"照花，你今天从这车上下去，若碰上好心人收你做妾做婢，纵使千苦万难，跟皮肉生涯比起来也算是幸事。可普通人家的妾婢好歹还有个娘家，有几个兄弟，你孑然一身而年少懵懂，亲人尚且骗你害你，外人的真心假意你又如何分辨？怕只怕与人做了一回妾婢，到头来还是沦落在烟花巷。而你可知等你转过两三手、挨得五六年，再想重回槐花胡同——？痴人说梦！唯一的下场就是窑子街。是你自己亲口说'不要走这条路'，我才带你回去。你想好，若真不愿回去，我身上还有些散碎的银票与你做盘缠，天高地阔随你去闯荡，来日是福是祸，因果自尝。我晓得怀雅堂是十八层地狱，可我只见过三十六层地狱，没见过人间，没有更好的出路给你。"

这一席话，一个个字，每一个都似一丸冰雹，在六月的炎夏里劈头砸来，砸得人皮开肉绽、粉身碎骨。照花怔怔地瞅着青田，惨色如霜结。她抽噎着、抖动着，而后就一头扎进了青田的怀内，失声嚎哭。

"姐姐，姐姐，我的命咋这么苦啊！"

在车行的颠沛中，青田始终是面色无澜的，"别说自己的命苦，你瞧方才的那些女子一样是爹生娘养，谁知有什么转折遭际，竟至活得连牛马也不如。而就算如此，也会有贫不聊生之人，羡慕她们至少日有所食、夜有所寝。"她一手在照花的肩头拍一拍，重复道："别说自己的命苦，你没见过苦人。"

青田无关痛痒地劝说着，这慰耳的字词又哄得过谁呢？反正哄不过她自个。她只知道，恨到了极处，恨不能天涯海角地揪他出来一剪一剪捅死他，一转念，又想他薄薄的嘴唇，笑起来那样地纯真和好看，直想得发疯。每一夜的明月都高悬在故国，不堪回首。她在月下张着眼，在另一些男人身边，那甚至不是一对失眠者的眼，而是死者的双目，死不瞑目。

事到如今，她只等那个人，等他用他残酷而端严的力量，仿佛一只收殓师的手，把她合拢。

五

那个人还是没有来，来的，是他会来的一丝希望。

将照花重领回怀雅堂的时候，后楼已清场，一个杂人也不见，青田就知道齐奢快到了。

她草草地梳洗一番，换了件湖色的开襟绢褙，衣上没有刺绣，只染着几朵蔷薇花，有一种仓促的喜气。随后楼板就七七八八地响起，他似乎每次来都带有一整支卫队，可她能看见的永远只有一名太监、一名侍卫——周敦和何无为。

替他打门帘的是何无为，周敦陪着他进来。青田已看惯了齐奢走路的姿态，那么高的人，跛着脚，即便是微跛，还是看起来有些拙重。然而也正因这拙重，像一件古朴的青铜器，格外地叫人肃然起敬。

他照旧是便装，柔和的一身波斯布直裰，向她和暮云抬了抬手，"来回也都

匣心记

熟了，不必老这么拘着，坐吧。"

青田谢过，浅浅地堆了笑，"三爷嫌我们这儿茶不好，今儿有才制的木樨露，三爷喝一口解解暑？"

齐奢也笑着在大炕落座，"今儿倒真有些口渴。"

"暮云，你叫汪嫂子送一碗上来。"

"不必。"齐奢将拿在手中的一面折扇合起，冲一旁的周敦微一抬下颔。

周敦答了声"是"，掀开门帘叫了句："小信子。"只听脚步急响，一个二十来岁、身着普通家人号衣的玉面小监就来在了帘外，垂首待命。

周敦意态闲闲道："去盛茶饮上来。"

往常，青田见惯了周敦在齐奢左右的卑躬屈膝，此刻却看他命令起旁人来竟亦有一种威严的气度，比之高官大员有过之而无不及，可一回头就又一副笑嘻嘻的奴才相，束手缄口地恭立一侧。

不一刻工夫，就听那小信子碎步而返，唤一声"周公公"，隔帘递进了一只极大的黄花梨提盒。

周敦接过提盒打开了流云兽纹盖，只见盒分数层，每层又分或圆或方数个小格，铺着纯白的雪绢，内置全套的银盘、银碟、银碗、银筷、银执壶、银茶盅、银酒杯、银折盂……大大小小足有二三十件之多。周敦从中拣出了四碗四碟，揭去了錾花银盖，呈于托盘内奉上。

青田和暮云看得口内讷讷，大半天，暮云拍了拍胸口笑起来，"哟，这不就是咱怀雅堂自个茶间里的冰饮糕点？换了这一套家伙什儿，差点儿唬得人认不出来。"

青田也若有所悟地一笑："怪道三爷从来不在咱们这儿吃一口茶、一粒饭。"

齐奢端过只银碗，将其中的木樨露一气儿喝光大半碗，才笑笑地一抹嘴角，"我外出，一应茶具、食具、盥具皆有专人携带。这是规矩，倒不为摆谱，只因时局动荡，不得不防微杜渐罢了。你一天交际繁杂，也该备一套才是。你要不要，送与你？"

口气带着玩笑的意味，却听得青田心里头一刺，眼前蓦地就浮现出惜珠临死

的情状。"多谢三爷，倒是不必。鹤顶之红，白银可试，人心之黑，何物以验？"

坠西的太阳斜斜晒入，在齐奢的皮肤上晒出一层金沉沉的光。他觑她一觑，眉目萧朗处有云舒云卷，"我才从乾清宫出来，当今天子年方十一，我身为叔父，且职居监国，故而虽有上书房满腹经纶的先生，可国务时政还是要由我日日入宫为小皇帝讲解。跟他在一起时我倒没什么感觉，反在你身边，深有其感。"他停了一停，续道，"'伴、君、如、伴、虎'。生怕哪句话没说对，便惹得你多心。"

这回他并未容她置言，只将手内的扇面大大打开，垂望着其上的水墨云山问："你呢？你刚下午做什么来着，出堂差了？"

青田摇摇头，鬓边是两朵木槿花，一朵粉红一朵紫红，参差错落，"妈妈前两日新买回一个小倌人，我带她出去逛了逛。回头等三爷走了，妈妈还让我教她些门户内法。"

"什么内法？说来听听。"

"既然是内法，自不宣于外人。"

"想当日，我亲眼目睹你终身无法忘怀之痛，你亲耳聆听我平生不可告人之事，如此心腹相交,怎叫外人？"他一半调侃一半认真，自桌上拣了碗玫瑰卤子递与她，"你也喝些。"

青田微笑示谢，接过来，却又搁去手边，"既然三爷想听个新鲜，我也就寡廉鲜耻与三爷说说，说穿了也没什么，槐花胡同的生意经，左不过就是些假情假意、机关计算。比如遇着生客，先得卖弄风情，低首自视——'凤点头'，露齿微笑——'献银牙'，挺胸收腰——'献身说法'，眼角传情，闲吟丢俏。待客人进了门，有'十八问'的讲究，一问接一问环环相扣，转眼就套出客人的底细来。倘若客人的家世不过尔尔，就用'干煎甲鱼'或'三冷一热'的法子。'干煎甲鱼'就是叫客人空等，等得他如煎似熬又无可奈何。'三冷一热'就是对客人三次都冷冰冰的不大理睬，第四次却又热情如火，弄得客人不知所以、心生牵念。可倘若来人身家丰厚，那就要留做长客，又有'哭剪刺烧嫁死'六法。'哭'便不用说了，'剪'

就是剪发相赠，'刺'是以花针刺两臂，写'亲夫某人在上'，再拿墨涂了，除非用特制的药水清洗，终身不褪。'烧'是拿香炙在皮肤上，炙在胸口叫'公心中愿'，恩情最厚；炙在头顶叫'结发顶愿'，恩情次之；余者还有'联情左愿'、'联情右愿'、'交股左愿'、'交股右愿'等诸般名目。至于'嫁'并不是真嫁，只是口里说非君不嫁，讲盟讲誓讲情讲义，只哄得客人漫撒赎身钱。'死'也不是真死，照样是空口白牙地赌咒为他生、为他死。追魂摄魄的深情，全只为骗得客人以为待他情有独厚，从而死心塌地地花钱罢了。说来说去只一句：这地方只认钱、不认人，女人越是做出那情意千金、粪土金钱的样子，就越是要狠宰男人一刀，不放干他的血绝不罢休。"

齐奢聚精会神地聆听着，而后抚掌慨叹："酣畅淋漓。若换一个女子，定忸怩作态，说不出口来。"

青田空望着某处，嘴角儿噙着笑，眼里却有一整片死寂的海洋，"假如对三爷这样一个见尽世事的男子汉我尚且说不出口，一会子，该如何对一个十四岁的无知少女说得出口？"

齐奢望住她一瞬，忽地移目，向着周敦把头一偏。周敦立马躬身，"是。"又笑笑地朝另一头叫一声："暮云姑娘？"

"嗯？哦，哦！"暮云听得正欢，醒过神来，忙福一福，随周敦一同退出。

于是独剩二人相对，静得可听见铜漏之声，先一滴，又一滴。齐奢依旧摆弄着手里的折扇，轻松地笑道："这些法子你都使过？"

青田神色无变，坦率一笑："除了'刺'与'烧'，都使过，最常使的就是'哭'。"

"怎么个哭法？"

"客人若几时动身说要走，就哭将起来说：'你竟舍得丢下我。'一定要哭得他手忙脚乱、恋恋不舍。若遇上老练的客人反取笑说：'你客来客往的处处留情，你和我不过是逢场作戏，怎么你倒认真起来了？'便回他说：'接客虽多，只有你知疼着热，我待你一片真情，就是块石头也焐得热了，你却这般狠心说这样的话。'

到此节，更要滴下几点泪来。"

"这个'更要滴下几点泪来'甚妙！哭不出可怎么办？"

"把手绢用生姜汁染了，眼边一擦，泪如泉涌。"

齐奢大乐，把手臂长伸而来，"你手绢？拿来我瞧瞧。"

青田也一笑，眸子里闪烁着冽冽的幽光，"我早用不着那个了，说哭就哭。"

"说哭就哭？这可是真本事。怎么练的？"

"不消练。到后来，随便想起什么事儿来都够哭上个几天几夜，掉几滴泪算什么？"

她漠然的音调如一阵凉飕飕的风，不提防间，便将齐奢的眉目扫动得震颤。然而一霎后他已重新笑起来，面带诧异地扫量她一番，"这可怪了，我却从没见过你掉一滴泪。"

青田将秀面微偏，直直地望来，"三爷想看我掉泪？那容易得很。"

"别别别，千万别。"齐奢"啪"地把扇子往掌心里一打，竖起在耳边连连几挥，"你若掉泪，我定得心疼得以身相许、捐躯而慰，可惜眼下我有心、你无情，我才不吃这王八蛋亏。"

青田这一下是真笑了开来，也把齐奢上下看看，"平日在朝堂上三爷也这么说话来着？"

"那可不成。"齐奢乐呵呵地丢开纸扇，自银碟里捏了颗雕花梅球儿掷入口中，口齿就有些含含混混的，"你们这行吧，讲究的是随哭随笑，我们这行讲究'呆若木鸡'。无论听见什么，多高兴也好，多沮丧也罢，就是三个字——'嗯''哦''啊'，最多再加三个字——'知道了'，然后摆出这样一张脸。"他把沾了糖渍的手就在衣面上大大咧咧地扫两下，拧脸正对着青田。即时间浓眉不扬，嘴角微垂，危耸而挺直的鼻如一座古神殿里的立柱，眼是殿前天窗，可能本是金粉闪耀的，却已蒙了几千年的灰与蛛网，阴阴憧憧，永不见人间。

青田掉过脸，掩口轻笑，"果真，我头一次见三爷，就是这样一张脸，绷得

匣心记

这个样子不累吗？"

"不光累！"轰隆一下神殿就塌了个地动山摇，同时有粉碎的尘埃在阳光下绚烂起舞，是被封存的精灵。他这样地笑着，放浪飞扬，"一年到头全这么绷着非出毛病不可，所以才得找个人说说笑笑的不是？你一年笑到头，在我面前也就不用笑了。我不是不想你笑，我的意思是，真开心再笑，不开心就不笑，就跟我耷拉着脸，没事儿，咱都自自在在的才好。"

一时间，青田竟无以继言，忽听得"窸窣"一声，一只小小的宠物自帘内探进了毛绒绒的脑袋。

"在御！"齐奢出声笑起来，拿手拍了拍自个的大腿，"来，过来，到三爷爷这儿来。"

白猫驯顺地走近，一蹦就蹦上了他膝头，齐奢把它抱起在两臂间从头到尾地擦抚着。在御将一蓝一绿的鸳鸯眼慵懒地眨动，露出尖尖的前牙来打了个呵欠。

青田侧头瞧过来，笑容中透出了几分落寞之意，"我几个常年的老客人，在御从来理也不理，一抱就跑，跟三爷却自来熟，回回见了都这样亲热，当真是奇了。"

齐奢只管抚猫，瘦长结实的手指于在御油光水滑的夏毛内出出入入，熟稔而自然，"我最喜欢猫，猫一直都是猫，不像人，经常不是人。瞧，你又多心了不是？我自说我的，你甭牵三挂四。"他斜将眉毛挑高了一边，朝她笑睨着，"咱聊些高兴事儿吧！你几岁被卖进来的？"

青田"哧"地笑出声，却又略带些嗔怒地望来。他呵呵一笑："对我来说真是高兴事儿，要不，我也遇不上你不是？"

"都是些鸡毛蒜皮，三爷不会有兴趣听的。"

"没兴趣听，我就不会问。"

她垂视着两手——手上的丹珠戒，"五岁，日子我也记得很牢，头天娘专程

096

给我过了生日，让我记得我是属鼠的，腊月初二生，第二天就把我送到这里来了。"

"小时候的事儿还记得吗？"

她点头，又摇头，"模模糊糊记得些大概，仔细想，却又想不起影儿了。"

"那么家在哪里，姓什么呢？"

"家在苏州，似乎是姓方，也可能是房，或者像黄、王这些字，家乡话里头不分的。如今我连乡音也讲不来了，只倒还记得有个乳名叫'小囡'。"她说的是苏白。

"小囡。"齐奢笑，好像用手掌爱抚着猫儿一般，用唇舌爱抚着这两个字。

青田的睫毛重重地一振，"爹总这么叫我。我印象里头，爹的个子好高，是插天高的人，一扛就把我扛起在肩膀头上，我就骑着爹的肩膀放风筝。爹给我扎了一个那么大的七彩美人儿风筝，说：'我们小囡现在是小美人，等长大了，就是这样的大美人。'我不知道爹得的什么病，只记得大夫来来去去的，然后家里就到处都挂起了白幡。我天天哭着闹着找爹爹，后来娘说爹爹去了一个很远的地方，她带我去找。我欢欢喜喜地跟她坐船坐了好久，结果来到了北京……"声音轻得像一帘梦，却又骤地从梦中惊醒，眼睛里仍余有受惊的凄惶。她敛目一笑，"我说不说吧，说了，我伤心，三爷听着也替我难过，多扫兴。"

还好在御紧接着就叫了两声，齐奢忙岔开了话，佯装逗猫，"怎么了在御，嗯？你有什么高见？哦，饿啦。嘿，瞅你一天惦记的这点儿事儿，真够有出息。暮云！"

暮云来在房内，拜两拜，"三爷有什么吩咐？"

"你把猫食儿给在御拌上，这肚子都咕咕叫了。还有你姑娘素日里爱吃哪个馆子，或爱吃什么菜，你告诉了他们，让他们叫了来，别怕多，多多益善。"

"唉！"

齐奢把鼻尖与白猫贴了贴，扭过脸笑睐着青田，"留爷吃顿饭吧。"

日头落了西山，却余有浓艳的晚霞铺卷在天地之间，似一副长长的织锦画。霞光中的人儿也是画上的，眉目俊美，衣装华贵，中间隔着浅浅的暧昧，与一场浓郁盛宴。

　　一式的银盘银碗盛有数十道菜品面点：江阴炙鲥、金华火腿、平桥豆腐、大煮干丝、淮安汤包、开洋蒲菜、奶汤燕窝、葱烧海参、红扒鱼翅、玉带虾仁、神仙蛎黄、油爆双脆……

　　一眼尽扫后，齐奢笑，"你喜欢吃淮扬菜。"

　　同桌而坐的青田也清浅地笑一笑，"三爷喜欢吃鲁菜。"她轻扦袖口，露出腕上的一只金红石镯，手举银箸搛了几样菜放进齐奢的食碟中。

　　齐奢欣然一笑，也拈了筷子。吃过几口后，却看青田只是不住地替他添菜，不由地笑让："你自己也吃啊。"

　　青田云淡风轻地说："哪有还没伺候着客人吃完，自己先吃起来的礼数？三爷只管吃，您吃完了我再吃。"

　　齐奢这才回过味来，一等小班中的妓女凡事都有规矩，陪客人入席时自己是断不能动筷子的，必是等客人吃饱后再潦草扒一些剩饭了事。嘴里的珍馐忽变得有些不是滋味，他爽朗的笑容有一丝凝滞，"早说过，在我跟前没那么多讲究。吃吧，特意叫的你爱吃的，陪我一块吃点儿。"

　　青田手间的筷箸犹犹豫豫地悬在半空，终了还是放落在银龙筷架上。"三爷吃吧，我晚些再吃，我不饿。"

　　倒是一边的暮云看出些所以然来，她审视着青田的脸色，不无担心地问："姑娘，敢是又犯了胃疼了？"

　　"怎么？"齐奢眉一拧，"你常犯胃疼？"

　　"老毛病了，"暮云快人快语，身一旋就向外走，"最近倒又犯得勤了些。我现在去把药煎上。"

　　"站住，"青田面含隐怒，"越来越没规矩了。三爷还在这儿，让药味儿冲了怎么好？"她转视齐奢，宁和自若地一笑，"不用理她，她惯会蝎蝎螫螫的。我没事儿，三爷慢慢吃，我也陪您吃点儿。"

她又擎起了筷子，却听"啪"一下，筷身被另一双筷头空架住。

穿牖的霞光有细微的变幻，从青田的侧颊拂过。齐奢望着她，能感到她纤毫的喜怒哀乐全在他心头，像莲花在佛陀的手。她眼里有一片黄金的流沙，他合身沦陷，不可自拔，而他唇间则为她含着永恒的应许之地，流淌着蜜与奶。

但齐奢一字不吐，他懂得，在重重历难之前，他们哪里也去不了。他盯了青田一盯，放开了手间的银筷。

"你歇着吧，我先走了。"

他说走就走，拔地而起，而后又回过头，隔一段瞧向一大桌子银华璨然的食器，"这套东西你没用，回头我派人来取。至于人心是红是黑，确有一物可验：时间。"

青田手足无措地望向齐奢，望见从远空而来的一道热风拂过了檐头的铁马，叮叮当当，仿如在他的背影后骤然地落下一场大雨。

六

第二天就下起了雨，还是在与头一天差不多的时间，周敦来了。那一套银餐具青田早令人清洗过，还按原样装回了提盒中。周敦接过来，交给了等候在帘外的小信子，又取过一只描金大漆盒托在手内道："段姑娘，这盒子里有太医院配的两份药。装在瓷瓶里的丸药是治胃疼的，什么时候犯了，白水送服一丸即可。纸包里的是安神药，王爷说看着姑娘眼底下发青，必是晚上睡不好，叫睡前把这药熬上喝了，养心助眠。王爷近些日子忙，怕有阵子来不了了，叫段姑娘自个多保重。"

自来妓女的花名是随人乱叫的，从没人称呼过青田为"段姑娘"，仿佛她是个闺阁小姐似的。青田有些发窘，忙使暮云接了盒子，又叫人取一锭十两重的小

匣心记

元宝，亲手递来了周敦手前，"多谢王爷费心，也劳烦公公雨天里还跑这么一趟。"

周敦把元宝一推，笑着低了低脑袋，"王爷说了，倘若奴才敢拿段姑娘的赏钱，就剁了奴才这双手。姑娘您在，奴才不多扰了。"

一如来时，周敦一行离开得迅速而安静，只有雨在外头噼里啪啦的。暮云手捧着药盒待要说话，楼板却被一阵杂沓的乱步震响，有人尖亮地喊着："姐姐，姐姐！青田姐姐！"——是照花。

青田三步并作两步出了屋，才来到廊上，就看照花打头里跌跌绊绊地奔来，对霞、蝶仙和凤琴在后头追，对霞手里还擎了盏小灯，咯咯乱笑。照花却是一脸的惊惶，似乎马上要哭出来似的，一头就栽进她怀内，"姐姐，姐姐，她们烧我的眉毛！"

青田一手揽过了照花，厉色道："你们又干什么？"

初见青田出来，几人已变得颇不自在。对霞把手内的一盏青瓷雁足灯"噗"地吹灭，满脸的不以为然，"妈让我们带着照花学抹雀儿牌，没个输赢干玩也没意思。她又没钱，我们说好了，输了就罚她一罚，真罚起来她倒不干了，乱跑乱叫的。我们又不是真烧，就是唬她玩玩。"

青田把扑在她肩头的照花托起脸来瞧了瞧，廊上几盏灯笼柔红色的光线里，但见那小脸上长齐眉边的覆发被烧缺了一块，其下一对微微的八字眉，左边眉尖结了一大片蜡油，仿佛伤痕的渗血一样。暮云才自后头跟上来，脱口就"哟"一声。青田把照花起伏不定的背抚两抚，眼向前一抬，精光慑慑，"玩是玩闹是闹，也该有个轻重，真把照花弄破了相，看妈饶得过你们哪个？"

"姐你干吗老护着她？"蝶仙两臂交叠，翻了个白眼。

对霞也眼白微露，拿指尖在灯芯上腾起的灰线上缠一缠，"就是。"

青田更来气，直接就拿指尖把三人挨个点过，"当初你裙子被惜珠扔到马桶里去，我没护着你？你把银水烟筒给了那唱戏的叫妈绑起来打，我没护着你？十八九的人了欺负个新来的小女娃儿，你们俩不害臊吗？还有你啊凤琴，你也老大不小了，不长脑子？她们干什么你就跟着干什么？"

凤琴被呵得低头不语，蝶仙却不服，嘟囔着："姐姐最近派头可大得很，动不动就竖起两只眼睛来骂人，多大的事儿，也值得发这么一通脾气。"

对霞斜戳着丰壮的身躯，把尖削的脸盘直直一扬，"不就是挂搭上了摄政王爷吗？摆什么娘娘款儿，何苦来？"

青田但觉得两边的太阳穴突突乱跳，颈上直迸起一溜青筋，她干干地笑半声道："说到骂，我真该好好地骂骂你们几个。我是挂搭上了摄政王爷，你们挂搭上谁了？从四月起，你们酒摆了几台、局出了几趟、做了几两银子的花头？我今儿是身上不爽快没接客，你们个个活蹦乱跳的在这儿又打又闹，倒是请客人来呀，都这个点儿了没一个客上门，怀雅堂几时这么冷清过？合着就是我一个人做生意养活你们这班大小姐，供你们呼奴使婢、消遣妍头，上下通透了再来给我惹气？有气力骂，我今儿就活活地骂死你们！他妈的赔钱货！"

蝶仙与凤琴倒不怎地，对霞却猛把脸涨得通红，眼泪扑碌碌地滚下来，滴在她几乎是硕大无朋的胸乳上，洇湿了衣上的团锦锁子花。

青田余怒未平，重重地斥责："哭什么哭？少来这套！省着那点子马尿哄你的相好去！"

走马楼的回廊上已聚了几个小丫鬟、老妈子在那里遥观，却谁也不敢上前劝架，只有暮云轻轻出声劝了句："好了姑娘，身子本来就不好，动这么大气哪里禁得住？"

蝶仙也怔忡了半日，绞着手帕道歉："姐姐，是我们不好，你不要气了。对霞她也不是有意惹姐姐生气，她这几天心里烦，她家老爷子又去赌了。"

对霞一手还捏着那灯，另一手扯了块绣帕，擦鼻抹眼。

青田定定地瞅了对霞一瞅，眉目间的怒意就倏然淡却。她面向圈在手臂间的照花，抚一抚她眉上的蜡污，"照花，你先回屋里去洗把脸，不要告诉给妈，我晚些来瞧你。"然后抬起头来，声音重新变得柔和而安静："对霞，你同我进来，我有话跟你说。"

匣心记

回了屋，令暮云点起灯。雨还在楼外下个没完，天色已尽沉。青田与对霞对面坐低，拉过了她的手，"才我话说得重了，你别往心里去。"

对霞连连把手绢往鼻子上摁着，鼻尖哭到了红得发亮，把头摇一摇。

"你爹到底是怎么回事儿？"青田绞起了双眉问。

"还能怎么回事儿？连指头也剁了，没一个月瘾又犯了，输了八百两银子！我哪里给他弄这一笔钱填赌账去？气得我老娘倒在床上起不来，抓药的钱也没一文。我几个客人里也就算那三品京堂孙孝才是个富得流油的，可他那性子，虱子背上抽筋、鹭鸶腿上割股、古佛脸上剥金、黑豆皮上刮漆——再没有更精打细算的。做做花头、充充场面，孙大人为着面子还愿意掏几个钱，私底下多一文也不愿意帮贴。更甭提那几个扶不上墙的瘟三，得了风声，一个也不露面了。倒是蝶仙那蹄子二话不说，翻箱倒箧地替我筹钱。可姐你也不是不知道她，手里但凡有一点儿积蓄，全拿去贴在那帮戏子身上。东拼西凑，才凑出了一百来两，不过杯水车薪。我实在是走投无路了，今儿偷偷把大头面当了几件，回头中秋节赎不出来，叫妈发现，我也不用活了。"她一味地低泣着，烛火把她颤抖的身影映在墙头，似被雨水敲打的一片肥腴的芭蕉叶。

青田低低地叹息一声，立起身往里间去了。再出来，手内攥了个又软又薄的白纸包，她把它轻放在对霞的裙面上，"拿去。"

对霞一手擦泪一手将纸包撩开了一角，一看之下，顿将其往青田的手中塞回，"姐我不是那意思，我不要你的钱。"

"小时候裤子也穿一条，分什么你我？拿着。"

对霞犹犹疑疑地，用手在脸上抹两抹，"姐，我问你个事儿。"

"嗯。"

"乔相公不是说好了娶你进门吗，怎么这时还不提帮你赎身的话？必是妈又说什么'青楼名姝，量珠而聘'，价要得太狠，他凑不够钱！我就更不能要你的钱了。"

青田只觉是"砰"一下被什么给撂翻在地，揪着她往下压、往下碾，直碾入

数丈深的黄土中，九寸的楔钉八八六十四根。她盲着眼摸索着头上的棺材盖，摸到了冰而重的、宿命的哭墙。

两眼涌起了欲哭无泪的烧灼，她将手挡去到眼跟前，嗓子却早已嘶哑："不是钱的事儿。"

"那是为惜珠？我看乔相公从惜珠死后就再没来过，定是姐姐你怪罪他。要我说不是他的错，况且细细想来，姐姐你该庆幸才是。惜珠虽说死得冤，可是她自己送上门的，倒多亏她顶了个包，若不然不是乔相公被那焦遵害死，就是姐姐你——"

青田摆摆手，抬起头强做一个平静的、如常的微笑，"一言难尽，我回头再慢慢与你细说。这钱你拿走，我一人吃饱全家不饿，你还有满屋子的弟弟妹妹要养活，别跟我瞎客气了，还得上就还，还不上也不用放在心上。"

她送走了对霞，人在廊外立一刻。雨声渺渺地传来，不大真切，有许多的东西在声嘶力竭地叫喊着，喊的是什么，一个字也听不清。青田沉沉地出了一口气，扬声叫暮云把窗屉子扣好，这便直往照花的房间。照花暂住在楼下，门前守了个老婆子是段二姐贴身的人，一见她忙趋奉着笑起来，"青姐儿来了？"

"妈在里头？"

"啊，同小倌人说话呢，姐儿进去吧。"

青田进了屋，明间没人，东头传来段二姐的声音，一挨近就听得清了，"娼门内与别处不同，要让男人睡在床里，你睡在床外，用手替他做枕头。等他拿手来摸你，你就也要去摸他。对不同的男人，床上也要用不同的法子：那话儿短的用击鼓催花法，长的用金莲双锁法；性急的用大展旗鼓法，性缓的用慢打细敲法；不耐战的用紧拴三跌法，耐战的用左支右持法；调情的用钻心追魂法，贪色的用摄神闪腔法。[1] 你先拿着这个，听妈妈把这八法和你一一地道来。拿着呀，这有

---

[1] 参见（清）青心才人《金云翘传》第十回：破落户反面无情，老娼根烟花教训。

匣心记

什么好害臊的？以后呀，这东西你天天得见个百八十回的。拿着，哎，这就对了。"

青田把帘缝轻拨开一角，见照花与段二姐并膝而坐，二姐喋喋不休，照花则满脸红彤彤地耷首不语，两手间握着硬被塞入的一样东西。那是只黄铜的角先生[1]，因年久，头尾已泛着层模糊的油白。二姐攥着照花的手，将女孩子几根嫩指在雕制逼真的龟棱处来回地擦动，"这儿，这儿就是男人最舒服的地方，不单可以拿手，还可以……"

青田的口内涌起了一股酸液，她放下帘幕默默地走开。外面有无尽的透明的小小雨滴，正在自天空那样高的高处，堕落进无底的黑泥地。

七

雨在天色将阑时停了，白日放了个大晴，直到日偏西依然有一阵阵的泥土香气扑窗而入，垂挂在窗前的柳枝随着风飘舞，仿似绿海翻波。

临窗的人儿也是一身秾绿的华裳，缠臂的披帛上坠满了璀璨珠络，与之相对的则是一张苍冷而黯淡的脸庞，无色，无神。青田朝穿衣大镜中自己的倒影盯上一盯，无所谓之地调开眼，去到梳妆台的镜前坐下，"李一梳来了没有？"

李一梳是个待诏。待诏就是梳头理发的手艺人，其中有一类专事出入花楼服侍妓女。槐花胡同一带最出名的待诏就是李一梳，真名叫什么也没人知道，人不过二十来岁，不单会梳上百的巧样新髻，而且篦头、取耳、松骨桩桩拿手。怀雅堂的姑娘们常日不过由老练的丫鬟、老妈子篦头梳髻，可一旦遇有重大场合，皆要叫李一梳来做头。

今日是户部尚书的公子柳衙内做寿，在棋盘街扬州会馆包场大宴一干狐朋狗

---

[1] 南方作"郭先生"，人造阳具。

友，京中的名妓十有八九都接到了局票。叫青田出局的正是寿星柳衙内本人，亦是她相交多年的一位客人，故此不得不费心打扮，盛装出席。

听见青田问，暮云捧来一件梳头用的披肩，一面与她搭在肩上一面答道："早都来了，姑娘那会子还没起，被妈妈叫去照花姑娘房里了。说让李一梳给她梳个漂亮发髻，不能歪歪刺刺地就去了。"

青田略一沉吟，"今儿照花也去？谁叫她的局？这么快她就有名声传出去了？"

"她有什么名声？"一语未了，已传入段二姐爽快的大笑。只见她一手撩门帘，一手扯着照花就进了屋，"正是要借你的名声提携你这妹子亮个相！今儿虽没人叫照花的局，你只把她带在身边，你这花魁一进场，保险百十双眼睛齐刷刷都在你身上，看见你就不能不看见她。难得京中的贵公子今儿云集一堂，说不准就有哪位金主看中了我们照花，愿意替她点大蜡烛。"

良家女子的初夜都讲究个洞房花烛，而妓女的初夜是没人陪着拜天地祖宗的。下等的土窑子不过多花百来钱，一等小班则须以重金买动掌班，并替雏妓置办家私首饰，这才换得到花烛一对，以做破处之喜，引称为"点大蜡烛"。

青田闻之不觉愕然，拧过脸直瞪段二姐，"怎么这么早就要点大蜡烛？"

"早？不早啦。"段二姐把手于鼻前一扇，"你还当你们那时候哪，十三岁开门做清倌人，拖到十五六才开苞？哼，现在呀，十三岁开苞都算晚的。就旁边的雨花楼，也是新买进的一个小倌人叫什么'鲍六娘'，才十二岁半，上一节也开了苞，红火得不得了，你见过吧？再说了，自从惜珠——，唉，院子是个啥情形你也看见了。蝶仙和对霞不去讲，凤琴嘛，清倌人做了两年多，至今没有人替她点大蜡烛，像她那样，有人拿一百两银子来我就让她走了，没有人要啊。你照花妹子可不一样，我看得不会错，一准儿是台好生意，人人抢着要。你看看，你看看这个模样，哪个男人会不爱嘛！"嘴里说着，手就把照花推来前头。

青田仰首细观，见照花外披着一件透明软纱的开胸半臂，内里是细白绫直身，

匣心记

以工笔绘着细碎的黄水仙，低低的圆领直露出一点锁骨来，合着领缘，项上压一带拇指粗的双股金索环。头发梳做清清简简的一对双螺，梳法却别致，是以一支支的五色花针绾起了发梢，微一摇首便有清丽的色泽隐现于发间，环髻又束着两缕嫩黄色丝带，直垂在肩后，婆娑扶风。洁净的窄额前洒几缕子垂发，好似直垂入眼睛里，把天生的一段无辜韶华呼之欲出。

青田已能想象出，当她与照花一起入场，所有人都会盯着这二七小佳人窃窃私语：那是谁？——固然，与她丰盛醇厚的美比起来，照花的美仍是生涩而小家子气的，就像一道一层层铺满了鱼翅、鲍鱼、海参、鸡鸭……在文火上煨了几天几夜的一品锅，与一道轻撒了一匙蜂蜜的水豆腐。可对于那些脑满肠肥的饕餮者，兴许，后者的清爽与干净是更诱人的。

青田的胃里升起一股酸液，是嫉妒，她在嫉妒照花，但即刻间她就暗自苦笑，一盘已被吃掉多半的大菜嫉妒即将被端上桌迎接宰割的甜点？等待着两者的，无非同样是人腑脏深处的饿与恶，还有堆满了动物尸骸的垃圾堆。

她望着装点一新的照花，凄楚翻涌，却只近乎慈爱地笑笑，抬手抚了抚她白里透红的少女面皮，"漂亮，真漂亮。"

照花本有些忐忑似的，却因这称赞而露出了一个天真的笑。段二姐也笑得合不拢嘴，一行不带歇地叮咛照花道："出局的规矩妈妈都跟你讲过了，一会子你就乖乖地跟着大姐姐，只看姐姐是怎么做的，心里记下来学着，不要多说话，有什么不懂的事情就问姐姐。万一一时找不到姐姐，叫老妈子去传话，自己不要到杂人里乱走，知道吧？还有啊——"

"妈，"青田把手绞进头发里拆下了两根发笄，随意盘起的一头漆发便滑落于后腰，"你同妹妹到外面说话，我还等着梳头。"

"哦，瞧我这记性，快叫李一梳进来给姑娘梳头。"二姐手拉着照花往外走，又折首对青田笑道："那宝贝女儿你慢慢梳妆，不着急，我叫他们先备车。"

出门时迎头正撞上李一梳，后生手拎着梳头匣，先唤一声"段家妈妈"，再唤一声"照花姑娘"，伶俐俊俏的脸上有一双不笑也是笑着的桃花眼。照花瞥了他一瞥，小脸就一红，埋首与段二姐去了。

李一梳放落门帘，微曲着腰走来了妆台边，"有日子不见，青姐儿可消瘦了不少，看着倒像那鼓词里唱的'病如西子胜三分'了。"

暮云素知青田不爱李一梳的油滑，便把薄薄的眼皮斜斜一掀，"哟，有日子不见，你倒学会吊书袋了。"

"呵呵，青姐儿可要先做个松骨按摩再梳头？"

"你可想得真美，去，手别往姑娘肩上碰，赶紧梳头，没的叫照花姑娘干等着。"

李一梳笑应着将梳头匣打开，一件件地排出大梳、通梳、篦箕、剔帚……"话说这新来的照花小倌人可当真水嫩得紧哪！"然而他马上自觉不妥，急接一句道："所以小的才与她梳了双螺髻，正显出这一份清纯可人。青姐儿就不同了，身为花魁娘子自该以贵气取胜。这一身衣裳就很妥帖，又华贵又抢眼，只是眼下正是伏天儿，若头也梳得太复杂恐叫人看着燥气。既然是跟照花小倌人一道出局，不妨也梳个清爽些的发髻，只多用几件贵重的头面，才显得贵而不繁、艳而不妖，不知青姐儿意下如何？"

"随你。"青田恹恹而答，就手取过撂在妆台边的一本琴谱，垂目翻看了起来。

屋内很快就弥散开桂花油的甜香，李一梳快手如风，梳底生花。几个抹桌拭椅的丫鬟谁也不出声，各自做着手内的活儿。只有白猫在御躁动不安，一会儿从脚凳蹦去到高几，一会儿从高几蹦去到窗台，复在地下来回地踱几圈，"嗖"一声，只看见一条白尾一晃，已闪身进里间。同一刻，外间却闪身进来个人，是小丫鬟桂珍躲在那儿扒拉手，"暮云姐姐，暮云姐姐——"

暮云刚捧出青田的嵌螺钿紫檀大首饰盒，正一一揭开其内的小锦格，头也懒得抬，"做什么？"

"小赵在下头找你。"

也不知暮云揭开的格子里装的是红宝石还是红玛瑙，反光映在她脸上，那样

匿心记

红。她狠啐了一口，"桂珍你这小蹄子可是赶丧出身的，什么大不了的事儿也这样着急着慌来报？没看见我要跟局？下去！"

言若有憾，心实喜之。桂珍听得出却不敢回嘴，倒是青田闻曲知音，自琴谱中抬起了双目，"小赵找你，你就去看看吧，我还得一会子呢，你只管去。"

带着一身的喜气，暮云去了。她去了很久，却带回了一脸的晦气来，活像是撞了鬼。青田奇怪地望一望，自镜中与暮云的目光相交，猝然间她的心轰隆一震，就懂了。

背后李一梳的声音仿佛是从水底下一波一波地传上来，遥远而失真："好了，青姐儿您瞧瞧。"

青田愣愣地撤回眼光，看向自己的倒影。李一梳替她于两耳挂起了翡翠连金的璎珞耳坠，髻前环扣着一径水汪汪碧莹莹的翡翠珠冠，自冠上翻起的是弯若曲水、松若流风的百合髻。

百合，多好的花儿。百年好合。

然而这张脸却分明是一张弃妇的脸，写满了离怨与枯萎。青田摸过妆台上的一只白玉盒，自盒中挖一抹水粉，缓缓地在掌心揉开。

"所有人都下去。暮云，半刻钟后，请他上楼。"

八

这半刻钟，是青田一生中最为精心的半刻钟。

她抹粉、扫眉、抿胭脂；细细描，分分画。当一切完成，她端坐在镜前审视着自己的仪容，如审视一位死者的遗容。美，敌得过生前最美的时刻，配得上最盛大的最终的告别。她徐徐地起立，转回身。

门前，出现了一拢玉色衣衫、人如良玉的乔运则。

一直蜷伏在屋角的暮光霍然直戳起根根的光针，刺得青田什么也看不清，她只清楚地感受到自己的一双手臂在拼命地妄图挣脱身体，扑向那身影，抱他、抚摸他，或发疯地将他撕成碎片；还有她的嘴唇，她的嘴唇渴望着吻他，吻遍他每一寸，活活咬下他每一块肉来。但她的意志力却并未允许她的手臂、她的唇，或她全身上下的任何一处在他面前动一动、发出一丝响。

通天彻地，独余两叶松绿色的蝉翼纱在窗上塞窣着，仿佛是麦田被风倒伏。大片的青涩的华年，一浪接一浪。久远而绵长的寂静之后——

"你知道了，全部都知道了。那么，我来给你一个交待。"乔运则的眉头有渐起的阴色，他将眼光转开了一寸，望进虚空中。

"那夜里我向你求亲，你说，三年神仙眷侣之后要我另娶，倘若豪门世族之女不容你一席之地，你就出居道家、高张艳帜，做另一个鱼玄机。你可知道我听见这话，心里的滋味？而这滋味，从第一次遇见你，我就尝到了。你还不满十一岁，背着手躲在妈妈的身后，不许我师父给你量身。师父叫我上前去，我手抖得根本拿不住量尺，连你的衣边都不敢挨，生怕玷污了，在我眼中，你是庙里头千万人拿香火供奉的仙女。然后当我知道，我的小仙女原来是那些猪狗不如的男人拿着臭铜烂铁就可以买到的时候，就是这滋味。每每听着你把那些男人一口一个叫做'瘟生'，再把从他们那儿骗来的钱塞给我，就是这滋味。受你一粥一饭、一铺一盖，我嘴里的饭、身上的被，全都是一般滋味。所以我可以不食不寝，就为了不看见脑子里你在其他男人身边时的下作模样！我把所有的时间都拿来对住圣贤书，悬、梁、刺、股。终于，我等到了'状元夸官'这一天。这一天，金殿传胪，玉堂赐宴，内阁辅臣将我送出太和门，顺天府尹为我亲开天安门，东长安街上以圣旨开道，宫花簪帽彩棚摆酒，百官跪迎万民朝贺……美的像个梦。你知道，是什么惊醒了这个美梦？"

他向她投目，哀戚而阴冷，"是你的一个笑话。那天，你在摄政王面前讲了一个笑话，就在那一刻我突然明白，所有的一切不过只是个笑话。一个贱民之子、

匣心记

裁缝学徒，就算曾在御街上红袍白马，也无非只是那些真正的大人物手指间的一粒小芝麻，随时都可以捏得粉碎。他们能对我做任何他们想做的事，包括把我十年的含辛茹苦一朝打回原形，也包括，让我五体投地把你献出去——别说他们不会！摄政王之所以不曾降罪于你我，不是因为你能言善辩、守真抱诚，而是因为你美。青田，只要你走过去，好好地对着那面镜子瞧一瞧，就会明白我所说的意思。没有一个男人能从你的身上把目光移开，每次他们看见你，眼睛里都好像生出了手臂与舌头，把你剥光、把你从头到脚每一寸都舔个遍！我太熟悉他们的目光了。即使他们抽开视线、低下眼皮，也只是为了掩盖他们心里头肮脏的欲念，像一只馋猫掩盖它的粪便。你和我都数不清，为了我今天的功名，你爬上过多少男人的床。迟或早，摄政王也会向我要你，现在你不就已经属于他了吗？即使没有他，也会有别人，所有那些比我高贵、比我强大的男人都会要我把你当做一株肉灵芝送给他们。在他们眼中，在所有人的眼中，你永远只是个卑贱的玩物，被玩弄、被转送、被抛弃。"

泪水迸出了乔运则的眼眶、嘶沙了他的喉咙，他美玉一般的面庞炸裂出根根残暴的、不为瓦全的断纹，"从少年时，我每一分苦苦挣扎全都是为了有一天能够完完全全、干干净净地保有你，我以为我的苦斗在折桂的一天就会结束，可惜发现，这才仅仅是个开始。青田，你从来就不属于我，永远也不会天长地久地只属于我一个。只要一想到这个，我的心就像被亿万根针刺，被一把钝剪一块块剪碎。因此为了我好，也为了你好，我替咱们俩做了个决定。我，会是礼部侍郎张延书张大人的入赘娇婿，在这浮沉宦海间有一座不动不摇的靠山，而你，会是'乔门段氏'，这本将是你墓碑上的铭文。"

他已是滥泪横流，手剧烈地颤抖着，摁住了自己的心口，"你送我的这颗坠子，我这一生也不会摘去。不管我的花轿里坐着的是谁，我心里，只有你是我的妻。那件嫁衣的一领一袖、一针一线皆是我亲手完成，我本会再亲手替你穿上它，亲手将你下葬。你会在最好的时候死去，什么都不用知道，什么也不用忍受。我会常常去看你，就像咱们小时候一样坐着说一夜的话，不会再有任何的男人拿钱、拿权，把你从我的身边带走。你会永远是我的，只是我一个人的。青田，我杀你，是因为我爱你，没有任何人会像我一样，爱你爱得深到，需要杀死你。"

带着耳内轰隆隆的血鸣，青田聆听着这奇形怪状的理由，望着自己倾天动地的泪幕后那奇形怪状的人，她唯一的真龙天子。

"'叶公子高好龙，钩以写龙，凿以写龙，屋室雕文以写龙。于是天龙闻而下之，窥头于牖，施尾于堂。叶公见之，弃而还走'[1]。——多年来青田全心所系，唯有公子对我的一番眷爱，可今日才得以一睹其真容，但觉'失其魂魄，五色无主'[2]。原只是一介庸人，配不上公子如此的深情，就请原谅我叶公好龙了一场吧！自今后，天上人间，各不相干。我诚心祝愿乔公子自这里一去，龙飞凤翔，揽月九天。"青田的喉头满是鲜血的味道，一字字，都是在泣血。她在滚滚的热泪中向乔运则完身一礼，髻首的一对草里金[3]抖颤着细须，臂帛所曳的金色长珠滑过了碧绿的凿花砖，细声碎不忍闻。

浮尘所盖的世间，青田闭门软倒，筛糠而抖。两步外，蹑近了猫儿在御。她用一双骨节暴突的手抓住它，牢牢地抓紧，仿佛是在疯狂的深渊的边缘紧抓着一条索绳，一失手即是不复之劫。她早已准备好，听乔运则拿最恶俗的借口以搪塞他不再爱她，或不能够再爱她，但她无论如何不曾想，他的借口是：他爱她。而她甚至无从否认这份爱。天使之爱叫做爱，魔鬼之爱一样叫做爱，而且更为炙热、酷烈，从而更像是一份爱。青田情愿半世所爱之人是堕落的天使，也不愿发现他原是只彻头彻尾的魔鬼。像是万分绝望地眼看着自己年年月月的苦刑，只为了在与命运的斗争中，错站去命运那一边。

---

[1] 句出（汉）刘向《新序·杂事五》。
[2] 同上。
[3] 以真草虫制成的头饰，中间夹作葫芦形，价格高昂。

匣心记

后来的一段时间在青田的记忆中完全空白，只似乎模模糊糊地，突然之间就听见谁在哪里呼唤。她应一声，看见了双眼含泪的暮云。

"姑娘，姑娘，你还好吗？"

青田摁住了胸口前一只上下擦抚的手，"好。"她身上有什么一动——是猫，由她的怀内跳开，优雅离去。青田望望它，又回望向暮云，"妈看见'他'了吗？"

暮云的泪水潸潸落下，咬着牙点点头，"我才与小赵说完话一进门，就瞧见妈妈同他站在一处。妈妈冲他破口大骂，说他抛弃姑娘另娶他人，忘恩负义不得好死。"

"怎么，妈也知道了？"

"哼，状元公入赘侍郎府，多好的一段佳话，在官场上都传遍了。妈妈消息灵通，想来也早就得知，不过一直闷在肚子里。姑娘你想瞒着妈妈，妈妈也想瞒着你。这个人一来，谁也瞒不住谁了。妈妈本拦着不让他进，是我说姑娘要见，才放他进来的。妈妈说这是最后一次，以后凭他做到尚书阁老，再不许踏入怀雅堂一步。还说，一会子叫蝶仙姑娘代局领照花姑娘去，姑娘你只管歇着，不用去了。"

青田的面目一片索然，"叫局哪能不去？"撑手坐直，往起站。

暮云心急意痛地来扶，"姑娘！"

青田紧攥住婢女的手，手心沁满了冷汗，很用力，几乎是在发狠。她一步一步地重新挨回到外间的妆台，坐定，对镜抹干了两腮的余泪，把粉徐徐地匀开覆上了面颊，又拈起了胭脂笔，眼角与嘴唇。

幸好还有厚重的铅华，画皮光鲜蛊惑众生，哪管得了其下的粉黛骷髅，如斯面目难堪。

夜，一似重重帝网，兜头撒落了。

九

夜再长，终有尽时。旭日东升，日头下却已不再是风月楼台，而是喈喈鸾吟凤啸、森森虎伏龙眠——

紫，禁，城。

与段二姐在怀雅堂的一言九鼎不同，紫禁城的女主人有两位，一位是居于慈宁宫的圣母皇太后喜荷，另一位是东边慈庆宫的母后皇太后王氏。皇家仪制所限，若不遇年节，即便是五服内亲也不可私会宫眷，而皇太后的宫中就更不该出现除皇帝以外的任何男人，但事实上，总有不合时宜的男客扰乱了清净的两宫。

慈宁宫的客人是摄政王齐奢，他坐在一只金花方凳上，眼目微微地低垂，"谢太后赐坐。"

自前面深深的帷幕后传出的依然是那个又优美、又充满了谜团的声音："赵胜、玉茗留下来，其余人都去吧。"

那一对太监与宫女守在了殿外，合上门。

殿内，帘幕轻分，皇太后喜荷一步步走出来。一身九凤翔舞的锦丝命服下是一位年轻少妇，修蛾直鼻，两腮微棱，下巴却陡不防收得尖细非常，暗藏着一股子狠毅。她宝光摇曳地直走到摄政王齐奢的凳前，随之展颜一笑，唇边竟蓦然间绽放开一对梨涡，出奇甜蜜而妖娆。"三爷。"

齐奢熟稔地，回应送上来的嘴唇。

喜荷阖目喃喃："姐夫……"

是的，姐夫。

喜荷是世族詹家的庶出女儿，当年嫁予皇长子为侧妃，而她嫡出的姐姐永媛，则作为正妃嫁予皇三子齐奢。从出嫁的那天起喜荷就已明白，她与至亲的姐姐已成为敌人，理由很简单：她们的丈夫是敌人。皇三子齐奢是中宫皇后的独子，该是无可争议的皇储，老皇帝却坚持立长子为储。两位皇子间掀起了长达十数年的

匣心记

夺储之战，这一场不见刀兵的暗战极为惨烈，有人死去，有人生不如死。最终的结果，皇长子胜出。就在喜荷的丈夫被册立为太子的当月，齐奢的妻子，也就是喜荷的姐姐永媛悬梁自缢。六年后，她的丈夫也赤条条地死在了一位宫妃的身上。这两桩亲人的死亡，如同千钧重量的一对石兽镇守着喜荷的心门，门后是漫长的墓道，以及深不可问的黑暗。

在那之后，紫禁城中唯一的皇子，年仅七岁的齐宏得登大宝，他二十三岁的生母喜荷亦由"贤妃"变作了"圣母皇太后"，从前的中宫皇后则被尊为"母后皇太后"，分别入主慈宁、慈庆两宫，共同垂帘听政。然而，随一道明黄帷幕的垂落，斗争才刚拉开帷幕。

东太后的娘家是外戚王门一族，齐家立朝，王家为开国重臣，得以世代与帝室联姻，渐渐地权臣辈出，太阿倒持。在朝堂上，幼帝齐宏与他的母亲喜荷不过是受人摆布的傀儡。喜荷唯一一次做主，就是在蒙古鞑靼突破边境的紧急军报传来后。满朝文武乱哄哄如无头苍蝇，只有一个例外，那是一位身材笔挺的年轻人，尽管他的眼神沧桑如百岁老者，仿佛只一瞥间，就可以判定你的一生。他立下军令状，请缨领军。

隔着高高的御座，喜荷认出了他。他是她去世的姐姐永媛的丈夫，是被她自己的丈夫圈禁了整整四年的皇三子齐奢。百官们望着这位刚刚被解禁的皇子齐声反对，只有喜荷，深深注视着那对凛冽的眼睛，简短的挣扎后，只用一句话就叫所有人都闭上了嘴："哪位不赞同王爷前去，那就自己奔赴前线、报效朝廷！"她赌徒一样地支持齐奢，赌输了，她母子一辈子看王家的脸色度日，赌赢了，便有资格同台一搏。

喜荷没失望。

在凯旋的庆功宴上，人人如坠醉梦：一个跛子，是如何击退骁勇无双的蒙古铁骑？直到这个跛子亮出更吓人的政治手腕时，朝野上下才如梦初醒。短短数年间，曾被认为永无翻身之日的三王爷齐奢已一跃成为辅政叔王，协同西太后喜荷利落瓜分了本属于外戚王家与东太后的半壁江山。西党与东党，而今已是势均力敌。

为此，西太后詹喜荷才能在寡居的生活里，在挂满了祖宗遗训的太后寝宫中，纵情地享受自己仍青春洋溢的身体。她低低地呻吟，手指逐渐捏紧了凤帷。

床脚的金蟾炉一丝丝地吐尽了香烟，午时已过。

"呸！"

阳光斜照进慈庆宫的偏殿，殿内传来一声响亮的唾弃。只见东太后王氏高额尖鼻，凤目檀口，细细的两道眉间锁起了许多的清愁冷恨，用涂得朱红的手指扭捏着耳下的一副翠玉坠，"今日是两位太后，当初可不是两位皇后。先帝在的时候，我是中宫，西边虽诞育皇子，也不过只是个'贤妃'而已。每日晨昏定省，我都要她在坤宁宫外殿跪等一刻钟才许她入觐。可现今人家来慈庆宫就和来串门子似的，爱怎么着就怎么着，还不是因为这些年有摄政王在她的背后？"——啊不，多半是"身上"。想着这件说不出口的影影绰绰的脏事，王氏的脸色也就愈添鄙夷。

下首的椅上也坐着一位男客，四十开外的样子，美髯垂胸。这正是王氏的胞兄，王家三兄弟中排行最长的王正浩，职居内阁次辅。他见小妹动了真怒，连忙赔笑道："就像妹妹说的，你原本就是正宫，西边不过是母以子贵，圣母皇太后再怎么样也越不过你母后皇太后。"

王氏满腔的怨愤，想自己门第高贵、姿容绝代，本该嫁给世上最好的男儿做一对红尘鸳鸯侣，偏为了家族的利益硬被戴上"皇后"的冠冕，三宫六院里抢丈夫、春秋万代下守活寡。然后寡居生活里仅有的乐趣，名叫权力的一帖春药，如今也要与人分食。她是世上最尊贵的女人，有着世上最尊贵的不快乐。念及此，王氏不由得狠瞪了大哥一眼，"两个月前，德王齐奋被扣了顶'贪墨逾制'的帽子，悬梁自裁，内眷子女几十口今儿也定了罪，不是充官流放，就是西市斩首，赶尽杀绝，一个也不留。摄政王这是把宗亲里最后一个对头除掉了，接下来就该全心全意对付我们

匣心记

王家了。当初你们哄我说得好听，什么临朝称制、说一不二，如今皇帝是西边亲生的，摄政王也跟西边的一条藤，再过两年，怕是我这个'东太后'倒要仰人鼻息了。"

王正浩连连地摆动起双手，"这个妹妹不消担心，摄政王那里，父亲同我已有对策。"

"你们要有对策，还容跛子三一步步坐大到今天？"

"跛子三的破绽虽然难觅，可他下头的人——"王正浩卖个关子，掏出了一本册子递上，"当初跛子三破格提拔这方开印做镇抚司都指挥使，就为了他心黑手狠，不管什么人到了他手里，一场刑讯逼供下来，那是让说什么就说什么。跛子三这几年党同伐异、排黜异己，头一号功臣就是方开印。虽说侦察监视是姓方的老本行，可奈何我们螳螂捕蝉、黄雀在后。妹妹你瞧，这里头明明白白地列着他十款大罪，款款证据确凿。只要扳倒方开印，跛子三就如同少了一条臂膀，必然气焰大煞。到时候再由妹妹你出面降旨，找个名目把镇抚司从跛子三的手里捞回来，再想夺他的兵权就容易多了。"

王氏先是称道，复又疑虑丛生，"可平白无故的，总得有个由头才好？"

王正浩一派运筹帷幄之态，轻捋着垂髯，"这件事情让四弟来出头。朝鲜国此次进贡的有执馔婢十五人、女使十五人，咱们早就放出风去说四弟私留了两人，甚至连黄金白银也私扣了一部分。跛子三一直在找机会想罢免四弟这个户部侍郎，一旦查到截留贡品这等杀头的大罪，岂有理由放过？他一定会授意方开印参劾四弟，甚至还有可能直接捉拿下狱。去年因为迎佛骨之事方开印跟四弟结下了梁子，这可是众所周知。待到一彻查，四弟自然是清白无事，咱们马上就能反咬一口说方开印是挟仇诬告，然后就以此做引子，把他其余诸罪一条条指实。跛子三为了自保，必定得把方开印给推出去。想整咱们王家，最后却整掉了自己人，咱们就等着看跛子三'赔了夫人又折兵'吧！"

王氏是家中幺女，与年纪相近的四哥王正勋最为亲厚，心中不免牵结，"用四哥做饵，会不会太冒险了？"

王正浩依旧是胸有成竹地一笑，"饵不鲜，怎么引得来大鱼呢？听说就在刚才，方开印已经兴冲冲地往摄政王那里去了，眼看这就咬了钩。"

王氏正待接话，却忽地提高了声音问："谁？"

"奴才吴染。"象牙大架丝屏后，趋进了一个年轻太监，白面朱唇，相貌十分风流，"禀主子，圣母皇太后来了。"

王家兄弟身为当朝第一皇亲国戚，从不忌讳在慈庆宫现身，一如其对头摄政王时常在慈宁宫秘密出入。可这些事彼此不过是茶壶煮饺子——心里有数，明面上撞见总归不雅。

故此，王氏没好气地"哼"一声，训责太监道："她是你哪门子的太后！"又垮着脸转向王正浩，带着一副"瞧见了吧"的愤懑之色，把下巴向他抬一抬，"大哥你先去后头避一下，我来打发她。"

王正浩消失在屏风后。须臾，便闻见一股扑鼻的香气，听到一声悦耳的"姐姐"，就见西太后喜荷进了屋，笑容可喜，行动多姿，全不似肃穆的太后，倒似春情满面的闺中少妇，"听说姐姐身子不大好，妹妹特来问安。"

王氏朝喜荷的一身风流重重睃一眼，冷漠地一笑，"没有的事儿，那都是小人咒我，我身子好得很。"

喜荷甜笑不改，"那妹妹就放心了。玉茗，把东西呈上来。"

跟随在她身后的一名形貌端正的宫女轻步上前，手捧着一只金线锦盒。喜荷将衣裾稍一撩，在御榻边坐下，"姐姐虽则凤体无恙，到底还要多加保养。妹妹为姐姐带了两支上好的老山参来，最是滋补。"

"那就多谢妹妹。"王氏晃晃手叫人收下，举目朝喜荷很刻意地打量了两眼，"妹妹今儿装扮得倒好，这头梳得漂亮。"

"哦，我宫里新来了个小太监，会梳头，人也聪明。姐姐要喜欢，就让他到慈庆宫伺候。"

"不好掠人之美。"

匣心记

"嘻，我不大爱用太监，贴身伺候的倒是宫女多些。"

"是，谁不知道妹妹近身的太监就赵胜一个？"王氏的一对乌珠随发间的一根攒珠墨玉笄流闪着，斜瞥了喜荷身边的某位内侍一眼，对其扬了扬眉尾，"宫里的太监多是不到十岁就受了那一刀，赵胜却是二十来岁才去势入宫，入宫前是个拳师，好像功夫还颇不赖，只因在老家欠下了赌账才上京找了这条门路，比起一般的太监自是身强力壮，不过到底是不男不女的东西，只能窝在这六宫中，和那些搏杀疆场的比起来能有什么用呢？"

那赵胜身着太监的膝裥补服，中等身材，肩臂却突鼓壮硕。他一动也不动地立在地下听着，两手却无声攥紧，大臂处的衣衫有一阵波动，仿佛有活物在皮肉中钻进钻出。

喜荷也早已涨了个满面通红，这是明着讽刺她与小叔子齐奢间的私情了。她极为勉强地笑一笑，"姐姐这话，妹妹可不大明白。"

王氏摆开脸斜望着屋中的一只细钩方角大柜，声调亦布满了钩与角："妹妹是天底下头一号聪明人，早几年连折子上的字都认不全，现在出口成章的，跟皇叔父摄政王一唱一和就把国事都裁定了，还有什么妹妹你不明白？"

喜荷的脸色愈发难看，"姐姐说笑，妇道人家终归是妇道人家，国家大事还不都靠摄政王与诸位阁臣们的公议？"

"有人倒是不想'公议'，可惜不成。"王氏不再理会另一边，只把佩着米珠团寿金甲套的手往茶案上一拍，高声吩咐，"吴染，装烟。"

太监吴染上前，跪下来替东太后装水烟。似水流年的烟泡开始了静谧的沸腾，女人的深宫内，碧鹦鹉对红蔷薇[1]。

---

[1]（唐）李商隐《日射》："日射纱窗风撼扉，香罗拭手春事违。回廊四合掩寂寞，碧鹦鹉对红蔷薇。"

十

属于男人们的前朝，一样是针尖对麦芒。

一张叠放着奏章卷帙的桌前，一个叫做方开印之人，垂手而立。

他本是官场小角色，因摄政王在掌权初期诏许"上变"——即告密，他便借此起家，扶摇直上而掌管镇抚司。当朝所谓的镇抚司不同于前代，乃是专门针对达官显贵的特务警治组织，拥有私狱，并可自行逮捕、刑讯，甚至是处决疑犯，而不经过朝廷司法。掌门人方开印最熟读的书并非是四书五经，而是唐武周时期巨奸来俊臣所著的《罗织经》[1]，他不仅对书中网罗罪名、陷害无辜的手段倒背如流，而且在酷法上比来俊臣更胜一筹。在花样百出的刑讯室里，方开印能从任何人嘴里听到自己需要的任何一句话。而唯一能令他听话的人，就在面前、桌后。

一领杏子白的团龙亲王常服下，齐奢面沉如铁，声色不动，"私截贡品？"

"是。"方开印的眼珠子不加掩饰地激动地燃烧着，似汩汩地淌出殷红的血，"这回，咱们的户部侍郎王正勋王大人可是自投罗网。王爷看，是露章面劾还是封章奏劾？或直接秘捕下狱，让卑职亲自'招待'他？"

齐奢垂下眼睑，瞳仁摇摆不定了一阵，而后抬目定神道："都不。"

近黄昏时，慈庆宫的气氛越来越热烈。在慈宁宫太后喜荷一脸愠怒地告辞后，次辅王正浩又同小妹王氏描绘了许多后续之计，仿佛摄政王齐奢势败人亡的一天已指日可待。及至作别退出，却被奔入的太监吴染撞了个满怀。

"不好了，大事不好了！"

王正浩正了正胡夹，大为不悦，"牛喘马嘶地干什么？"

吴染哭丧着脸，"不好了，方开印大人才带着人上门，将四老爷斩于剑下。"

---

[1] 酷吏来俊臣在《罗织经》中专门讲述了如何罗织罪名、制造冤狱，武则天阅后称"如此机心，朕未必过也"，遂生杀心，在万岁天通二年（公元691年）将来俊臣处以极刑。

匣心记

"什么？！"

王家兄妹二人一齐变得脸色煞白。王正浩失神呢喃："堂堂户部侍郎，跛子三他竟敢连羁押审讯都免了，就、就……"

忽听"哗啦"一响，御座上的王氏把一只霁红花觚摔了个粉碎，跺着脚哭骂："都是你和爹爹出的馊主意！说什么稳操胜券、万无一失，现在可好，弄得四哥性命也丢了！"她冲下来扭住长兄的衣襟，又撕又推，"你们赔我四哥，赔我四哥！我可怜的四哥啊，枉你一世小心谨慎，最后却死在自家人手里！……"

太监吴染急忙又是磕头又是拦劝，好容易将恸哭不止的王氏架进了椅中坐下。王正浩顾不得一部美须已东倒西歪，只是唯唯地赔礼："妹妹，事已至此，再伤心也没用，眼下最要紧的还是想想下一步该怎么办。方开印跟跛子三那是打断了骨头连着筋，方开印敢干出私杀户部副堂官这么绝的事儿，跛子三的干系也天大。想跛子三素来谋定而后动，做事滴水不漏，这次却如此失态冒进，对咱们可也是个千载难逢的机会啊。"

闻言，王氏双目红肿地瞪视着大哥，"呸"就唾了他一脸。

王正浩苦笑着抹一把，"妹妹，你就别再任性了。你心疼老四，难道我当大哥的就不心疼？就为了不让四弟白白地送命，才更得借由他这条命，不仅要除掉方开印，而且要让跛子三也尝尝苦头。妹妹，事不宜迟，你立刻下旨将方开印交付刑部大狱，再把跛子三诓进宫，当面申斥他专擅威权、结党妄行之大罪，将他夺爵。这次，豁出去跟他拼了！"

王氏抽啜了两声，"哇"地扑进哥哥的怀中。王正浩面露尴尬，一头宽慰，一头自己也拭起泪来。

"卑职前来复命。"

夕阳透过镂花晒入了长窗，窗下，齐奢专心致志地，在看书。"复什么命？"

方开印带着谄媚而得意的笑容呈上了一只木匣，抽开匣板。匣子里是一只青白色的人首，微开着嘴唇，似有遗言未尽。"摄政王不是吩咐，让卑职直接取了王侍郎脖子上的脑袋吗？"

"我什么时候盼咐过你？"人和木匣都未令齐奢动一动眼皮，他只以颀长的手指，把书翻去到新一页。

笑容自最残酷的酷吏面上消失了，方开印张着嘴，一下子惨无人色。

而在事端的另一端，则是面颊已恢复了几分血色的东宫太后。王氏手中的一方大印端端正正地悬在诏纸上，人深深地吸了两口气，转望身畔。

王正浩温言鼓励："妹妹别怕，禁军毕竟在咱们手里。"

"跛子三若不肯入宫怎么办？"

"那就办他个抗旨不遵。"

王氏又长嘘了一口气，抖着手用印。可还未等落实，吴染又再次从外殿跑入，气喘吁吁道："禀、禀太后，禀阁老，外头说、说镇抚司方大人已经被摄政王给杀了！"

染汗的御印脱手滑落，王氏呆瞅着大哥，"这是怎么回事儿？"

同样愣了片刻后，王正浩把手又慢又沉地击上了诏案，"跛子三看出来了，干脆先派方开印那狗东西去杀了四弟，再反诬姓方的'矫诏'擅杀大臣，将其处死。"

王氏似懂非懂，"可那姓方的，不是老三苦心扶植多年的自己人吗？"

"没错，正是多亏方开印这帮酷吏才让跛子三的地位一日稳似一日，可咱们忘了，狡兔死、走狗烹。比之以严刑峻法令人人自危，眼下的跛子三恐怕更着意开始笼络人心了，反会嫌方开印动不动就兴大狱，正愁没借口削他的权势，这下是瞌睡来了遇枕头，既赚了为国除害的名声，又得了连绝两患的实惠，真漂亮！倒是咱王家才是'赔了夫人又折兵'。"

王氏一晃，软在身后的金漆交椅中，头上的一枚青花籽玉小插跌落于地，有破损的悲声，"那，四哥的血海深仇，就这么白白不提了不成？"

"不。"有极硬的刺亮自王正浩的眼底直戳而出，他转盯住妹妹身后的太监，"吴染，我记得不错的话，你在宫外有一位结兰谱的义兄？"

匣心记

　　吴染颜色改变，"回阁老的话——"他足足停顿了小半日，右手微微地打颤。临了，也只得将拂子一挥，拂去了前尘，"是。"

十一

　　就因这一声"是"，当天的夜里直到四更，吴染仍不能入睡。

　　咳一声，提腰坐直。一旁的妻子也还没睡着，马上下床替他摸出了床底的夜壶——一只镀了金的头盖骨。

　　太监的妻子和头骨做的夜壶，这两样奇怪的事物，都有个来历。

　　吴染的妻子小名绿丝儿，当他们共同的主子东宫王太后还是王皇后时，绿丝儿是其贴身宫女。王皇后貌美但性傲，不得上喜，略有姿容的绿丝儿则温顺又乖巧。一日王皇后午睡，圣主忽至，把绿丝儿生压在丹房里的炼鼎旁，邪火走真铅。王皇后知情后耿耿于怀，某天手指绿丝儿，赐予宠监吴染对食——太监当班时只能吃自带的冷餐，而宫女可以起火，所以太监们常托相熟的宫女们代为温饭，久而久之，"对食"就代指太监与宫女结为相好。绿丝儿自此被打发出宫，成了吴染的对食夫人，除床第之事外，并无异于普通的夫妇。

　　而吴染之所以成为太监，起因就在于另一件东西：头骨夜壶。吴染出生在关中，家里有闲钱，又有门世交，就给他早早订下了娃娃亲。他十三岁那年，从未谋面的未婚妻被陕西周至县的知县看上，欲纳去做妾，父母却硬不肯退亲，以至于被差人殴打至死。阖家就剩下了吴染一个半大不小的孩童，拿似通不通的文言写好了状纸，跑去到衙门击鼓鸣冤。先照规矩挨了顿板子，却没等到上堂，只等到一只兜头的黑布袋，听到袋子外有个黑的声音："敢跟本太爷抢老婆，就让你这毛小子一辈子也讨不成老婆！"吴染醒来，该没的都没了，下身插了根鹅毛管导尿，拔掉管子后就成了宫里的太监。提心吊胆的日子熬了十来年,忽有天云开月朗，因机缘巧合被皇后王氏提拔到身边。再忽有天，宫外偶遇了一位幼年挚友，当初吴染和他在学塾交好非常，曾对天对地结拜过。该人从小就任性好侠，专爱抱打不平，在听说了当年故交家破人亡的真相后眦眦尽裂，仰首喝了一碗酒，拱手即去。两个半月后回来，把当年的知县、如今的巡抚砍了脑袋，光溜溜的一副头骨挖下，拿金做托，送给了吴染当夜壶。

深静的夜里，吴染俯望着妻子绿丝儿和她手中的溺具，叹口气，淅淅沥沥地尿了。

到底是不成眠，次日东方未亮已登车出城，至宛平县的一座大宅门前。门子见来者车马俊伟，礼数便即十分周道，"这位先生请问您找哪位？"

吴染做俗人打扮，一身锦囊葛直裰，瞧着像是位白白净净的书生。他自袖中掏出了名帖，巍巍递上，"就找你们家主人，邱若谷老爷。"

门子进去禀报，不多久，一道雄厚的嗓音就逾墙而出："贤弟在哪里？贤弟在哪里？"只见大门内冲出了一位彪形大汉，黝黑的方脸膛，眉间生着一枚朱砂色的痦子，上前来一把攥住了吴染的双手。

吴染随之登堂入室，将来意竹筒倒豆子。煮豆燃豆萁，豆在釜中泣。短暂的静默中，有一刻，吴染以为邱若谷会宰了他。

但邱若谷笑了，异常真诚的笑。他把手摁在鸡翅木方桌的桌面上，眸子净硬一如古木，"贤弟，当年愚兄不过逞一时血气之勇替你取了仇人的首级，可后来事发，却是你甘冒大辟之刑向皇后讨情，才借着千秋节让我这个死囚得以赦免。这么多年为了避嫌，你我弟兄也不曾走动。如今，贤弟虽贵为慈庆宫的管事牌子，但想来主子前必得时时地谨慎小心、夹起尾巴做人。倒是愚兄沾贤弟的光，锦衣玉食、娇妻美妾，逍遥快活地过日子，每每念及，甚感不安。今日贤弟肯张这个口，是给愚兄一个报还的机会，愚兄非但无理推脱，反而要多谢贤弟高义。"

吴染的腮角高鼓出两条筋，纠扯了好一阵方才松口，"听说大哥的膝下有一独子？"

匣心记

邱若谷一怔，一样狠咬着腮帮子，嘴角却上翘，"今年刚十二岁，性子跟当年他老子一般，天不怕地不怕，整日价的不是舞刀就是弄枪。听，现在就在后院里折腾呢。"倾耳听去，果然有隐隐的金石相击之声。邱若谷笑着摇摇手，"也不知养下这么个不成器的东西，是当爹的造了什么孽。"

吴染的面上浮起了哀凉之意，浓重如许，"不瞒大哥说，小弟在宫里虽是条虫，可出了宫就是条龙，就连一品大员见了咱家也得礼让三分。至于钱财产业，说句不要脸皮的话，虽不比朝中显贵，但跟京里的富贾们相比也不算寒酸了。只可惜小弟是个阉人，权再大、钱再多，终究也是一场空。这天大的难题，今日终于托大哥的福，帮小弟解开了。"说罢离座，像在皇家的主子们面前，或一座坟头前，对着邱若谷三跪九叩。

邱若谷安然受礼，眉间的红痦子不曾动一动，之后也下座，向结义之交一一地拜还。

这发生于一个似乎最有阳刚之气的大汉和一个女里女气的阉宦间的繁琐仪式，没有谁替他们作证，除却头上的三尺青天。

随后院铿锵声的停止，不一会儿，客堂里走入了一老一小。老的身穿仆从青衣，曲身一礼，"老爷，少爷来了。"

"爹。"小的不过是个十来岁的孩子，手拎弯刀，打眼瞥见有客，就又羞涩地放低了声音，重新打个躬，"孩儿拜见父亲大人。"

邱若谷双眼含笑地盯了儿子好半日，继而转视方桌另一头的吴染，恳然道："这就是犬子——邱志诚。"

吴染反之，他先同邱若谷对视良久，才慢吞吞地看回到孩子身上，"从今儿个起，你姓吴，叫做——"他略顿一顿，无比慈爱地，"吴义。"

这句话令到一双幼小的眼睛瞪得老大，孩子并不懂跟父亲并坐的白面人是谁，不懂被那尖细嗓音所改动的姓与名，更不懂自己的命数已被卷入了权力场的惨烈斗争，由此开始的，将只有诡计和死亡。

十二

当吴染踏上回途时，白热的盛夏便因某种潜流而起了变化。待七月初二，虽暑气一时不散，宪书上已是立秋节令。

抵暮，蔽日的浮云直压紫禁城。城中一进进的殿宇红河影重，如栖息于野原的一群兽，中有两头巨兽呈对峙之势，一望而知是誓不两立的对手。两座建筑皆位于午门内，一座是东南角的内阁，朱漆大门的边沿已有漆皮剥落。仅一弩之距外，另一套院落则簇然一新，气象焕焕，高悬着黄地黑字的大匾，上书"崇定院"。院中环抱着三栋楼阁，丹楹刻桷，画栋飞甍，值房、客室、会揖室、文书室、机要室等一应俱全，此处就是摄政王监国的办公处所。

凡不逢三六九大朝，齐奢的整个上午大都是铁打不动地守在崇定院，值庐中批复公折、接见大臣、召开例会、午餐。他午餐吃得比常人晚，多在未初，之后马不停蹄地直趋乾清宫为少帝讲解国政。事毕，多数时候仍旧折回崇定院批阅剩下的奏折，常待到下钥才动身离宫。

今日一早送来的黄匣子极沉，匣内所装的百官奏章的正本约有五十来件，剔除了请安折，奏事折也有四十四件。偏生从早到晚人稠事杂，只能够见缝插针，下午又在乾清宫滞留得稍久，眼见已申末，手头仍剩了十来件未阅。崇定院的办公时间与内阁一样是辰进申出，值日官便照例进来请示是否还需要召见某位僚属，齐奢正当埋头批阅，一手欧体法度严谨。

"没有，叫大家都散班吧。"

于是崇定院的吏员就各自离职归邸，院内一会儿就彻然无息，只一株黄桷树在沉暮中悬根露爪，古态盎然，似一头神犬守护着窗下的主人。一遇有异动，这巨犬便马上扑梭梭地抖动起鬃毛来。

刚刚退出的值日官重入得房来，两手向外长伸着，"首辅大人、首辅大人，您待小的通传一声，首辅大人，您不能进去，大人、大人——"随即腰一缩，哭

匣心记

丧着转过脸，"王爷，小的实在拦不住。"

值房内的齐奢下颚一扬，把手里的朱笔暂搁去五峰玉笔床，注目举望。来人年届花甲，身架高大，一部白须及腹，瘦硬的脸庞似石雕，连密密麻麻的皱纹亦无丝毫的拖泥带水，全都是时光的刀劈斧凿，站在那儿，是一座悍然的山岳。

齐奢直视着对方欠身而起，这一站，很古怪，竟有说不出的哪里与那老者极相似——他们原就是血亲。齐奢是他的外甥，而他是齐奢的亲舅父，已故王皇后的长兄——王却钊。

王却钊有一女为太后，有两子为阁臣，自己兼任着内阁首辅与吏部尚书，是个咳嗽一声也要叫紫禁城抖三抖的人物，出场时当然会平地起声咳——"喀！"

石破天惊，一品的大红官袍巨袖生风，把手中的一本奏折直摔来齐奢的案头上，恰巧撞翻了笔架。天下至圣的朱砂笔连翻带滚地拉扯出一带仓皇的血痕，受惊避逃。

一壁侍候文书的周敦见来者不善，忙兜手前来请个安，"元辅老先生，有什么话慢慢——"

"滚，"王却钊斜目厉睇，"你算个什么东西！"

周敦的眼皮顿一下、又一下，垂落了。向着身后的两名小太监招招手，一道噤默退出。

大案前摆有两尊降温的冰雕，王却钊就立在晶莹的云鹤与仙草间，如云上的仙翁指点人间，伸指向折子遥遥地一点，"为何驳回？"

眼梢也不略动，齐奢秉持着淡漠的礼数，"不知元辅所说的是哪一件事？"

"哼，镇抚司都指挥使方开印出缺[1]，早已补了孟仲先，同一天出缺的户部右侍郎王正勋，吏部所拟定的升补人选为何三番四次被驳回？"

"内阁的权责在于'票拟'，即由阁臣群参，再由首揆先行拟答出百官的奏疏，

---

[1] 官吏因去职或身亡而出现职位空缺称作"出缺"。

将处理意见用小票墨书，附本候裁。主上阅毕，若同意票拟便以朱笔照批，不同意便发还。元辅入阁二十年，是办事办老的人了，怎么这点子规矩竟要来问？"

王却钏发恨一声："这里也没别人，我劝你这套官腔就省省。你穿开裆裤的时候还在我这个当舅舅的怀里撒尿，这会子倒认真板起脸拿派头？哼，什么'主上'，当今主上不过是稚龄幼童，凡事都由你这位首席王大臣代为决定，我不问你又该问谁？"

"元辅既然知道本王是首席王大臣，那就更毋需多问。论辈分元辅是长辈，可论司职，元辅为'宰'，本王乃'摄'，自该以摄政的意见为主。"

"喀喀，提到这个，想数年前先帝龙驭宾天时，本是由两宫太后垂帘、内阁辅政，一夜间怎么竟突然冒出个'摄政王'？谁不知道是怎么回事儿！靠着西边才叫'西党'，可惜古来东向为尊。"

天，是潮热的溽暑天，齐奢的语调却干冷得毫无温度："'牝鸡之晨，惟家之索'[1]，两宫太后未免吕、窦之名[2]撤帘还政，此乃两宫之幸，亦属朝廷之幸。嗣君年幼，循例该托孤于叔王。至于本王'皇叔父摄政王'的尊衔，凭的是当年大败鞑靼的劳绩军功。而不管是征战沙场，或厕身庙堂，本王只愿四海同心共襄我主，东西党争一说致使人心浮动，元辅若听见有人说这种话就该问他的罪，怎么自己反带头妖言惑众？"

王却钏咄咄逼人道："既无党争，为何摄政王监国前，六部百司的奏本在内阁往返顺畅，而摄政王监国后，凡内阁的票拟必遭屡屡刁难，以至政务蜩螗。真不知是国之福，还是国之祸。"

"国，是我齐家之国，自没有谁比我姓齐的更盼望国运兴隆。"

"盼望国运兴隆，就应敬天法祖。想我朝自高祖皇帝起，王家一门出过五位

---

[1]（春秋）孔子《尚书·牧誓》："牝鸡无晨。牝鸡之晨，惟家之索。"雌鸡代雄鸡打鸣报晓则家尽，后妃代君主掌国执政则国亡，喻妇人乱政。
[2] 汉高祖刘邦皇后吕雉、汉文帝刘恒皇后窦漪房，均曾以太后身份而女主临朝，把持国政。

匣心记

皇后，男子世代入阁参政、呕心沥血、忠心耿耿。而历代圣主也无不倚重我王门内阁，照批票拟早已成惯例，如何在摄政王这里就行不通？难道摄政王比先帝、比列祖列宗更加英明睿智？”

“本王自不敢与先帝相比，遑论列祖列宗。而元辅——才元辅说是本王的舅舅——自也不比本王的外祖父王老元辅更加英明睿智，本王的批答不如先帝的批答，元辅的票拟亦不比老元辅的票拟，‘是以圣人不期修古，不法常可，论世之事，因为之备’[1]。形势已非当年，又怎可照搬旧例？再说这次户部右侍郎的遗缺，所报的备选又是元辅的堂侄。天下有志之士何其多也，总是偏劳王家一门，朝廷于心不忍。还请元辅把这件折子拿回，再重拟来看。”

王却钊怒色大现，头一抻，与齐奢脸对脸，眉须狰狞地抖动着，“老三，我们家老四的账我还没跟你算！户部右侍郎这个缺怎么来的你心里最清楚，怎么补，你自己看着办！”泛黄的眼球狠瞪了一刻，拂衣而去。

由崇定院通往内阁的大道笔直一线，王却钊目不斜视，虎虎生风地走着，老远就看到长子王正浩也一身绯袍，小跑着迎上前，“父亲、父亲！”

“说了多少次，”王却钊威喝，“在这里称‘首辅’！”

“是是！首辅大人，首辅大人。”王正浩低缩着两肩，折身伴老父向回走。

“喀，喀！”王却钊嗽两声，但将雪须一拢，话语便拢入了冰丝万缕，无迹可寻，“你不说已找到人选，究竟什么时候动手？”

“是，回首辅大人，”王正浩的声音同样地深不可测，躲在酷肖乃父的一挂密厚黑须后，“一直盯着，只要时机合适，立即动手。”

“快着些，我实在不能多忍跛子三一天了——”嶙峋齿缝间有一缕昏热的气，毒龙般游出。

而直到此刻，崇定院值庐内，齐奢才重拾屏住的呼吸。他讨厌威胁的口气，

---

[1] 句出（战国）韩非子《五蠹》。

更讨厌威胁且难闻的口气。屋角的两钵姜花浓香馥郁，他长长地吸入一口气，鼻翼边的两道法令纹直拖到嘴角。这是另一种愤怒，因克制，而更显得森然。

由洞开的双扉中，周敦已无声踅回，一行收拾被打乱的笔案，一行偷窥着齐奢的脸色，"爷，可甭动怒，咱春秋正富，那老匹夫一只脚都进棺材了，只让他一人气去，气得明儿见了阎王爷才好，咱可犯不上陪他。"

"放肆，怎可如此侮辱当朝首辅？"喝斥一声，然而眼底分明漾起了笑意。

周敦撮手往嘴唇上拍一拍，"是，奴才错了，不该说首辅是'老匹夫'，更不该说他要见阎王，就算首辅当真是'老匹夫'，明儿就要见阎王，奴才也不该说出来。"觑眼再一看那边早已是哑然失笑，便也嘿嘿地一乐，"说真的爷，天天从早到晚忙得跟陀螺似的，动不动还受'对门儿'的闲气，"朝内阁的方向扬一扬脸，伸手扶主子归座，"这苦哈哈的日子爷还不自己找点儿乐子？这一阵真累得很了，依奴才说，今儿竟把这些折子放一边，好好歇一歇，去个舒心的地儿、见个舒心的人儿。"

齐奢沉峻的面目上才露出笑纹，已生愁色，"舒心？呵，槐花胡同那地方可没什么舒心的，瞧见'她'我倒打心底里高兴，可一瞧她那郁寡欢的模样，我就，唉……"怅然间，却陡地觉出了什么，提目斜向里一扫，"爷脸上有钱，你这么看爷？"

周敦凑在齐奢的椅后，一下子直起身，把一张面皮绷得紧紧的，"奴才日夜跟着王爷，却从没见过王爷这副表情，所以看个西洋景。"

齐奢笑起来，展开了两臂伸了个长长的懒腰，"这下可好，叫你这么一撺掇，弄得我心猿意马，折子是真看不下去了。听说前几天状元郎也露面了不是？"

"正是，掌班妈妈也跟段姑娘挑明了，既绝了赎嫁的念想，也就不好无故拒客，几日间已新添了不少客人，虽没有停眠整宿的，但一夜里牌、酒应酬也是络绎不绝。"

"呵，真难为她了。"

"说不管对着什么客人，一个不称心，转身就把人撂在外头，陪两杯酒厌烦了，登车就走。旁人都只当是侍奉过了王爷所以自恃身价，哪儿有几个真正晓得段姑娘的心事？"

齐奢重叹一声："我就知道，不见还好，见了面反而更难受。我也悬了这几日心，今儿去瞧瞧她吧。"

周敦立时应下："是嘞，奴才这就派人去怀雅堂通报，叫他们清场。"

"慢，不用。叫何无为一人跟着我走一趟，剩下这些折子你替我带回王府里，我去去就回。"

"这不妥吧王爷，还是多带两个人。"

"我自己利利索索的，搞那么大阵仗没的累赘。"

"王——"

"别婆婆妈妈了，我快去快回。伺候我换衣裳。"

琉璃飞檐外，暗云四合处，第一缕星光升起了。

十三

待到繁星密布，夏日的长天已漆黑透顶。但黑只是夜晚自己的事，北京，是不夜城。城里头遍地是富豪子弟、杂妓名优，无一不揎臂作乐，以消暑夜。

自灯红酒绿间，一匹照夜白马缓步行来，马背上的齐奢面容安稳，含着一丝有无之间的笑。他在想她：她春分时节一样温暖的笑，玉如意一样起伏的身，千年琉璃的眼和深海珊瑚的嘴唇，还有她月亏似的逐日黯淡，蚕食一般的寸寸消减……每一则关于她的碎片都是一篾清香的新竹，用白蚕丝穿就，他就夜夜睡在这一张冰润的竹席上——火烫的，是他自个的身与心。

他再也无法多抑制一刻对青田热切的思念，他正在悄悄地出发，却没有人知晓，没有人事先替他清理她那混乱而肮脏的世界，他将在满院子的嫖客与百鬼夜行一样的喧嚣里又安详、又突然地降临在她面前——半点儿也不像权贵莅临秘地，而像命运莅临其宠儿。

心意是如此肃穆而缱绻，以至于不受任何世俗的打扰。

"好狗不挡道，把路给老子让开！"

这是直通怀雅堂后角门的便道，一条极其逼仄的窄巷，将将只容得下两马错身。此时齐奢与侍卫何无为一前一后地骑行在道中，正把路给堵得死死的。迎面而来的骑士人高马大，背着光的脸容一团模糊，但能得出一身的锦衣绣服，还有一股股酒气散出，必也是某位醉卧花丛的豪绅，脾气火爆。

何无为见其鲁莽，正欲教训上两句，却看前方的主子竟不以为意地策马靠边，只好也马首是瞻地调成一线给那泼皮让路。眼瞅着人家大模大样地抖缰通过，正满腹牢骚地翻白眼，却蓦地里悚然改颜，"王爷！！"

只见暗中闪过了一道刀锋的银寒，那人在马上腰一扭，抖出了一把匕首反刺向齐奢的背心，出手之快直带出了"嗖"的一声厉风。

齐奢连人带马的被抵在石墙边，虽情知不妙，却是避无可避，只得将上身险险地向前一俯。可谁知那人竟紧接着就将长臂一绕、手腕一翻，立起了刀尖守在他喉前。齐奢的喉头差点儿就撞在刀上，千钧一发之际，但见他反弓起背脊向后一拗，生生地弹开，右手就往腰间拔出了自己的佩刀。

数招的交错不过在弹指间，何无为心急如焚，只唯恐刺客的手刀淬毒，一丝擦伤则万事皆休。但无奈两面墙之间三匹马撕咬踢蹶个不停，他的一条腿又被马腹与街墙牢牢地夹住，一丝也动弹不得。一发狠，干脆兔起鹘落地拔出大刀，长手冲刺客胯下的马额就没刃插入。

腥热的马血并喷而出，马惨嘶着猛地起后蹄。齐奢正与刺客近搏，这一震，二人手中的兵刃一起被强力所带而失手飞出。刺客的匕首先摔落在地，但其人却借力腾起在半空，一把就将齐奢的弯刀捞进了手内顺势下刺。马上的齐奢还没见人影落地，已觉出右边大腿的一阵冰凉，刀刃掠上了皮肤。可他非但不知闪避，反任凭血肉被刀尖洞穿，趁机一把扣住了刺客的手腕，暴喝一声："何无为！"

匣心记

侍卫早探长了上身，挥刀就斩向刺客的手肘。刺客的刀还插在齐奢的大腿里，握刀的手则被齐奢铁钳一般地攥住，毫无转圜余地，转眼间就被削掉了半条臂膀。血的飞溅中，齐奢提着刺客的断手把刀从伤口里拔出，再从那手中掏出刀柄，拧身就去架何无为的刀。慢了一步。下一刻刺客就被何无为斩断了身躯，自一边的肩颈至另一边肋下，肠肺乱抛，惨无人形。

何无为素来硬朗的一张脸已骇极无色，他看也不看还在地下蠕动不停的尸块，只惊魂不定地怔望着齐奢，"王爷还好？奴才一时情急，忘记保留活口，王爷恕罪。"他把刀收入鞘中，卷起溅上了一排血点子的半边衣裳，滚下了马鞍。

齐奢大口地喷着粗气，也跟着翻身落马。右腿着地时，明显疼得他牙一龇。但朝满地的血肉狼藉一瞥，厌恶地调开眼，"死就死了，算了。"他低头扯开几块袍襟，何无为早已经单腿跪地，"奴才来。"

何无为用力地扎紧齐奢大腿上的创口，齐奢则在上头擦抹着两手的血渍，一厢解开了腰带，"衣包。"

素来贵人们出门，听差都携的有衣包，以便不同的场合更换公服或便服，以及天气寒温不定时添减衣裳。何无为一听，仰首呆瞪，方寸之眸几乎盛不下庞然的惊讶，"王爷，都这样了，改日再来吧，赶紧先找名御医——"

"少啰嗦，拿来。"

"王爷，您不能——"

齐奢停止了手里的动作，在几盏昏昏的风灯下居高垂视着何无为。何无为咽了口唾沫，乖乖地爬起身取过了衣包，找出件簇新的乌梅色长衫为主子换上。

齐奢理好了衣冠，再一次检查一遍直擦到发白的双手，就丢下了马匹和一句"这里你找人处理"，踽踽独去。

何无为立在当场，目送着前方瘸上加伤的背影，简直是痛心疾首，无数遍诅咒着万恶的英雄难过美人关。却只有含恨蹲下地，打亮火石，已凝成了小溪的血水中，刺客的脸亮堂了：

肤色黝黑，两眉间有一颗血红的痣。

十四

经过了一段路的光阴后，齐奢来到了她的大门外。

可原本人来人往的后院这时却索然无息，只三三两两地散立着一批身穿旋褶直裰、脚蹬白靴之人，一见到齐奢，齐刷刷下跪。为首的一个上前禀明道："王爷万安。周公公吩咐，虽然王爷说了不准惊动地面，但此地实在杂人太多，为保无失，还是叫咱们镇抚司前来保护，不怕一万，就怕万一。"

回想适才的九死一生，再看这里的铁桶江山，齐奢倒有些哭笑不得之感，"'万一'就在后头巷子里，你派几个人过去吧，何无为在那儿。"他愈发地扫了兴，言毕即只身走开。右腿的伤处阵阵作刺，迈一步，痛一下。

青田自也得到了通知，善身恭候。她高梳顶发，佩一柄弯月玉插梳，对挑着一副珍珠步摇。身着连云花纹的轻罗衣，银丝挑纱裙，缠一条素绉束腰，愈发显出了一身的泪瘦。凝立在一挂青丝竹帘后，敛衽一礼。

齐奢就停留在帘前，离廊道与堂屋的大灯各有一段距离，在幽暗处端详着，"想见的人，业已见过？"

"业已见过。"步摇的垂珠在青田的两鬓盈盈晃动着，像煞了泪两串，"贱妾心愿了结，多谢王爷。"

齐奢点点头，"了结就好。"

她举眸相视，目光漠漠，"青田还有一事相求。"

"你说，能办到的，我一定办。"

"还请王爷日后勿再登门。"

匣心记

是有什么一下搅进了胸中，纷杂而凌乱，但齐奢的神色却仍是工工整整的，没有一丝改变，"理由？"

从前每一次青田见到他所露出的笑容——或浓或淡，或真或伪——已一丝不见，她的整张脸是月下的万丈寒潭，只闪动着清冷与幽寂，"吃，有庙右街的孔府酒肆，品茶有棋盘街的顺天会馆，听曲有万元胡同的广聚楼，清谈有安定门的国子监，至于其他的，帘子胡同里的季女小倌个个色艺怡人，随便何处都比青田这里可供王爷您闲时消遣。"

伴着这一席话，齐奢的心里升起了排山倒海的暴怒。他肯为了她俯身贴地，不惜做一道她和情郎相会的桥，她就用过河抽桥来报答他！瞬时间，许多极其刻毒的回敬之语都已冲到了口边，可望着眼前的这个人，由不得他终究是心软。

"段青田，不是我话说得伤你，你以为你是谁？或者你以为我是谁？是那些拿钱塞狗洞、以求一近芳泽的瘟生？我实话告诉你，我头一回踏进你们怀雅堂大门，不到一个时辰，槐花胡同的巡警铺就派人来问王府的管家，要不要把你送到我床上。如果我点头，你就不会还站在这儿、拿这种语气、对我说这番话。我每天一睁眼就要应付政务、军务、漕务、赈务、商务、矿务……人事繁杂、党派勾斗，被几十件事情烦，动上百的心思去筹谋举措，睡觉的时间从来超不过三个时辰。可但凡有一点儿余空，我都会到你这儿来坐坐。不说别的，就你门外那二十六级梯蹬，对我这个瘸子就比常人不易了。你觉得，我这叫拿你'闲时消遣'？什么消遣需要我以亲王之尊来插科打诨、博人欢颜？我知道，你不想再见我，无非是因为在其他的客人跟前你都可以恣意颓废，对着我却得强打精神，我要的就是你这份强打精神！要不然，你往后——"

他忽地卡壳，有什么由眼目间闪过，再不朝她一顾，旋身即走。青田亦不复适才的麻木不仁之相，她向前赶上了半步，想了想，却终是未出声挽留。

而她猜不到，齐奢之所以行色匆匆并不为要狠，只为他突然感到了大腿上伤口的迸裂。再不走，他怕鲜红的热血就会狂涌而出，被她看见。

好在青田什么都没看见，她只觉男人今夜的脚步分外滞重而凌乱，不免就在心中生出了一丝喟叹来：大好男儿，却被残疾所拖累。宛如他们各自美好的愿望，被现实。

屋外有的是夜，以容彼此的清宵，卧后细细长。

而这一宵对许多人而言亦漫长而煎熬。宫门一开锁，慈庆宫管事牌子吴染便揉着通红的两眼朝见东太后，秘陈之际，说到义兄邱若谷被斩成了两段的惨烈死状，几度哽咽。

王氏啜着香薰冰饮立在廊下的鎏金鸟架前，对架上啁啾的画眉扔出一句："废物。"

吴染一震，深埋下头颅，再不敢显露悲声。

"刺伤有什么用？一击不中，反而打草惊蛇。"王氏懒洋洋地把手一斜，"他的家里人呢，处理好了？"

吴染忙接过烧有着峥嵘龙纹的明黄茶盅，"主子放心，内眷子嗣鸡犬不留。"泪意未尽的眼底，他却仿似看见家中的庭院，一个名唤"吴义"的少年正意气风发地耍剑舞棒，妻子绿丝儿则满面慈爱地陪守着，似一位真正的母亲。吴染懂得欺瞒主上、窝藏钦犯之子的重罪，但他也懂得，这孩子的父亲为了曾经两个小伙伴撮土为香的义气，明知不可为而为之，赔上了自己的——并将赔上全族的性命。作为回报，他也会拿自己的、全族的性命保护这孩子，并在未来的某一天告诉他，他的父亲是多么了不起的一位义士。风萧萧兮，易水寒。

刺案发生的十个时辰内，行动迅猛的镇抚司就在新任都指挥使孟仲先的带领下，由死者顺藤摸瓜锁定了宛平邱家。谁知上门后竟发现阖家老小皆中毒身亡，幕后指使者的线索就此断掉。孟无奈，依法令灭邱氏三族。而摄政王在花街遇刺说出去实在太过不雅，对外只公布说行刺的地点在王府门前。鉴于当夜的目击者除了何无为就是镇抚司的一队番役，因此真相被压得实实的，一点儿也没有走漏出去。大概整整一个月，京城内外对摄政王竟然就在府门外被刺客刺伤一事众说

匣心记

纷纭，各种真真假假的蜚短流长飘荡在大街小巷。而其间唯一确实的就是，该夜后，齐奢再不曾踏足怀雅堂。

就这样，他与她分别。尘质摇动，虚空寂然。她只是流离失所的微尘，而他是主宰万物的虚空，永永远远地不可捉摸，却又似乎始终在那里，不舍不弃，只等待一场清旸升天，光入隙中[1]。

---

[1]（唐·天竺）沙门般剌密帝译《楞严经》："又如新霁。清旸升天，光入隙中，发明空中诸有尘相。尘质摇动，虚空寂然。"尘埃无时不在虚空之中，但只有新晴后才能看见。

第三章

迎仙客

一

"照花姑娘出局——!"

外场的喊声由楼下传来，好似是泼啦啦地放飞一只雏雀，雀儿扇动着双翅在四面扑撞，却只撞上了雕镂的门楣与粉金的墙。这一只金丝雀，就是八月的开端。

段二姐所料不虚，自青田偕照花在柳衙内的寿宴上亮相后，雏妓艳惊四座，客人纷至沓来。二姐一心要钓大鱼，只把照花捧得高高的，叫她搬到青田对面的惜珠旧屋，将屋子拾掇得如同神仙洞窟一般，让照花在此待客清谈，却不许她出条子。很快，在诸多客人中，二姐便冷眼相中了两位巨擘："五大少"与"康小爷"。

北京原是潜龙伏虎之地，极有势力的官宦门第中有一群斗鸡走狗的贵族少爷，因臭味相投而混做了一处，为首的有五人，被称作"京城五少"。青田的客人柳衙内居行二，最末的一位便是"五大少"。五大少姓戴，就是从前惜珠的客人戴雁的同族，靠祖上的荫封在户部挂个三品衔，按月吃皇粮，自己又做香料生意，皇家的香料全由他供给，此外还开着京城至大的几家生药铺子。人生得是性情骄奢、

匣心记

好勇斗狠，曾闹出过两桩人命案，均不了了之，是有名的霸王。家中虽养了十多房姬妾仍嫌不足意，那日见了照花，立意要搞到手，日日在怀雅堂流连，花起钱来眼都不眨。

至于另一位"康小爷"则姓康名广道，年方十八，家中是江淮首屈一指的富豪。初次进京办商便被人引去了槐花胡同，康小公子情窦初开，乐而忘返，头一回摆花酒一人竟叫了二三十个条子，半条街的小班均为之一空，他一人进餐，围了好几圈的妓女为他唱曲侑酒，好不威风。尽管难免"暴发户"的臭名，可没有哪家院子不抢着讨好。康广道也交往过几位名妓，却独独对怀雅堂的清倌人照花青眼有加，更是视金钱如粪土。

如此，一位京中恶少，一位外地豪商，两人虽相识，却属泛泛，并不怕撕破情面，就这样为照花较上了劲。段二姐尽管畏惧五大少的威势，却更贪康广道的钱财，一番权衡后，终是将照花的头一场酒局卖给了后者。这一日傍晚，段二姐传待诏李一梳替照花做了头，领她在家堂的白眉神前上供祷告："白眉上仙，保佑我们照花千人见千人喜，万人见万人爱。朝朝寒食，夜夜元宵，贵客阗门，嘉宾满座。"又叫照花向神像磕了四个头，把漆着她花名的水牌高高悬起。清倌人挂牌佐酒，即是正式出道做生意了。

照花本性清纯，又自视甚高，终日周旋于不同狎客间，又要应付五大少和康广道两位金主，已是劳心不堪。蝶仙几个又妒忌她走红，动不动暗地里使坏。头天还好好的一床被子第二天就多出来好几个脏脚印，出一趟门再回来，地上就全是碎鸡蛋，洗脸盆里明明是一汪清水，皮肤却一沾就奇疼奇痒……照花受了气，只来青田这里诉苦。青田与蝶仙她们一道长大，情分也深厚，不好太回护照花，只安闲地问一句："你见过人落水没有？"

"唉？"照花的长眼睛一眨一眨，一脸的莫名。

青田低着头绣花，正一针，反一针，"人掉到水里，你见过吗？"

照花用力地点头，一对银罗耳坠摆动个不休，"我自个就掉在水里过。那时候不过七八岁，在后花园里失脚栽进了池塘，奶妈捞了我上来，后来爹妈就把那池子填了。"

"她们再这样欺负你，你就动手，打。"

"可是姐姐，我不会打人。"

"就像落水一样，就那么打。"青田结了线，拿牙咬断了线头。

过了两天，青田午后起床，一开门就瞧见对头的屋子里照花两手狂舞地转着圈，时不时还蹬一脚，几欲在空中击起丈高的水花，噼噼啪啪，全落在周围的对霞、蝶仙和凤琴身上。丫鬟们全缩在门外，几个老妈子张着手乱拦，"行啦，好啦，哎呀这是干什么？姑娘们不要打啦，不要打啦！"

照花只管死死地抿着嘴，四肢不停地大起大落，扇在谁肩上、挖在谁腮上、踹在谁腿上、抓过谁的发。过不了一会儿，另外三女已狼狈如落水狗，浑嚷浑叫："抓住她，赶紧抓住她！"

有个娘姨从后面拦腰抱住了照花，照花一回身就拿指甲抠住那娘姨的脸生把她揉开，再撞过几步，一把揪住比自己胖大出一圈的对霞，"唰"地撕开她的斜襟比甲，手往她裸露出的颈上一扯，扯下了一条雪花石坠子的细金链，捏在手内呼哧呼哧喘。

对霞蓬头散发，捂住了胸口痛骂："小娼妇，你今儿是发什么失心疯？不就借借吗，又不是不还你？呸！蝶仙、凤琴，咱们走，不跟这小疯婆子一处！"蝶仙也骂骂咧咧的，一手绾头发，一手挽对霞，相扶相将。凤琴被挠得满脸花道子，哭得呜呜的，提裙抹泪地跟在后头。

照花还不肯罢休，"噔噔噔"地冲去到门外，朝她们的背影大喊："'不问自取，是为贼也'。你们再偷拿我的首饰，我、我、我就——他妈的！"憋了老半天，忽昂然地骂出一句来。这三个字犹如三日入厨下的新嫁娘，生疏、胆怯，而跃跃欲试。

她挥臂挡开了上前拉扯的小婢，一回眸，却张见斜立在东厢门外的青田。照花将攥着金项链的手在花猫似的脸上蹭两蹭，蹭开了眼前的碎发，正对着青田，露出了一排白白细细的牙。

匣心记

这是她被卖到怀雅堂以来，头一个衷心开怀的笑。青田遥觑着照花，也向她笑了笑，回身入内。

照花秉性聪颖，在段二姐的一手调教下，越来越适应怀雅堂的生活。她学会了对付男人，也学会了对付女人，学会了熬夜、吃酒、点烟、泡茶、撸拳、抢红、打双陆、抹雀儿牌……也能唱上几支小曲、一两出折子戏。她本是鼓瑟高手，学起琵琶来自是上手极快。青田见照花天分出众，便从自己收藏的各样名琴里拣一把最珍贵的八宝凤尾琴相赠。照花爱不释手，除了吃睡就抱在手内练，看得段二姐啧啧称赞，免不了又揪过蝶仙几个臭骂上一通："瞧瞧人家，再瞧瞧你们，姿色不如人也就算了，有人家一半用功，也不至于十天半个月的没人给摆上一台酒。"

照花是实打实的"蹿红"，常常一晚上就要应付好几场酒局，有时把新曲现学现卖，唱出来曲也跑、词也错，听得人皱起眉，她自个也涨红了两腮，吐一吐粉嫩的舌尖。立时，男人们就着迷地笑着，完全原谅了她。照花所有的魅力全在于这一份生淳，如一带清流，令人想伏饮、想濯足，或，掏出裤裆里的东西来朝里头尿一泡。除去五大少与康广道，还有好些人垂涎这髫龄少女，争先恐后地大撒金银，段二姐也终于放出了口风"卖清倌"——为清倌人破处。而自从那一天她当面痛斥过乔运则之后，也已命青田广纳客人，像开盘子、做花头等应对，一概生人不拒。这下可好，一票早有意结交青田的花客几乎要踏破门槛，彻夜往来不息。

表面上，怀雅堂恢复了往日的热闹。后院走马楼的东西两厢，青田与照花各自是访客盈门，一如当初青田与惜珠双姝称霸时的光景。但青田心里头清楚，一切均已改变。照花是确确实实地蒸蒸日上，而她自己则不过是回光返照、强弩之末。青田唯一不清楚的只是，还能再撑多久。她现如今早懒得经营昔年的柔媚之术，对每一位客人都冷声冷气，更何况每一次出局，在座的倌人们总有新面孔，十三、十四，至多十五岁。十九岁的蝶仙和对霞已每况愈下，双十年华的她之所以花牌不倒，靠的无非是前一段与摄政王的绯闻，以及一顶"花魁"的桂冠。然而自七月初遇刺，摄政王早就已绝迹不至，八月初，槐花胡同又传开了新说法，雨花楼的鲍六娘与怀雅堂的照花——一位刚破身的浑倌人、一位待价而沽的清倌人——被并称为"双小魁"。而"小"，自然是因为有谁"老"。

青田只觉梦醒时分早已是新世界，只有她，和她触手可及的所有在疯狂地老去，老猫、老床、老嫖客，由指缝间流逝的日子全部是老样子。尽管如此，她依旧想方设法地弄来了一位新情人，她这位情人只有巴掌大，藏身在一个白纸包里。她把这纸包塞进了抽屉，再给这抽屉扣上锁。但每一个深夜，不管她伴着谁入眠，或无眠地独抱着猫儿，都能够听见她的情人在抽屉里呼唤她、勾引她，说尽了世上最动听的蜜语甜言。好几次，她忍不住在深更里爬起身，坐在黑暗中一遍遍地抚摸那纸包，一心想剥开它，如同剥开心仪男子的外衣，纵情深吻。

恍然是一切发生前，每当她快熬不住时就想一想她的小裁缝，但凡想一想还有这一个小纸包，青田就觉得，她还能再坚持一小段。

而今她生命中仅有的安慰，就是这一包砒霜。

二

八月近中，一等小班照例要结算这一节的局账，生意就清淡得多，但一班红得发紫的顶尖倌人反较平日更为忙碌。皆因中秋时节，朱门绣户间彼此要走动贺节，而贵族家眷与官吏太太又得自重身份避忌生人，不能与丈夫一同交际，故此男人们多到妓院中摆酒，权为社交。若是在家中设宴会友，也往往要请相好的妓女前来助兴，这些妓女就被称为"上厅行首"。

青田是行首中的行首，常在三位老客人的府上出入，所以和他们的内家也相熟。冯公爷的原配从前就是养在深闺的小姐，老来念佛吃斋，起初为老

匣心记

头子收青田当干女儿还大闹过一场,后来也认了,逢年过节青田上门,这位"干娘"还常封个不小的红包给她。柳衙内的夫人则年轻脸皮薄,见了青田口称"姐姐",礼数极周道,有两三回青田中途离席,柳夫人一直把她送上轿。裴御史的当家奶奶却大相径庭,这裴奶奶本是市井小户出身,虽跟着夫贵妻荣,到底不改泼辣有为的本性,常为这些花花草草的事情与丈夫闹得不可开交,倒不是吃醋,而是心疼钱。裴奶奶在官场上有个外号叫"茶壶钱罐",意思是嘴小肚大,给多少都装得下,只休想再吐出一文来,天天在家只数落丈夫"现放着家里这么多不花钱的姨娘丫头你不睡,非偷鸡摸狗地藏了银票花钱去外头睡。我就不信那槐花胡同的段青田下头镶了边儿? 金边儿还是银边儿?"但逢青田上门应酬,只气得闭户不出,所以青田同裴御史相好数年,倒从未见过他这位奶奶。

近日裴谨器的顶头上司升迁,连带他按序提任左都御史。从八月初十起,裴府就连摆宴席,一来应节,二来答谢前来祝贺的各位同僚。

天色如绮,月华将满,宴席设在府内的花园,一众高官们皆写了局票唤来相好的倌人,雨花楼的鲍六娘、武陵春的绣杏、怀雅堂的照花皆在座,但见烛影共钗光一色、歌声与笑语同喧。青田是主家所叫的条子,形同半个女主人,应该先到才对,好招呼诸人、奉烟奉茶,她却比谁都来得晚。原是贺裴谨器升职之喜,她怀抱着琵琶倒唱一套悲曲,字字寒心恨、声声损玉神,唱完了就说要转局。裴谨器面子上不好看,叫众人哄酒,青田面不改色地端过了矾红海碗一口气连干三大碗,看得满园人目瞪口呆。她抽出了手帕印一印嘴角,压身一福,出园登轿。

轿子还未抬出半里地,青田已吐得搜肠倒胃,暮云赶紧就叫直接折回了怀雅堂。对霞和凤琴全是本堂局,一听见,立时丢下了客人跑来楼上,"咋喝成这样啊?"

老妈子送来了醒酒汤,对霞端了,一头把青田扶起来喂,一头已滚下了热泪来,"姐姐,你的事情妈妈前两天同我们讲了,对不住啊姐姐,我们见你这阵子脾气坏,背后还抱怨你,哪知你心里的苦处。姐姐你一向要强,你不说,我们也一句不敢多问，今儿看你这样，我实在忍不住要说一句。男人没了，还有我们一班姐妹。那穷小子另聘，就随他另聘，咱们大不了寻个有情有义的另嫁就是。凭姐姐你的名声，若当真肯说一个'嫁'字，多少王侯公卿排着队地帮贴，'郡王夫人''大学士夫人'的头衔尽由着你挑，'状元夫人'才值几个钱？何苦这么作践自己？你生意好，有的是小人眼热，这样子只能白白叫他们看笑话。姐姐，别再为那个姓乔的——"

话没说完，一直看起来昏昏欲睡的青田却陡然挺身，"噗"一口喷出了嘴里的酸汤，她直瞪着两眼，一把就掀翻了对霞手内的碗，光着脚跳下床，连笑带叫地砸东西、咬人、抢巴掌……硬是把所有人都赶走，连猫儿在御也一脚踹出房。

天地在旋转，人一直一直地往下掉，掉进万丈深的黑洞里，全世界只剩她一人。把头蒙进被子里蜷成了一团，拿牙齿撕被子、咬头发，有什么堵在喉咙口，究竟是摁不下，"哇"一声吐出。

次日酒醒已过了正午，青田发现自己脸朝下地趴在前夜呕出的酒污里，腥秽沾了一脸一头。她只木木地活动一下酸麻的手脚，就躺在满床的垃圾里，半分也不嫌。笑话，她干吗嫌？她自个就是垃圾。阳光晒在她身上，闻得到清晰的腐烂的味道。

老妈子们捏起鼻子来收拾一床海棠春睡的锦被，青田胡乱将脸面和长发擦洗一把，勉强咽了两口虾皮碎菜粥，就抱肘站在窗子边发呆。

楼底下由远及近地，有个摇晃着饭钵的花子在那里唱着首莲花落："初一十五庙门开，牛头马面两边排，大鬼拿着生死簿，小鬼拿着领魂牌。阎王老爷当中坐，一阵风刮进一个小鬼来。头顶状纸地下跑，尊声阎王听明白，下辈子叫我托生为牛马犬，千万别再托生女裙钗。一岁两岁娘怀抱，三岁四岁离娘怀，五岁六岁街上跑，七岁八岁母疼爱，九岁十岁把我卖。未挣到钱妈妈狠打，皮鞭沾水把我排，一鞭打下我学鬼叫，皮鞭打得皮肉开，十三十四就地清倌卖，小小年纪就开怀。三天没吃阳间饭，五天到了阴间来，一领芦席把奴家卷，扔在荒郊无人埋。南来的乌鸦啄奴的眼，北来的恶狗抓

匣心记

开奴家怀。问声阎王你说我犯的哪条罪，这样待我该不该。情愿来生做牛马，不愿做女人到阳间来。"

歌声粗戛戏谑，唱到后来，就混进了几个女声"操你娘""滚你爹"的，是旁边花楼上的姑娘们探出身笑骂，青田却听得怔了过去，直到腰里头一热，才陡地回魂，"嗯？"

一个小丫头子往她一身的单绸衣裤上系起条缎裙来，又抖开了一件小袄，"裘御史奶奶来了！"

马上就听得楼梯上有个女人在高声喝问："哪一个是段青田？"

青田猝不及防，却也听得出声音里的敌意，忙飞速理妥了衣裙，提步出屋。

沿廊行来了一名气势汹汹的妇人，领着七八个丫鬟、老妈子，环佩打珰地上了楼。妇人已有些年纪，着沉香色遍地金的对襟袄、明珠百褶裙，头上戴着金丝叠翠的五梁冠，一张瘦长的马脸上小小一对黄豆眼，把青田从头到脚地逼看一番。

"你就是段青田？"

段二姐人不在，怀雅堂的娘姨丫鬟全慌了神，谁也不敢挡驾，只围着这朝廷二品夫人团团殷勤，"裘奶奶大驾光临，未曾远迎，您多包涵。""裘奶奶您屋里坐，站在这儿仔细有穿堂风。""奶奶您有什么话，尽管吩咐。"

青田宿醉未醒，半湿的发只在脑后乱搅着，本就是心灰难挨，又被撞破了此等疲态，一股气直冲上头顶，明知故问道："我就是段青田，你哪位？"

裘奶奶将两眼一撑，一对小豆子几欲骨碌碌滚出，"好你个骚野鸡，净顾撩着你的骚毛迷惑我们家老爷，倒不认得我？"

也不知到底哪个，总之裘家下人与怀雅堂自个的老妈子全一窝蜂喊喊喳喳的："啧，这就是裘奶奶。""青姐儿，才不说了吗？这是御史夫人。""裘御史的正房太太，这下总认得了吧。"……

你一言我一语，更把裘奶奶的焰火拱得旺，眉一挑，冲青田抬了抬下巴颏。

青田见怪不怪，只将两手伸去到颈后弄头发，"不知奶奶找我有何见教？"

"唰"一下，裘奶奶把右手从袖中抽出，向前摊开着，"我家老爷上个月的俸银呢？拿来！"

青田拔下了锁鬓的长银钗，把钗子横咬进口内，一面重新将泛潮的头发扭着绾儿，一面口齿不清地说："这可奇了，你们家老爷的俸银与我有什么干系？"

"哼，你个骚野鸡少在这儿装糊涂。船载的金银，填不满烟花寨。我们家老爷自从做了你就当起了家贼，什么古玩、文物、门生的孝敬、同僚的礼金……一样一样地往出运，全搬来填你下头的窟窿。上个月他在你这儿摆了两台酒，吃了喝了也就算了，你又哄得他替你'挂四双双台'。哎，你们做生意有没有天理啊？嘴上干说一说'四双双台'，连口清汤也喝不到，真就花掉十六台花酒的钱？你们的心可真够黑的！这个等一会儿再说。哎昨儿，昨儿是我们家老爷的升官之喜，好心好意叫你的条子，你晚到了足足半个时辰不说，还唱了那么一套丧声丧气的曲子，你有没有良心啊？唱完凳子也没坐热，抬屁股就走人。你知不知道你走了以后我们家老爷的脸上多难看哪，啊？我们老爷做你，是要你好好地替他周旋、为他应酬。做生意，讲究一分钱一分货，我不怕同你说，我就是生意人家出身，我们卖东西从不缺斤少两，你这个做法那是奸商，一成的货色都不值，却敲诈了我们十成的银子。你不好好做生意，钱就要退给我们。那么大一个御史府，门子花匠轿夫车夫、厨子书僮奶妈丫鬟，哪一样不要钱？每个月我就指着他那点儿俸银过日子，上个月的俸银我到现在还没见着，一定是狗颠狗颠地送你这儿来了。多的我也不要，你就把这份俸银退还给我，我便容你这骚野鸡安生。若不然，将你浑身的骚毛一根不剩拔个干净！"滔滔不绝地说完这一大串，抄手站定，狮威胜龙。

青田不慌不忙地将长发盘结整齐，抽出嘴里的长钗缓缓往发髻中插入，嘴角勾着一抹笑，似一只勾在浪女脚上的半褪绣花鞋，一摇一荡，"奶奶真是个痛快人。也不知奶奶府上从前是做什么生意的？不管做什么生意，有句话说得好：进门都是客。你们家老爷在你那儿是你们家老爷，在我这儿就是我们堂子的客人。你若是不想叫你们家老爷做我们的生意，就该把他拘在家里，既放到了我们这里来，

匣心记

就要守我们堂子的规矩。一年三节，客人替倌人做花头，那是应有之理。奶奶只把我这个月的账簿拿出来翻翻，别说挂四双双台，挂十双双台的也有，连我刚出道的小妹子也有人替她挂三十二台。奶奶孤陋寡闻，见着个萝卜就当人参，说出去只怕惹人笑呢。"

"你——"

"再说昨儿晚上，倌人一夜转五六个局稀松平常，莫说我唱了一套曲子，我就是只下车沾沾地，该给的局账也一文少不了。我可不管府上是升了官还是死了太太，"青田压根不睬裘奶奶另一个欲申无处的"你——"，自管横乜着双目一气说下去，"总之客人只吩咐我'把拿手的拣来唱'。我拿手的就是'丧声丧气'，客人不爱听，只管来同我妈妈讲，不做我的生意就是。最后再说月俸银子，朝廷没下过咨文给我段青田，让我管发你们家老爷的俸禄，你们家老爷的俸禄该上户部支去。我做倌人的没到你府上讨过局账，你做奶奶的倒跑到堂子里来要俸禄？传到御史大人同僚的耳朵里，万一给他一本有伤风化，怕是新官上任没三天就得左迁[1]，到那时我再唱'丧声丧气'，可就应景得很了。"

裘奶奶直把手指戳来青田的脸跟前，恨恨不已，却仍是只说得出："你、你、你你你你你你你——"

楼上回廊三三两两地聚满了人，手捧花露香巾的丫头、端着洗脸水的老妈子全站住脚瞧热闹。照花、蝶仙等一班人原是才起床，还未曾梳洗，也听见了动静赶来。怀雅堂上上下下哪个不晓得大小姐青田的精明厉害，安心笑看着裘奶奶出丑，却是青田自己房中的小丫头桂珍有心卖弄逞强，蹦出来做和事佬，"奶奶您别生气，姑娘才吃了酒还没醒呢，说话冲了些。奶奶您里头坐，奴婢给您冲杯茶，吃口茶消消气。"

大丫头暮云一见屋里人的献媚相，气不打一处来，干巴巴地笑两声，"桂珍，

---

[1] 或"下迁"，即降职贬官。

前儿晚上来客我叫你端茶，不晓得你跑哪里去。这会子谁又没叫你一声，你倒冲到前头来？果真见了诰命夫人就是不一样。羽毛还没长全呢，倒会拣高枝儿飞去，那就干脆飞得远远的，飞出个好样儿来给我瞧才是。"

桂珍好心打圆场倒挨了骂，自是不平，梗起脖子把眼睛翻两翻，"姑娘才说的，进门都是客，我给客人冲茶有啥不对？"

"客人？"青田拨转了两眼盯住桂珍，眼里活活有闪电劈出来，"谁的客人？可是你的客人啊，啊？桂珍，裘奶奶敢是你请来的客人？"登时就把个桂珍吓得半死，头也不敢抬。青田一昂首，却冲裘奶奶也打开了一只手，满面的戏耍之态，"奶奶，我这丫头说你是她请来的客人，不知奶奶是摆酒还是碰和？奶奶别见怪，你头一回上门可不能挂账，现放下三百银子，咱们多退少补。"

围观的人群哧哧地发笑，裘奶奶简直气了个倒仰，一提钱，嘴头倒也灵光起来，"呸！什么摆酒、什么碰和？哪个来做你们这野鸡窝子？"

"奶奶这话可就是现背着牛头不认账了。"青田手一翻，沿着廊道四周挨个点过去，"对霞、蝶仙、凤琴、照花，"又回手朝自个的心口虚虚一揪，"段青田，怀雅堂一共五位倌人，大早上起来头没梳脸没洗的全在这儿陪着奶奶，奶奶一个人叫五个条子，可是大主顾。姐妹们全指着奶奶的恩赏好过节哪，奶奶这会子倒说没有？"

怀雅堂五女，哪个没有个三言两句？蝶仙与对霞眼见大姐竟横遭上门辱骂，早按捺不住，存心地手帕乱招，你唱我和道："奶奶，您可不亏，我青田姐姐是花榜的状元，新来的照花妹子也有个别号叫'小魁首'，她们俩一个本堂局酬金都没有下百的，还不算另赏的金玉珠翠，就是我们几个不争气的也比上不足比下有余，统共加起来才收奶奶您三百银子，就是二等茶室也没有这个价儿。"

"奶奶，您别得了便宜还卖乖，我们上午从不接客，今儿也为奶奶破了例了。我劝您哪，痛痛快快拿钱来，再这么啰唆一阵三百可打不住。要想赖账啊，那也不能，您出去打听打听，甭说御史夫人，就是御史本人，叫了局不给钱也没

匣心记

有这个理。"

　　裘奶奶放眼望去，只见一张张妖精似的小白脸，脸上生的全不是人嘴，而是一张张利喙，把人啄得是体无完肤。吭哧半天，憋出了累累汗珠，全亏身后的一个老妈子自告奋勇，拉开了嗓门替主母解围："你们这帮骚野鸡少瞎叫唤，我们奶奶啥辰光说做你们的生意？凭啥要给你们银子？你们这是讹诈！"

　　"对，讹诈！"裘奶奶全然已忘记自己原是来堵门讨债的，只顾着辩驳绝不曾欠得烟花账，"说我做你们的生意，我同你们一样是妇人家，拿啥做你们的生意？空口无凭！血口喷人！"

　　青田把一脚上的彩缎荷花鞋在地下蹭着，歪着嘴角笑，"那我就懂了，自来我们这儿出入的不是客人，就是倌人，奶奶不是来做我们生意的，必是自己要当倌人做生意喽。"

　　裘奶奶这一惊非同小可，直戳出眼睛跳起来，"放你娘的屁，你才当倌人做生意呢！"

　　楼上楼下全笑。青田毫无血色的素颜上浮生出尖刺的笑意，如一株野忍冬，"我正是当倌人做生意的，这里其他的倌人全叫我'姐姐'，如今奶奶来了，我也有一位老姐姐了。"

　　"啊啐！哪个是你这野鸡的姐姐？"裘奶奶眼鼻责张，手脚乱颤，"好，算我晦气，我斗嘴斗不过你，今儿且饶你一遭。可你也甭得意，咱们骑驴看唱本——走着瞧！祥妈，走！"

　　青田的眼中似楔着铁钉，抬起下颌来冲着对面的蝶仙和对霞扬一扬。二人即刻领会，对霞抢几步过去，撼过了肥美的身子挡住楼梯口，"哎，奶奶，咱话还没说清楚呢，您不能走哇。"

　　"是啊奶奶，"蝶仙拿手肘抄住另一头的门廊，斜抻一脚，亦亮出一只鹦哥绿的凤翼鞋，"您到底是客人还是倌人，这事儿还没弄明白呢。您若是客，留下三百银子，利索走您的，欢迎下回再来。若是倌人，那可不能走，等着我们掌班妈妈回来还要同您议价儿做名牌呢。"

小一些的凤琴自来是个跟屁虫，也钻了出来，一口尖酸的语气模仿得极地道："奶奶，一句话，要么留钱要么留人，总之没有白进这门儿的。"

裘奶奶一听真格要钱，比戳了她的心还难受，呲里哇拉地嚷起来："哪来什么钱？我没钱，让开！"意欲硬闯，却被蝶仙几个带领着丫鬟封住了去路，个个是风骚泼狠、张牙舞爪。裘奶奶无奈之下，只好又自己"咚咚"地几步走回来，"你叫她们给我让开。"

青田插着两手，斜掷下冷冷的眼神，"奶奶，我劝你趁早掏钱，要不等开始上客，来来去去的都是官场上叫得响的人，回头在这地方瞧见御史夫人，说出去算什么呢？好端端跑到窑子里，那是'淫'，犯七出[1]，小心被别人家的汉子当粉头拉了去。回头被御史大人休弃出门，不想当倡人怕也由不得奶奶了。"

裘奶奶连惊带怒，愈发地傻在那里。背后的对霞和蝶仙野笑了几声，更放出伶牙俐齿来："奶奶，您口口声声骂咱们是野鸡，告诉您一声，咱们还真不是。咱们这儿是一等小班、上厅行首，公侯王爵全都得下帖子请。咱们这行里，只有奶奶这样自己乱跑来堂子里拉客，那才叫野鸡哪！"

"奶奶，三百两银子，这点儿钱在您老还不是九牛一毛？反正总要给的，麻利拍在这儿，非磨磨蹭蹭的，难不成为了多讨我们姐妹几声骂？不瞒您老人家，说到这阵子我们还没露真功夫呢，您要爱听，我们姐儿几个可什么都敢说。"

凤琴眨巴着一双眼，撑住了围栏踮起脚，唯恐落于人后，"没错奶奶，骂您也骂不过，打，瞧您带的这几个人，不是老就是小，甭说我们人多势众，只说您的身份跟我们抓脸拉头发地打上一架，岂不是千古奇闻？破财消灾吧。"

裘奶奶此时已知道贸闯妓院实在是大失斟酌，她是踩进了鸡窝的金凤凰，只可惜，落架的凤凰不如鸡。心一横，脚一踩，"祥妈，拿钱来！"

---

[1] 又称"七去"、"七弃"，分别为：不顺、无子、淫、妒、有恶疾、口多言、窃盗。只要妻子符合其中一条，丈夫及其家族就可休妻。

匣心记

仆妇苦着脸摊手，"奶奶，没钱，谁没事儿随身装着几百银票啊？"

裘奶奶登时冲青田把胸一挺，"听见了吗？不是不给，没钱！"

青田置之一哂："瞧奶奶说的，奶奶是出了名的'钱罐'，奶奶没钱，谁还有钱呢？奶奶拔根毛也比我们的腰粗。奶奶若果真出门没带着现钱，真金白银也尽可抵充。这一身穿的戴的，嘶——，要不我瞧这样儿，奶奶你头上那金梁冠做工考究，便值不得三百也所差不远，把它摘下来，奶奶自管走人。"

所谓金梁冠，是发罩的一种。已婚女子束发于顶，多在发髻上佩戴狄髻，穷家妇的狄髻用假发、马尾编织，贵介则是用金丝、银丝。裘奶奶头上现戴的一顶金梁冠虽不比诰命的珠冠，却也是装宝点翠、耀目争光，一望即知是上品贵妇之物，令她摘了去，无异于与虎谋皮。裘奶奶自不肯，大啐数声："呸！呸呸呸！也不看看你是个什么角色，想要本夫人的金梁冠？下辈子吧！"

正值乱象丛生，忽闻得一声嗓音清稚的"奶奶！"裘奶奶张目寻去，但见一位形容娇细、头梳双鬟的小倌人由廊头排众而出，婀娜地走来她面前，微微施个礼，"奶奶万福，婢子是这里的清倌人照花，给奶奶问安了。奶奶初来乍到，我倒也是个新来的，才学的有些规矩讲给奶奶听听。这里的掌班妈妈成日教导我说，小班倌人最重衣容，衣不整、容不修，绝不能视人。这会子咱们还没开门迎客呢，奶奶也不递帖、也不使人通报，就一股风地直闯了来。我青田姐姐早起才洗了头，头发这么一窝丝攒着，脸上也不曾施粉涂朱，这副样子叫奶奶看了去，就好比良家女子赤胸坦膊的叫陌生人看了去是一样的，此乃'非礼'。奶奶既非礼了我姐姐，脱下头上的金梁冠，也是'脱簪谢罪'的意思了。"

自打照花被卖入怀雅堂，不单性命为青田所救，事事也全靠青田帮衬，早怀了感恩图报之心。今日遇上这一场寻衅，屡欲声援，却不如对霞几根老油条，干着急插不上嘴。及至青田放话欲取裘奶奶的金梁冠，余人仍不解其意，她却猜出了大概，特意抢出来道白一番。果然斜目睇去，青田亦向她眨眨眼，如亲密姊妹间互换一对嵌宝的耳坠或一枚花珠戒，互换了一点灵犀。

照花欣慰地抿一抿嘴角，不再多话，只偎在一边看青田郑重其事地转向裘奶奶道："奶奶，我这妹子说得极是，就请奶奶脱冠吧。"

裘奶奶怄得只差喷出一口老血来，"什么？我堂堂二品诰命向你这骚野鸡赔礼？发你娘的春秋大梦！"

"奶奶若不肯，只怕今天的局面不好收场。"

"有什么不好收场？我倒奉劝你一句，见好就收，乖乖地让本夫人去，不然你可得摊上大事儿！"

青田桀骜刁钻地一笑，肺腑间那一片喝几千斤烈酒也吐不出的苦海此际全凝做了冷森森的恚怒，撞上谁是谁，只算裘奶奶倒霉。

"不忙，我的大事儿还在后头，奶奶的大事儿可就在眼前。"

"哼，我有什么大事儿？"

"再不脱冠，我这就叫几个乌龟上来捉住你们统统强奸一泡，那御史府可就有脸极了。"

此言一出，满堂哗然。裘奶奶的一群女仆没有不失惊变色的，有个十来岁的小鬟更是当场被吓出了眼泪。裘奶奶也是魂不附体，"你敢！"

"我有什么不敢？暮云，去，叫曹旺儿挑几个身子好的兄弟，告诉他们，有大活儿。"

"段青田！"裘奶奶急嚷一声，"你还有没有王法？！"

青田冷嘲一笑以对："有王法也罩不住奶奶，奶奶不信，回去留着脏小衣，只管往上告，就是官司打到了金銮殿保证也赢不了，堂子里的奸情，有什么稀奇！暮云，还站着干什么，没看见诸位女客们等着招呼呢？"

"是，奴婢这就去。"

"且慢！"走投无路之下，裘奶奶求援四望。所带的家人里有一个瞧起来老练非常的妇人，这时讪讪地走上前，对青田讨巧一笑，"姑娘，都说你们小班

匣心记

佰人是个个知书识礼的，哪能做出这么没体统的事情来？我虽没有奶奶的许可，只拼着这张老脸权代奶奶给姑娘赔个不是。姑娘你平平气，咱们好聚好散，成不成？”

“是啊姑娘，”早先说话那婆子也接了口，笑起来，眼角有重重的褶，“你不看别的，就当看在我们家老爷的面子上。”

“可不是？”紧挨着裘奶奶的一位大丫鬟也有些胆色，口齿朗朗地劝说，“姑娘想想，若你有福气，哪天真被我们家老爷讨回去做小，还不是要看奶奶的眉高眼低？”

“是啊，姑娘你别顾头不顾腚，就图一时痛快。”

“姑娘，我们说这话全是为你好，你想想？”

“姑娘你说句话。”

“姑娘，我们说的你倒是听没听啊？”

“姑娘你什么意思，给句话。”

……

一通七嘴八舌后，裘奶奶到底耐不住，朝青田喊上一嗓子：“哎，你倒是答话呀！”

青田这才调转傲目，懒懒一瞥，“奶奶什么时候见过狗叫唤、人答言？”

莫说裘家的下人被臊了一鼻子灰，裘奶奶也差点儿背过气去，却不得不收起仅剩的一丝余威，不知使了多大力气才挤出一脸笑，比哭还难看，“好，好，我亲自给你道歉。今儿原是我莽撞了，你也别计我的过儿，我也不计你的过儿，就算扯平了。”

青田并不见色有稍变，“奶奶，废话少讲。”

“啧，你这个人怎么这样不识好赖？你不过是个卖身的，我一个朝廷命妇当着这么多人向你服了软，你也争足了光了，还想怎样？”

“我想怎样，方才说得一清二楚。”

"你少得寸进尺，给梯子不下是吧？"

"奶奶莫非年老耳背？若是没听真，我再说一遍。我段青田要的不是梯子，而是你头上的金冠。"

裘奶奶捏起了两拳，磨牙霍霍，"段青田，我们家老爷也做了你这么多年生意，好歹我也是他的正室夫人，你闹得我坍了台又有什么好处？"

青田的嘴角悬着幽凉的讥笑，"奶奶好好在府上做你的正室夫人，哪个去坍你的台呢？原是奶奶自个不尊重跑来咱们这地方，既来了，也就甭想尊尊重重地回去。"

"我说——"

"奶奶，你就是说破了天，今儿这金梁冠，也得摘！"青田冷面抱臂，斩钉截铁。

裘奶奶的浑身抖个不住，脸色蜡黄。直过了小半刻，才把发颤的手向前点动着，"好、好，算你狠……"低吟了半晌，视死如归地一挺身，"祥妈，替本夫人摘冠！权当是路遇贼婆子打劫了！"

于是乎，几个婆子、丫鬟各含涕泪，将奶奶金冠上所插戴的金钿、挑心、草虫簪等诸头面一一拆下，卸下了发冠。裘奶奶蓬散着头顶鸡窝也似的一团发，手执那金梁冠，天绝地狠地一把掼在青田的脚下。

"走！"

面如赤日、声似滚雷，一班天兵天将落荒而逃。[1]

怀雅堂诸女眼望着御史夫人狼狈的身影，无不掩嘴葫芦。一片笑脸中，只有青田的面色死沉，她瞟一眼地下的金冠，却觉受辱的是她自己。奇耻大辱。

周围人还在笑，笑声里又冒出一缕甚不和谐的嘤嘤啼哭。原来是小丫头桂珍让暮云揪着耳朵在那里骂，桂珍一手捂住被撕扯得通红的左耳，踩脚鸣冤："我说句倒茶又咋了嘛？平日里来客我不巴结你要骂，我巴结了你还要骂，到底要

---

[1] 参见（清）韩邦庆《海上花列传》第二十三回：外甥女听未背后言，家主婆出尽当场丑。

匣心记

人咋办嘛……"

桂珍嘤嘤地哭着，不妨青田已扭过头来恶狠狠地盯着她。说时迟那时快，猛见青田一把拽出了箍发的钗子就向这里投来，兽头银钗呼啸着砸上了桂珍的额头，打得她倒退了两步撞在门扇上。小丫鬟魂飞天外地抬起脸，看清了长发披散、双目血红的女主人，吓得干噎在那里，动也不能动。

没有人再笑了，照花心头惶惶，伸手来挽青田，"姐姐……"

青田挣开她，又拿两手拨开人群，"嘭"一下撞上了房门。

暮云也怒目又戳了桂珍一指头，蹲下地拾起发钗，提声道："行了，都散了吧，没什么好看的了。"

楼廊上的杂人也便各干各的，对霞三人却凑到了一处并头私语，照花也几步近前去。凤琴一看见她就退了半步，对霞和蝶仙同样深怀戒备。照花却情急不顾，劈头直问："我姐姐怎么了，她是不是有什么事？"

对霞犹豫了一下，和蝶仙交换一个眼神，"告诉她不？"

蝶仙朝照花再三相看，嘴一撇，"告诉她吧，我看姐姐也跟她蛮要好，她也是诚心为姐姐着急。"

对霞手一摊，"说穿了也没啥，一句话，吃了男人的亏。"又补充道："你不懂，你还小哩。——咱走吧。"

她们三人住在楼下，一道携手同去。依稀听得对霞张口呵斥凤琴："你问啥，你也还小哩。"

刚过午的阳光临窗直下，亮得仿似碎了一地琉璃。照花若有所思地呆望着窗外，低声重复："吃了男人的亏……"

"照花姑娘！"

有人在楼口喊了一声，照花回神望去，见是她屋中打杂的娘姨，提着个热水吊子吱吜吱吜地扭上楼来，"姑娘，李一梳待诏来了，快做头吧，做完了，还有康小爷和五大少的两场局呢。"

三

自从淮商康广道赢得了照花的挂牌酒，恶霸五大少便深以为耻，对梳拢照花一事就愈发志在必得。康广道则早把照花的初夜当做了囊中取物，颇有乘胜追击之势。于是这二人较量得更起劲，一天不是你叫酒局，就是我叫牌局。

这一日五大少又约了七八人，预备在怀雅堂的东花厅摆一桌酒。不想康广道捷足先登，下午就邀了一群朋友清客在西花厅抹牌。正院大厅则另外有一位青田的新客人，也是牌局，不到日央就已开始。

于是午饭后，怀雅堂的跑堂就忙着布置两厅的牌场，撮台子、摆雀儿牌、派筹码，每张台角的两面置搁几，几上布好茶食鲜果。不久，西厅与大堂的两拨人便依次到齐，再等晚饭前后五大少一伙联翩而至，更吵得沸反盈天。来客就有四五十人，又各自写条子叫局，连客人带倌人足近百数，把怀雅堂塞得满满的。楼上楼下处处是衣冠楚楚的男人、标致异常的女人、手捧烟茶的大姐娘姨、东奔西跑的龟奴鳖腿、绮丽的灯火、丰盛的看馔，夹杂着琵琶声、胡琴声、弦子声、笛声、歌声、撸拳声、碰和声、叫好声、争闹笑语声……其饱满与庞杂一如满园子花果烂熟的气味，在秋寒的凋蔽前，发出最为浓郁醉人的、濒死的醚香。

足足闹到了戌时，才有来客陆续离开，东道主们却兴致不减。只因五大少晚间来时才得知康广道在西厅抹牌，十分不快，康广道也听人报说五大少在东厅摆酒，两人也算是点头之交，却并不来与对方招呼，各据一方，谁都想逼得另一人先走。照花就只好依照规矩，一会儿在这头侑酒，一会儿在那边侍坐。

而五大少所至，少不了其结拜二哥柳衙内，柳衙内自是叫青田的本堂局。至于在正厅摆局的阔佬则一直久仰青田的芳名，近期才有机缘结识，尽管卖命追求，花费之巨足以令几位老客人也相形见绌，却始终买不到佳人一笑，从无开恩留宿的优待，所以也干耗着，指望柳衙内那边散了场之后和青田单独相处。为此，虽一睁眼就和裘奶奶怄了一场气，青田也不得不收拾了心情与衣容，同样在两处来去无休，不得片刻的安逸。

　　直到在游廊中撞见，姊妹俩才得以说上两句悄悄话。彩穗曳曳的挂灯下，照花的脸儿却显出一种灰凉的颜色，似含着心事重重。

　　"姐姐——"

　　"嗯？"青田觑向她，脸上亦带着疲倦的青苍。

　　照花的嘴唇张合了几次，但什么也没说出。最后她摆摆头，在长长的刘海下垂低了眼睑，"没事儿。"

　　两人的跟班娘姨切声催促："姑娘们先进去吧，有什么话回过脸再说，要不里头又该发火了。"

　　果真才穿过花门，已听得五大少在那里嚷着："怎么还不回来？莫不是那姓康的有点儿臭钱就不把大爷我放在眼里了？"

　　有个人出言相劝道："五弟你又撒酒疯，你是客，那姓康的也是客，人家自要一碗水端平，总不能让照花一晚上都坐在你这里，把那边丢着不理。你瞧青姐儿不也来来去去的，我什么时候说过她一句？"声音温文尔雅，眼目处处留情，正是柳衙内。偏首一望，就悦然地笑起来，"瞧，这不是？哟，你们俩倒一块回来了。"

　　照花和青田同告了两声"怠慢"，各自坐去到五大少与柳衙内的肩后。五大少别过脸对照花嘟嘟哝哝，脸色不甚好，似是责备她适才在康广道那一头待得太久。柳衙内却怜香惜玉，自席间拈一块砌香梨饼喂入了青田的口内，"累不累？来，吃口茶，这茶淡了，待我叫人替你换过……"

　　旁边的一位倌人正奏着把龙首胡琴，高啭莺声。坐在她前头的客人也是位年轻公子哥儿，往柳衙内的背上拍了拍，"哎，哎，我说柳二哥，你别净顾着卿卿我我，该你了。"

　　"哦！我们正斗骰呢。"柳衙内向青田解释一句，就扭回身抓起了骰盅，大摇特摇起来。

　　合席砸着桌子大叫："大！大！""小！开小！""一二三——小！""嘿，

邪了门了，怎么连开了五把都是小？""这酒我不吃，你替我吃。""哎哟我的大公子，这一会子人家都吃了十大杯了，您倒是赢一遭行不行？""哈哈，依我说你干脆转个局，到爷后头坐着，一杯也不用吃。""哎我说，你怎么剪我边儿[1]啊？""别怪兄弟剪你边儿，实在是你内才不济，委屈了人家。""对对，他就是'内才'不济，才存心给人家灌倒了好躲过今儿晚上，省得打了败仗给踹到地上睡。""瞧你这光景，定是常给踹到地上睡的！""哎呀呀，越说越混了，你们呀，真是歪嘴吹喇叭——一团邪气。""哈哈，那你给我兑口气，改改我这邪！来嘛，别躲、别躲！""再这样，我这就转局。""哎，别走哇，再把才那小曲儿细细地唱一遍。""你们俩，回自个房里去，少在这里肉麻。"

……

一团哄闹中，只有青田与照花二人一脸的疏落，好似神魂无住一般。五大少并不察，但将手臂勾住了照花的颈子，另一手就捏着骰盅举来她脸前，"这把爷坐庄，给爷添些吉利。"

照花被勒在男人的膀子里，勉强笑了笑，"呼"地往银盅上吹口气。

五大少把笑脸贴着她，手举得高高的，"哗哩哗啦"的一通，再"嗵"一下墩去到桌面上。"大、大！开大！好！哈哈哈哈哈哈！"

台面上又一阵混乱，有人笑，有人叹。五大少得意非凡地举杯，"怎么样？可算叫老子给扳回来了。全都得多谢照花的这口仙气儿，来，照花，敬你一杯。"

这一场酒宴本就是五大少为照花捧场，众好友谁不解意？齐声起哄道："要敬就敬一个'皮杯'！"

五大少是个莽人，酒又下了肚，哪会有好行径？吃了满满的一大口酒，扭过照花的脸就嘴对嘴地给她灌下，照花无力推脱，被逼和着那一嘴的酒臭强咽下。一群倌人全笑得伏去客人的肩背上，也都或真或假地来敬"小魁首"，吵吵着要

---

[1]"剪边儿"，夺取别人所爱的妓女。

匣心记

她"打通关"。

美景良宵，醉红烂绿。

喧闹了有一袋烟的光景，青田就向柳衙内探身低言："你坐着，我去去就来。"又扬声辞席，"各位对不住，我失陪一下。"

众少们笑纷纷，"好说好说，知道青姐儿还有客人，尽管应酬你的便是。"

另一头的照花一心躲酒，也急站而起，"姐姐，我与你一道。"

五大少醉得不轻，脸红脖子粗地把两眼一瞪，"哎，我说你怎么又要走？好没良心的小婊子！就为了那南方佬阔气些就这么惦记他？"

照花被骂得心中一紧，好在掌班段二姐早就谆谆教导过，若遇上客人吃醋，那就对着姓张的骂姓李的、对着姓李的骂姓张的。照花学艺精湛，即时搬出了一脸的可怜之态，委屈地低着声音说："戴爷，我也不想陪那个南方佬，可我没法子，昨儿才挨了妈妈的骂，说我心里只装着你五大少，把其他的客人全得罪了，耳提面命地叫我今天不许偏心。你不信，只问我姐姐。"

"可不是？"青田暗赞照花之机变，又为她托上一句，"要么戴爷去同妈妈商量包了照花，她便天天跟着你，哪里也不去。"

这诹辞立将五大少哄得高兴了起来，亲亲热热地一把拉过照花的手，"原是我错怪你了，你也甭做难，我一会子就去跟你妈妈说，再不叫你应付那姓康的。好了，你也知道我，不过酒吃多了嚷嚷两句，你别记在心里……"

同伴们在一边颇为不耐烦，"你先放照花去吧，乱缠个什么？"

于是二女添了几声"对不住"，挽手并出。一个往前面大堂去，一个往对过的西花厅。两处均是牌局，二人各看着自己的客人碰几手，坐够了一刻来钟，又回到东厅五大少的酒场，陪上几杯酒，接着再抱歉两句，重赴牌局，有若一对来而复往、往而复来的梭。然而自古遍身罗绮者，不是养蚕人[1]，所织就的锦缎再繁

---

[1]（宋）张俞《蚕妇》："昨日入城市，归来泪满巾。遍身罗绮者，不是养蚕人。"

美，与贫妇手中枯燥的、疲惫的梭，是毫无关联的。

敲过了二更，东西两厅仍玩闹不休，大堂的豪客虽也斗志昂扬，奈何牌友们或退场，或往别处消遣，连一桌牌也凑不齐，只得草草收场。青田光在口内送一送，仍回东厅来坐着。柳衙内听说那人已走，大感欣慰，"哼，我就是不能让他如意！既这样，你也回房歇着吧，不必在这里陪我了。我瞧你脸色差得很，忙出病来，倒要叫我过意不去。我与你什么交情？绝不怪你冷落。再说今儿也不是我做主家，不过给五弟镶边儿[1]罢了。"

青田称了谢，正待告退，冷不防座上的五大少"噌"一下跳起，合拳怒吼："眼看青姐儿都回来两趟了，照花连个影儿都没有，他妈的那姓康的竟敢就这样拘着照花不放，倒让大爷我痴汉等丫头一般傻等着，不是抬杠是什么？你们甭劝，我今儿已忍耐多时了，再不给那姓康的一点儿颜色，还真以为我戴大少好欺负！哥哥们别拉我、别拉我，是兄弟的就陪我出了这口恶气！差役们呢？都叫来！"

青田见五大少要闹事，忙上前阻拦，却被柳衙内一把牵住，"这混小子正在酒劲儿上，你可别多事儿，只管跟着去瞧瞧热闹吧。"

各位恶少们酒足饭饱，正愁无处消化，一呼百应地随着五大少摇摇摆摆地直趋西厅。一群倌人们紧随其后，半是害怕半是兴奋。西厅内金烛耀人，但原先的四桌牌也只剩下了康广道一桌，还围着七八名倌人，另有两三名客人背手在那里闲看，段二姐满身金碧地亲自立在下首，笑着频频点头，"是，是，多蒙您关照。"

康广道是一张清雅的容长脸儿，灯下更显得俊俏，笑眯眯地露着一口白牙，"再有，也不必算抽成了，今儿我赢了多少——不，今儿总码子有多少，都打赏给照花，辛苦她这一天……"

---

[1]"镶边儿"，给朋友相好的妓女捧场。

匣心记

妓院里摆牌向来是从赢头里抽成，此举却等于将所有的流水全部奉赠。康广道一行玩牌输赢极大，一手牌就有几十两银子的出入，整个算下来已上千，手面之阔罕有其匹。但他只轻轻松松用两手把四面的胡子一拢推来桌边，好像扫一扫剩菜的残渣喂狗。同样用抚摸小猫小狗的玩弄姿态，他回身摸了摸陪坐在侧的照花，把她的鬓发撩拨几下。照花笑一笑，驯良而沉默。

一旁的段二姐则满口子道谢不迭，喜色满溢，以至于忽略了渐渐逼近的一张怒容。

抢入门来的五大少虽然半醉，却已把康广道摆阔的话听得一清二楚，又见照花被他摸脸捏手的，登时一点子烧意直冲两目，暴出了满满的红筋来，"等什么，难道要大爷亲自动手？还不给我上！"

五大少也算个三品官，出门总带着十来衙役，没一个吃素的，一拥而上就把康广道从牌桌上拖下来，还没等康小公子叫完一声"你们要干什——"，已是好一顿拳打脚踢。五大少高高地腆着肚子，一手乱点着谩骂："他妈的外地佬、土包子，也不撒泡尿照照，凭你也想跟大爷我过不去？你以为有点儿钱就怎么着了？你信不信大爷今儿活活打死你，也没人敢放一个屁！"

屋里的宾客与妓女全跳开了丈远，大呼小叫，只段二姐惶急交加地挨上前，"哎呀戴爷，五大少，您这是干什么？您跟康小爷也是朋友，抬头不见低头见的——"

"老虔婆！"五大少朝她鼻头一指，"你少多话，打坏了什么东西爷按原样赔给你，爷就是要教训教训这不知天高地厚的南方佬，让他知道知道什么是北京！照花你给我过来！"手一抄，就把惊得傻立在当地的照花小鸡一般地拎过来，点着她复向段二姐嚷道："照花！啊！你他妈要她多少开苞银子，几千还是几万，只管开价，大爷跟你还一两就不姓戴！但倘若你敢把大爷我当瘟生，叫别人来点她的大蜡烛，你信不信我叫人一把火烧了你这窑窟子？"

眼瞅着康广道在一堆皂靴中蜷身抱头，呼痛声已越来越微弱，段二姐急得摇晃着满头黄烘烘的金瓜子步摇，两手直拍，"哎呀大少您说哪里话？不是您点照花的大蜡烛还有哪个？就下个月，下个月挑个吉日您就和照花欢欢喜喜地入洞房，好不好？"

得此一言，满意的得色涌上了五大少的脸，架在他腋下的照花却遽然间失色，空余一张单薄的、煞白的皮。

后头的栏杆罩下，柳衙内几个剔牙的剔牙，挖耳的挖耳，全带着笑作壁上观。当中有一个拍着嘴打个呵欠，吆喝两声："五弟，五弟！差不多行啦，真揍死了，你老子回头又得关你一个月禁闭，咱哥儿几个可找谁取乐去？"

柳衙内附和道："老四说得对，才掌班妈妈也亲口许了你下个月当新郎，你这里再弄出一条人命来，多不吉利。"

一屋子的人又说又劝，几个衙差也有数，虽拳脚还不停，却已不似先前"嘭嘭"有声，只等五大少一发话，便即手下留人。

衣衫鲜丽的围观者们还在推搡着、议论着，人群之外，青田见事态平息，连热闹也懒得看完，当下无声隐退。一缕薄软的裙裾，是倦蝶脆弱的翼。

四

她回到房内，给猫儿在御温了一碟牛奶，又叫暮云烧上两把安息香，便锁上门，歪去了床里，连妆也不曾卸，就带着一脸的白粉和胭脂。一度，不管交际到多晚、喝得有多醉，只要是一个人睡，她一定会把脸和身子洗得干干净净，涂抹好乳霜与花露才入眠，如同保养一件精瓷般保养着自己。但眼下她只是一只破罐子，随便就可以摔来摔去，每一时每一刻，青田都可以感到无数细小的裂纹爬上她的眉心、眼底、嘴角，整张脸，整个身体——她有很久不敢仔仔细细地照一照镜子了。

匣心记

而且现在，她完全地睡不着，只能一夜接一夜地张着眼、闭着眼、半张半闭、半闭半张……聆听抽屉中所发出的越来越清晰、越来越巨大的鸣响，青田敢肯定那不是她脑子里的冥想，这声音一刻不休地呼唤着她，一句又一句，像一条条蛇化作了黑潮向她涌来，爬得她满身都是，奇痒难耐。

华美的绣床上，她赤足与欲望的蛇群纠缠，拼命压制着一跃而起、拉开抽屉将那包砒霜一仰而尽的冲动。精力慢慢地被耗尽，人又开始进入到一种似乎在睡着，却又永远清醒的夹缝中。浑身重重的、凉凉的蛇群捆得她透不过气来，还有无数的小蛇从那抽屉中往外蠕，嘶嘶地吐着信，像风声，野原的飓风——

呼喇一下，风骤然地停止，她身上的、地上的、满屋子的蛇一霎间全不见了，世界是如此地安静，听得到打夜的梆子，还有一声凄厉的嘶喊：

"客来！"

继而，青田就听到了自己的房门被敲响，暮云在外轻呼着："姑娘，裘七爷来了。"

裘谨器的屁股后跟了三四个家丁，往屋里抬进了两盆菊花，侧金盏黄得鲜嫩，玉玲珑白得可爱，连花盆也是名贵的均窑。裘谨器呵退了下人，再喜滋滋地从袖中掏出了一只攒金缎盒打开来，里面是一对无暇通透的白玉手镯，如两弯月光盘在那儿，绝不下百金之数。

"怎么样，喜不喜欢？"

青田木然扫一眼，"谢谢七爷。"

裘谨器伸手揽抱了她，眉花眼笑，"我的大美人，你可真有本事！今儿我正在值房呢，有人报说我家那夜叉婆子上你这儿闹事儿来了，慌得我连忙要赶过来，才换了衣裳，就听说她非但没把你怎么着，反被你硬逼着摘了金梁冠，灰头土脸地去了。我这一听，立时就放了心。挨到晚上回家，果真那夜叉婆子冲我撒泼大闹，非要我上门来向你问罪。想我裘七整日价被她这见钱眼开的'茶壶钱罐'钳制得没办法，简直从'丈夫'被钳成了'尺夫'、'寸夫'，就为一点儿黄白之物不知受了多少骂、丢了多少丑，多亏你今日替我制她一制，也叫她狠狠地挨一通骂、丢一回丑，真是痛快！痛快！哈哈，我可向你问什么罪呢？把你当大恩人谢都来不及，我的美人——"

青田一手挡开裘谨器，躲避着他毛躁的嘴巴。

裘谨器撤回了嘴脸，好颜相哄："怎么，为了她恼起我来了不成？好了，我这不亲自携礼上门来赔不是了？全怪我没管好家里的疯婆子，叫你平白受了她的气，裘七这儿给小娘子作揖了，啊？"他作势抱起手，却瞧青田勾着头、眼半阖，一副似睡非睡的样子。裘谨器有些尴尬地收了笑脸，又把一手去摸她的后腰，"别耍小性了，你瞧我诚心诚意地跑过来，今儿在这儿陪你过夜，好不好？说了这一会子倒有些口干，你给我倒杯茶来。"

青田半扭着身子，轻弹两下指甲，"那里不是茶，你只管自己倒就是。"

"好好好，自己倒、自己倒，你就是我的王母娘娘。"笑叹着走开斟茶，抿两口，咂巴着余香又坐回，"那给我唱支曲儿吧，昨儿那首委实悲悲切切的不大中听，今儿唱首伶俐些的，嘶，有回在局上你唱过的，叫什么《俏冤家》？"

"我手指昨儿拉了，弹不了琴。"

"清唱两句就好。"

"今儿才陪了酒，嗓子疼，唱不来。"

"啧，怎么这也不行那也不行？那就只有做个'吕'字——"

"呜，呜——哎，放手，别闹，放手！别闹了，哎！不行，今儿不行，我身上来着呢。"

裘谨器并不管青田千推百阻，硬把手探入她裤间隔着小衣一摸，"哪里来了？又与我扯谎，你都来了一个月了。我的小可人，今儿好好让爷爽快一遭，有日子没沾过你身子了——"

"不行，我今儿不想，你放手。听见没有？放手，放手，你给我放手！"

青田狠命一把搡开了裘谨器，将镂花绣领拽两拽，细喘微微。

匣心记

　　裴谨器的脸色与刚进门时已是天壤之别，似一座黑云压境的城池，有刀待出、蹄待血的军马，就等在城门外。

　　"实话跟你说，我忍你不是一天两天了。我先前只当惜珠出事你心里头不舒服，也不同你计较，如今看来竟真是外头说的，怎么，陪了摄政王两天，真把自个当'禁脔'供起来了？我还告诉你，你甭以为那跛子有什么了不起，首辅王大人早看他不顺眼了，等他轰然倒台的那天，你小心别被埋台根底下！再说那才是个'水旱两路'的，怕是帝子胡同里小龙阳的屁眼子都比你值钱呢！也只有爷才把你当个东西，你少给脸不要脸。段青田，你今儿好好伺候伺候爷，给爷伺候舒服了，爷看在这么多年的情分上，以后该对你怎么着还怎么着，若再这么摆谱拿乔，没你的好果子吃。"

　　这一番狠霸霸的话，却犹如一名军前大将的叫阵沉入了一座人畜不存的死城，毫无回响。青田还那么不言不动地搂臂静坐着，瞥也不往这里一瞥。裴谨器哼一声，再次试探地伸过嘴来，青田却依旧猛地一偏脸，叫他扑个空。裴谨器登时勃然大怒，"好你个臭婊子，爷都玩烂的东西！爷今儿还就告诉你，你是愿意也得愿意，不愿意也得愿意！"纵身而上，一下就给青田撴倒在炕床上。

　　青田也不出声，就是拗着劲，沉默地抵抗着。她受够了。这许许多多年，她把所有的苦难都丢给了身体，这件玲珑浮凸、稀世连城的身体，她却把它当做了草芥一般随意交给人把玩、糟践，只为心头那一片圣洁的莲台。如今这莲台早已飞灰湮灭，不，从未存在过，她只是一年年赤身裸体地躺在魔鬼的祭床上。她要把献给伪神的身体取回，不再让它像祭祀的畜生一样淌血和牺牲，她会把它当做人一样好好对待，因为这才是它理应得到的对待。

　　于是这妓女，在嫖客手里开始了鱼死网破的挣扎，仿佛是世间最贞洁的烈女，她撕，她踹，她啐口水、骂脏话，最后她张开嘴，狠狠地咬下去。

　　裴谨器大叫一声抽出了手，又猩红了两眼甩下来，在青田的脸盘上左右开弓，抓住她发髻往床板上乱撞，接下来是拳头，一记记闷响的拳，跟着是衣料破碎的声音。

一刻钟以后，裘谨器边蹬靴边由靴筒里抽出几张银票，出奇大方地一并丢过，甩身而去。银票散落在青田的裸体上，其中有一张，被男人留下的一摊污渍黏在了下腹。

弯月银勾鲛绡帐，她就那样衣衫成褛地直躺着，渗血的嘴角动了动，像一个笑。

这一顿殴打，把掌班段二姐气得差点儿提刀子杀人。才在楼下忙到半夜，好容易平了五大少的气将瘟神请走，又要对鼻青脸肿的康广道多方抚慰，一面还得悬着心，唯恐五大少去而复返，见院子上下对康广道这样巴结更要撒疯。赶紧派人通知了自己在巡警铺相好的档头，不久有铺兵上门来亲自将康广道护送回府。结果照花又跑来哭天抢地，只说不愿叫五大少点大蜡烛。段二姐正在烦心，直接在她脸上轻刷了两下，"小娼妇，什么时候轮得到你挑客人？要不是你不会周旋惹得两个人斗起气来，哪有今天这场事故！"

照花跪倒在地上哭着叫"妈妈"，直推段二姐的腿。二姐却抬脚就把她给踹开在一边，"小逼丫头骚汁子多，我瞧你是好了伤疤忘了疼，再敢啰唆一句，尝尝老娘的皮鞭！"正当骂骂咧咧地喝退了照花，率人收拾满厅狼藉时，便听见了青田被暴打的消息。

段二姐焦灼万分地冲到后楼上，捧着青田的脸一看，就把裘谨器的祖宗八代全问候了个遍。蝶仙几个也一一赶来探视，同样是骂不绝口。

青田的伤处涂过药油，一开口，就有股凉沁沁的味道，"大家都去吧，一点儿小伤不碍事儿。妈妈也别动气，只往御史大人的账上狠狠记上他一笔，谅他也不敢漂账。"

"对！"段二姐咬牙切齿，深得大意，"这点儿钱就想打发我们，等着吧，老娘这回不让你个姓裘的龟蛋陪个倾家荡产，段字倒过来写！哎哟我的心肝肉，再让妈妈瞧瞧，嘶，这狗日的东西，真下得去手……"

大家乱骂一番，怕青田劳神，也便各自归去。临走前，照花上来攥住她的手，

匣心记

定睛凝视，依依凄凄。

青田抽出了两手把小女孩的脸一合，微笑道："我没事儿，你快睡去，咱明儿见。"

照花也不答话，单是把自己塞进她怀里紧紧地偎抱了一阵，又忽地抽了身，仿佛是忍着泪埋首去了。

青田让暮云滗了一盅清茶汤，也叫她睡去。自个掩上门，把在御抱起在臂弯中哼着歌儿哄它，直到白猫四仰八叉地翻着肚皮打起了呼，才把它轻轻地放去床里。她找出针线簸箩，取一把小金剪，把适才扭打时被折断的几根丹蔻指甲修剪好，又打开衣柜取一件旧而干净的白绉纱褂、一件白茧裙换过，拿刨花水将鬓角刷齐，而后就剔亮灯，研墨润笔，对着铺开的雪宣踟蹰良久，写下"母亲大人"四个字，字迹方落，眼角已湿润。她多想找到自己的亲生母亲问上一问，当初究竟有怎样熬不过的艰难，竟让她忍心把女儿遗弃在这种地方？

青田摇摇头，深吸上一口气，字斟句酌地写完了这封留给段二姐的信，又写了一封信给暮云和蝶仙几人，整理出首饰与剩下的银钱。之后她就把手摸向台面边带锁的红木小抽屉，上头嵌着《白蛇传》的螺钿人物。她打开了小铜锁，把抽屉拉开，里面很空，只放着一个红绸子帕包，揭开了绸帕，有一张薛涛笺。

青田拈出纸笺轻展开，宛如是一只青鸟展开了双翼，乘风万里、归去来兮。

结盟不结松与柏，松柏摧残留不得。结盟不结兰与竹，兰竹败坏谁结束。结盟不结石与金，石易烂兮金易沉。结盟不结山与海，山可崩兮海可改。结盟不结风与云，云散长空风不停。结盟不结花与月，花易残兮月易缺。结盟止结地与天，天地从无衰死年。天长地久不可问，此盟万古犹留传。某年某月某日，乔运则、段青田盟。[1]

青田密布着血淤的脸上浮现出镜花水月的笑，她以指尖拂过已泛旧的纸面，笔迹如新。那时他已满十八，她刚十六岁，他的字秀逸隽洒，她的字则仍稚嫩而青涩，

---

[1]参见（清）青心才人《金云翘传》第三回：两意坚蓝桥有路，通宵乐白璧无瑕。

跟着他，你写一个、我写一个，交缠无隙，如丝如弦。所有的过往，皆随着她的指端被一一拨动：少男和少女并坐于夏日的河塘边，少女褪却了鞋袜，把白贝壳一样的赤足浸泡在水中，少男忽地一个猛子扎进了水里，从水底捉住那对足轻吻在脚心，好多好多痒兮兮的小鱼，一直游入了心里。女孩子一点点地长大，像一支养在宝瓶里的花，有无数的男人送她花，掐金的牡丹和鎏银的莲，只有他，为她折一枝新三月的撒金碧桃，她将它供在妆台的镜边，奇异的花枝半白半红，是镜中她洁净而含羞的面。渐渐地，她的每一日都变作了夜晚，她被深埋在无尽的黑夜里，如那些被埋在地井里的矿工，浑身沾染着永远洗不掉的黑，但他替她洗，手指理过她每一缕发丝，悬在她上方的双眸令她的额湿了一下、又湿一下，他说：你受苦了。——是天使的泪落下，浇熄她遍身的地狱之火。她开始越来越爱洗澡，怎么洗也洗不够，喉头里有腥，唇齿被铁钉所穿透，问他：我很脏吧？他一向是个寡言的人，他什么也不答，他只是静静地捧起她的脸，深吻她，她的嘴、她的下巴、她的颈项、她的胸口、她的腹，一直向下，直吻进她下面的另一张嘴，他伏在她两腿间，是一头饥渴的野马汩汩地卷舌舔饮着溪水……他们比一轮明月还纯净，比一部活该被烧毁一万次的禁书还要淫邪。他握住笔，将另一支笔放入她手里，从后环住她，温在她耳边：我说，你写。

血红的泪水冲刷去一切，青田闭起眼，将这合写的旧盟摁在了心口。孽海罡风中，她看见乔运则似破冰春水的眼睛，看见他和暖似拂面风的笑，然后她低下头，看见了插在自己胸窝的刀。

不如归去，不如归去。月落子规歇，满庭山杏花[1]。

……

青田打开双眼，她听到了，听得明明白白，她的抽屉又在对她讲话了。她向里头望去，望到了藏在绸包下的、那小小的纸包。

---

[1]（唐）温庭筠《碧涧驿晓思》："香灯伴残梦，楚国在天涯。月落子规歇，满庭山杏花。"

匣心记

她伸手将纸包取出，拿捏着反复瞧了瞧，拆开，把整整一包的白色粉末全倒入桌上已凉透的斗彩茶碗中，拔下了头上的赤金扁钗，缓慢地搅拌着。随后她扔开钗子，端起碗。

死亡向她抖开了庞博的巨翼，雪白的鹤背上，软如故乡。

五

一过了子夜，秋意就愈发浓重。月已凉，叶正落，连风也一声声地呜咽着，却总有无情者如木、如石，成千的古木与上万的巨石叠成了恢弘的大宅，不为一概人世间的悲喜所动，峭然不语地伫立着。

摄政王府与禁城只相隔着一条天街，朱门金钉、红墙黄瓦，开东南西北四门。由正门而入，中轴线上是一条阔朗的汉白玉大道，云阶玉陛，此为"王道"，专供摄政王与其正妃出入，其余的府内诸人一律只能于偏道行走。沿王道的两侧，每隔十四步设有一座灯柱，莲花柱头上铜座铜窗的灯楼彻夜不熄。路灯连绵至重重宝殿、层层梧桐的薄影间，忽见一间小院，紧挨着修竹万竿和一片梅林，一带清水环绕，院门高悬着黑板泥金的大匾，上书"和道堂"三字。这里是齐奢的书斋，也是他处理公务、会见心腹的"签押房"。

房子里的陈设十分简单，四架图书、两张椅子、一张大桌，桌上一盏海晏河清的书灯与一只白匣，匣子里一摞白皮折子。自齐奢掌权起，为了对抗权势煊赫的外戚王家，便将朝廷的镇抚司改建为由自己一手控制的情报机构，在朝野内外布下了无数特务。这些特务所上的密奏每天由镇抚司汇总一次，甚至包括西党的诸位吏员凡有重要事务，为绕开王家内阁的耳目，也一概以密奏陈情，全部直接封呈给摄政王齐奢本人。这些折子中全无公折的请安贺节之类，一件是一件。

　　齐奢全神贯注地持笔批阅着，眼看只剩下最后一件，先打了个呵欠揉揉眼角，一眼扫过去，眼中骤然迸射出精光，"周敦！"

　　和道堂是处理机密文件的重地，一概人等不得窥伺，因此近如周敦者也只远远在门口侍候着。这时听见主人呼唤，赶忙打起了门帘趋进来，"王爷什么事儿？"

　　齐奢紧紧地拧着浓黑的双眉，"你马上派人给我查清楚圣母皇太后的下落。"

　　周敦一脸的大惑不解，"王爷，今日一大早两宫太后就带着皇上一同到大隆福寺进香去了，明日早起还要做法事，夜间就在禅房歇宿，圣母皇太后这会子自然是在寺里。"

　　齐奢把手中的折子往桌上一摔，"镇抚司安插在大隆福寺的细作急报说，窥见圣母皇太后偷偷乔装成宫女的样子，怕是准备趁夜离寺。你现在就发动所有人手给我秘密搜查，若不在寺里的话，哪怕把北京城翻个个儿，也得在天亮前把人找着。"

　　"找谁？"

　　帘外传进来一声娇笑，就见一位女子掀开了门帘款步直入。她穿着宫中的女官服色，披着风兜，脸容被一副沉沉的面纱遮挡着，看不清五官。但只一听这声音，齐奢就已认出了人来。太监小信子显然也心中有数，满目怯色地随在那女子的身后，深垂着头颁告罪："王爷，奴才实在不敢阻拦。"

　　"下去吧，周敦你也下去。"齐奢停一停，紧跟着就变了脸，"你疯了！"他低低地压着嗓子，却依旧显得怒气勃然。

　　女子一手除去面纱，就露出了圣母皇太后喜荷的一张粉面，两点小小的梨涡刚在她嘴角一闪，就有些许的寒意自眉间透出，一双明光迫人的眼直直地瞪过来。

　　齐奢只好上前来躬身施礼，"臣失仪，还请太后恕罪。"

　　喜荷婷婷地一转，在桌边的一张椅上坐下来，又对着他破颜一笑，芬芳如桃

169

花吐蕊，"大隆福寺的门禁可比皇城松动多了，我和玉茗对调了装束，等所有人都睡下，就让赵胜用腰牌把我带出来。少了那些个翟扇凤伞、导引侍驾，果然是一身轻松。难怪姐夫喜欢微服简从。"

"你也太鲁莽了，赶紧回寺里去。"

"我有要事同你说。"

齐奢强压下满心的焦躁，抬手擦了擦口面，"什么事？"

"我想你了。"喜荷举目直迎向对方一脸又惊异又无奈的神情，语气与其说是哀怨，倒不如说是怪责，"这段日子你总不来宫中看我，已经足足一个月了。"

齐奢转过头一叹，声音已平静了许多，字字分明道："喜荷你一向行事谨慎，怎么这一次如此离谱？你不想想，万一叫王家发现跟踪到这里来，说是'圣母皇太后夤夜私会摄政王'，安一个'秽乱宫闱'的帽子，咱们就满身是嘴也辩不清。何况我前一阵就是因为'微服简从'才让人有机可乘，其他都不论，你把自身的安危置于不顾，可也太托大了。"

喜荷见他出言关怀自己，心里头一暖，眉宇间隐隐的英气就为之一散，两手揪弄着腰间的一只八穗银扣花荷包，低下了尖尖的下巴颏，流露出十足的小儿女情态，"姐夫，我以后不会了，可我真的惦记你。上个月你被人行刺，虽然事后查不出证据，可除了'东边'的娘家还有谁？还好姐夫你身手过人，只受了皮外伤，没叫他们的阴谋得逞。饶是如此，我也担心得天天都睡不好。你的伤怎么样了？过来我瞧瞧。"

齐奢干立在原地一动不动，闷声道："劳太后垂问，没大事。"

"什么'太后'？"她立即把两眼一张，伸出手拖住了他的手，"快过来我瞧瞧。'东边'可也太明目张胆了，居然在你的府门前就敢动手。"

喜荷受了镇抚司放出的假消息蒙蔽，齐奢却对自己究竟在哪里遇刺了然于心，甚至对遇刺前那正燃烧着他的心的热望也历历如昨。这股热望又一次奇怪地涌动在已愈合的伤口深处，他垂望着喜荷把一只手沿着他大腿一点点地向上滑，白皙的手指上，几根红瑛银护甲驿动着乱光。

"伤在腿上了是不是？哪儿，这儿吗？这儿？还是这儿？"

然后她就触着了他的伤口。

突然之间，火烫的热流从伤处直滚上小腹，令齐奢低低地呻吟了一声。他的眼睛里射出异样的渴望，一把将喜荷从椅子上拽起。

他就在书桌上和她成事，其狂热与粗暴跟平时简直是判若两人。结束后，他又做了一次。

喜荷袒露着双乳，满身细汗地仰躺在一桌子的奏折堆里，汗水融化了折子上的字迹，在她闪着光的皮肤上留下淡淡的墨痕。她的周身泅着满足的红潮，一双眼却有些怅然若失似的，"姐夫，你今天很不一样。"她停顿片刻，又忍不住叹息着问他："你在想着谁？"

齐奢却置若罔闻，只随意抓过一条手巾扔给她，面容恢复了不动声色的冷静，"很晚了，我叫人送你回大隆福寺。你行动小心，千万别让人瞧出破绽。"随即他就注意到她难看的脸色，不得已又添上一句："过两天我进宫看你。"

喜荷走之后，他独自一人空立着出神，目光经过满壁的书，信手抽出来一本，就是《诗经》，再信手翻开一篇，就是《绸缪》，"子兮子兮，如此粲者何！"——该拿你这美丽的人儿如何是好！

齐奢叹口气，民歌里传唱的爱情，怎会一视同仁地降落在王的头顶？

然而他马上就为自己的哀愁和软弱恼怒了起来，一把掷开手里的书。他下定过决心要忘记青田，他会忘记她的，即便他刚刚就在一位皇太后的身体里和一个妓女交缠——看在老天的份上，那只是个妓女而已！

这样卑贱的人是不该同他的生活有任何交集的，不管以前还是以后，那叫做段青田的女人是好是坏、是死是活，都和他没有任何关系。

匣心记

六

这是青田在人世间的最后一刻。她闭上眼，把毒药抵在了口边。

"不好啦，有人寻短见啦！快上来，有人寻短见啦！"

青田猛一震，正欲一饮而空，却恍然间听见"嗵嗵"的脚步响是去往相反的一端。她犹疑了一刻，暂时放开了手里的碗。

闹得天翻地覆的正是对面惜珠的旧屋，现住着清倌人照花。据丫鬟说，听见屋里头的动静古怪，遂推门查看，竟见照花姑娘把汗巾子挂在了床栏上，再晚一刻，已是回天乏术。

段二姐闻讯赶来，一夜摊上这么多事情简直是焦头烂额，也再不敢对照花用强，软哄了老半日，照花却嘴巴封住了一般一问三摇头，死意决绝。这厢却看青田晃晃悠悠地绕过了回廊，手内端着个小碗走进来，"妈妈你去吧，我来劝妹妹。"

段二姐感激不尽地抚了抚青田的脊背，"好孩子你快劝劝她，她平日里最听你这个姐姐的。行了，你们几个都跟我出去吧，让她们姐俩说说体己话。唉，这到底怎么一回事儿？我这怀雅堂最近是撞了什么邪，一个接一个！不行，赶明儿我得去昭宁寺做场法事，必是有什么小人邪祟在背后妨我，叫我查出来……"一路念着，一路督率着一屋子人插腰挺胸地去了。

青田拧身扣了门，走到了照花的床前坐下，把碗往床边的高几上一放，"砒霜。"

照花原本将一张面孔绷得严丝合缝，听了这话，瞿然注目。她瞧见青田带着血肿的嘴角一张一合，如同在述说一件再普通不过的事："本来我是给自己备的，现在看来你更需要，你先。"

照花不解地盯着她，有一丝迟疑。

"那你就等着下个月妈妈给你送来的交杯酒吧。"青田见势，探手起身。

"哎！"照花抢先一把夺过了碗，端过来咕嘟咕嘟地喝了个底朝天，手捧着空碗大喘粗气。

青田把碗由她的手里头拽出，处之泰然地搁去一旁，"我帮了你，现在该你帮我。很久了，我都想找个能听我说说话的人，而没有谁比一个将死之人更加适合，所以现在，你听我说。"

照花似乎打了个冷颤，她把手沿着自己粉蝶花样的领口掏进去，一下一下地挖着。

青田冷梭梭地盯着她，静漠地接续道："我做清倌人两年，浑倌人六年，就是连踞花榜的魁首也有四五年，光局账钱少说得赚了几十万，但我刚才翻箱倒柜，只翻出不到一千两银子的私房。我不知道关于我的事情你听说了多少，这么讲吧，我把一辈子的钱和情都给了一个男人，他拿了我的钱，负了我的情。我现在没有钱、没有人，连腔子里的一颗心也没了，仅剩的就是这具不属于我自个的身体。我要赎身，至少还得再做五年的生意，我今年已经二十一了，不会有哪个冤桶愿意放着像你这样花骨朵一样的女孩子，在我这个老太婆身上再花五年的钱。我的生意只会越来越差，慢慢沦落到二等、三等堂子里，再到街边的暗门子，最后到窑子街，就像我带你去看过的那样，一上来就脱得光溜溜的由那些挑夫、脚力挑挑拣拣。最好的，也不过就是随一位客人从良，给他当小老婆，夹在三房四妾里勾心斗角，失宠了就被赶出来，接着重操旧业。摆在我面前的只有一条路：不停地被人糟蹋，直到老得没人肯糟蹋，就带着一身脏病，街死街埋、路死路埋。照花，我的一切都结束了，生而无望。而你不过只十四岁，什么都没开始，却一样选择了这条路，想来是有比我更大的痛苦。你愿意，就说给我听听，听见有人比我还惨，没准我就不想死了呢？你临死前救人一命，来世必能托生个好人家。"

照花直直地瞪着眼，眼中交杂着震撼与混乱。逐渐地，她露出一种自惭形秽的神气，复抽噎了两声，"哇"一下哭出来，"姐姐，我、我，我只是怕……"

青田向前一倾，拢住了她纤弱的身条，"怕，怕什么？"

匣心记

"妈妈今儿已亲口许了五大少下个月替我破瓜，五大少他杀过人的，谁要逆了他的意思一定不会有好下场！可我，姐姐，我，我不是，已经不是……"

一抹吃惊掠过了青田的双眼，她将照花推开一分，细细地觑来，"是到怀雅堂之后的事？"

照花不出声地点点头，涕泪涟涟。

"你这人小鬼大的东西，不声不响地给谁了？"

"我、我说了，姐姐别笑话我，就是，就是替咱们梳头的那个待诏李一梳。他每次来梳头都说说笑笑的，逗得我好不开心，叫我以为他是个好人。谁想到前两天梳完头之后，他说帮我按摩修养，我歪在床上不知怎么就睡过去了，等醒来，却发现屋里的几个丫头全不在，那个天杀的——我、我也不敢讲，真真丢死个人了！他事后还哄我说一定会拿钱来替我赎身，娶我回家当娘子。我想着身子也给了他了，还能怎么样？今儿下午他来，我背过人问他，他却说除非我拿钱给他，要不他可没钱来赎我。我气了，就说要告诉妈妈去，他反说叫我只管告诉，传到五大少的耳朵里才好呢。我一想，纸包不住火，李一梳坏了我的贞洁又不管我，到时候五大少花钱点大蜡烛,发现自己不过是个'挨城门'[1]的,一定活活打死我！就是妈妈也必不肯放过我。我想来想去，还不如自个了断了干净。"

青田听得这么一说，一半生气，一半却放下心来。李一梳素来轻佻，同数家院子里好几个妓女勾搭不清，若是因觊觎照花的美貌，趁捶捶捏捏、摩弄香肌之际做出些事情来也没什么稀奇；只要无关儿女痴情，万事好说。这样想着，她举手将照花睫下的泪珠轻抹去，"我早就跟妈妈提过让李一梳远着你些，妈妈只当耳旁风，果然出了事儿了。弄成现在这样，我也不管你到底是有情还是无意，总之你早早看清了这好色之徒的真面目，是不幸中的万幸。妈妈怕教坏你，保准从没提过，其实当年我点大蜡烛的时候也不是雏儿。那瘟生甩了我两耳刮子，从我身

---

[1] 在妓女破处后，紧接着与其同床，叫做"挨城门"。

上爬起来，裤子都不系就一路骂着出去。'段二你这只老母鸡竟敢糊弄老子，老子要抓你来炖鸡汤！'

青田笑着替她拢了拢手上的一串麝香珠，"纵然五大少是个不讲理的，这种事儿他也只会找妈妈的麻烦，不会跟你为难。至于妈妈自是要跟你算账的，我当年傻，闭着嘴由她打，如今我教你个乖，你只跟妈妈说：'做生意就不打，你要打，我这就死在你面前，我可是死过一遭的人，你若拼了不要接下来十年的局账钱，就只管打好了。'你刚来的时候不过值四百两银子，生意好不好还不一定，说打死也就打死了，可现今你是最红的清倌人，几天的局账就有四五百，你就是求着妈妈打死你她还不肯呢。说到底，原是屁大的事儿，你竟想得天大。"

照花咬着嘴唇细笑，却又猛一凛，重新啼哭了起来，"可惜已经来不及了！姐姐，我肚子疼，是毒发了，我肚子好疼，姐姐，我怕死……"

青田任照花在自己的怀中痛楚地扭动了一阵，提手拍一拍她，"哎，哎。"

"嗯？"

青田把下巴一点，照花随目看去，见身子下的妆花缎褥上有一小摊血，血迹淋淋漓漓的，最后蜿蜒进自己的绸裤子里。她怔了半晌，方才缓过神，将信将疑地凝住青田，"姐姐，你才给我喝的是——"

"化瘀散，活血理气。"又往床上那一摊经血瞧了瞧，青田摇首笑叹，"你这小妮子运气可真好，你这一来，我倒想出个万全之策。你月事准不准？"

照花的两眼放出光来，一眨也不眨地瞅着青田，"准！前后总不差一两天。"

"这样，你下个月点大蜡烛的日子还没定不是？照规矩，总要请一位宣卷先生来推算吉日，你准备上十两银子偷偷塞给那先生，让他把日子定在你月事将完的那天。当天晚上和五大少同房前，你拿生矾和石榴皮煎汤洗洗下头，这是个童女方，能让那地方揪得紧紧的，再加上你又有红，只管装模做样地叫疼，不怕遮不过。"

照花如得天启，边听边茅塞顿开地连连点头。

青田就手从摆在一旁的花瓶内掐一朵淡红色紫兰，为照花簪入她双平髻中的

匣心记

一边，"傻孩子，不死了？"

不到半刻钟，却已阴阳穿梭了一回，不由叫照花满额的虚汗，又想哭、又想笑地瘪了瘪嘴，发窘地把头摇一摇。

青田笑了笑站起身，口吻决断而和煦："李一梳的事儿，你放心，我一个字也不会跟人提。而我刚才跟你说的话，等我出门，你也就忘了吧。好了，你歇着，我叫丫头们进来与你收拾。"

"姐姐！"照花是蹦下床的，急得一对双色芙蓉鞋单踩上了一只，攘着手冲到青田跟前，切切地凝视，"姐姐，我现在一晚上已经能摆十多台酒了，这么做下去生意正要好呢。有客人私底下偷偷给我钱的，我也会好好攒着，一文也不乱花，将来给你赎身。"

毫不设防地，在面前这一双乌亮透澈的明眸前，青田的眼窝一下子变得血潮血热。

照花将手心翻开，牵起了她的一双手，"姐姐，我以前在家做女孩儿的时候，连偶尔听见人说起'妓院'这个字眼儿都觉得脏，我想着妓院里的女人一定个个如妖似鬼、丑恶不堪。可那天，姐姐你第一次带我出局，你穿着碧绿蹙金的琵琶裙，头上戴着翡翠冠，在大厅里给客人们唱曲，你手里的琵琶幽咽泉流、大珠小珠落玉盘，你的声音——当时不懂，现在会说了——叫'昆山玉碎'，我就在边上呆呆地瞧着你，觉着你是九天上的仙子。姐姐，我一向自负容貌才情过人，可在你跟前我什么都不是，你这么美，美得我直想给你当丫鬟！真的姐姐，我心甘情愿伺候你一辈子。当初是你让我留在槐花胡同，只要这地方还有我照花的一口饭吃，我绝不会让你沦落去窑子街。姐姐你别忘了，你对着白眉大仙的神像发过誓，担承我一生的富贵前途，你若寻了死，我可怎么活呢？青田姐姐，你想我活着，你就也活着。"照花笑着，向她伸出了一根弯弯的小指。

自极度的模糊之中，青田看着这微笑的少女，仿佛是看见了昔年的自己。

那个脾气最倔、挨打最多，却永远也最超群的小女孩，不管怎样的苦厄中，都欢喜地努力着。这女孩竭尽了全力，只为长成一个最好的自己，而今日该轮到已长成的她，还这小女孩一个像样的结局。

这结局，不该是一碗拿金钗搅拌的砒霜。

青田疾速地眨着眼，在一片水光里慢慢地笑了。她也递出了小指，与照花勾一勾。

这是一个成年女子和一个小女孩的约定，这是青田，亏欠青田的。

她从照花的房中出来时，看热闹的人还在门口探头探脑。在她的示意下，两三个丫头婆子忙不颠地赶入内，暮云却面白如纸地擎着张纸立在那儿，"姑娘，这是什么？"

青田不知如何作答，适才救人心切，大意将"遗书"落在了桌上，竟叫暮云给发现了。她笑着擦掉了丫鬟扑落落直往下掉的泪串子，"先回屋。"

一回到屋里，青田就抄起桌上的那碗砒霜往裘谨器早些所送的菊花花盆中倒入，两眼盯着花瓣在遽然间萎缩、凋败，"暮云你什么都不用说，我不会了。"她又拖出了一只箱笼，开箱扔出几件旧衣裳，便把两封遗书一起揉皱了丢进去，接着就开始满房子的找：枕边一条绣着并蒂海棠的手绢、半月桌上的一把棕竹骨扇、书匣里厚厚的一沓诗稿……拿一样，往箱中丢一样。暮云呆看了一刻，手往脸上一抹，也开始找，找到了，丢。

林林总总，皆是乔运则所赠、所做、所写、所画……主仆俩忙碌到半夜，最后两件是誓书与嫁衣。青田最后凝注了一眼她与乔运则血肉交缠的情誓，猛一用力，把一张薛涛笺撕了个烂碎，又把那嫁衣抓在手里，痉挛般地抖一下。这哪里是情意绵绵的嫁裳？分明是由无数线头织就的罗网，无数针脚布成的陷阱，是一套背盟和负心的寿衣。她的眼光落在大红的金线衣裳上被墨泼黑的一角，只觉无比的污秽和肮脏，手一掷，将之囫囵抛入了箱底。人也跟着坐下地，把手臂硌在箱沿上，深深地埋起头。暮云咬起了碎碎的一口牙，欲说未说时，门却响了两声，就见段

匣心记

二姐一步三扭地迈进来。

"妈妈要睡了，特地再来瞧瞧心肝，这是干什么呢？伤成这样子还不早点儿——"段二姐煞了脚也住了嘴，她看见了那口箱子以及从箱口淤出来的一截红裙。瞬息万变的表情后，吐出了一口大气笑了笑，"好女儿，你可不知道妈妈有多担心。想通了就好。天下薄情子，只有上肚的恩情，没有落肚的盟义。这个人我早说过，嘴唇薄得来，哼，一看就是副白眼狼的面相，沾沾就倒霉。要不是他，惜珠好好的怎么就被那姓焦的害死了？想来都后怕，还好不是你——"

"妈妈，"青田撑着箱子站起身，把手在裙面上蹭了蹭，"以后不提这个人了，好吧？"

段二姐空悬一霎，大点其头，"好，好，以后再不提了！"她把一只手扶在青田的肩头端详着，沉叹了一声："女儿啊，以前为了你偷偷给他钱，我打过你不知多少次，就怕你吃亏。现在好，怎么样，人财两空了吧？"

旁边的暮云听不得这落井下石，动容上前，"妈妈——"

段二姐将手一划拉，这边只直直地看进青田眼中，"妈妈也知道你想些什么，我劝你，赎身的事情以后就不要想了，赎了身又怎样？你是会扛锄头啊，还是会打算盘哪？顶好也不过就是像我一样，买几个养女当老鸨子，赚了钱再去轧姘头，还不如就老老实实地待在这儿，凭你的名声，三五年的好光景还是有的。至于以后，今儿当着暮云，妈妈把话给你撂在这儿：你若有那个命，碰得上好人家，不管穷富，妈妈一个锎儿不要你的，给你备一份体体面面的嫁妆敲锣打鼓地送你出门；碰不上，你就教新来的小姑娘们唱唱曲、跳跳舞，讲讲你当年是怎么把那些个臭男人迷得分不清东南西北的，混混也就过去了，等服侍着我养老归天，院子就交进你手里。青丫头，我段二在这槐花胡同这么多年，什么人没见过？除了自己，就没佩服过谁，半辈子只有一个例外，就是你。打从你那么一丁点儿小，被我抽得半死都咬着牙不求饶，我就佩服你这小倔丫头。算起来你也叫了我十多年的妈妈，可不知有没有一声真，我倒是真把你当女儿看。可惜咱们这地方，没法同人家闺阁绣房里相提并论，妈妈我也不是什么善男信女，只能这么比，北京城几千几万心狠手毒的老鸨子，几千几万挨打受气的娼马子，我待你那是独一份儿。但凡老娘我吃干的，就不会让你吃稀的，怀雅堂的姑娘们插金，就不会让你戴银，段二养个终身不出阁的老闺女，养得起！"

青田拼命地自制，仍旧是泣不成声。她自小从段二姐这儿听到的，大部分都是夹杂着鞭风的吵嚷："你个就会倒贴的小逼货，你当那些男人们有真心哪！""好，今儿打你你不哭，你哭的时候在后头呢！""我告诉你听贱坯子，回头人家不要你，你可别哭着喊着赖在我怀雅堂！"……每当那时候，她都一身傲骨地冷笑，觉得那老女人什么也不懂，觉得她是世上最势利、最俗气的。其实什么也不懂的是她自己，这份势利和俗气是用了多少副似她一样粉碎的傲骨、多少颗粉碎的心才换到的，也许其中，就有这簪花熏香的半老徐娘自己的一副骨和一颗心。

青田只觉得抱歉，由衷的抱歉，她朝前倒过去搂住了段二姐，伏在她肩上痛哭着低唤："妈妈，妈妈……"

"嗐，谁让咱们是女人呢？好了好孩子，不哭啊，没事儿，有妈妈在。"段二姐吸溜着鼻子，一手搁在青田的背脊上抚弄。五只手指戴四只俗不可耐的金马镫大戒指，手心里带着的则是一个过来人的绵软，以及强悍。

第二天，天微明。

崇文门东城角的泡子河，柳堤烟，碧帷车。一青春女子独立桥头，倒空了手中的一只樟木大箱。青田冷着眼，看许许多多的东西、玩意、物件……由箱中飞流直下，或快或慢地坠落在河面；看一件红衣似一副女子的空壳，沿水潺潺地漂去。她知道将万分地艰难、万分地渺茫，但她会尽力，尽一切努力，让自己在未来的某一天也可以同样地冷着眼，看记忆里两个同病相怜的小孤儿、看他和她第一次纯真的牵手、最后一次如水草的缠绵，或一整个倾注了她全部真心的十年，如此漂过一条逝者如斯的河流，被沉没、被带走。

匣心记

将升未升的白昼在水面上发出冷寂的清光，苍苍茫茫间，一抹纤细的柔影，宛在水中央。

七

再过了三天，就到八月正十五。

青田眼底和嘴边的瘀痕虽然未消尽，但化妆化得浓重些，在昏暗里也就不大看得出。她半仰着脸，让暮云替她拿水粉盖起最后一点伤痕，尽心地打扮着。这一夜对于所有的娼妓而言意义重大，槐花胡同的数家院子门前全等候着一溜蓝呢车，却并非是客人们接倌人出局，而是倌人们自己准备去勾栏胡同里拜夫人庙。

勾栏胡同得名于元朝大都的御沟栏，元灭后，由旧宫的宫女在原址上翻建了一座庙宇，供养花蕊夫人的铜像。花蕊夫人本姓费，是后蜀皇帝孟昶的宠妃，蜀灭后被宋太祖赵匡胤充入宫中，亦盛宠不衰。而不知自何时起，妓女们便将这位歌妓出身的贵妃娘娘奉为本家，每逢拜太阴的中秋节，均相邀来参拜花蕊夫人。

段二姐对这一天极为重视，不管是哪位大老爷的局票，也要叫养女们先拜过了吉神方可出局。于是青田同一众姐妹们沐浴更衣，各带着贴身的大丫鬟坐进骡车，由槐花胡同直驱勾栏胡同。等到了东四，早已没有停车的地方，街头巷尾不是花丛众美，就是赏花狂徒，挤得个水泄不通。怀雅堂先到的几位倌人正等在胡同口，每人擎着串冰糖葫芦吃得起劲，见青田和照花挽手并来，好几根签子一起举到她们的嘴边。周遭吵闹非常，青田别开头，笑喊着伸手往前一指，"定又是对霞这贪嘴丫头带的头儿，我瞧你肚上的束带迟早绷开。"

"这回可不是我，"对霞摇晃着发间的一支排穗珠石步摇，把身畔的人推上一把，"是蝶仙妹子这两天宰了个大洋盘，请我们客，不吃白不吃。"

"就是就是，"凤琴颈上挂着一副硕大的银丝月牙项圈，将她的下巴颏也映得银澄澄的，"蝶仙姐姐这回发大财了。"

蝶仙的胸前围着金三事攒领儿，精光一震，跌宕生姿，"嘻，白眉大仙保佑，前两天让我逮着一个瘟生，小县城来的土财主，规矩也不大懂，刚刚打了两回茶围，我叫他陪我去金铺逛逛他也肯，遇上这等大主顾，还有放过的道理不成？我一口气挑了五个戒指，全叫他掏的钱。他哪里知道我背地里同老板说好了，多要了三倍的价儿，晚上老板就偷偷返了我二百两银子。我不单白得了戒指，还大赚了一笔。"

青田几个全握着嘴笑，对霞更是笑得鬓凤低垂，"才别听她胡吣，什么小县城的土财主？人家可是河南地界大名鼎鼎的曹大公子！就是那放官吏债的曹家，端的是田连阡陌、米烂陈仓，这人是家里的长房长孙，叫曹之慕，听说就乡下一房老婆，再没有其他姬妾的，来北京才两个月，已不知被多少倌人盯上了。蝶仙这小浪货若真能拿下这位主儿，跟他回去当曹家的如夫人，也算是没得说了。"

"狗屁如夫人，"蝶仙吃进一颗糖山楂，又风情万种地唾出了果核，"好稀罕的名头吗？别人看着是黄金，我却看着狗屎不如。"

"你积点儿口德。"青田在蝶仙的嘴边轻轻一捏，"这些年就你不安分，生意不放在心上，倒把那些唱戏的妍个没完没了，今儿小生、明儿武生，连那乾旦也跟他混缠混闹，闹到几时才够？年纪也到了，再不好好寻个下家、找条出路，只备着把这青春饭一直吃下去不成？"

蝶仙扬高了一双流波细眼，荡逸轻扬，"姐姐你还不知道我？我从第一天做生意就没想过从良嫁人，叫我嫁那贫家小户，我大手大脚漫撒钱财惯了，受不得穷、挨不了苦。叫我嫁那高门大户，我又嫌许多的规矩森严，拘得人厌烦，况且豪门姬妾众多，难免不三朝两夜地独守空房，青春苦短而来日苦多，又有什么趣味？依我说，就像一树花，既然在山间开得姿媚横生，何苦一定要伤根动叶地移到大宅门里？离开了自己的托根之地，必然水土不服。更甚者，简直是硬将好好的花折下来供养在金瓶里，纵使养花的人再怎么爱惜，过不得多时依然是枯死。要不，

匣心记

也不会有那么多倌人嫁了人，又下堂求去的。我只说，既身在这花国之中，也就甭想松柏的四季常青，只光光鲜鲜痛痛快快地开过一季，完了该枯枯、该死死，也就是了。"

"姐姐你甭劝她，她就是天生的贱命。"对霞将峻丽的窄脸一抖，斜睐着笑眼，"天晴了要下雨、下雨了要太阳。有情的嫌人家没钱，有钱的嫌人家没情，有钱又有情的，她又嫌人家样貌不俊、谈吐不济。依我说，这世上哪就有个十全十美的？就算有，也轮不着咱们。所以呀，只有当个倌人，一边花着大佬们的钱，一边睡着小优们的身，食东宿西，什么好都占上，方能遂了这位姑奶奶的意。"

蝶仙捏起胸前的金挑牙，一手遮在嘴前掏了掏牙缝，不清不楚道："得了吧你，也不知是谁才是食东家、宿西家的行家里手。昨儿晚上你干的好事儿我都不稀罕说，只仔细妈妈知道你又使这下作手段，再饿上你三天不给饭。"

照花听得一双长眼睛也瞪做了滚圆，把头一歪道："她有什么好事儿？"鬓边一枚累丝小凤钗，油油的浮光。

"去，你这黄毛小蹄子也来凑热闹。"对霞咬一口手中的糖葫芦，糖渣沾得满嘴都是，"我能有什么好事儿？也就是昨儿夜里两个客人好死不死撞在一处，都说要住局。我就往茶里下了点儿蒙汗药给'牛皮糖'那老头子喝了，留着年轻力壮的孙老爷共效于飞。结果今儿上午，老头子醒来还问我：'哎，昨儿我怎么一点儿也想不起，睡得这样沉？'"

诸女笑作一团，照花悄悄地红了脸，手摸着一对明金菊花耳坠向别处看去。忽然间眺目直望，伸手指出去，"妈妈！妈妈来了！"

果见一路滔滔滚滚的车马间，曹旺儿带领着几名护院分开人潮替二姐开路。这里便赶紧大口小口把几串糖葫芦瓜分一空，嚼也嚼不清地举高了双手摆动起来，"妈妈！这儿！妈妈！"

一经会合，段二姐便率领众女儿去往夫人庙。路遇相熟的鸨母，二姐怡然自

得地笑笑招呼："六妹明儿去我那里坐坐？哎哟，这可是新来的小倌人？恭喜恭喜，你后半辈子可吃穿不愁了。"又有不少的登徒子冲段家班吹口哨鼓巴掌，二姐只挥一挥手中的硬红色大帕，"槐花胡同怀雅堂，改日您赏脸。"遇着一个挨着挤着非要吃豆腐的，二姐登时翻脸，一巴掌就将人摆开，"哪来的路倒尸？我怀雅堂可是'谈笑有鸿儒，往来无白丁'，你下回做个体面人的样子先把盘儿钱拍桌子上，老娘我也敬你杯香茶，没些钱钞就想白占便宜，趁早夹着你那臁子滚远远儿的！"

好容易来在了庙门，十几盏大莲花灯照得殿内恍若白昼，神坛上的花蕊夫人头插对花，两股曲，露莲钩，媚色嫣然地注视着坛下粉白黛绿的丽人们。段二姐替每人都请了三柱高香，自己先拜过后，便使女孩们一一去拜。

青田挨延到最后才上前，竟不知该祝拜些什么好。她在松软的蒲团上跪下来，忽地记起花蕊夫人的两首宫词：三月樱桃乍熟时，内人相引看红枝。回头索取黄金弹，绕树藏身打雀儿[1]。词中所叙，正是其宠冠六宫、游赏无穷之日，处处栽满了牡丹花和红杏子。却不料屈指西风流年换，一朝国破，也只得在仇敌前婉婉哀唱：君王城上竖降旗，妾在深宫哪得知。十四万人齐解甲，更无一个是男儿[2]。虽屈身侍奉新主，却偷偷地悬起旧夫孟昶的画像日夜祭拜，一日被太祖撞见，只得搪塞说是送子仙人。青田忘了花蕊夫人的下场，总之是被谁所杀，玉山倾倒，血污罗裙。可她却总是羡慕她的。在被迫承欢时，她总有个故人可以念，郁郁半生后，也有个人出手杀掉她。而她现在又该念着谁？除了她自己，又有谁肯行行好一刀杀了她呢？

青田深觉吊诡，她可以为了乔运则而被任何人轻视、被任何人割剐，可当轻视她的、割剐她的就是乔运则本人，她却不能再允许自己横身刀下。以自尊之名，她必须好好地活下去，纵使她的自尊只是在毫无自尊可言的婊子中，做最顶尖的一个。

或许是因为想到了花蕊夫人和她的君王们，青田的眼前蓦地里闪现出摄政王

---

[1]（五代十国）花蕊夫人《宫辞》。
[2]（五代十国）花蕊夫人《口占答宋太祖述亡国诗》。

匣心记

齐奢的样子，当他凝视她时，那邃然诚挚的眼神。青田微微地笑了，笑自己的荒唐。他自是他权倾天下的柄国亲王，与她这么一个卑微的风尘玩物有何相干？心潮间只是颓然，想来想去，也想不出有什么能为自己祝祷的，最后只默默地念上一句："夫人保佑我妈妈身体康泰，保佑姐妹们都有个好归宿。"

她站起，把香插入到神幡下的大铜炉中，耳畔立即就传来了叽叽喳喳的欢声笑语："姐姐跪拜了这么长时间，想是连未来的姑爷有几根汗毛也向夫人求过了吧？"

青田由腰间的金豆蔻盒中取了枚槟榔放入口内，携着大伙走出殿外，舌尖上啐出一口红绒，"我把你们的名字都向夫人挨个数了一遍，求我以后嫁了人，把你们都弄进来当小老婆，日日罚你们跪瓷瓦子。"

姑娘们哄笑，又向她讨些紫金锭嚼着，段二姐就在后头赶着嚷："小声点儿小声点儿，青田你个臭丫头不许乱吐，吐在手绢里包起来拿回去再扔，在夫人面前也没个规矩！……"

八

朝拜之后，群妹四散，奔赴各自的酒局。

这一天青田所应的条子也算是怀雅堂的老客人：礼部尚书祝一庆。祝一庆一直做的是惜珠，自惜珠死后，也就自然而然地改做了青田。但他倒从不与倌人帐中行乐，只不过有时传召侑酒，故此青田也乐意应酬他。十五的夜宴就开在祝家别墅里清池的游船上，来客有一位张大人、一位孟大人、两位李大人，想来都是西党人，青田全未曾见过，叫的条子她却都是熟识的。两位李大人各叫了雨花楼的鲍六娘和另一名小倌人，孟大人叫的就是蝶仙，张大人已略有年纪，只推说不叫，便由孟大人替他"荐条子"，写了局票送去六福班，人一时半刻也还不曾到。虽说宾主加起来一共只五人，可算上所叫的倌人，倌人所带的一群丫鬟、娘姨、老妈子，还有祝府的舟子、仆役，也挤了满满的一船。红袍雅客，绿袖佳人，逍遥于烟水中。极近的中天，则悬着一爿银嗖嗖、冷盈盈的广寒宫。

鲍六娘与同来的倌人和准了弦，一道唱起了开片。青田坐在祝一庆的锦凳后垂着头替他装烟，手里捏一枝玉嘴子的方竹烟袋，一口气吹燃了纸媒。火点子骤地膨胀，似一盏妖异的灯，凭空里唤出一条魔影，由暗处走近，幻化作人形：

"仆来迟了，还请诸位大人恕罪。"

甫听得这嗓音，青田手一震，只觉一颗心从胸膛里"咚"地一声直坠而下，砸破了船板落入湖中，千层的巨浪汹涌滔天，而那一点子心却是沉落无寻，再摸不着了。她颤颤巍巍地举眸，越过满桌的人，望见他。

乔运则穿一领玄青起花衫，腰横素带，比前时清瘦，却愈发地欣秀，隽隽然如风尘外物。立在新月与清水间，含笑与席宾一一问好。

环坐在倌人当中的青田颜容昏惨，她没想到竟会这样碰见他。自最后一面，她一直躲着他，他有可能在场的地方她绝不踏足。今夜——尽管祝一庆是乔运则的座师——原该是几位枢密大员间的聚会，何以一个不入流的青衫小卒也获邀而至？她失态地直望他，他的目光也掠过她脸上，却只如同时光的掠过，不可捉摸地，已逝去。

猝然间，青田牢牢地低下头，眼泪直逼而出，双目被浊得近乎失明，只瞧见一星点儿的亮，缩小着，缩小着，在她手里头微弱地熄灭。于是挣命地长提一口气，再重重吹出，纸媒子重新烧起来。她用颤抖的两手把烟袋向前捧出，祝一庆一面咬住了烟嘴一面口内说着些什么——她什么也听不到，直到乔运则在席末落座，对祝一庆身畔的那位张大人称一声："泰山大人。"

有仆人上前来多添了一副杯箸，瓷盘"叮"地一下敲响在青田的脑海中，原来张大人就是张延书，礼部左侍郎，就是他的掌上明珠即将成为她多年所爱的新嫁娘。难怪乔运则会出现在这里，攀龙附凤，鹏程直上。青田情不自禁地

匣心记

向张延书多瞧了一眼，仿佛是想透过这须发灰白的清癯老者看一看取代了她位置的女孩的模样。张延书正在絮絮地向同僚解释："原是我有一些杂务交予小婿处理，叮嘱他晚些再过来——"眼神却一变，神色颇殊地向谁望去。青田霍然间不寒而栗，果然见孟大人背后的蝶仙正斜着眼毫不客气地狠艮着乔运则，锐利而鄙薄。

乔运则倒是目不斜视，行动自若。张延书却以二指轻挟着瘦须一梳，随后伸向前，虚虚地朝蝶仙指去，"这位女史[1]认识小婿？"

蝶仙也不惧，拿捏着手间的一只麂皮火镰包，染得火红的嘴唇稍一翘，简直溅出了火星来，"原以为认识了十来年，后来才发现根本不认识。"

张延书似乎胸中有数，只不过一笑而对，"女史意下所指，敢是小婿婚聘小女而抛弃青田姑娘一事？"

一言既出，连蝶仙自己都呆住了，乔运则也一改无涟无漪之态，失口轻呼："岳父！"

张延书以手势挡住他后半句，调目笔直向青田投来，"青田姑娘，老夫近来听了不少闲言碎语，说小婿曾蒙你多年以夜合资供养读书，且为之谋薪米、捐金装，原结有白头之盟，却在得中高魁后负心异志，委你于风尘不顾。倘若确有此事，姑娘不妨直言申冤，几位大人都在这里，一定为姑娘做主。"

琴与歌不知几时停歇，单剩得十里荷风、蛙鸣阵阵，在耳畔挥之不去。一道又一道目光向这里射过来，射中青田的脸、青田的心。一刹那，她有彻底崩溃的欲望，乱飞着四肢大哭大喊："青天大老爷，那薄情的贼子——"声声摧心，凄厉如鬼，末了一口血喷在负心汉的面上，复仇的毒液，玉石俱焚。

仿佛所有人都在等待着这一幕，连天上的月也冷不防利如刀锋，把她与一切割裂开，她独个坐在醒目的光圈中接迎着十面黑暗的围观。甚至于乔运则亦在盯

---

[1] 古代女官名，与"校书"一词一样，都是对妓女的敬称。

着她，沉寂的眼神后是刺耳呐喊的、疯狂的恐惧。

这男人怕了。杀人他不怕，诛心他不怕，只怕一把用尽了半生才甩掉的裁缝剪在满月的夜里头回魂索业，把他大好的锦绣前程剪一个粉碎。不知为什么，青田突然只觉得好笑，这样好笑，所以干脆就"哧"地笑出来。她把整个人全藏在祝一庆的背影后，笑得碎泪涟涟。

每个人都讶异地注视着她，他们见她自怀中摸出一方手绢来在两眼下印了印，纤纤地移身于席前，面对着张延书玲珑一福，"大人！多谢大人。只是我原没有冤，又怎么诉呢？"

风动长波，拂来了菱香。青田笑吟吟地独立着，镂空衬白挖云的明绡裙，上罩着海棠红滚珠边的直身广袖，衣领处扣着一枚足有手心大小的浮镂金花，衣上刺满了大朵牡丹，抛家髻两鬓抱面，埋一水儿碎碎的螺钿金插针，斜环一根滚金镶珊瑚绦，一颗颗的珊瑚珠华光烁烁。

"我和乔大人的确是旧交，算得上'识于微时'，至于银钱，我也接济过他百八十两的，可不过是商妇飘零、才子落魄，同是天涯沦落人，哪里谈得上啮臂之盟？再说自乔大人中了举子后，也一直做我的生意，常常叫我的局，那点儿钱早还回来了。之所以传成这样，嘻，都怪槐花胡同那帮爱嚼舌根的小蹄子！她们见我的客人里出了这样一位青年才俊，就老是'状元夫人''状元夫人'的和我打趣，有的是好意，只盼着我也能像那红拂女巨眼识穷途，演一出千古佳话，有的呢，却是心怀不轨。大人们也知道，我们倡人做生意，最忌讳的就是做恩客，叫人知道有倒贴之嫌，身价一落千丈。我生意好，难免有那些看不惯的刁钻之人编排了这话诋毁我，一路扶助乔大人读书的明明是他家里南边的亲戚，偏说成是我拿花酒钱帮贴他。我同乔大人交情甚笃，也不怕他恼我，只说句玩笑话：我段青田来往的不是垂鞭公子，就是走马王孙，不要提中了个状元，状元又怎样？还不是九品芝麻官！连他今日我且不放在眼内，何况白衣秀才之时？会上赶着贴他？张大人，奴家只是个俗妓，唯愿车马常盈、宾朋咸集，您若真有心替我做主，就煞了

匣心记

这谣言的根子，免得坏我'清誉'。大人您甭乐，列位官人有清誉，我们伶人照样有清誉，而且呀，清誉关天！"

张延书笑得一张枣核脸上堆满了皱纹，"真是个千伶百俐的，怪道能与小婿惺惺相惜。"又俨俨地转望乔运则，威严而慈祥，"我就知道这话是谣传，恰好今日青田姑娘也在这里，就为你一洗冤屈，省得有人看着你这新科状元眼红，往你身上泼黑水。"

乔运则微笑着，清秀似一盏明前茶，"多谢泰山大人苦心。"又站起身，转向青田拱手一礼，"多谢青田女史仗义执言。"

青田一脸无瑕的细妆，笑容工整，娟静回礼，"'本来无一物，何处惹尘埃'[1]。乔公子才高八斗、学富五车、秀出班行、麟凤龟龙，贱妾恭喜张大人得此佳婿，祝贵千金与乔公子永结同心。"她深垂着双眸，紧咬牙根，用薄薄的两叶眼皮子兜住了眼底整整一座咆哮的、凌汛的黄河。

主位上的祝一庆呵呵笑两声，又对着张延书故意放下脸来，"今晚原是雅会，我们才听曲听得好好的，你爱婿心切，突然来一出开堂会审，吓得人家也不敢唱了，我们也没得听了。"

张延书立即声声抱歉道："罪过罪过，扰了大人的兴致。青田姑娘，老夫久闻你雅擅词韵，可否当席唱作，以申祝大人雅怀？"

青田翩然举目，目中的一片莹莹不过是水月的反光。她眼波微横，百媚俱生，"自当从命，不知大人们想听哪一支？"

坐在蝶仙前面的那位孟大人遽然开口道："前儿我倒在外头听了支新调，用吴歌来配五绝，极新颖的，你会不会？"

业已有役从搬了春凳上来，青田就在当地落座，一手接过暮云送上的琵琶，试了试弦，"调子我倒会，只是劳烦诸位定题。"

---

[1]（唐）惠能《菩提偈》："菩提本无树，明镜亦非台。本来无一物，何处惹尘埃。"

　　两位李大人中的一位盎然击掌，"今儿是中秋，自然要有'月'。"

　　另一位李大人亦趣味极浓，眉飞色舞，"船头赏月，也要有'船'。"

　　张延书一锤定音，"很是，便切定这两题，韵嘛——"他提手向女婿乔运则一点，"你来随口说一字吧。"

　　乔运则一怔，随即稳住了声调，脱口而出："人。"

　　张延书颔首，"好，那便限韵'十一真'[1]。这'人'字却太泛，竟是不用它才好。青田姑娘这便作罢，作好唱来就是。"

　　青田稍假推敲，遂信手成音，初嘈嘈、渐切切，清若花开娇如燕舞，转一调蹙半弦，愈惊厉厉，启口唱曰："明月是前身，谪尘二十春。安得仍归去？慈航渡迷津。"

　　珠喉遏月，逸响回风，一个个转折地高上去，唱至极高处，又乍然如银瓶落井，用轮指将琵琶放低了一调，一缕喉音也收得缠绵委婉，欲逝不能，终至徘徊于无声，令人魂消神荡。

　　东船西舫悄无言，隔一阵，才涌起了鼓掌与赞美："曲词俱佳，声色双绝。不可多得，不可多得！"

　　"仙音法曲，闻之忘俗。"

　　"嗯，淋漓尽致而沉郁得神，与一般泛赋大不相同。"

　　"正是，蕴藉出尘，觉迷醒世。"

　　张延书亦捻须品评道："虽不甚好，教坊之作中也是万里挑一的了。"

　　乔运则垂着眼，没有说话。

　　青田将琵琶转交给暮云，离位逊谢，"出乖露丑，贻笑大方。"

　　席面上各人说笑不已，只有蝶仙隔着丈把远朝青田望来，妖冶的粉面上徜徉着一抹飘忽的阴影，是不解，以及重重的失望。

---

[1]《平水韵》将汉字划为一百零六韵部，每韵包含若干字。作律、绝诗，韵脚必须出自同一韵部。

匣心记

再过去两刻钟，孟大人替张延书所叫的条子也到了，又起哄要替乔运则也叫一个条子，乔运则百般推搪，微红的羞涩涌起在他洁白的面上。祝一庆已喝得有三四分，便逗趣着说："当着他老丈人的面害起臊来了！罢了，你们休得再欺负小朋友，老夫身为座主，倒要替他'做主'，也不用再叫，趁青田姑娘在这里现转一个局就是。青田姑娘，你可愿意？"

青田正捏着把红釉壶，盈盈欲笑的，连添酒带添言，"大人说哪里话？诸位照应，我只怕招待不周，哪有什么愿不愿意？"

乔运则也回报一笑，"学生原是给老师镶边儿的，不想倒剪了老师的边儿，惶恐惶恐，在此浮一大白。"

他神韵秀楚、音色真挚，一番玩话说来竟不显一丝的轻佻之意，更惹得众人连眼泪也笑出来。一个跟局娘姨走上前，把青田的豆蔻盒子转而摆去乔运则的手边。青田对祝一庆告一句"对不住"，就坐在了乔运则的后头。正好张延书在一边叫人递了鼻烟过来，青田便就手捧过那红套料双螭的鼻烟壶。乔运则忙抢上一声："不必麻烦了吧。"

青田只管低眼含笑，拿起了拴在壶口的小玉匙，"怎么，巴结不上乔大人吗？"

"哪里有这个意思？只是咱们间不用这样客气。"

"既然不客气，那就让我来吧。"她早笑着掏出了一点子鼻烟来，落落自然地替他抹在手背上。

乔运则与青田的目光相接了一瞬，而后他就仰起头，把手背贴住了鼻端猛吸而尽。或许是鼻烟的辛辣，把他眼睛里直辣出了一层浮泪来，无声而黑暗，黑得仿佛是狼群饮水的黑沼泽。

台面上行过几个令，又起了听曲的兴头。新来的倌人正是个后起之秀，也不过十四五岁，同鲍六娘相熟，二人叽咕了一阵，六娘弹曲，那小倌人就咿咿呀呀地唱起来。

趁着宴乐纷陈之际，青田捉个空往船舱内的净房去。房中布置得富丽堂皇，两椅一榻，榻上衾枕俱全，壁悬双凤挂屏，其下的条案摆放着几尊盆景，案边挂一张锦幕，幕后才是净室。青田一进房，并不再往里去，虚脱一样就直接软在了榻上。暮云随在后头进来，一脸的又气又急，可话到嘴边了又生生煞住，眼见几盏绢灯下，榻前人早已是泪流满面。

暮云忙伸臂一揽，把青田拍抚着，口里连叹："姑娘，我的好姑娘……"也跟着滴下了泪来。

二人正抱头对泣，外面的大门帘又"呼喇"一响。青田赶紧背过脸去揾泪，却听得是蝶仙在那里狠狠一跺脚，"姐！"

她这才回过头来，边揩着眼泪边推了推暮云。

暮云点头向外走，被蝶仙拦下了，"不碍事儿，我的人在外头守着呢。"她紧挨着青田在榻沿坐下，熊熊的怒意扑面而来，"姐，你敢是傻了？还是对那人余情未了啊，啊？从前你们俩好的时候，槐花胡同的一班姐妹替你遮着瞒着也就是了，如今你挖心掏肺、真金白银的这么多年，却等来这么个下场，谁不为你心酸愤慨？个个都撒开了骂那姓乔的王八蛋！好容易这话传进他老丈人的耳朵里，今儿问来你脸上，愿意为你做主，你干什么不当席揭穿那昧心贼，让所有人都看清他的无耻嘴脸？"

青田抽了抽鼻翼，把手朝脸面上揪着，"事情哪有这样简单？当初惜珠之死另有内情，我不方便说，可我告诉你，这个张延书佛口蛇心、杀人不眨眼，我若今日在众人面前出了他女婿的丑，你当他真会饶过我？更何况，哪怕我一字一泪，回头状元郎只消轻描淡写一句，说他对我不过是少年风流时走马章台、逢场作戏，我却一心高攀，痴想落了空就含血喷人，所谓'疏不间亲'，一个来路不明的窑姐儿、一个千挑万选的娇婿各执一词，若是你，你信谁？就算人家信我，可胳膊折了往袖子里藏，张延书要藏他的家丑，头一个就得想法子炮制我。你才听他最后说的那句话还不明白？替我做主是假，替他的新女婿一洗'冤屈'，才是真。"

蝶仙起先听得一愣一愣的，后又极力地握紧了两拳，"那就没法子报复这忘

匣心记

恩负义的贼王八了吗？"

青田萧索地一叹："我当初帮他，是我自个心里头爱他，并没有一丝市恩之意，也就从不图他报恩，只图他有个好前程。他如今正是前程似锦，我求仁得仁，夫复何言？"

"姐，你说什么疯话？你心里难道就不恨他吗？"

"女子遇人不淑，方有资格谈恨，我是自个察人不明，恨不到别人头上去。"

蝶仙一手插起腰，拧过头重重地喷出一口气，又凌厉地调目逼视道："姐，我就不信，你能甘心？"

"甘心？"青田猛力地睁大了双眼，眼睛上覆满了水痕与血丝，皆在一寸一毫地龟裂，"十年前，他是目不识丁的裁缝学工，我是千金一笑的小班清倌，妈妈指着他鼻子骂，说他癞蛤蟆想吃天鹅肉！十年后，他是极品大员的座上嘉宾，我是卖色取怜的筵前歌婢，用歌声和耻辱给他下酒，我怎么能甘心？我苦痛受尽，繁华一梦，最后落得个老大空嗟，亲口祝半世所爱和另一个女人永结同心，连一滴泪也不敢掉，我怎么能甘心？！"她折低了颈子，终是泪落纷纷，哽咽不已，"可不甘心又怎样？是我亲手养出的这条狼，谁挡着他升官发财行蜜运的路，他就咬谁。我好容易挣得半条命出来，还不知远远避开，非同他撕扯纠缠，真把整条命喂了他才算吗？"

立在一边的暮云陪泪不已，蝶仙的面上也挂下了两串珠泪，她拈起了袖口拭一拭，"可是，姐，我就是咽不下这口气！眼瞅他平步青云，你却两手空空。不，绝不能就此便宜他，非得拿出些手段来逼他好好给你些补偿。"

青田拂去了余泪，脸颊上两团湿乎乎的半残脂粉早已遮不住未愈的伤斑，淡淡的青一块紫一块。"怎么补偿，钱吗？但我不可惜钱，我只可惜我这一腔子真情，活生生就是眼看着山林清泉一路流进了街边的臭水沟，叶落不起、覆水难收，哪怕有法子再把那污水一瓢瓢地舀起来还我，我也是不肯要了。我不用补偿，没什么能补偿我。"

蝶仙失神的双眼茫然地空望着，"莫非、莫非就这么算了？"

青田把唇角微微一扬，扬起了茫茫的尘雾来，"十年来，我都叫姓乔的对外说，他在江南有一房远亲帮扶他学业，始终也不肯公开承认给过他一文钱、与他有私情。这固然是为了生意着想，可另有一层顾虑我从没和任何人说起过，眼前说出来也不碍什么了。说句大实话，我早料定乔运则绝非凡辈，不是说我未卜先知，知道他一定会大魁天下，但凭他的笔力挣一个两榜出身，我是从无一丝怀疑的，因而我不愿意事先就让他落一个'受惠于妓'的名儿，白叫人把他的人品看低了。这番打算本是为了他，如今倒也成全了我自个。只要我不出头吵闹，这件事就算了无生息地过去了，我照旧能花团锦簇、旗帜飞扬，好好做我的生意。正是我方才当众所言，做生意，最怕被人说倒贴。就说蝶仙你这样，背过了客人只和戏子们厮混，也花了不少冤枉钱，可你不过图个身子的快活，竟是出钱'倒嫖'了男人们一般。而我呢，我不但贴钱，连整副的心血也全贴了上去，贴成这个样子男人都不要我，我的价儿得有多低贱？眼前之境，即便最后把状元郎弄得个身败名裂，于我又有什么好处？至多拿自个血淋淋的伤口给那些无关痛痒之人添些茶余饭后的谈资，好心的会为我叹上一声，更多的怕也只会取笑我一句'窑姐儿妄想当状元夫人，活该！'"

她递出手，握住了蝶仙和暮云，轮流向她们看一看，"我沦落至此，姐妹们却没一个人拿这话笑我，反而都护着我、宽慰我、为我抱不平，只这一条就足够我开释怨念、心存感激。我浑浑噩噩地过了好几个月，眼下也想通透了。众生畏果，菩萨畏因，果自因生，因由心造，又岂可委诸于他者？我自己种下了孽因，就得自己来尝这苦果。"

蝶仙与暮云相觑一番，嘴巴张动了两三次，却只是词穷，最终不约而同地低叹了一声：

"姐……"

"姑娘……"

匣心记

青田笑了笑,带着隐约的伤痕,如一块微瑕细玉,"好了,别哭了,瞧哭得这样,脸全花了,一块洗洗脸,补一补脂粉。暮云,你去把我和妹妹的衣包取来。"

小班倌人出局,照例全带的有衣包,除不同场合所需的外裳、便装外,譬如客人兴致一来要倌人票上一折戏,也得有自家的戏服行头,哪怕就只侍坐一旁,时间稍一长也需另换过一套两套,方才显出红倌人的排场来。暮云找到跟班娘姨,取了两个大衣包。蝶仙本打扮得娇艳风流,却改换了一袭清素衣裙,面目焕然一新。青田所换的一套衣裳乍一看与前一套丝毫无异,只细细一望,才见衣料上原先含苞待放的一朵朵牡丹花,尽皆盛开。

不出一会儿,怀雅堂的两位倌人就各携侍婢重回华筵。奉酒添歌,衣卷筋飞。若偶遇上落寞处那一道狼一样深幽的目光,青田便星眼朦胧,微微地娇嗲:"乔公子,哟,不对,乔大人,你可输了祝大人两遭了,该把这四杯都折在一起吃呢……"

无人瞧得出这一个如菱似桂的娇娃是怎样在明眸一转、盛绽秋波时,双足沥血地背负着生命的风波与月露,惆怅而清狂[1]。

九

莲漏沉沉,华月将隐。湖面的月影分分没入了水底,水有渐次的动荡,水波止处,已是另一片新天,另一座庭院深深深几许。

摄政王府有七进,大小跨院间处处闪耀着永夜灯的灯火。又见豁然开朗的一片围场,十方点满了通明火把,一匹白马正绕场飞奔,马背上"嗖嗖"地矢不绝发。

场内的一排箭垛吃了有足近百数的铁箭,马上的射手才腾身落地,一双夹纱

---

[1](唐)李商隐《无题》:"重帏深下莫愁堂,卧后清宵细细长。神女生涯原是梦,小姑居处本无郎。风波不信菱枝弱,月露谁教桂叶香。直道相思了无益,未妨惆怅是清狂。"

快靴溅起了细细的尘沙。额鼻有微汗，横手一抹，抹出了一副浓烈眉目。齐奢吁口气，解开了背后射空的箭囊。

箭圃之侧是角觚场，齐奢一进场，就有几名小监迅速地替他宽解掉上衣。人顷刻间已是上身赤裸，高喊了一句蒙古话。下头伏跪着十来名扁鼻细目的鞑靼摔跤手，放声齐应。齐奢手指一人，那人起立，陪他一同走去场地的中央，摁胸对行一礼后，便开始了搏击。两个人如两头笨重的公牛一样极其缓慢地退两步、进两步，又瞬间似两只矫捷的豹，灵敏地厮打成一团。其余的摔跤手也各自对练，一刻不断地跌扑扳揉着。

半刻钟后，齐奢下了场，小监们将汗透的衣裤与鞋袜从他身上一一褪去。不定明灭的火光便照耀着一具精赤的男体，炎热、光亮、壮硕而流畅，似一件锻炉里的重兵器。随即，沁凉的新井水四面泼来，就替这兵器淬了火。

接下来是早餐。精致的小饭厅内，桌上是整盆的清炖羊肉，齐奢自己抓了把汉玉柄的雪亮小刀割食，一眨眼就消灭个精光。而这时方才金鸡三唱，曙色盈窗。那一头，周敦捧入了亲王的冠冕大装。

从摄政王府至皇城沿途早已肃清了道路，近寅时三刻，辇辂伞盖拥着齐奢的大轿进入了紫禁城。皇极门的金台御幄正中是金灿灿的龙椅，龙椅左侧打横摆一张雕漆大宝座，齐奢就踞身于这宝座之上。彻空升起了回音厉厉的三次净鞭，还有高亢而悠远的一声：

"皇——上——驾——到——"

刹时间，御道的两侧及金台的两厢檐柱间，文武官员纷纷伏地，齐奢亦下座跪倒。但闻履舄笃笃，九位锦衣力士手擎五把巨伞、四柄团扇，分列于丹墀四周。一位十来岁的少年人缓步上殿，十二团龙的衮服辉映着初升的朝阳，旒冕冕珠覆面，其下，有覆不住的一对目如漆点。

此即当今圣主，年仅十一岁的少帝——齐宏。

齐宏在御座上开肩端坐，向这边点点头，"皇叔父摄政王，例朝开始。"

匣心记

齐奢领命，重新于左首落座，"各人平身。"于是又"哗啦啦"一阵，百官层层起立。东西檐柱下大九卿与六科廊的序立之地早已立满了朝官，而内阁辅臣序立的御幄边却单只见两人：前头的总有五六十岁，后头的是一位三十出头的瘦高男子，着一品朝服，留清朗见肉的两撇唇髭，削稳内敛。

齐奢的目光向这里直射而来，"王正廷大人。"

那男子向前半步，"臣在。"

"九日、十三日早朝，王却钊、王正浩两位阁臣连续告假，为何今日仍旧缺席？"

"回摄政王，昨日中秋家宴，两位大人多吃了几只螃蟹，一时受了寒，身子不适，故此缺席。"

"王却钊大人素来硬朗，至老弥坚，据说日啖田螺三百颗，怎么区区几只螃蟹便消受不了？"

"确是螃蟹，"王正廷睨向另一位阁臣，"魏渊大人昨日也在宴上，可以作证。"

身宽体胖的魏渊曲身拱手，"确是螃蟹。"仿佛史官在叙述一件百年大事，异常肃穆。

带着一式的肃穆，王正廷抬脸直视齐奢。他眼睛的弧线生得很像他的父亲和兄长，但眼神却完全不一样，不见一星浊浪滔天的嚣张，却如冰封的河，极静谧、极沉闷，只不知水下是否潜游着食人鱼。

齐奢与之对视一刻，无言移目，"各衙门依次奏事。"

大殿外的石晷上，铜指针的黑影渐移向东。一个时辰后，大朝结束。齐奢再由皇极台直趋午门崇定院，换一身平蛟白袍，将案头黄匣子的奏本一一批复。间隙，不断有官员求见。一直到未初时分，才有空开饭。饭食很简单，三四个荤菜，一桶米饭，一碗子蟹汤。齐奢仍旧是那副吃相，风卷残云，颗粒无剩。漱了口，喝碗茶，即乘轿前往乾清宫。

宫中养正轩，澄泥金砖由一双石青云履下悄声地滑过，滑向一方明黄朱红的裁绒毯。

"臣齐奢恭请圣安。"

绛金桌围的御案后，少帝齐宏闻声抬头，头上除去了冕冠，面目便一下醒然可亲。两眉尖秀，微带女儿相，是像他的生母西太后喜荷的，嘴边也有对同母亲一模一样的小酒涡，笑起来格外甜。他衣裾带风地快步下堂，递出两手来，"皇叔快请起！说了多少回了，皇叔腿有旧疾，前阵子又受了伤，没外人的地方，这跪拜之礼尽可免去。"

齐奢拔身而起，双目微垂，注望着下方的童稚笑靥。正是这孩子的父亲，曾夺走属于他齐奢的一切：父皇的恩宠，储君之位，他爱妻与幼子的性命，差点儿还有他自己的。在被幽禁的四年的日日夜夜里，没有一日一夜，齐奢停止过对这位长兄的憎恨，即便其人已逝——令人不齿地赤身死在一位宫妃的身上——他仍然恨他，所以他也一样恨他的儿子。但是，假如碰上的有些人净朗如天，有些事就会如天气，由隆冬至炎夏皆在不知不觉间。齐奢早分不清是何时对齐宏产生了如斯深厚的感情，是这孩子在万人大朝会上突然白了脸躲去他身后，是崇敬而羡慕地捧着他的战盔说皇叔你也教朕打仗好不好，或是呜呜地哭着抚他手上打猎留下的一块新伤皇叔你疼不疼朕给你吹吹——泪浸的黑眸子纯澈如幼鹿，足以令最强悍的猎手放低手内的铁弓。齐奢没有孩子，除了那个出生不满一月就被谋害的婴儿，可他想，他对齐宏的感情应该就是一个父亲对一个孩子的感情，他愿意守护他、教导他、栽培他。直到有一天，经他劳作过的土地会发出又一季的新苗。就算这是复仇好了，用爱与诚，在他仇敌的骨肉中，植入他自己的魂灵。

齐奢垂望着齐宏，深沉的眼底漾起了笑意，"皇上恤下之意，臣心领，只这话望皇上日后不要再提。"

齐宏微愕，"为何？"

"皇上冲龄践祚，朝中固然不乏忠心辅佐、保固皇图之臣，存蓄异心、欺藐幼主者也大有人在。臣蒙皇上拔擢，一人下万人上，为天下之表率，臣对皇上恭谨十分，就没人敢只做九分。"

齐宏嘴一抿，绽出了两边的梨涡，"皇叔总这么替朕着想。"手仍牵着齐奢的袖，扯一扯，就提步踱回了案后，"皇叔也坐吧。应习，给皇叔看茶。"

一位鸡皮鹤发的老监捧来了一盅冰糖菊花茶，齐奢就在常年摆在御案一侧的太师椅上落座，接过茶，将盖盅刮两刮，"司礼监给皇上送来的奏折，皇上都看了？"

"都看了，只有一处不明白。"

"皇上请讲。"

齐宏抹了抹额头，姿态极为少年老成，"两淮盐运使期满，呈报的接替人选为何是路谦思？"

"皇上认为有何不妥？"

"谁都知道，路谦思最早是前任户部右侍郎王正勋的幕客，皇叔前一阵既已使出雷霆手段除掉王正勋，为何反过来倒要用他的人？再说路谦思，此人任临江府清江县知县时，就被弹劾一年贪污十万之巨，后来在山东登州同知任上时也是因为贪墨被参，不过因为王家拿'查无实据'托保才未深究下去。如今他九年考满，就算例升，不过给个闲职罢了。盐、漕、河，乃江南三大政，盐政为首，九个盐运司衙门又以两淮为大，盐官人选重中之重。为何皇叔千挑万拣，最后却拣中这么一个人？"

齐奢的笑容温厚而慈爱，"'有王虽小，元子哉。'[1]皇上小小年纪已有度势之智、察人之明，日后必是一代圣主。"

齐宏转睛咧嘴，终现出孩童的顽皮，"拍马屁，朕可不容皇叔专美。皇叔自来英明天纵、老成谋国，此举必有深意，朕愿一闻其详。"

齐奢出声而笑，又正一正颜色道："正如皇上所言，除掉王正勋臣所使的是雷霆手段，后来又坚持不肯纳用王家所提的补缺人选，最近例朝他们父子几个就连

---

[1] 句出《尚书·召诰》。

连缺席，以示抗议。有道是'事缓则圆'，此时便不宜再一味紧逼，适当退步妥协、安抚王家才是正办。至于路谦思，皇上才也说了，此人不可启用之处何在？"

"贪。"

"贪。清江县是个小县，这路谦思就有本事一年刮出十万两银子，那么皇上想想，以两淮之富饶，五年，他能刮多少？"

齐宏拧紧了眉，"五年？"

齐奢抿口茶，不紧不慢道："臣有信心，五年内必可尽根剪除外戚，届时，也正值皇上年满十六、大婚亲政之期。不过朝廷近些年困于党争，内耗甚重，户部也被王家所把持，寅吃卯粮，入不敷出。去年给两宫太后做寿，太仓之银就已显捉襟见肘之相，这皇上也是知道的。到时候大政归还，皇上必要自己扎扎实实地做些事出来，以显除旧布新之意，可若国库空虚，一切便成妄谈，怕是不得不甫一亲政便加赋扰民，未免有损于皇上的仁君之名。"

眉头霍然一开，齐宏将手往书案上击下去，"皇叔这是给朕弄了只钱耙子！"

齐奢报以赞许的一笑，"我主圣明。要给这路谦思找罪名，那是'秃子当和尚——不费手续的事儿'，这钱耙子现在是奉旨贪污，将来皇上只需再下一道圣旨，把他辛辛苦苦、日耙夜耙攒起来的那些家底抄没充公。皇上既可以一夜暴富，又惩治了贪腐，再加上这路谦思今日是摄政王保荐的人，皇上拿下他，就等于告诉百官黎民，真龙天子亲裁大政之日，所谓'摄政'，尽可休矣。"

天生的早慧、熟读的历史、日夜所见的胜残去杀，足以令齐宏彻彻底底地懂得这一番话，以及其背后心思的珍贵。他徐步走去到齐奢的椅旁，见那总带有一身素整军人气的大人物立即也谦恭地起立，含笑看进他的眼。齐宏也笑出了一双小小的酒窝，"庙堂之高，江湖之远，怕只有母后与皇叔才是真心待朕。"

"圣母皇太后驾到——"

遥遥的一声，是外间的太监在传驾，叔侄二人赶忙一道整冠出迎。不久，便见西太后喜荷婀娜而入。她臂上挽两道厚纱披帛，纱上皆是绣带绞出的大朵月季，

匣心记

一袭金凤宫装的领口密簇着真丝荷瓣，愈加托出了下颌纤锐的走线。她将一手曼妙地轻抬，"免礼，快免礼。赵胜扶皇帝起来，三爷也起来吧。"

太监赵胜入宫前是拳师，走起路来也步伐沉定，显然是武功精深的样子，一边笑咪咪地口称"万岁"，伸出两条肉鼓鼓的膀子挽起了齐宏。齐宏又亲挽着母亲入座，道："母后有事叫人传召就是，这么大日头一路走来，叫儿臣于心何安？"

"母后想来看看宏儿跟皇叔学习理政的样子。"喜荷右手上套着两支碧桃喜鹊的银嵌瓷松石护甲，轻轻爱抚过儿子的头颈，带着满目的眷恋。因此当乌眸转投向齐奢时，也只似不经意间捎上了同一份神情，"三爷都好？又有好些天没见着了。"

齐奢双目下望，恪守礼节地放空了对面切切的注视，"托圣母皇太后的福，臣安好，只是朝中事务繁忙，近几日未曾得空进宫请安，请太后见谅。"

"三爷日夜操劳，还要亲力亲为地教导宏儿，辛苦了。"

"太后言重，辅佐幼主廓清政体乃臣分内之事，'教导'二字万不敢受。臣不打扰太后与皇上了，先行告退。"

满身的纱和丝、珠翠和明铛，令喜荷自觉似一张扑蝴蝶的绣网。她一眨不眨地盯着齐奢行礼、礼毕、退行、旋身步出，却始终未能网住他半片眼神。不仅是他的眼神，他的整个人全在从她的掌握中飞走。那天她夜闯王府，他答应很快进宫来看她，但他一直没有来。已经有好几个月了，他来得越来越少，只越来越多地推脱她、敷衍她、拒绝她……喜荷迷乱而又无措，她到底该怎样捉住他？用捉蝶的素手，捉一只大鹏的翱翔？

她只好不露痕迹地浅笑着，再把眼中无处安放的柔情定回了身旁，给那生有着同她一样浅浅酒窝的、明黄龙衣的少年。

十

离开乾清宫后，齐奢一直在崇定院待到了酉末时分，方才出宫归邸。一径直趋府内的书房"和道堂"，批阅镇抚司的秘折。

这一天折子不多，不出小半个时辰，该阅该复的均已一一理妥。正在桌前伸一个懒腰，已听见周敦隔着门帘打问："主子歇歇？用口饭？"齐奢"嗯"一声，那边就马上掉脸嚷出去："传饭！萃意、幼烟，都进来伺候着吧。"

转眼即见两个年纪十七八上下的大丫头，各捧着茶盘、银盆窈窕而入。周敦侧身避让，却"哟"的一声，"萃意姑娘，你踩着咱家脚了。"

那萃意回过身来，一张脸蛋端的是少艾可人，双眼极黑极亮，神采惊鸿，"什么我踩了你的脚，是你自己手慢脚慢，险些绊我一跤。"眼一翻，只管把茶送来齐奢的手前，"王爷，你也不管教这奴才，由他翻弄口舌给我们挑刺。"

另一个叫做幼烟的则生得眉沉春山，满面的娴柔，一双玉手自盆中捞一条热手巾，拧干了温在齐奢的面上，"你少些是非吧，成天叽里呱啦的也不怕吵得爷心烦。"

萃意笑哼半声，"倒要你这蹄子来教训我，我不过说几句话，不见得就吵着了爷，要说吵啊，外头那动静可比我吵得热闹。"

和道堂外的秋蝉声声向晚，其间又缠绕着隐隐一曲高歌，随风回环。

齐奢打开半闭的眼目，"哪个在那里唱歌？"

萃意替他按捏着肩颈，字字娇爽："嘻，今儿八月十六，继妃娘娘说昨儿的府宴上还剩了十几篓子大螃蟹，放坏了可惜，就叫做成了海皇羹，把各位娘娘与姬人小主全请齐了，再开一回赏月团圆宴，知道王爷这阵子看公文也没敢打扰。王爷若看完了，不妨去同继妃娘娘她们坐一会子，把饭开在那里岂不好？"

一旁的幼烟将手巾浸回盆中，两腮含笑道："是啊王爷，老待在书房里多闷得慌。"

齐奢挨个向两位美婢一望，就微微地笑了，"好，看看去。"

匣心记

宴席开在跨水的花园西头，一座名为"索源阁"的香榭中。齐奢一到，迎头相接的正是府中的继妃詹氏。

皇室等级分明，亲王的妻妾亦分为数等，由正妃、侧妃、世妃、王嫔，至无封号的姬人。齐奢结发的正妃原也出自詹家，就是这一位詹氏的堂姐，但很早就死于储位之乱。齐奢不愿再立正妃，因此只将继妻詹氏册为继妃，除名号之差外，一切规制礼遇皆如正妃，手握持家之权。

詹氏看起来总有三十上下，一张宽宽的圆脸是有福之相，身材丰润，穿着金棕色方胜鸾鸟的褙子，头戴金宝狄髻，连声告罪："这些下人越来越不会当差了，王爷来也不知道通报一声。萃意，你还笑！"

榭中另坐着十余名女子，均是有名号的妃嫔，各人整衣万福。两边曲廊中则是其余的低等姬人，祝礼之声亦是不绝于耳。

莺莺燕燕，佳丽三千。

萃意露齿一笑，灵巧飞扬，"娘娘可别错怪好人，要不是奴婢提议，王爷恐怕还不赏脸呢。"

幼烟接过了詹氏手中的桂花酒，低眼奉予齐奢。

齐奢摆摆手，"是我不叫通报的，你们接着取乐，我不过是凑个趣，添张椅子就好。才是谁唱歌来着，怎么不接着唱了？"

詹氏将他引来自己的正位坐下，笑指住侧首座上的一位女子，"还有谁？自然是小顺妹妹。她天生一副黄鹂般的好嗓子，咱们请了又请，她才肯引吭一曲。这下王爷来了，快吩咐她多多唱来，我们也借光一饱耳福。"

齐奢拍了拍前额，"我竟糊涂了。顺妃当姑娘的时候，家里人常规劝她'音乐非闺中事'，她却说'性喜于彼，不能止'，一副妙喉名噪京城，是贵族小姐里出了名的，在府里这些年我也难得听几回，想来已是经久不闻了。"

顺妃山花翠髻、石竹罗衣，一双长方大眼，眼中却含着极尖刻的什么，"王爷想得起听妾妃的歌儿吗？妾妃唱得有什么好，哪比得上人家什么槐花胡同，什么段、青、田？"

风自水面上吹来，"噗"一声，吹熄了一截红烛，浮于齐奢眼眉间的笑意一并熄灭，一张脸又沉又黑。椅子刺耳地"呲啦"一声，人一语不发地掉身就走。萃意同幼烟交一个眼神，也不敢多话，各领着小丫头们疾步随上。詹氏惶色满盈地叫道："王爷，小顺妹妹她多吃了几杯酒，王爷别计较。王爷！"

满廊的姬妾们珰环如雨，一声起一声落，"恭送王爷。"

榭前小桥的一株桂花树边，齐奢与一干长随的背影冉冉消失。

詹氏转回了身子，一改方才的温和之态，出言厉责："顺妃，你身为侧妃，怎可如此言语失检？胡说乱道些什么？"

顺妃幽幽怨怨道："娘娘，不是妾妃胡说。娘娘没见昨儿十五团圆宴，王爷也不过略坐了一坐，魂不守舍的，近来总这样。今儿妾妃才知道缘故！娘娘只管找人问问看，王爷上个月被刺到底是在府门前，还是在别的什么好地方？"

"我问你，你自在深宅大院中，这话从何听来？又怎知不是谣言？"

"文雪这丫头告诉我的，她的亲哥哥就在镇抚司当值，那夜里刚好赶上处理刺案，说王爷就是在槐花胡同被刺客堵住的。"

"好，好。"詹氏两颊抽搐，一面连连点着头，掣高了声调，"去，传管家孙秀达，叫他领上两人，带铁榔头来见我。"

不一会儿，便见一名满脸憨厚的微胖中年男子，一溜小跑着赶来廊外，"继妃娘娘有何吩咐？"

詹氏伸臂向顺妃座后的一名小鬟一指，"这婢子既然嘴上没有把门的，那也就不必白留着一副好牙口了，替我拿下，敲掉她全副牙齿，然后交给老子娘领回去。另外她还有个兄弟在镇抚司的，你转告王爷，那也是个多嘴嚼舌的奴才坏子，留不得了。"

孙秀达一一应下，随后就将手一招，其后的两名太监猱身上前，哪里管那名叫文雪的小婢瘫倒在地下痛哭求饶，只管摁住她撕开嘴，"砰砰"就砸下了铁榔头。

匣心记

文雪刹时间血流如注，昏死在地。

  远远近近的姬妇们皆噤若寒蝉，顺妃更是脚一软，也几乎晕过去。詹氏正襟危坐道："你们都给我听清楚，王爷遇刺一事早有定论，谁也不许造谣生事，'槐花胡同'这四个字，以后倘有人再敢提起一次，这就是先例！谁在那里喧哗？"

  众姬也纷纷张望，不知是哪个有胆子在一片屏气敛声间大呼小叫。詹氏绞紧了眉头，"容、婉二位世妃，你们且代我前去瞧瞧是谁，给我重重地申饬。一离了我的眼，都这样没规没矩起来。"

  那容妃和婉妃应下，并肩出了榭亭，直往乱处觅来。沿途一字立满了低等的姬人，次第曲身，似一带红红绿绿的波浪。到了廊尾处，则见一个四五十岁的老妇，额横黑绸纂，正掐着腰鼓胸大叫："今天所有人都在这里，凭什么不请我们娘娘？我们娘娘是世妃，这么高身份怎么就不能列席？"她身后有一青春少妇，与众女相比，衣衫寒酸，发间也只一头风凉押发，却是不世的一副丽容，往那里一站，满天的明月光就单洒来她一人身上，骨格风华，清美绝俗。

  "哟，我当是谁呢？"容妃先住了脚，她长身玉立，又踩在阶上，更显得居高视人，"原来是香寿妹妹。"

  "哦，"婉妃的样子纤弱不禁，娇滴滴拿绢子掩着嘴，"我就说看着眼熟，姐姐不提，我都忘了这么个人了。"

  香寿盼向她们二人，几柱漆干荷叶灯下，似有一张红纱抛来她面上，满面透红，拿低得听不见的细音叫了两声"姐姐"。倒是前头那老婆子向前一步，扯开了嗓门，带着浓浓的南方口音道："两位娘娘来得好！昨天晚上八月十五赏月宴就没有我们娘娘的席位，今天是继妃娘娘摆宴，满府女眷都受了邀请，为什么独不请我们娘娘？我们娘娘和二位一样也是世妃的身份，就算不能一起坐在上头，在这廊下也该有一席之地。"

  婉妃吃吃地笑在手绢内，又露出粉嘟嘟的一点唇，"照规矩，有份位的侧妃、世妃、王嫔，每日清早都要去继妃娘娘的风月双清阁请安，这位既然也是四世妃之一，怎么倒从没见过她来立规矩？"

老妇面目凶恶，悍泼非常，"不是咱们不去立规矩，是继妃娘娘不许。"

"知道不许就好。"一枚双雁衔芦的银华胜在容妃的额际垂下两穗翠羽，软软摇摆，愈发衬出她脸色的强硬来，"也不想想自己为什么身居世妃之位，却连与姬人同席的资格都没有？我竟奉劝你别在这里讨人嫌，趁早遮着避世、守己度日罢了！走！"

婉妃跟着旋过身，牢骚一声："自己不要脸，就怪不得别人。"

老妇待要争辩，却已被后头一把扯住。"奶妈，别说了，走吧，求你了，走吧。"晶莹的手与腕微微颤动着，似一弯水中月。

老妇一回头，神色尽改，一团杀气化作了满面怜惜，"娘娘，别哭，走，咱们走，不同这些势利小人说话。呸！不请我们，我们还不稀罕来呢！……"咄咄骂着，折身走开。

近处所坐的一群均是王府中身份最低的侍妾，三三两两，品头论足："真不长眼，正赶在继妃娘娘的气头上撞来。"

"哼，谁不知她想什么？还不是想来见上王爷一面。王爷哪儿还记得起她这么号人？"

"就是，不自量力。"

"你别看她那样儿，也不是省油的灯，狐媚诡道得厉害。"

"我也隐约听过，说她原是宫里的大太监从南边买来当礼物送给王爷的。"

"是，说出来能吓死人，她呀，是'扬州瘦马'。"

"对！她就是'瘦马'出身的，一点儿不错。"

"姐姐，什么是'瘦马'？"

"哎呀，你可真笨，瘦马都不知道。就是那些从小被人伢子买了去教习各种媚人之术，养到十几岁再卖给人当小婆子的下贱女人，比妓女也强不了多少。"

"如此说来，这位娘娘的出身如此卑贱，还被晋封为'世妃'，从前也该很得王爷的宠爱吧？"

“什么‘娘娘’！以为顶着个‘世妃’的头衔就能自欺欺人？别说容妃娘娘她们，就咱们，谁把她当个世妃，见着她有人行一个半个礼没有？

“她到底叫什么名字来着？”

“哟，你没见过她吗？”

“没有，我来府里一年多了，第一回见。”

“香寿，就是从前的‘寿妃’，名号虽然没废，可比个三等丫头都不如。还有她那个姚奶妈，跳梁小丑！以后你若见着她们主仆俩，远着些。”

……

人言可畏处，被姚奶妈搀在手内的香寿纤腰约素、一步一韵，把自己走成了一首诗：昔日芙蓉花，今成断根草[1]。诗里头，蕴藉着一段烟云往事的欲说还休。

十一

而另有一种欲说还休，强悍的、暴躁的，则在隔花隔水的和道堂。

齐奢数次张口，出来的却只一句：“撤掉。”

萃意和幼烟默然不语，又将满桌的菜肴原封不动地一一端走，人也无息走开。

室内只剩了周敦一人相陪，只看他眼睛骨碌碌转一圈，自书案上的一只黑漆小圆盘内抓一颗麻皮核桃，又取过了银把铁钳“卡啦”一下，仔细地去了皮，剥出果肉来，“爷，晚饭不吃，吃点儿桃仁吧。桃仁补气养血，去燥化痰，温肺润肠，固肾生精，益命门，处三焦，乌须发，愈石淋……”

---

[1]（唐）李白《妾薄命》：“汉帝宠阿娇，贮之黄金屋。咳唾落九天，随风生玉珠。宠极爱还歇，妒深情却疏。长门一步地，不肯暂回车。雨落不上天，水覆难再收。君情与妾意，各自东西流。昔日芙蓉花，今成断根草。以色事他人，能得几时好。”

齐奢早就绷不住笑开，"你这狗东西才石淋呢！"手却接过了核桃肉扔进嘴里，把头朝椅背上一仰，悠悠吸了一鼻子气，"方才当真失态，哎，我这算不算——恼羞成怒？"

周敦只管捏着钳子开核桃，眼角浮起了一层笑，"爷恼的是顺妃娘娘，还是段姑娘？"

齐奢并不答，眼皮子微微一颤，如被拨动的琴弦，有不尽余响。"'她'——最近怎么样？"

"还老样子，身边人来人往的，不是金马客，就是翰林才，莫不以一临妆阁、一睹颜色为荣。哦，倒有一桩新闻，王爷听没听过'茶壶钱罐'的名头？"

"呃，御史裴谨器的老婆？"

"爷好记性。前几天，裴奶奶带着一票家人去怀雅堂大闹，说段姑娘敷衍生意，让她赔钱，结果却被段姑娘三言两语逼得当场脱了金梁冠。官场上都说，'茶壶钱罐'酿了一肚子金元宝，碰见爆炭，也只得化作金水一吐为快。"

"不会吧，听说这裴奶奶风头很健，是有名的悍妇，怎肯就范？"

"段姑娘吓唬人家，说要让龟奴把御史奶奶给强办喽！"

齐奢哈哈大笑，展臂从周敦的手内拈一只钳开一半的核桃，自己挖出果仁来吃，"也就她干得出。御史奶奶呢，总不成这么善罢甘休，没把这场子找回来？"

"御史奶奶倒没怎么，当天夜里裴御史自个上门，动手打了段姑娘——"

"喀嚓"一下，令周敦收声，他提目相觑，见齐奢手内的核桃已被其连壳带肉的捏了个粉碎，人的两眉间亦蹙起了核桃大的一个疙瘩。周敦忙自怀中摸出一方帕子，跪低了替齐奢抹拭手掌，"爷心疼啦？"

"轮得着我心疼嘛。"盯着掌心的一塌糊涂，有许多细密的碎屑滞留不肯去，"接着说。"

周敦窥一窥齐奢的面色，续道："打得鼻青脸肿的，两三天没开门做生意。昨儿出了祝一庆大人一趟堂唱，张延书大人也在，还带着新女婿，当着一桌子人问

匣心记

段姑娘，究竟她和状元郎之间有无瓜葛——哟，扎破了，渗血呢。"

齐奢垂望着被擦净的掌心中一滴血慢慢地鼓出，似一颗掌纹结出的红豆。"别管它，"他咬了一下牙，"说你的。"

周敦抖了抖手里的雪帕，拿一角摁住出血，"段姑娘一口否认，说辞圆融，一顿饭伺候了祝大人和状元郎两个局，宾主尽欢。"

"成了。"齐奢抽出手，手掌里攥着个细小的伤口，唇齿间攥着无际沉默。

倒是周敦，将帕子叠起了掖入袖中，慢吞吞地吁口气道："王爷十七岁从鞑靼回国，那年奴才十四，自那时起，就一直日夜不离地跟在王爷身边，到今天十一年了。王爷心里的想法，奴才不敢说全能猜透，可总也八九不离十。只有这段姑娘，叫奴才想不通。先王妃就不去提了，现今府里的娘娘主子们虽多，有几位是王爷为拉拢世族的联姻，剩下的不过是因为王爷头先被先皇关了好几年，见不着一丝荤，蛟龙脱锁、猛虎下山，再加上一天同王家角力争逐，劳心劳神之下，弄出支脂粉队伍来消遣消遣也平常得紧。说句大不敬之言，好些个姬人小主同帝子胡同里那些陪王爷取乐的小龙阳们也不过半斤八两。王爷向来壮志凌云，从不在声色上用心，奴才印象里，好像只以前的寿妃娘娘王爷正经迷恋过一阵，后来出了那事儿也就丢开了。说起这段姑娘，才貌自也是一等一的，可王爷什么样的没见过，一样才貌的闺中千金也视若等闲，为何却对这样一个楼头卖笑之人倾倒不已、逆来顺受？直到最近这两天，奴才仿佛才明白了一点儿。"

窗下有灯花轻爆，齐奢的眼底迸出了星星点点的笑意，"公公倒是本王的知心人。"

"这话可折杀奴才了！"周敦往地下磕了个响头，又把后脑勺抓一抓，"奴才这些年跟着王爷也学了不少文绉绉的漂亮说话，有一句叫'千金易得，知己难求'，王爷的红颜知己只怕最后还真落在这位段姑娘身上——柔而不卷，刚而不折，情真思慧，意净心明。"

齐奢笑着朝前虚踢一脚，"你倒别在这文绉绉上用心，我且问你，我叫你同武师新学的那套长刀怎么样了？"

　　周敦跪在那儿把两边的袖口推一推，顺手替齐奢捶起了腿来，"承蒙爷看得起，奴才哪儿敢不用心？早学成了。昨儿还跟何无为过了两手，那家伙说凭奴才现在的身手，近身相搏，以一当十也不在话下。"

　　"呵，挺给爷争气。"

　　"那可不是说着玩的！众所周知，圣母皇太后跟前的赵胜入宫前是练家子，有功夫傍身的，奴才在拳脚上虽比不得他，可要论箭法骑术，内宦中奴才称第二，就没人敢称第一。想当年王爷被幽禁的时候，奴才就天天陪着王爷一起开铁弓，这么多年，只要不在爷跟前当值，一定自己埋头苦练。并不是奴才夸口，能将十石大弓挽满之人，怕中军将士里也挑不出多少。"周敦骄傲地仰起脸，脸庞干净而青春洋溢，像个大孩子。

　　齐奢却叹一声，注目里满是惋惜，"你呀，为人浑厚，处世精明，又有长性，又不怕吃苦，倘若不是这么个刑余之身，放到哪儿怕不是个铁铮铮的好男儿？"

　　周敦的眼睛闪动了两下，眼里勃动着洋洋英气，"爷忘了？四年前同鞑靼打那一场恶仗，奴才想随爷一起上战场，所有的将官都笑话奴才，说打仗是站着撒尿的人的事儿。爷力排众议，亲赐给奴才一套银甲胄，跟奴才说：'好好干，证明自己是个爷们儿的地方，不在茅房，在沙场。'那一天，奴才血染战衣，手刃敌军三十八人，从此后大家伙见到奴才，都会拍着膀子称奴才一句：'周兄弟！'"周敦用明黑的双眸笔直地凝向齐奢，"奴才虽是个六根不全的身子，可奴才心里从不把自己当一个废人看待，就是因为王爷从不把奴才当一个废人看待。"

　　一阵静寂到来，静寂里是战场上的鼓号杀喊，振聋发聩的同生与共死。主仆俩一起笑了，齐奢伸手摸摸周敦的脑袋，"起来，外头走走，今儿月亮好。"

　　周敦马上爬起身，双手承托，"爷最喜星天，一向不喜欢月亮，说把星星全遮没了，怎么忽有了赏月的兴致？"

　　"废话，那星星不在怎么办哪，爷还不兴瞧瞧月亮？总不成给自个闷死？"

匣心记

"奴才顺着这话往下接一句，爷听听，能不能说到爷心坎里？心上人不在，床上人也得有一个，温席暖枕，聊胜于无。"

齐奢一臂甩开了搀扶，闷声而乐。

周敦也笑得嘿嘿的，"爷，您倒是吩咐奴才一句，今儿晚上侍寝是哪位主子哪？奴才也好早些派人准备。"

"随便，都好。"

"得嘞，那奴才就替爷安排了。"

齐奢将手一摆，示意他自去，另一手则往前一展，自己推开了后门。

院内一片圆月，当头就泼下一盆子银光。他举头望月望了许久，低头时就有了甜蜜的苦笑。不管他如何日复一日地借着无休止的忙碌想要摆脱那个念头，它却把他日复一日地抓得更牢。每当他置身于夜空下，星或月，或深深的黑暗，这念头总是第一个蹦出来——他想她。而他想也不用想，就知道她此际所经历的一切：被不知谁搂在怀内，颊上贴过张臭气熏天的嘴；绣帐牙床，陌生的手和熟悉的贪婪，血淋淋给一只动物剥皮那样，把她剥光。

齐奢不知道，如果他用其他男人对待她的方式，或用自己待其他女人的方式，事情会不会简单扼要些。他只知道，他做不到忘记她——他做到了从一个被废的皇子爬上帝国权力的顶峰，但却做不到忘记一个人。没错，这个人仅仅是一名卑贱的娼妓，可难道她不曾令他的大地震动、神魂失所？难道她没有令他眼前的满月变作缺口？自那里，窥得见另一边另一个不可思议的世界，那是彼岸的洪光，照来他脸上。

齐奢默默地沉思着，而后终于决意，既然她是他在冥冥中所见的唯一神迹，那么他就该像爱神一样来爱她：接受一切最为艰苦的试炼，大庄严，大无畏。

身后响起了履舄纷陈，有人轻声说："王爷，姬人小主已经到了，洗漱安歇吧。"

他回过脸，点了下头。

卧房的被衾里已等着多情温热的女人，容他卸掉男人的繁重疲惫，就如同他每日凌晨同摔角手们所进行的喘息流汗、结结实实的肉搏一样，只是这样。床，与床前明月光，这两者间是无任何关联的。

肉体的满足令睡意迅速来袭，恍惚间，他感到身边的女人被扶走，接下来会有人替她推拿穴位、喂一盅草药。齐奢听见自己打起了鼻鼾，女人大约也以为他睡沉了，悄声在那里问："崔妈妈，王爷为什么总不许我们留孕、不要孩子？"

"嘘……"

再之后，就没有任何声息了，抑或，是他睡了。

十二

这样迅猛酣实的睡眠，对有些人来说，是最大的奢侈。

青田已开始习惯了无眠，有时也能睡过去，可一睡过去就做梦。梦里，她站在雾霭霭的荒原上，四面空寂，天在黑，黑天像一块棺材板一样一分分地从她头顶扣下来，她拿手臂去顶，手臂寸寸断折，直到整个人被碾作了血末。或者直接就被埋在棺材里，把指甲挠得一根根剥落，越来越喘不上气，地面上有好多人在走过来走过去，可谁也听不见她。要不然就是光身露体地躺着，从锁骨到下腹裂开了一道又深又长的豁口，乔运则就趴在那儿，拿嘴把她的五脏心肝一件件拽出来吃掉，他满脸都是血地俯视着她笑，而她疼啊，疼得撕心裂肺。那么真实的疼痛，真实得触手可及。总是猛地惊坐起，一把一把地掉头发，一身一身地出冷汗，胃部绞痛，长痛至黄昏。

然而黄昏后她却是另一副样子，盛宴间迎眉送眼、浅唱低筹，自己却知道但凡稍一低头，势必泪涌如崩。最眼拙的人也发现她瘦了，却只赞好看，夸她从前是"荷粉露垂"，如今却是"翠袖惊风"。她撩一撩眼波，笑一句："'楚王好细腰，宫中多饿死'。你这可是'捧杀'。"大家哈哈笑。天南地北的客人个个宾至如归，

匣心记

有一位旧客也闻讯归来。

裴谨器是在九月初上门的，他做了青田四五年生意，一直恩深情浓，狂怒下动了手，自家也追悔莫及。可究竟要面子，口中只说来结算局账，要当面和青田做个了断。谁知见了面，青田只是哭，哭得如雨打梨花、风吹菡萏一般，顿令裴谨器老大不忍，连赔了好些软话。青田方边哭边说："若是别家的家主婆上门骂我，我非但不恼，还要高兴，只拿这件事能敲那客人多少竹杠？可是你的奶奶我就恼。她和你名正言顺、双宿双栖还不足意，还要上门来糟蹋我，你没听见她当着人说我说得有多难听。咱们这么些年，我什么时候为难过你一次？只这回受辱不过才对你撒撒小性，你连这样也不肯稍微担待，反倒过来说我是看上了别人才冷淡你，可见我平日在你身上的一片心全是白费。我原是薄命之人，指望着你能体恤我、怜惜我，你倒跟你家里的一块欺负我，上午才挨了她的骂，晚上就挨你的打！我活着还有什么意思？当天夜里我连汗巾子都挂到了床栏上，要不是妈妈发现，今儿你哪儿还能见着我的面？我的命原不值钱，七爷的钱才值钱，您只管把局钱放下走人，您的生意我是再也不敢做了。"

裴谨器听了这一篇话，简直心如刀割，也落下泪来，"我又怎么不是一番真心待你呢？我只当你招呼过摄政王就变了心，再看不上我了，一时情急自己都不知干下些什么。"哭着抱过了青田，又哄又求。青田却再也不肯理，只绿怨红愁地不住悲泣着，急得裴谨器最后活活跪去了地上连抽自个的大耳光，又扯着她裙子千声不是、万般告饶，青田才回颜一笑，重归于好。

即夜，刘郎再到，倩女还家。一番温存后，裴谨器骨软筋酥，倒头睡去。

半拢半撒的斗帐中，青田涩涩地张着眼，等了约有一刻钟，估摸着男人睡熟了，就抬开他搂住自己的胳膊，慢慢滑下床。她软在脚踏上，在深秋的寒凉中抱起双膝，顷刻间就有滚热的泪顺着她赤裸的小腿一路淌下去。青田越来越紧地蜷缩着，宛若一个子宫内的婴儿；她唯有的希望，就是自己从不曾出生。

但生活总在一天天地继续着，成群的豪客手捧金银，撒钱像洒水，全都是抓心挠肝地盼着一登花床。青田在场面上把这些人巴结得极好，扳不出一丝错，散了局就催人送客。客人们虽有花花肠子，轻易也不敢透露出那一层意思，怕显出猴急的模样反为不美，只能一次次俄延到三更半夜巴望着神女开口留宿，又一次次灰溜溜地独去。

独独有一位珣大爷王珣，摆过几回局，就要蹬鼻子上脸起来。论起这王珣，就出身于外戚王家的本支，年纪虽还不满三十，但按辈分来算却是王却钊的堂弟，其父是大学士，他自己也担着个二品官，向来只有倌人奉迎他，再没有他去俯就倌人的。只为晓得青田非比寻常，破例在她身上花费了许多金钱心思，已然耐不住性子。

这一夜，替青田挂了个十双双台，在她东屋里摆一席酒。坐到了陪客皆散，只不肯走，佯醉装傻地将青田一把搂来了怀里，"好乖乖，回回见了你晚上就做梦，起来只觉得困乏，你可真真害死人。"

青田早瞧出王珣今日是非得手不可，暗想着脱身之法，笑睃他一睃，"大爷净说漂亮话，我这样的草木陋质哪里进得到您眼里？"

"不单进得到眼里，连心里头都进得到了。"王珣满口喷着酒气，张臂就把青田乱摸起来。

青田拿两手齐将他摁住，"我有话和你讲，你先放手。"

"要讲什么咱就这么着讲，兔子总不成老藏在窟窿里，叫狐狸张着嘴空想。"

"你也太会歪缠了，这么性急，我却不讲了。"

王珣见青田眼含怒而有情，心头一迷，便就笑迷迷地把她松了一松，"我的宝贝，有什么话你讲吧。"

青田扭开了脸面，凤钗上的一颗五色猫眼儿细光离离，"我常听姐妹们说，王氏一族不仅首推你珣大爷品貌第一，而且为人也最是大方的，遇上中意的，十万八万也只当等闲，怎么只在我这儿才花了万把出头就急着要捞本儿呢？这些钱甭说你珣大爷看不上，就是我段青田也不当回事儿。"

匣心记

王珣头戴着乌绡方帻，露着赤金龙头簪，那簪身一扬，金华凛凛，"原来是为这个。钱算什么，只要你肯依了我，我就没有不依你的。"

"这我可不懂了，什么依不依的？"

"你这可就揣着明白装糊涂了，倒甭说你呢，我也嫌这么一笔一笔的局账酒账细琐麻烦，送你的那些东西也难知中不中你的意，真不如你自己爱些什么就自己去购置。我在棋盘街上有一家银号，索性送了你，平日里你要钱用，不拘多少，派人说一声，金的银的立即端到你鼻子下，这总成了吧？"说着，就把脸来贴青田的脸。

青田举起手将面颊一隔，笑道："我不过试你一试，谁真要你什么呢？我若只看钱，不是我夸口，棋盘街上的银号大半都通通改姓段了。我不过瞧中你才情容貌，想和你做个长久之计，因此反不要你的钱，怕你疑心我尽赚钱，一点儿真心意也没有。你只管在场面上好好地替我做花头，给我长长脸，功夫做足了，怕没有好处到你吗？"

王珣听说看中他"才情容貌"，喜得连姓什么都忘了，更满把地揉摸着青田，"与你绷场面自是我应当应分的，就只怕你口说无凭，后来变卦。"

青田佯装不悦，把两眉一屏，"难不成还要我写张卖身契与你？"

王珣声声地笑着，"卖身契倒是不用，只消你先付个订，这样我也好放心。"手和嘴就似某种蠕虫，在青田的身上爬动起来。

青田硬扭着推几推，只不许他，王珣却借酒盖着脸，手已半扯开胸前的衣衿。青田避又避不开、嚷又嚷不得，眼看着横竖是逃不掉了，反把双唇迎上去，趁王珣魂不附体之际，搂住他脖颈软音靡靡地说道："只要你待我真有心，我准不辜负你。你不比成天在这儿打转的那伙脑满肠肥的蠢材，若不是看着他们手里的钱权，鬼才愿意敷衍他们，和你，我却是千万个情愿的。"

王珣胸前发着喘，只不愿离开青田的嘴，"小宝贝儿，你只叫我沾沾你皮肉，你说怎么样我没有不遵的。"

青田把脸向后仰起，摇了摇耳畔的一对玉玲珑耳坠子，"我到底不是自由身，眼前现应酬着这么多大户，你我结识的时日尚短，若就叫你这么不红不白地做了入幕之宾，其他客人该怎么看？妈妈也要骂我心里头恋着你，不好好做生意，只顾着同你做恩客。所以咱们关上门怎么都行，只还请你在外面莫叫人瞧破，留我一点儿脸，和我行个方便。"她又捺下嗓音与他说了两句悄悄话，就桃花生两颊地望来，"这样可好吗？"

"好，好，没有更好的了！"王珣喜动颜开，伸舌又朝青田咂来。

青田纤手一横，堵住了他的嘴，"瞧你，到嘴的食儿还只管流口水，也不害臊？在这里等着，我说一声就来。"娇声媚气一笑，出得屋去。

一到了门外，就仿若一幅挂画由墙壁上摔落，她满脸的风情瞬息间垮塌，几乎发出了触地一响。

"暮云，你去问问看，对霞和蝶仙两位姑娘今儿谁没客人住局，替我找她来。"

未几，就见蝶仙摆动着腰胯扭上楼来，"咋啦，姐，你找我？"

"你今儿没人住局？"

"曹之慕本来要住局的，又被他一个朋友叫走了。怎么了？"

青田和蝶仙贴语了一阵，又抽身睨住她，"能不能帮我这一回？"

"我当什么大事儿呢。"蝶仙手一摆，指上如开着莲瓣十点，"姐你放心吧，交给我好了。"

青田将半身都倚在了回廊的围栏上，颓倦一叹："对不住了，我不愿意，却叫你去，可我、我真是累极了，我……"

蝶仙截住了她的话，明妍一笑，"别说了姐，我都明白。这当真没什么，我正愁没人陪我消磨长夜呢。再说你那位珣大爷人物俊俏，我也不吃亏。得了，那我回房等你去了。"

似乎仍然有万言未尽，青田却不再说什么，只拉了拉蝶仙的手，向她点点头。

坐卧难宁的一刻后，房里的王珣就见青田又闪身而回，笑着冲他招招手，"讲

匣心记

好了，随我来吧。"一头引了他出门往楼下来，一头细细地说与他道："我在北头的客室里还有一个牌局，你就这么留在我房里过夜，叫其他客人瞧见肯定要说三道四。我向一个姐妹借了她的屋子一用，你只在那儿等着我，我应付完生意就来找你，咱们在她那里避过了眼目，那就不碍什么了。哦，就是蝶仙，你也认识的。"青田转过脸，做出极严肃的神色来，"我这样不顾脸面地悄悄和你好了，是我拿诚心待你，可你若就此当我是那种二等茶室里的下作人，只图快快地遂心，完了就和我拉倒，倒疼别人去了，那来日可别怪我。"

王珣把青田合腰一拦，往她面上嗅吸个不住，"我的神仙美人，你对我这样好，我要再做出对不起你的事来，那真真是畜生也不如了。"

青田笑着把他一揉，"正经点儿，我妹妹还在里头呢。"轻推了门，叫一声，"蝶仙！我把大爷暂存在你这里，你先替我招呼着，我去打发了楼上的客人就来，你个小妖精可不许在我的人身上打主意。"

蝶仙从青田的手中搀过了王珣，花妍柳媚地笑了笑，"瞧姐姐说的，兔子还不吃窝边草呢，这点儿规矩我如何不懂？你只去吧，我来替你们这对鸳鸯叠被铺床。"

二女开了几句玩笑，青田便旋身出去了。王珣是头一次进蝶仙的内房，但见也是珠灯熠熠、宝鼎生香，又看蝶仙穿一件明蓝翡翠漏地的绉纱衫，配一件虾红色绉纱衲袄，系着素罗的落花流水裙，弯弯细细的媚眼冶艳入骨，又是一番不同的美态。

蝶仙见王珣醉眼昏昏地只顾朝自己打量，便腻腻一笑，拉着他往大炕坐了，端过一只红彩高足杯斟得满满的，"珣大爷，我姐姐身款甚高，难得有青眼于人的时候，你可是头一个。这真真要恭喜你了，满饮了这杯吧。"

王珣原就欢畅无比，又得佳人这样的恭维，哪里会推？接过来就喝下了肚。蝶仙又满一杯，两手捧住了，"珣大爷好气概，难怪我姐姐欢喜你。喏，你若心上也真有我姐姐，就再饮了这杯。"

等王珣喝了这杯，她又倒过一杯，"别喝得急了，倒呛着。这是我才叫丫头送来的几碟小菜果子，大爷吃些，我在一旁与你唱曲下酒，宽宽地等姐姐来。"

炕桌上摆着一碟莲子儿、一碟核桃瓤儿、一碟菱角、一碟荸荠，又有一碟巴子肉、一碟柳蒸勒鳖鱼、一碟豌豆苗炒虾仁、一碟咸豉芥末羊肚盘，现放着一双银镶牙箸。蝶仙起身取了琵琶，拣支昆腔唱起来，唱一段，歇一段，哄着王珣喝一段。

王珣痛喝了一阵，酒已有了九分，死说活说也不愿再喝，只斜挑了眼珠和蝶仙调笑，"这酒是不能再吃了，我同你姐姐还有'正事'，你倒别误了我。"

蝶仙见王珣执意不饮，心窍转一转，就把声儿一高，放出了百样的旖旎，"你别错了主意，我这是帮你呢。你当我姐姐那么容易就委身于人？实话同你说，姐姐才特意嘱咐我，说她有心在你身上，只怕你阀阅名流，待她只是假意，故此要我试你一试。都说'酒后吐真言'，若是一会子她来了，见你不肯畅饮，那就是不肯和她肺腑相见，她一准儿恼了，扭身就走，所以你老老实实地喝吧，且不可偷奸耍滑地藏着量儿！"一手就把酒直杵来了王珣嘴边，半哄半逼地给他喂下去。

王珣本已是头脚虚飘，又被这么猛灌了一海杯，酒一涌上来，一个头眩，就向前趴倒在桌上不省人事了。蝶仙舒了一口气，撂开酒杯，两手一拍，"宝燕！"

从帘后转出个白罗衫、青罗镶花裤的大丫鬟，"姑娘？"

蝶仙朝已打起酒鼾的王珣指一指，"咱俩一起把这位大爷抬到床上去。"

王珣昏睡到三更天方才醒转，黑黢黢的也看不见什么，唯觉是躺在一张气味芬馥的软床上。他一力回想着自己是如何喝醉，一想就想起了青田来，忙翻起身满床地拍摸，结果真叫他在床尾摸到个人，横睡在那里，又香又软。喜得王珣纵身就扑上去，全不加理会那人在身下娇嚷着什么，只三下两下就扯开了自己的裤带。

一度春风之后，称心快意地睡倒。还没睡得沉，猛然间响起了杂声，像是有人在耳边吵架。王珣强撑开两只眼皮，居然望见青田衣衫整齐地立在床边，一手里举着一盏灯，另一手揪着个女人叫骂："你们做的好事！"

那女人捂着脸哭道："不怪我啊姐姐，珣大爷吃醉了，你又还没回来，我怕他夜里吐酒，才睡在他脚底下照顾他的。不是你叫我一定好好照顾他吗？谁知道他

匣心记

半夜就突然爬到了我身上，我气力又没他大，挣不过他，我不是有心的……"

王珣打了个酒颤，方看清那女子是蝶仙，只穿着肚兜小衣跪坐在床下，自己则浑身上下都光溜溜的。还没大想得明白，就已被青田刻骨变色地指住了鼻子，"好你个无耻之徒，口口声声说只爱我一个，如何我才应付了一场牌局，你就把我妹子拉进了被窝？亏我还把你当做知心人！我段青田生平再没受过这样的奇耻大辱，凭你是什么身份，快快给我清了局账离开这里，以后休要再提起认识过我这个人！"

一等小班的倡人都自视甚高，哪怕客人跳槽去做了另一家的倡人，也就同那客人老死不相往来了，何况是和自家的姐妹在床上被逮了个正着？又是青田这样一等一的红人，难怪要翻脸为仇。王珣只当自己醉梦里认错了人，又悔又恨，哪里猜得到是被她们姐妹联手耍弄？欲向青田辩白，青田却已跺跺脚，裙裾带风地转出了门去。

第二天，王珣备了七宝钗、玛瑙印、珊瑚搔头等十来件珍玩，负荆请罪，青田却只推忙不见。此后连着几天，王珣日日厚礼相奉，方换得到青田冷面霜眉地陪他吃了一盅茶。自此，王珣小心伺候妆台，得青田对他淡淡一笑，已是如蒙天恩，再不敢提起一句越轨的话。有时候想想自个也是大家公子，钱花得这么狠，又做小伏低，却连人家的一个笑脸也难买到，不免动气，但转念又一想，正因青田是动了真情，这才和自己置气，就又兴起了怜香惜玉的心来，只盼着精诚所至、金石为开。

有时候青田看着王珣，看着身边的每一个男人，也觉得可笑，觉得他们通通被自己玩弄于股掌。可这并不能阻止她每时每刻依旧清醒地感知到，她自己也只是件玩物——男人们的，命运的。

十三

其实青田自己也解释不来为什么，这些日子里她仅有的执念就是不愿和人上床，再不愿任何的男人睡在她床上、她身上。

可对于那三户老客人，她的身体却只能像一栋老宅，不论房东何时驾临，都得敞开大门、乖乖迎接。

这一晚，无巧不成书，冯公爷先到，裘谨器又来了，柳衙内在大厅里抹了一下午的牌，到夜里也说要住局。段二姐犯起急来，嘴角都发了疔，"三个阎王爷全撞在一块，怎么办，怎么办？谁再犯了骠劲儿又要砸院子！"冲着青田左看右看，恨不能把她劈成几段分送各人。

青田也蹙眉苦思了半晌，忽生一计，附耳说与二姐，二姐听后极力称扬，自去安排。

这时楼上的地皮已经一寸不剩，几个客室里不是酒、就是牌，青田的闺房也被冯公爷霸着，裘谨器被让在西间，柳衙内则被引到了楼下的一间小卧室，原是留给客人"借干铺"的——嫖客在妓院里过夜，假如没有倌人陪宿就被称为"干铺"。青田与二姐定计后，先往楼上的东屋去，一进屋就撞见冯公爷心浮气躁地在那里骂丫头。青田只娇波欲笑地将他望一望，"爹爹莫烦，这阵子也晚了，外头做花头的眼看也该散了，只那裘七讨厌，干赖着不走。他倒想得美，我才不肯让他住局呢。爹爹你先坐坐，容我打发了他，咱们才好踏踏实实地睡觉。"

冯公爷听后转怒为喜，答应不及，又看青田不忘临去秋波那一转，更觉得欣快无伦，安卧在大床上发起了无数的绮念来。

青田安抚了冯公爷，便挨着去北屋的各个台面张罗一番："对不住，真是亏待各位了，我吃一满杯赔罪。""今天客人实在太多，我脚不沾地也顾不过来，就请大家伙多包涵。""哟，看来我不在你手气倒好。别别别，我可不能要，今儿没招呼好大家我心里实在过意不去，哪儿还能要赏钱？"……

匣心记

转过一圈，又回房来至西进间，娇娇弱弱地歪去榻上，从背后斜转着双眸来望裴谨器，"累坏我了，还不快帮人家揉揉肩？去，叫你揉肩，你摸哪儿呢？"说着就往人怀里头一倒，鬓影惺忪，"烦死了，有个客人非要借干铺，又不能不让他借，唉，你再等等我，我去打发他两句，再开销了外面那些人，顶多半个时辰就回来。"把一条凤仙裙半牵半拖着走去了帘前，又扭脸回盼，流光半饧，"听见没有？你可耐心着些，不准走，我还好些话等着跟你说呢。桂珍，你把七爷的长褂子宽了锁去柜子里，不许他偷偷溜走。"

裴谨器心花怒放，一面把衣服在丫鬟的手里头脱下去，一面有什么已微微地翘起。

青田急急下了楼，又往花厅里的一堂客人献上一篇笑语殷勤，这才闪身进柳衙内的小房间，把香肩斜扭着，酒情撩乱，"我嘴皮子都说破了，客人各个都不肯走，屋子也腾不出。嘻，只管由他们闹去好了，我只陪着你就是，就委屈柳大公子在这儿搭一张'湿铺'吧。"拿手掩着脸，胭脂揉成了一团绛红。

柳衙内年轻气盛，登时鞋一踢，身子就压上来。

睡下了有两刻多钟，猛听得龟奴在外面喊："青田姑娘送客！"

青田坐直，捡起了衣裙，"有客人要走了，我去送送，你睡吧，我晚些就来。"

柳衙内迷迷蒙蒙地哼一声，接着翻身大睡。

青田带上门，送走了楼下摆酒的一台客人，便听见外场抖起了毛竹一般的喉咙喊道："青田姑娘出局——"

她故意扬声询问："哪里？"

"冰盏胡同！"

青田立即心里头有了数，这是她才与段二姐商定的暗号，凭空谎报一个空局而已。于是径直上楼来北屋的几间客室轮着桌打个转，巧笑道："大家慢坐，我出个堂差，这就回来。"又绕回到东厢的卧室内，口中连嚷着："可算哄走了那姓裴的，真是个缠人鬼。"

冯公爷之前听见叫局，正自着急，劈脸就问道："你该出局了吧？"

"出什么局？"青田咬牙直嗔，"忙了一晚上了没一刻消停，连坐下来同爹爹说会子话也不得空，还要催命？不去，谁叫局也不去！我已回了他们，没空。"

冯公爷喜心翻倒，却要装装腔："脱局怕不妥当吧，要得罪客人的。"

青田拧腰偎进他胸口，将脸蛋轻擦着一束灰须，"就把他们都得罪个光我也不怕，有爹爹一个疼我就够了。"

冯公爷叫一声"心肝"，伸手去扯被子。其后的一树梨花压海棠，好在有被子盖着，不瞧也罢。

到了二更天，北屋的客人将散，是由暮云出面代为相送，"姑娘出局还没回来，特地嘱咐我留在这儿伺候各位，不再坐坐等姑娘回来？那真对不住，我代姑娘给大家赔礼……"

卧房里，青田却从床上坐起身，推了冯公爷一把，"哎，客人要走了，这我可得去送送，你先睡，我去去就回来。"

冯公爷鏖战了一番，早已累成棉絮，哼一声，好睡不醒。

青田重新穿戴过，听着外面闹哄哄的走了个干净，才蹑着脚溜入西间。一进门就将一头的珠翠连拔带丢，掩饰着不整乱鬓，"真是丧气！刚敷衍了那借干铺的就有人叫局，叫的又是个牌局，一去就要我代碰，碰了半天也脱不开身。我心里惦记着你，急都要急死了。"

裘谨器早先也听到叫青田出局，并不起疑，只色着眼观赏她在镜前卸妆。青田口哼小调，时不时将一个软媚媚的笑眼抛来，"看什么看，不认识我不成？"直浪得裘谨器心窝上奇痒难熬，自己左抓右挠，究竟等不及，环腰抱上。

等三更一过，怀雅堂的乐音杂响渐渐淡落，陡一下来个什么动静，听着就分外惊人，"青田姑娘出局——"

西间里，青田从裘谨器的怀内挣开，揽衣下床，"这碗饭可真不好吃，更深夜静的叫什么断命堂差，真够讨人嫌。"

裘谨器也被惊醒，咂着嘴巴道："唔，那就别去了。"

"瞎说，脱局妈要骂的。"

"二姐哪里敢骂你？"

"妈有啥不敢？我没啥错处，她自然不骂，有一星半点儿的错，别说骂，打也打得来。哎，哎，你听我同你说话，醒醒，哎！"

裘谨器这才张开眼，"嗯？"

"你明天可是要上朝啊？"

"嗯。"

"我这趟也不知什么时候才能回来，你要到了点儿就自管去吧。我让丫头们还是老时间叫你，你起来吃点儿饭再去，想吃什么，面还是肉粥？"

"嗯，面，吃面吧。"

"好，那我吩咐她们现在就把面给你擀上。你睡，我去了。"

她拖拖沓沓地一边弄着头发，下楼到柳衎内的房间里揭帐瞧了瞧。柳衎内还在发迷怔，屋子又黑，哪里瞧得出青田衣松鬓散的，只探出一手来握住她，"才好像听见叫你出局，你这是回来了？"

"哪里，才出了一个局，外面又在叫，真是不叫人活命了。我就来瞧瞧你，你安心地睡吧，明儿睡个懒觉，我晚些回来陪你。"

"嗯，你快去快回。"

"唉，睡吧。"

也不知是一天中第几次上下楼梯，悄悄地又回到东屋，爬上了冯公爷的床。老人家毕竟睡觉轻，还哼哼着问了句："你要出局？"

"没有，我才出去回了他们。爹爹快睡吧，把被子掖好，别受了风。"

五更天，青田就隐约听见那头的房间有人吐痰、说话，扰攘了一阵又重归于安静，知道是裘谨器走了，便叫了两声"爹爹"，见冯公爷睡得死死的，就悄无声响地摸下床，溜到楼下柳衎内的房里，特地把他摇一摇，"哎，我出局回来了，你

睡得好不好，可要吃口茶？"

柳衙内昏头昏脑的，也不知在嘴里嚼了句什么，只管把她伸臂一圈，继续呼呼大睡。

青田干躺在那儿，听着一会儿强一会儿弱的鼾声，看着徐徐亮起的天，也不知是什么时候迷瞪了过去一阵子，又被噩梦惊起。辰时已至，恰是冯公爷每每起床的钟点。她赶紧抛下浓睡中的柳衙内小跑着上楼来，刚在床沿坐下，冯公爷就醒了，只当她也是才起，还拉回床里亲热了一阵方双双盥洗。过了巳时，冯公爷悠悠闲闲地吃完早饭，打道回府。

只剩楼底的一个柳衙内，还是年轻贪睡的时光，一觉就扎到了近午，睁眼时瞧见青田同他并头歪着，妩然地笑一笑："醒啦？"

未初，柳衙内也登舆而去。

至此，所有的男人们都度过了称心满意的春宵一夜。

十四

那三头六臂的千面观音如一夜被撕扯成几个身子，端的是头昏脑胀、恶心欲呕。青田甚至顾不上叫人撤换被褥，拉了个小引手垫着胃就横趴去床里。初觉混沌，耳际却传来暮云的呼唤："姑娘、姑娘？"

青田挣扎着张开眼，"嗯？"

"姑娘，"暮云面有难色地支吾不定着，"要不你起来瞧瞧？在御好像熬不过去了……"

"你说什么？"一下子翻起身，两眼中的血丝直暴而出。

"就是，唉，已经有三天了，调好了猫食，在御也不吃，牛奶也就闻一闻，舔上两舌头。我瞧今儿蜷在那儿动也不动，怕要不行了，要不姑娘起来瞧一眼？"

匣心记

青田甚少对暮云厉色相向，这时却动了大怒，狠将她朝外搡一把，"你干什么吃的！我天天忙得顾不上，你就不知道替我操点儿心？三天了才告诉我？让开！"

暮云掩面而泣，"对不起姑娘，对不起。"

一冲到屋角的猫垫旁，青田也几欲下泪。只见猫儿在御瞑目无神，瘦了一大圈的肚皮急促地一鼓一鼓，白亮的皮毛也笼上了一层灰意。她伸手来摸它，带着哭音轻唤："在御？在御？"又倏一下起立，信手从哪儿拉一件衣裳胡乱穿起，俯身将在御环抱进怀里，提步外行，"伞子胡同里有一家医馆能看猫猫狗狗的，你马上拾掇两张银票跟我去，我先下楼叫——"

青田傻在那儿，怔目不能言。

她一手还拽着门，门外，是正举着手准备叫门的段二姐，同样被唬了一跳，又挤一挤眼睛笑出来，"闺女，你看是哪一位天大的贵客来了？"

青田早看见了，他实在显眼，整间小客厅里都是他：身高而体魁，气宇端凝。他也微一愣，就向她走来，走路略有些高低不平，如一颗跳动不稳的心。似乎只一霎，段二姐就从她视线里退开，他已站来她面前，面峻如山，神和似水。

也不知中了哪门子邪，一看见齐奢，青田骤觉委屈得不行，所有的难过一下子全涌起，泪水不问情由地夺眶而出，夺口而出的却是："在御病了，三天不吃食了。"

齐奢见青田只邋遢地套着件半新不旧的淡墨画绸袄，脂粉半残，瘦比飞燕，而面上的两道清泪则是燕子低飞所带来的雨水——第一场谷雨，绵绵地落入他心底，把他的心变得又潮湿又温暖，适合万物生长。

他想为她揾泪，却有反常的紧张，伸出手，又放低，连说起话来也有些结结巴巴的："别、别、别哭，别着急，周敦，马上差人去太医院调个吏目过来。"

槐花胡同原就与皇城离得并不远，不多时，已有一位宫中的老兽医急急赶到。青田避入了后房，约有小半个时辰，便听到齐奢在帘外唤她。她挑帘而出，屋子里只他一人，猫儿在御被他托在两臂间，四脚朝天地向后挂着头，睡得不知多香。他带笑将它递来，"用过药了，没大事儿。"

青田接过猫，心疼地嗅抚着，"虫症？"

"嗯，"齐奢的一双笑目分寸不离地睖着她，"还有相思病，见着三爷我就好了。"

瞧着对面的那双眼，青田就生出些难言的感慨来。她紧紧地拥住了爱猫，指上的一枚红刺石小戒清辉如许。"原是冲着在御的面子，我就说上回惹三爷生气，三爷再不肯登我的门了。"

齐奢掠衣在榻头坐下，恰好触到了结有着硬痂的大腿，不计前嫌地笑一笑，"上回我那不是生气，是——撒娇。您不哄，我只好自己腆着大脸找回来了，怎么，不再赶我走了？"

青田轻手把在御搁去一边，从茶橱里取了只玉盅，斟了一盅香茶奉上，"我给三爷讲个故事。"

齐奢似有洞彻，却只掸了掸身上素净的暗花云头如意锦袍，"洗耳恭听。"

喉间先涌起了一股酸涩，青田将之淡淡地扫去，似天际的一抹流岚风吹云散，"三爷可还记得惜珠？惜珠十五岁那年，有个苏州的绸缎商看上了她，在这里一住就是大半年。惜珠问这绸缎商有多爱她，商人说爱到为她做什么都行，她就要人家拔两颗牙下来证明，这人真就拔了两颗牙给她。后来床头金尽，惜珠赶他走，这人要讨回自己的牙，惜珠就打开一只匣子，冷笑着让他自己找。匣子里，满满全是牙。不怕跟三爷说实话，青田我也有这样的一只匣子，里头装着的是许多男人的心。可我自己的心，也早就给了另一个男人。三爷想要的，青田这里没有，不愿浪费您的时间。"

齐奢若有所思地眨了几下眼，便重显悠然，"我也给你讲个故事。十岁那年，我被送去蒙古鞑靼做人质。蒙古男子自小人人会摔跤，我心里羡慕，也想学。可那时候两国交战，我一凑过去，男孩子们就打我，直接把我摔去地下，用我听不懂的话骂我。我腿脚不好，所以被摔倒以后爬起来很费力——而且姿势相当难看，但每次被摔倒，每次我都爬起来，一天总要被摔个百十回。就这么过了大半年，我摔倒得越来越慢，爬起来得越来越快，连人家骂我的蒙古话都懂个八九不离十了。

匣心记

然后有一天，我正从地上往起爬，有个男孩子向我伸出手，说：'你想学摔跤，我教你。'我曾跟你说过，我'几乎'不相信任何人，这个当时年纪同我一般大的男孩，到现在都是'几乎'中的一个。青田，你能一次次把我摔倒，我就能不怕姿势难看，一次次爬起来，直到你愿意向我伸出手的一天，如果真有这么一天，我敢肯定会比什么都值得。至于你说的——，是，你的心是给出去了，不过明珠暗投。看看你，浑身上下都是痛苦，痛苦在，心一定在。伤筋动骨还一百天呢，慢说伤了心了，不过这就跟在御闹虫一样，也是病，治得妥就会好，反正你的情形也总不会比现在更差了，干吗不让我这个蒙古大夫死马当活马医呢？实话说吧，我从没料到自己竟然会——想一个人想到食不甘味、寝不安枕的地步，你给我的这份心动，在我已实属难得，不用你再额外给什么。若有天你肯与我以心换心，当然好，可即便你始终都对我了无心思，我也坦然受之，所以你不消有任何顾虑。"

他长歇了一口气，又将眉峰一挑，"好了，前后算起来，你都逼着我表白过三回了，仗美行凶也该有个限度。我总说事不过三，这话以后别再提了。"

"事不过三，"一阵静默后，青田抬眸相迎，目光透明却苍凉，"青田已向三爷求恳过两件事，不知三爷可否最后一次不吝援手？"

齐奢直面她一笑，阔大平和，"你甭看我近一阵人不到，可你这儿有什么新闻，我一桩不拉全晓得。你近来新做的几个阔客不是家财巨万，就是门第清华，在你这儿万儿八千地争先报效，把钱看得一钱不值，折腾了几个月，连个能借干铺的也没有。这些人全是花丛老手，却个个落了你的圈套，你这般老辣手段，不消说，自然是一等一敲竹杠的都头、砍斧头的名手。打今儿起，你也就只管把我当做天字一号的瘟生、举世无二的冤桶，要出钱、要出力，你只管说，也不必那套惺惺作态，大方告诉我就成，我一定妥妥当当地替你办到。"

青田抬了抬嘴角，垂眉望向腕子上一只松得快褪上手背的龙头银镯，"三爷经天纬地、雄才大略，我怎敢当您是瘟生冤桶？这件事不消您出钱，也不消您出力，只消您开口说句话。我妈妈经营这怀雅堂赚得是不少，可花得也多，她老人家本就是个用钱挥霍的性子，再加上孝敬地盘的，还有各处饭庄、绸缎庄、银楼、首饰铺、车马铺子的欠款，面子上看着轰轰烈烈，里子也是紧紧巴巴。摸着良心说，妈妈对我也算是数一数二的，我在这里的起居服用都是公主似的排场，我又原不是自家身体，待要说不做生意，实在说不出口。可我每日躺在床上，想到一眨眼就又是晚上，就又要对着一堆男人抹巾障袖、卖弄风骚，我就睡不着，睡着了，就只想永远地睡过去。三爷，我早就没什么别的念想了，就只想能清清静静地过一段，也许过了这一段……"她忽一哽，似是被什么生生抵住了喉头，哑声道，"能不能烦您出面同妈妈说一声，就说暂时不让我接客做生意了。"

齐奢看着青田红目咬泪的模样，就一下看见了许多事。他心头绞动，却仅仅语带调侃地笑了笑，"惜珠才去不久，你就是段二姐最大的摇钱树，多少人想包你一节半节的生意她尚且不准，我一句话，她就乖乖地让你不做生意？你当我是谁，当朝摄政王？"

一丝笑意自青田喑哑的泪音中升起，如子夜里的一线光，"三爷听腻了，我也说腻了，可还是得说：多谢。"

"是我多谢，今天真开心能见到你——"齐奢的眼目内是不染尘的欢喜，把下颚扬起，朝那边榻头的在御一指，"还有它。"

猫睡着，却灵犀一抽，"咕噜"打个嗝，逗得两个人全笑起来，笑声蹁跹，宛若张张金黄的秋叶。

叶儿接二连三地被风漰在了窗纸上，徐徐之间，就变作了雨打秋窗，还不等细雨涟涟把天色灰暗，业已又韶光暗换，瑞雪兆丰年了。

第四章

忆王孙

一

这大半年以来，青田所过的完全是另一种生活。

自齐奢当天一发话，段二姐哪敢儿戏，也马上派人散出了消息，说青田忽发重病，暂时"摘牌子"，不能再应酬生意。冯公爷等几名老客上门探病，段二姐也百般挡驾，拐弯抹角地透了些蛛丝马迹出来。这些主儿们虽个个有钱有势，可加起来也是胳膊拧不过大腿，尽管怨声连连，却也只能眼巴巴干看着青田的水牌被从花名格上摘除，自此谢客避世。

青田搬出了怀雅堂最为著名的双层走马楼，住进了小跨院的一所精舍内。隔着一道墙，那边是名士分韵、佳人佐酒，这边，她则焚一炉香，将整卷的《大藏经》一个字一个字地抄录。从前她也粗翻过入门的《金刚经》《华严经》……还拿来同暮云取笑："涅槃境界无趣得紧，不知何来那么多修佛之人。"而今想起自己的妄言，一脸苦笑。这样地不知天高地厚，只因她根本没试过和痛苦同息同游。眼下她一心所求，就是众苦永寂。手酸眼涩地誊写着，蝇头小楷密密麻麻。最开始，那些字只是字，她仍会为一个相像的背影、一条似曾相识的玉坠，甚至是过耳曲词中一声含娇带怨的"郎啊"，而被彻底击溃、痛不欲生。但逐渐地，她开始会对着一句经文发半日的傻，有一些冷冷的安宁偶尔取代了一刻不停的噬心之苦。而在这场与世隔绝的清修中，除了假母段二姐或相好的一群姊妹外，青田唯一的访客就是齐奢。

每隔三天五日，他就会来探望她。有时带来医她胃病的苦药，或一些奇瑞异香；有时伴着她烹茶扫雪，下一局哑棋；有时极其地来去匆匆，只翻一翻她新抄的经文，赞她的字又有进境；有时则有半日的闲空，陪她说些不着边际的话。有一次，他眼里满布着血丝，嗓音嘶沙，显然是文山会海一夜无眠，依旧一个笑话接着一个，娓娓不倦。青田礼节性地笑一笑，不是不感动的，"三爷，多少大事儿等着您，这么忙，不用总来陪我。"

他刻意扫了扫喉咙，再开声，还是哑兮兮的，"不是我陪你，我知道你也不用我陪，是我自己想你，烦你陪我。还有，都这么熟了，别老'您''您'的，听着生分，叫'你'就成。"

此后，他就是她的"你"了。

对这个"你"，不知不觉间，青田就把许多沉沉的心事浅浅道来。会先熟极而流地背一段佛偈，再自嘲而笑，"你看，所有的道理我都跟自己讲得明白，可心里就是想不通，就是难受。"

齐奢往紫铜手炉中添一锭香饼，慢条斯理道："八风吹不动，一屁过江来。"

青田愣一愣，"扑哧"一下笑了。这是长久以来，她第一次真正因快乐而笑。

这是段著名的公案，话说苏轼在黄州时，一日诗兴大发，吟哦曰："稽首天中天，毫光照大千。八风吹不动，端坐紫金莲。"意指佛法高深，令人面对称、讥、毁、誉、利、衰、苦、乐四顺四违之情不动不摇，庄严安稳，字面上是赞佛，其实是暗夸自己已达到心不为物转的超然。诗成后，苏轼特地派人送去给归宗

匣心记

寺的佛印禅师一览，谁知佛印看罢，大笔一挥，居然在好友的得意之作下批了这么一个字："屁"。收到回信的苏轼大为震怒，亲自坐船过江找佛印评理："这诗哪里有错？"佛印清风徐来、水波不兴而道："八风吹不动，一屁过江来。"苏轼幡然顿悟。

"苏东坡亦不能免俗，何况你我？"在一丝逸然升起的清香中，齐奢合上炉盖，把手炉递给青田，"道理是道理，感受是感受，疼在谁身上谁自己知道，无有代者。我明白，我也这么过来的。"

青田略有所悟，"你说的是——？"

"嗯，我父皇。"他意态安详地点点头，"我这条右腿就是他留给我的纪念。我和你提过，我八岁继储那天，在皇极殿被一根从天而降的横梁砸断了腿，养伤养了好几个月，再下地就成了跛子，也失去了储位。到底是孩子，只当自己时乖命蹇，虽难受，也只得认命罢了。又过了足足九年，我已在鞑靼为质又私逃回国后，才得知是父皇暗中指使了一切。我一直都明白父皇是个什么样的人，可在那一刻，我早已痊愈的腿骨竟然又开始疼，疼得我当场就坐在了地下，抱着小腿淌冷汗。我在鞑靼时常常去打狼，有一回被狼一口咬在身上，就是那个感觉：你疼，疼得要命，但还有更要命的——"齐奢缄默了一刻，如同在等待什么从他身上一点点碾过，"恐惧，至深的恐惧。曾经有一段，我恨不得干脆把这条腿给截掉，因为只要我多看它一眼，它就会发作，从骨头缝里一层层地往外冒寒气，简直像是个活生生的怪物。"

"现在呢？好了，过去了？"

"好了，过去了，"齐奢瞧着拇指上的白玉扳指，把它略微地转半圈，"全都过去了。现在我瞧着这条瘸腿，仍然不大喜欢它，但它再也不会疼了，就像从来没伤过一样。所以你别担心，你也会好的，而且都不会少条胳膊断条腿，你会好得完完全全，连个疤也不会留下。"

青田的反应是一个下牵嘴角的、拧拧巴巴的笑，"你这么确定？"

"人这一辈子就像在狼口里求生，每个人最后都难逃一死。我们中的大多数人，被狼咬住第一口时就软在了地下，只等着被一口口吞掉，不过总还是有些人能撂倒一只又一只扑上来的恶狼，直到命定的时刻降临。如果世上只有这两种人的话，你是后一种。"

青田依然是一掬苦笑，"三爷过奖。"

"这不是夸奖。你是天生的斗士，自然老天就会给你比别人更多的坎坷和恶斗。不过好在只要能挺过最坏的，没准就能得到最好的。"他站起身踱到了山墙的窗边，伸手推开窗，立时扑入了一股雪霁后的冷气。他拧过脸，深黑色的眼底有一丝反照出的清光。

"雪停了，明儿跟我出去转转吧。"

二

就从这一天以后，时不时地，就有两辆油壁车等在怀雅堂后门。青田随着齐奢几乎将京城四处玩了个遍：香山赏雪、卢沟望月、什刹海弄舟、黄金台看夕照……这一日暮烟沉沉时，他又将她带去个新地方：庙前街。

庙前街就在庙右街的西向对过，又叫促织街，顾名思义，正是京城里著名的蟋蟀斗场。每年七八月，一条街上均是瞿瞿虫叫，家家户户开盘设赌。

青田见车子在这里停下，讶异道："来促织街做什么？"

齐奢穿着件猱猴皮袍，领口露出半寸来长的黑毛出风拥在他颈下，是狮的鬃毛，昂藏持重。"促织街，自然来斗蛐蛐。"

青田则裹在件里外发烧的掐腰白狐裘子里，像只娇纤的小狐。"冬天也能斗蛐蛐？"

他笑而不答，领她跨过了一道黑漆小门。门脸并不起眼，绕过照壁后却是别有洞天：流水一弯，板桥一曲，桥后是美轮美奂的五间统厅，灯烛炽目。一同进

匣心记

门的周敦和何无为两人显然对此处很熟悉，暮云却甚为好奇地东张西望。一位老板模样的人早守在桥头，急急如律令地趋上前，"王爷今儿难得有空，赏脸来玩一手？"又偷眼瞄了瞄齐奢身后的青田，也叫一声"姑娘"。

齐奢仅只"嗯"一声，倒是周敦在后头与那人搭腔："老白，你这儿最近有什么好牙口没有？"

老白猫着腰，一迭声地应："有、有，有几口上好的，百年难得一见。"

"你这么一说，王爷倒非瞧瞧不可了？"

"是、是，小的一会子就将几口极品全部呈上，王爷若有雅兴，不妨亲自挑选斗将。"老白一头说，一头便将一行人引入了大厅。

说也奇怪，外头天寒地冻的，一跨过厅门却是热气扑面，又并不见火盆火炉一类的取暖之物。厅后左右各立着八名极艳腴的丫鬟，一同向齐奢与青田压身万福，"您请这边宽衣。"

齐奢熟门熟路地自行从厅东的一扇小门穿出，青田虽心头犯疑，但一身的皮毛衣裳确实热得穿不住，便也随同这厢的几名丫鬟越过西门。出了门左手一拐，就进了一道小穹廊，廊道尽头是一间大屋。屋子里同样是春气蒸腾，立着两排绝大的衣柜，丫鬟们将柜门一一扭开，"姑娘可有中意的？还是咱们替姑娘拣一身？"只见柜内叠放着各样各色的衫袄裤裙、大小不一的绣花宝鞋，皆是簇新的上等宫料，竟连顶级的制衣铺子也赶不上这等阵仗。

青田忙摇了摇手，有些回不过神来，"不用，我自己带的有衣包。暮云！"

以往出局时，必有一堆娘姨跟班，所携的不止一个衣包，但随齐奢出游，青田多只带暮云一人，故此衣包也小小的，单装着几件便服。暮云打开来，取一件丁香紫的亮绸短腰夹衣、一条墨蓝的暗花裙为青田换过，自己也脱去了外褂，主仆俩便随引路的丫鬟来至一套华光灿灿的雅间。

何无为守在房间外，周敦在里头打陪，齐奢亦换过一身黑地银花的丝绵袍，正坐在炕上吃茶。一见她，就晏晏地笑出来，"你这身衣裳倒素雅得紧。"

数月的交往早已令青田在齐奢的跟前十分自在，不等请就自己坐去了炕床的另一端，又不等坐稳就失口轻叫："西瓜！这天儿还有西瓜？"

只见铺满了茶水小食的炕桌上，中间赫然摆着盘鲜红水灵的西瓜，瓜肉还挖做一个个小圆球，甚为可爱。齐奢频频地摇首，悲叹一声："爷赞了你的衣裳，你就算客气客气，也该赞一句爷的衣裳才是。进门俩眼就只盯着吃的，跟你们家在御一个德行。"

青田哪里理他，早掂过了盘子边的一根银挑牙[1]，签起一个小球就送入口中，咂舌有声。齐奢笑着将整只碟子推过来，"你都吃了吧，慢些，仔细冰着胃。"

青田就老实不客气地大吃起来，吃得红汁都流淌了一手。齐奢在一旁凝视着，一对瞳眸也有如熟瓜，一刀杀下去，定要淌出粘手的蜜意来。

青田把指尖在唇间吸吮着，含糊不清道："这是什么地方？"

齐奢一手搭着桌沿，稍微倾过了上身，"我那位好哥哥——喀！先帝，除了修道、炼丹、房中术，最爱的就是这促织之戏，堪比宋理宗。不过碍于清议，不敢明令征贡，只暗地里建了这么个场所，培育从全国各地进贡来的名种蟋蟀。他们这儿地下中空，夏日储冰，冬天烧火，常年恒温，再加上不传秘法，能将蟋蟀这百日之虫养过一冬。现在这里就算是一处皇家的促织赌场，平日里供宗室子弟行乐罢了。奎小子最喜欢来这儿，一待就是一天。"

青田将一小盘西瓜球都一扫而净，这才拾起肘边银托上的一方湿手巾，揩了揩手指，"奎小子？"

"哦，就是老七。我们一共哥儿七个，老大就是先帝，老二和老五早早夭亡了，老四德王四月被赐死，"似有什么在齐奢的两眼后掠过，却恍似夜间的飞鸟，未看真，就已消逝于黑暗中；他只无所无谓、不间不断地继续着，"就剩下我和老六、老七。老六康王倒是想出来做些事，只是资质不佳，实在难当重任，不过给他些闲差就是。

[1]挑牙：即今谓"牙签"。

老七是个顽童，他是老头子驾崩那年出生的，今年才九岁，比我们那皇帝侄子还小着两岁，成日就扎在太监窝里，书也不好好念，光知道从早到晚地傻玩。我说过他几回，也不见有什么起效，现今也懒得理了。"

青田不由得失笑，"原来是忠王。你们自家兄弟说起来没个顾忌，我们平头小老百姓哪儿就敢犯这个忌讳，直呼其名起来？什么'奎小子'！"

"咦，那你这嘴里说的是什么？"

"哎，你！我不过是学你说话，不讲理。"

"你还变本加厉接着辱骂起三王爷来了？"

两人正取笑，已见老白手托一张大漆盘绕进屋来，将其放在了炕下的一张矮几上，"王爷，这就是咱们这儿最有名的'五虎上将'，请您过目。"

只见方盘上围了一式五只的青白色泥罐，罐中五头虫：一头青金、一头青黄、一头栗色、一头红紫、一头乌黑，有的头圆腿长、有的牙大钳宽，全蹲在盆底的细沙上，正是沙场上的虎将。

纵是将一双剪水横波溜过来又溜过去，青田只看不出个所以然来。齐奢却挨个审度一番，伸指点中了两只罐子。

老白把大拇指高高地翘起，"王爷有一年没上过咱们这门儿了，这对火眼金睛却是一点儿没变。这一只叫金火神，这一只叫黑水蛇，这两位水火不容的对上，定是一场不世恶战。来人！"

一位灰衣小仆立马入内，撤下了其余三头蟋蟀，又将一只足有尺阔的官窑蟋蟀盆摆上来。盆上罩着铜丝网，网罩两端各开一扇小门，中间也隔着一道门。小仆把被挑中的两只蟋蟀分别从网罩的两端放入，两虫便各据一方，楚河汉界。

老白堆笑征询："王爷是怎么个玩法？是单赌，还是——"向青田这里递一眼，"对赌？"

齐奢面无他色，"单赌。"

"王爷想玩多大的?"

"我也好久没来过了,起底儿是多大?"

"起底儿是五十两银子,上不封顶,三局两胜。"

"那就一百两,一局定胜负吧。"

"遵命。有请王爷先点战将。"

齐奢将指尖于炕案上一敲,"你来。"

青田把手揪去了喉下,"我?"

"嗯。"

"你让我选?"

"嗯。"

青田犹犹豫豫,"就是说,咱们选一头蟋蟀,这头蟋蟀若斗胜了就赢一百两,若败了就输一百两,是不是?"

齐奢的眼角泛起笑意,"赢了算你的,输了算爷的,只管选。"

青田探首望那盆子,见被隔在两边的蟋蟀左边那头生着亮油油的金翅,又肥又大,举着对红钳腾挪不停;右边那头则一身墨黑,个头小了一圈,还一副萎靡之态,趴在那儿一毫不动。她想也不想,就指了指左边那头。

齐奢也朝那蟋蟀一指,"金火神?"

"嗯。"

"选定了?"

"选定了。"

"周敦,"齐奢转手一撩,"押黑水蛇。"

屋里人全憋起笑,青田亦被怄得横了齐奢一眼,却也笑出来。老白笑着躬了躬腰,"王爷押宝黑水蛇,彩银一百两,一局独定。"

待齐奢点过头,看蟋蟀盆的小仆就抽掉了将两虫隔开的中门。

只见那金火神"唧"一声,迫不及待纵身袭来。那黑水蛇仿似还没搞清状况

匣心记

似的，忙忙地一蹦躲过，就又缩头不动。金火神的进攻没能奏效，火气更旺，搓钳观望一回，后腿一蹬，由空中向黑水蛇扑来。虽又扑了个空，却是不假稍停，一会儿挺身直撞，一会儿挥翅横扫，把个黑水蛇赶得节节败退。眼看黑水蛇被逼到了死角，金火神露出黄牙，敌忾冲天地咬来，一搭一撮，扬头就将对手来了个霸王举鼎。黑水蛇的个头本就小着一截，被举在空中腿脚乱蹒，又被一摔摔在了盆底，通体僵直。

观战的诸人中，唯独青田和暮云发出了轻声的惊叫。叫声未歇，却已见黑水蛇一拧，乍不然翻起，竟将金火神掰了个倒仰。金火神气急，举起火红的大钳就朝黑水蛇挥来。黑水蛇也扬钳猛冲，两虫四钳相绕，缠在了一起。僵持片刻后，金火神冷不丁地大头一歪，撞向黑水蛇的颈部。黑水蛇收钳护颈，金火神就趁这个档两钳一合。尽管黑水蛇快身闪开，可还是被扯去了一小段翅膀。黑水蛇忙双须前探，盘旋盯守。金火神则团团围转，越转越快，"噌"一下蹿出，叼住了黑水蛇的后盘。黑水蛇使出一招犀牛望月，回身用外牙朝金火神的牙锋上狠狠一撞。金火神前一刻还勇猛无双，这一下却陡变得晕晕乎乎，摇摆屈伏，不妨黑水蛇压上来一钳，两条大腿便皆被夹断，仍嘘嘘地喘着，急欲逃遁。黑水蛇追上前，举起了钢叉大牙。

"扑哧、扑哧"几响后，败者就肚浆四溢、陈尸盆底，胜者则鼓翅疯鸣、扬扬自得。

暮云已掩面不忍看，青田也掉过了脸去。老白高高地叫了一声"好"，面向齐奢唱喏道："恭喜王爷大获全胜。黑水蛇如今是擂主，请王爷再点一员猛将上台打擂。"手向后一划，小仆已将原先的大盘托顶举来，呈上余下的三只虫罐。

齐奢却晃了晃手，"大将对台的确精彩，只是一死一伤，未免令人惋惜。还是拿些中品来吧，轻松消遣而已，何必你死我活？"

老白深深鞠一躬，"王爷好生之德，人神感佩。那么还请王爷稍候，小的再择一些中品上来，以供王爷拣选。"两手端起了黑水蛇所在的斗盆，领着那小仆倒退而出。

炕边的青田这才拧过脸来，把胸口拍上一拍，"我也瞧过几回斗蛐蛐，可从没见过这样惨烈的。"

齐奢闲笑着，端茶饮两口，"普通斗虫落败大不了逃之夭夭，可这两头是王者相逢，所以必有一死。"

"金火神一直稳占上风，怎么突然被黑水蛇那么甩头一撞就不行了？"

"那一撞可有个名目，叫做'敲钳'，是拿自个的外盘牙去撞对手的牙根，是最毒的一招，中了此招，十只虫有九只都是当场落色。"

青田骇笑，"金火神又大又壮、叫声响亮，黑水蛇的样子瘦瘦小小，还没什么精神，想不到竟是它更胜一筹，当真'虫不可貌相'。"

齐奢放下盖碗，以拳抵口笑出来，"你是外行，瞧不出，其实这两头都是神品。金火神一看就产自败窑，黑水蛇多是古冢之物。"

"便又如何？"

"败窑的砖头淬过窑火，阳气旺盛，所以从砖缝的杂草里长出的蟋蟀气属纯阳。你看金火神金翅红钳，皆是火色。而古冢终年荒凉，穴冷阴潮，所以产于此处的蟋蟀凝聚至阴之气。黑水蛇身乌喜静，一看就是老坟里出来的。"

青田捏弄着一边的金嵌黑曜石耳坠，恍有所解，"道家言'水克火、阴胜阳'，果然不虚。"

"倒也不一定。"齐奢一转话锋，拿指端在桌面上抹一抹，"至阴者须得内功十足，方可以柔克刚，否则一上来，不消勇猛刚强者三钳两咬就被大卸八块了，这就像拳脚里的软硬功夫，或者男女情事。"

青田"哧"地一笑："跟男女情事有什么关系？"

他目光里是流离笑意，却又有星星的悒郁，仿如水面上的落花，"问世间情为何物？原是一物降一物。"

青田的双眼却是清贵的水磨墙，过了这道墙，那侯门绣户的水与花就不知往何处泅渡，无迹可寻。她转开了眼去，垂低了脸。

匣心记

两头的周敦和暮云互交一眼，默然圆熟。恰在此刻，老白与小仆又各捧一物而回。小仆捧的还是只外罩铜网的斗盆，素瓷夹竹桃纹，老白捧的也还是只大盘，却比之前那盘更大了一倍不止，上头六个一排，摆满了二十四只竹筒秸笼，照老样子放去了大炕下的宽几上。

"王爷，这些均是中品内的上品，厮斗起来虽不如适才凶猛，但也保证精彩。"

这一次齐奢并未精挑细选，只信手拨了拨几只竹筒，从中点两只。小仆遂拿起两只竹筒抽开了浮草，仍由罩网两侧的门将一对虫分别放入了斗盆。老白出语请示："王爷还是接着单赌？"

齐奢搔了搔一刀直切的高耸鼻锋，"对赌是多大起底儿？多少抽成？"

"回王爷，对赌也是一方五十两的起底儿，赢家抽三成。"

"嗯。这样儿，我才赢的一百两就算我五十、她五十，"手向青田一指，"我们对赌。"

老白识趣应道："明白。"

"你先挑。"齐奢掸了掸腿面，冲青田一笑。

第一回合青田所挑的斗虫战败，但果然只伤不死。齐奢口头上又借了她五十两，继续第二回合。不用多久青田就放开了手脚，她本就惯见世面，当着人也并不觉拘束，兴头上来了，呼喊加油、拍手捶桌无一不为。有一段输得狠了些，竟对着盆里的虫就臭骂"孬种"。齐奢只在对面皱着眉笑，"你这人的赌品实在差劲，输的还不是自个的钱呢，就这样急赤白脸的。"青田瞪他一眼，把两只衣袖挽一挽，"不是钱不钱的，我就不信了，凭什么我先挑还是你先挑，都是你赢？老白，你把那只虫给我拿来。"

如此往复，二人斗了有近一个时辰，算下来各有输赢。青田半是兴奋半是热，整张脸全红喷喷的，一手托腮听齐奢在那壁头头是道地和老白算账："我赢九局，她赢六局，一共是十五局，赢头总共七百五十两，三成是二百二十五两，扣掉头一局单赌我赢的一百两，就是一百二十五两，没错吧？"

老白连连叹服："王爷好利口，竟比我们这些人算得还快些！一丝不错。"

"赶明儿你去我府上找管家孙秀达支五百两银子。"

"这——，王爷赏得太多了，小的不敢领受。"

"行了，我也知道，忠王在你这儿不知糟蹋了多少虫，他又没几个月俸银子，全成了死账。你们就光靠这点儿彩银来开销门户，只能等着喝西北风。"

老白跪地鸣谢："那小的就代上下多谢王爷的恩赏了！"

屋外已是透黑的天，万里白地残留着未尽的融雪。

车轱辘压在雪水上，带起一缕缕湿细的响声。马车从庙前街直驶到怀雅堂的后角门，停稳。车厢顶垂挂着一盏百福字风灯，吱扭扭地摆晃不定。

"今天开心吗？"他最后这样问。

青田望向齐奢，光线如迷蒙小雨，微微动荡地洒在他脸庞上，使那峻毅的五官如此温柔而温暖，暖得简直像从自己口鼻里哈出的气，肺腑相依、亲密无间——却只更显出周围的冷来。一颗早已冻僵的心是不会因被谁焐在掌中、含在嘴边呵一呵，就把那些冻疮收口愈合的。

她只委婉、清淡地笑了笑，"开心。"

他则绽开了整张洁净淳厚的笑脸，"回去睡个好觉。"

她点头，车帘被揭开，暮云在下头递手相接。青田挪身下车,站定了,回首目别。他坐在车里，深深地，仿如坐在谁心间。"回见。"

青田踩在十一月的残雪中，背光的脸盘徘徊弄影，明暗不定。

"回见。"

匣心记

三

回见之期，是在六天后。

依旧是有两辆车来接，正值日晡时分，天上落着点小雪。齐奢却不在车上，青田就携暮云坐上同一辆车，后头压一辆空车，一径被送到了东直门大街东北头万元胡同深处的一间小院。香车入了穿堂，又用软轿抬进了内堂。过了一条长甬道，忽见一座大花园子，雪花飘飘中，栏杆屈曲，松竹蒙白，其中掩映着一座又高又大的露天戏台，风雅不俗。

周敦亲自守于甬道口，将青田和暮云迎入，来在一间奥室内，"姑娘先坐，奴才进去通报一声。"

里里外外各守着齐奢的几名近身太监，一个替青田宽去了雪斗篷，一个送上茶来。青田看这里人家不像人家、别墅不似别墅，正和暮云谈论，里间就走出个人来。她定睛一瞧，竟是八月里她偶遇乔运则那次的中秋宴上席宾里的一位，姓孟的，后来也往怀雅堂走动过几次，做的是蝶仙；蝶仙告诉过她，这就是镇抚司新上任的都指挥使孟仲先。不期然在这里碰到，青田深感纳罕间，忙起身一福，"孟大人，妾身这厢有礼。"

孟仲先也兜头深深一揖，"不敢当不敢当，有日子不见，姑娘一切安好？"

青田不料他如此礼遇，敷衍了几句，便被周敦延入内房。

房中一张独挺小桌，齐奢在桌边一手捏弄着眉头，像是为什么烦恼，向这里一望望见她，就展颜而笑，"来啦？坐。"

他瞧青田身穿一件织锦云缎夹衣，内衬绣花短袄，配着条湖蓝绣花裙，发间只插一支水蓝宝石的押发、一个珠骑心簪，软腰细步地走近来，如一块碧空的碎片失落于灯底烛边——她原就是天上掉下来的人。

他光是看着她发笑，青田也对他澄澄一笑，整裙落座，"我可空着肚子来的，这个点儿，三爷必是要赏饭的吧？"

"除了吃,你真是没点儿别的。"齐奢笑着手一举,袖上遍洒的团蝠就纷纷若飞,"传饭。"

那头暮云已含笑递过只小手炉,青田将其煨于掌心,向四面打量一番,"这里又是什么稀奇去处?"

齐奢亲手斟满她面前的空杯,茶水杏绿,泛出龙井的新香。"你先别问,吃了再说。"

小半刻后,菜已摆上,盛于薄如纸、釉如玉的定瓷中,只四菜一汤。四菜颜色分明,一白一青一黑一红,正中则一盆黄莹莹的鲜汤,浓香漫溢。

齐奢做个手势,青田见他有意卖关子,遂不多问,先举箸将四道菜挨个尝一口,表情已是五味杂陈。端起了茶盅轻抿着,低言索解道:"这白的看着像豆腐,可豆腐没有这样荤香的,若说浸了卤汁,却不会这样清滑爽口。这青的,说是肉瓜子,却带着股嚼劲儿,又不像筋膀,比筋膀入味得多。黑的这盘一定是肝,但肯定不是鸡肝鸭肝。红的这个是肉糜子?却不知是什么肉?"

齐奢笑目炯炯,"你只说,好吃不好吃?"

"好吃,奇鲜奇香。"说着又拈起小匙,捞一匙那白色珍馐细细回味。入口即化,清鲜留喉。

"这道'煮豆腐',"齐奢略一指点,神态耐人寻味,"是锦鸡的脑髓,这小小一盘要用掉三十只锦鸡。这腌肉瓜子是穿山甲的脯子肉,一头穿山甲只取紧挨心脏的一小块胸脯子,这一盘是五十头穿山甲。这一道黑的的确是炒肝,白花蛇的蛇肝,取肝尖上最嫩的一块,五十条。最后这一道红烧肉糜,用料虽少,却最为珍贵,取怀头胎的母豹一只,临产前活活地剖开腹部取出胎膜,风干制成。"

青田呆呆地抚着膝面上的开光手炉,早已愕而忘食,"这就是古书里所载的龙肝、凤髓、豹胎、麟脯?"

齐奢头一点,手一招,周敦已上前一步,将中间瓷盆内的清汤盛出两碗来。青田先试着闻一闻,倒是齐奢托起碗品了一口道:"这一盆汤叫做乾坤汤,取树鸡、

匣心记

山雀、鹿茸、驼筋、蛤士蟆、熊掌、犀鼻、狮乳、河豚皮、果子狸，加上水八珍，点汤的则是雪山金莲。金莲产于昆仑山的冰峰，壁立千仞、风雪弥漫，采摘者常常九死一生，十两黄金才换得到一两金莲。这道汤里一共用去五两金莲，以莲花的清寒雪香去除山珍海味之腥。汤成后滗去表面一层，只留中间最清亮的部分，汤底与食材一概委弃。这一宴，就叫做'五行宴'，耗银一万两。"

青田双手捧心，心有余悸，"听过之后，我已吓得不敢吃了。"

齐奢笑着搛一筷蛇肝与她，"我倒劝你多吃一些，这辈子也就这一遭。"

青田抽了手帕印一印唇角，帕上绣着飞舞的春花，"虽则一万两银子一宴，可堂堂一等亲王，一年还没个百八十万的？一辈子就请这一遭，未免小气些。"

"跟你透个实情，这一宴，爷也不过是第二次。"齐奢竖起了两根手指，满面春风中又带有着一丝厉厉春寒，冷热不明，"第一次是四年前，我率兵击败鞑靼还朝后，我的舅父、首辅王却钊请我在这里吃的。这个地方是他的私家戏园，老爷子偏爱唱戏相公，京城里的名角三天五日就在这里做堂会，堂会上的高官贵客无人不爱这五行宴。我也算打小锦衣玉食，即便后来在鞑靼做人质也一样是皇子的优待，什么样的精食美馔没过过口？可直到见识这一宴我才算明白，什么叫'酒池肉林''民脂民膏'。"

青田面显惊异，"那天我耳朵里也刮着一句，说三爷最近与东党王家很是融洽，可没想到竟融洽到这个地步。"

"我同舅舅说想借他的地盘请个客人，舅舅欣然应诺。"

"三爷请的客人莫非是我？"

"难道是你请的三爷？"

青田笑了笑，又凝眉沉思，过一刻，双手一合，尖尖地抵在下颌处，"三爷监国不过数年，已经此消彼长，外戚王家必不愿坐以待毙。七月初二，三爷遇刺，虽然主使者始终未能查出，可一定与东党脱不了关系。三爷见王家出此极策，自知逼人太甚、锋芒过露，于是改行韬晦之术。与王家攀亲道故不说，还要借他们的地方吃饭，摆明了不疑不惧，又打着我的幌子来麻痹世人，让大家都以为你安于现状、沉湎女色。一面示好一面示弱，信而安之，阴以图之，此乃三十六计中的'笑里藏刀'之计。"

齐奢哈哈大笑，笑里只藏着满满的欢畅，"真是个'女中诸葛'！不过你只说对了一半，还一半，是爷确确实实想请你吃顿大的，无奈囊中羞涩，只好来富户家打个抽丰。拿你们的行话说，这叫'找个冤桶垫底'。"

青田笑得直拿两手来揉腮，"三爷若挂牌做生意，一定财源滚滚、名满京华。"

齐奢拱了拱手，"惭愧惭愧。姑娘若柄权执政，也一定处尊居显、朝野侧目。"

桌旁侍席的周敦和暮云正自笑不可抑，帘外响起轻朗的一声："周公公！"周敦擦了擦眼角，转身捧入了一只火锅，锅里烫着只杏林春燕的雕花银壶。

"王爷，酒来了。"

这酒汁倾入杯中，色泽泛金，煞是好看。青田仍是先置于鼻前嗅一嗅，齐奢悦然一笑："这是用桂花、莲花、水仙、玫瑰等香花做出的'百花酿'，甜酒，不伤脾胃的，你试试。"

青田浅呷一口，香醇的酒气直透心脾。一时贪杯，连饮了两盅，虽海量，亦不免有些发热发燥，连手炉也丢开，红上眉梢，"如此好菜好酒，干吃无趣，须得行个令。"

齐奢横掌于额前，"我就怕这一句。"却又瞄一瞄酒面绰约的青田，"啪"地放手于桌面一击，"罢了，难得你高兴，你说吧，爷听你的，你说行什么令就行什么令。"

青田大喜，"射覆。"

齐奢一口回绝，"射覆不行。"

青田半是气半是笑，"联句？"

"联句不行。掷骰如何？"

"不要。"

"猜枚？"

"一点儿雅趣儿没有。哎，有了，飞觞！不能再简单了，就是飞觞！"她向前点着手，是一只猫儿的爪，霸道的、尖利的指甲，与柔嫩无声的掌垫。

齐奢的胸口莫名一热，仿佛有只猫绒软地盘在他心头，即便它走掉，仍会留下纤细的毛，左一根右一根，痒痒的，拍也拍不掉、摘也摘不完。

他想动手揽她，将她包容在臂怀间，却只是拿嘴角包容地笑了笑，"飞觞。"

天已深黑了，细雪静谧地落，烫酒的铜锅在灯底下晕着层泛黄的光圈，有水泡在水面不停破开的微响。

青田举起了银筷向食碟一敲，笑容烂漫，"打这一刻起，我就是令官。我也晓得三爷不爱俗士酸令，并不用那些诘屈聱牙的，依我的意思，只拿一个极容易的字面来飞，不过一概成语俗语曲辞歌赋都不许，只许飞唐宋七言，从第一字到第七字依次飞来，不可颠倒，头句与尾句要飞本地风光。飞前先吃门面一杯，说不出罚三杯，说错一字罚一杯，乱令者罚五杯。"

齐奢呻吟一声，咬牙半晌，"行吧，来吧。你先飞我先飞？"

"搳拳来定。"

当下搳了几拳，青田取胜，齐奢支着手在那里惑望，"赢的先飞输的先飞？"二人不免好笑了一场，又定下胜者先飞，再搳过两拳，却是齐奢胜。于是对饮了门面酒一杯后，青田便灈然一笑，扬起了双眸，"周公公，烦你说一个字来。"

齐奢向来是军人做派，大口吃肉大碗喝酒，从无吟诗作赋的雅兴，故此周敦在这上头也就见识有限，有些大眼瞪小眼的，"这，姑娘，奴才说个什么字啊？"

"不拘什么字，随意说一个就好。"

周敦抓了抓头皮，怯怯地试着说："酒？"

青田即时笑了，"说得好，可给我们行令的留了多少余地，就是这个'酒'字。三爷，您先请吧，别忘了，头一句要有本地风光。"

齐奢正举杯思索，就听周敦在背后喊喊喳喳地憋起了嗓子问暮云："哎，这'本地风光'是个啥？"恨得他直把酒杯一顿，歪过头来，"嘶，胸无点墨，不学无术！"

周敦知道是故意拿他打趣，只嘿嘿地憨笑，对面的暮云边笑边解释："难怪周公公不晓得，这都是近来兴起的那些个刁钻古怪的把戏。'本地风光'就是要说出的这一句无论出处在哪里，总要和眼下的人物、情景贴切。譬如说，这严冬飘雪的，就要说'窗含西岭千秋雪'，不能说'二月春风似剪刀'。"

齐奢"啧"了一声，一手点暮云，面冲周敦喝斥："你听听你听听，什么叫有其主必有其仆？你真不给爷长脸你。"

青田也笑嘻嘻的，拿眼瞟住了暮云，"哟，姐姐又是杜子美又是贺季真，这般好学问，羞得我可再不敢张口了。"

暮云将两弯漆黑的弯眉一揪，顿显出几分泼辣来，"周公公不明白，我才好心讲给他听，三爷和姑娘却合着伙取笑人！"红着脸脚一转，就要躲出去，让青田笑着一把扯定，"好大气性的丫头，说一句就翻脸，快站住。若不然，我倒是不怕给你叩头请罪，难道竟要三爷也向你作揖赔礼不成？"

暮云啐一口，捧着脸笑。四人其乐融融地笑一回，青田娇盼欲流地乜住了齐奢，"三爷，挨延了这些时候，您这头一句到底飞得出来飞不出来？"

齐奢微微笑着一哼，举起了手内的素白小杯，"酒逢知己千杯少[1]——"他一往无前地盯着她，眸子黑得不能再黑，又亮得不能再亮。

青田迎接这注视，面前的实在是个好看的男人，浓眉清目而英风流露，又是这样地权势滔天、温柔贴地，凭是怎样千斤重的一颗心也该被拨弄得动一动。可

---

[1]（宋）欧阳修《春日西湖寄谢法曹韵》："酒逢知己千杯少，话不投机半句多。遥知湖上一樽酒，能忆天涯万里人。"

匣心记

她没有心啊，在从前心的位置只剩下一个空空的血洞，随便一碰就疼得她直哆嗦，完全是一种生理的、本能的强烈抵触。

她拿一手捺住了心窝，掉过头笑一声："这叫什么'本地风光'？马马虎虎算你过关。我来飞第二字，嗯，斗酒相逢须醉倒[1]。该你飞第三字。"

"借问酒家何处有[2]。"

"吴姬压酒唤客尝[3]。"

"你怎么这么快？"攥起拳抵在了鼻下，绞眉冥思。

须臾，青田就以一根银筷轻敲起碟边来，"我可要击钵催诗了。"

"催也没有，肚子里墨水原就有限，这一急，更一句也想不起。"

"三爷先吃一杯，我就替你说。"

齐奢端杯一口咂尽，青田放下了手内的筷子，巧笑莺喉道："莫惜临川酒一杯。"

"哪有这句？"齐奢抹去了嘴边的酒痕，"定是你杜撰的。"

青田圆圆地瞪起眼，"'处处云随晚望开，洞庭秋入管弦来。谢公待醉消离恨，莫惜临川酒一杯。'——唐代赵嘏，《同州南亭》。自己不晓得出处，反说我杜撰？这一句你没说出，又乱了令，该罚八杯。暮云，倒八杯酒，全合在那大碗里给三爷送过来。"

齐奢瞋目切齿，大大地挥起手，"不公不公，我只问了一句怎么就算乱了令了？这酒罚得不公，不吃。"

暮云笑呵呵的，一杯不错地兑着酒，"三爷恕罪，只是酒令大于军令，尊卑不论，惟令官是主，奴婢得听姑娘的。"说着就端过了一只足有近二两的大碗。青田亲手相接，捧在齐奢的脸跟前。

---

[1]（唐）岑参《凉州馆中与诸判官夜集》："弯弯月出挂城头，城头月出照梁州。……一生大笑能几回，斗酒相逢须醉倒。"

[2]（唐）杜牧《清明》："清明时节雨纷纷，路上行人欲断魂。借问酒家何处有，牧童遥指杏花村。"

[3]（唐）李白《金陵酒肆留别》："风吹柳花满店香，吴姬压酒唤客尝。金陵子弟来相送，欲行不行各尽觞。请君试问东流水，别意与之谁短长。"

自青田摘牌子以来，每每带她散心，齐奢见她总有些慵愁之意，这几次却渐渐恢复了他第一次见到她时的活泼洒脱。仅望着眼前这一副目欺秋水、瞳神欲活的笑靥，业已酒不醉人人自醉。齐奢心甘意甜地把酒从青田的手中接过，一饮而尽，放下碗却摆出一副愤愤然的颜色，"你甭说不出，叫我也灌你一遭。"

青田"唻"一声，只下颌一仰，就将珠玑般的诗句抛出，"醉折花枝当酒筹[1]。"

齐奢赞一声，也稍一做想，"唯愿当歌对酒时[2]。"

青田一手托袖，另一手拣起了锅中的银壶，再一次给齐奢斟上了满满一杯，"劝君更尽一杯酒[3]。"

"嚯？"抬手于下巴一擦，"这个本地风光着实阴险。"

青田只管那么笑微微的，"三爷赏个脸。"

"得，给你个面子。"开怀笑纳，放杯，其后放声，"暮云，你再说一个字来。"

暮云说了个"玉"字，青田连呼"无趣"，齐奢却大加称赞，争执了几句，还是用此字。这一回，青田为先。只见她不紧不慢，又往那大酒碗中少加了有两钱的分量，"玉碗盛来琥珀光[4]。"

齐奢点头称是，接下去道："碧玉妆成一树高[5]。"

"谁家玉笛暗飞声[6]。"

"转教小玉报双成[7]。"

"蓝田日暖玉生烟[8]。"

---

[1]（唐）白居易《与李十一醉忆元九》："花时同醉破春愁，醉折花枝当酒筹。忽忆故人天际去，计程今日到凉州。"

[2]（唐）李白《把酒问月（故人贾淳令予问之）》："青天有月来几时，我今停杯一问之。……唯愿当歌对酒时，月光长照金樽里。"

[3]（唐）王维《渭城曲》："渭城朝雨浥轻尘，客舍青青柳色新。劝君更尽一杯酒，西出阳关无故人。"

[4]（唐）李白《客中行》："兰陵美酒郁金香，玉碗盛来琥珀光。但使主人能醉客，不知何处是他乡。"

[5]（唐）贺知章《咏柳》："碧玉妆成一树高，万条垂下绿丝绦。不知细叶谁裁出，二月春风似剪刀。"

[6]（唐）李白《春夜洛城闻笛》："谁家玉笛暗飞声，散入春风满洛城。此夜曲中闻折柳，何人不起故园情。"

[7]（唐）白居易《长恨歌》："汉皇重色思倾国，御宇多年求不得。……金阙西厢叩玉扃，转教小玉报双成。……"

[8]（唐）李商隐《锦瑟》："锦瑟无端五十弦，一弦一柱思华年。庄生晓梦迷蝴蝶，望帝春心托杜鹃。沧海月明珠有泪，蓝田日暖玉生烟。此情可待成追忆，只是当时已惘然。"

匣心记

"明月当帘挂玉弓。"

"你再说一遍？"

"明月当帘挂玉弓。"

"罚酒一杯。"

齐奢异然，"为什么？"

青田将刚刚倒上的这碗酒推来，"你先吃了罚酒，我再告诉你缘由。"

"那不成，你得说出个子丑寅卯来，我才能领罚。"

"我问你，你才说的可是诗鬼《南园十三首》之其六[1]？"

"没错。"

"大错特错。那头一句是'寻章摘句老雕虫'，第二句是'晓月当帘挂玉弓'。你错了一字，怎么不该罚？这样浅近的也会错，真真臊死人了。"青田咯咯地笑着，纤指在面皮上连刮两刮，比划着羞他。

有些很微妙的什么一下令齐奢沉了脸，从鼻子里冷冷地哂一声："若要擘两分星、文采锦绣，姑娘该去找你那状元郎。"

话一出口，他就后悔了。青田脸上的所有表情宛若一只被利箭射穿的飞鸟，砰然坠落，苍白的面孔上布满了不可见的血迹淋漓。完全不由自主地，他忙抬起手来握她的手，青田却抽手避开。

周敦和暮云对视了一眼，无言退出。但房间内依旧留着些其他的，纷繁而清冷，如窗外飞雪。

过了许久后，齐奢清了清嗓子，"对不住，我说错话了。"

青田万分平静道："是我说错话了。王爷操劳国事、忧心天下，岂以这些琐碎为念？何况文字之戏本来就一钱不值，'不见年年辽海上，文章何处哭秋风。'[2]"

---

[1]（唐）李贺《南园十三首·其六》："寻章摘句老雕虫，晓月当帘挂玉弓。不见年年辽海上，文章何处哭秋风。"

[2] 同上。

"你这可就像骂人了。"他目不转睛地向她盯了一会儿，嘴角微一斜，"我就是一时情急，跟你一般见识了。你呀，什么都好，唯独眼光差了些。"

青田一笑，浅笑中充满了冰桂兰麝的冷香，"三爷的眼光又何尝比我强？'那个人'的状元亦是三爷亲笔所圈，容此豺狼之辈当道明堂，只怕来日深受其害的将不仅仅是我一女流之辈，而是社稷天下。"

若有似无的笑意在齐奢的脸庞上弥漫开来，"金石之谈。不过择人之道旨在用之如器、各取所长，不可拘泥一格。老话说'恶人还需恶人磨'，王门内阁根基深厚、阴狡狠辣，非不择手段不足以铲除。有些脏事儿我不乐意自己沾手，就需要像乔运则这样才略深茂却又秉性凉薄之人。他和张延书这一对翁婿，值此乱世，乃不可多得之才。至于大政安定之后，也免不得卸磨杀驴，由清正之臣来重振朝纲，到那一天你只别脱簪长跪、恳请以身代罪就好。"

显而易见，最后一句话令青田也回想起那一幕：她伏在齐奢的脚下，字字心血，情愿为乔运则身受千刀万剐。是夜悬照在她脸前的红灯笼直映进如今的一双眼眸，两目血红地，她笑起来，"现在想起来，遥不可及——愚不可及。"

"心里那道坎儿，还是过不去？"

"过去了，早过去了。我以前总觉着，我什么都不求他的，他为什么这么待我？看了三个月的经，慢慢明白了，什么都不求才是最大的债，这辈子他亏欠我，无非因为上辈子我亏欠了他。还吧，反正这辈子还不清，下辈子还得接着还。"

齐奢听后，语默一晌，似近似远地看过来，"那我上辈子是欠了你多少呢？"仿佛是懂对方无从答起，他也就不用她回答，单取过酒碗来一口吞掉碗底的浮酒，又抓过了执壶"咕咚咕咚"地倾满，"罚酒我吃了，再吃五杯，以偿乱令之过。"

也只几口，他就将半碗酒全喝光，长长地喷出醇香的酒气，"接着来，该你了。周敦，酒没了！"

周敦与暮云先后入内，窥看了一下各自主人的脸色。暮云的目光落在青田的

匣心记

手上——一手攥成拳，紧紧地抵住腹部。她急忙俯过身，贴着青田的耳畔问："姑娘，是不是胃又不舒服了？"

齐奢这才注意到，手一横，拦住了周敦，"先去拿和胃丸。"

药的形色如黑豆，甘中带涩，近数月来青田已吃惯了，御药房的秘药果有奇效，她经年的胃痛已犯得越来越少，所以她有好久不曾体验过来势如此猛烈的胃部痉挛，仿佛有千百只手揪扯着腑脏打秋千，痛得她眼迸金花，只恍惚瞧见有人向她递了一杯水、送过一丸药。

青田松开紧咬的嘴唇，就着水咽了药。

齐奢拿回空杯，就握在手里头，两眼盯住青田。她不则一声，但已腰背深弓、一额冷汗。

"暮云，"他站起身，跛着脚快步向室西的一道槅扇折去，"扶你姑娘这边来，里头有床，在那儿盖上被子躺一会儿，药劲儿发出来就好了。"

半个时辰后，青田在一顶罗帐下醒来，齐奢业已离开，只有暮云守着她，拿手搀着她坐起，欣慰地叹口气，"突然犯得这样厉害，可吓死我了。还好三爷心细，居然叫下人随身带的有药。"

青田扯了扯身上的金花缎子被，煞白如雪地笑一笑。她想知道谁有另一种药，可以医治另一种疼痛，那比胃痛强烈千倍万倍的、锥心刺骨之痛。

而窗外的雪，像是永不会停了。

四

雪停时，已是残腊催归。没多少日子，桃符换旧，梅蕊生香，来到了新年。

槐花胡同的各家妓院已于节前结算收账，而向来正月十五前是不会有什么客人登门的，故而除夕之夜，皆是鸨母们领着自家的粉头一起度过，一样包饺子、放炮仗，团团圆圆。大年初一，两串鞭炮叫醒了怀雅堂的姑娘们。一年也就这一天，大家睁眼的时候是在早晨。闭关数月的青田雅淡梳妆，照花、蝶仙、凤琴更是头光面净，对霞的娘家就在城中，她与家人吃了年三十的夜饭，一大早也赶回。诸姐妹共随着段二姐在外堂的白眉神前三献五供，未等礼毕，却见龟奴们捧了好几只马子进来。

古来，尿壶即分两种：男用的叫做"虎子"，溺口狭窄；女用的则叫做"马子"，壶身上有一托，呈倒马鞍形，以供骑坐。照花见其中的一只青花瓷马子正是自己夜间的小溺之具，不由得两目圆瞪，悄声问："哎，把这腌臜东西拿来做什么？"

对霞跪在另一边，红唇一开，如花蕾初破，"你头一次在这儿过年，不晓得，这也是咱们娼家的秘规。新年早起，就要把姑娘们的马子洗刷干净，把献过神道的酒倒在里头，破五前再倒出来与客人吃掉，他就时时刻刻地惦记着咱们，一整年也不跳槽。等着吧，妈一会儿肯定叫你请客人上门，好把这瘟酒灌给他们。"

照花挤了挤鼻子，又觉恶心又觉怪异。当真就见前头的段二姐搬过神台上的一坛酒，念念有词地注入了各人的马子中，继而威严地命令道：

"蝶仙、对霞、凤琴，你们仨都知道该怎么办，按往年的惯例就是。照花，你明儿派人去请一请，让五大少、康小爷全来摆上几台酒。"

上年九月时，照花已由"清倌人"摇身一变为"浑倌人"。戴家五大少替她办齐了金、银、玉、红宝、蓝宝、翡翠每样各一套的全副头面，一年四季的绫、罗、绸、缎、纱、绢、绡、纺、绒、锦、小毛、大毛等各类衣裳，又单与了段二姐五万白银，点了大蜡烛。照花虽不是完璧之身，只依着青田所教的伎俩用药水洗了牝门，又借着经血蒙混过关。那一夜，床头一对象征着良家女子终身的红烛，对这髫龄少女，只是她在无数的男人手中流转的开始。五大少既占了照花的初夜，也算志得意满，虽另有许多的狂蜂浪蝶逐之不去，无奈照花本就是吃这碗饭的，

匣心记

平日里堂差应酬也不得不放她去，最多骂上几句，再不曾闹出拳脚之乱。倒是那晚挨了一顿饱揍的康广道，自打出娘胎以来，富家子弟哪里受过这样的窝囊气？竟生了一场大病，直到十一月上才见好。刚能走道，又摸回了怀雅堂，堵着一口气就是要照花陪宿。大大地出了一笔瘟钱，终于心愿得偿。这两位一个势大、一个钱多，有他们护法，照花一天比一天花运亨通。段二姐也就当然一个也舍不得丢，全要收入麾下。

　　果然初二、初三、初四三天，照花的两位大客接到邀请先后上门，其余三位挂牌的倌人也请来了各自的金主。怀雅堂夜夜笙歌匝地，灯火连云。从初五开始，门庭则又恢复了冷清，一天到晚只有小跨院的平房内嘻嘻哈哈的，是姑娘们聚在一起闲话。自青田从正院搬出，就住在此间，房子虽小一些，陈设却雅致如旧：梅竹嵌玉圆光罩的隔断，客室内铺着五彩花毯，一壁什锦橱，一壁文杏书架，窗根下一张影木嵌文石的大榻。蝶仙几个就横七竖八地全歪在榻上，从榻案的杂色食盒里抓些香药木瓜、砌香樱桃、紫苏奈香、姜丝梅之类的甜食，一头不停地往嘴里塞，一头又吐出不停的话来。

　　"哎，这新一年的《蕊珠仙榜》可放榜了，咱们照花小倌人也榜上有名。来，这是评语，我来念念——"

　　"你别念，讨厌，不许念！"

　　"摁着她，凤琴你快把照花摁住了，蝶仙你念，我们都等着听呢。"

　　"听好了啊，喀！'照花姓段氏，隶怀雅堂。善鼓瑟，精牙拍，兼通文墨。评曰：初日芙蕖，晓风杨柳，海棠待开，素馨将放，嬉戏出自天真，娇憨皆生风趣，其妙不同，真香粉孩儿，情思足以动人。诗曰：盈盈十四已风流，巧笑横波未解羞'，哈哈，你撕啊，撕了我也会背，'最爱娇憨太无赖，到无人处学春愁[1]——'"

　　"你还说你还说？专会贫嘴贱舌的！"

---

[1]诗出（清）陈森《品花宝鉴》第一回：史南湘制谱选名花，梅子玉闻香惊绝艳。略有改动。

"你这小蹄子，姐姐好意恭喜你名登花榜，你别不识好歹。瞧你这副浇样子，哪里'情思动人'？"

"你！哼，我非撕了这劳什子不可。"

"哎哎，别撕啊，可别真撕啊，我还没看呢！对霞姐姐你来帮帮我啊，别真让她撕了！"

"我就撕，偏撕，青田姐姐你看她们，合成一伙儿来作弄我！"

……

说不了几句就你推我揉起来，一个个笑得粉黛霏霏、喘汗交下。青田倚在下首一张杨妃醉酒榻上，怀抱白猫望着她们笑，"边吃边闹再仔细噎着了，疯丫头们。"

夜里，独点书灯，听着东一声西一声的爆竹，铺开了宣纸，抄录经文。不妨暮云笑嘻嘻地从背后拍一拍，"姑娘！"将一只红绒锦盒直塞来她眼皮下，"三爷派人送来的。"

盒内是一本《心经》，一般经书大小，外封却是两页纯金，上錾着观音坐莲，内里是一整片上好的痕都斯坦玉，正反面皆用卫夫人小楷细刻经文，再以金屑相填，富贵逼人、巧夺天工。暮云惊呼赞叹，青田单惘然一笑，轻轻地用手拂过。她很感念齐奢依然想着她，离上一次见面已快有足足一个月。在这样的佳节里，他自然是在王府中陪伴自己的妻妾抚松瞻雪、坐花醉月，但她并不感到一丝一毫的失落，她原本就没有任何期盼。他所在之处，是以最纯净、最珍贵的美酒祭天、祭地、祭江山社稷；她所在之处，则是把女人小便壶里泡出的巫酒偷偷地灌给嫖客。这是九重天，与烂泥地。而她，一刻也未曾奢想过会有谁从天上向她伸出手来，她只希望能用自己沾满了污泥的双手，撑住了，爬起来，再用全部的余生清洗身与心。

所以——青田放回了那本金玉之书——比起这般的辉煌灿烂，她的心经该是白净的纸与乌黑的墨：观自在菩萨，行深般若波罗蜜多时，照见五蕴皆空，度一切苦厄……心无挂碍，无挂碍故，无有恐怖，远离颠倒梦想，究竟涅槃……三世诸佛，依般若波罗蜜多故，得阿耨多罗三藐三菩提……揭谛揭谛，波罗揭谛，波

匣心记

罗僧揭谛，菩提娑婆诃。

一篇满是下一篇，一天满是下一天，天天天天，夜也就慢慢地短起来，来到了豆蔻梢头，二月初。

东风拂面，陌上花开。处处可见男人提着一箩箩的白灰，将一条线从门外直撒来自家的水缸前，为的是引龙回、行春雨；女人们则买回彩纸包裹的油挂面，煮一锅好水，下一把龙须。而在此般生机盎然的俗世外，则另有一个世界，就在重重叠叠的朱红城墙内。

紫禁城的早春，最为光色宜人的地方不是御花园，而是慈庆宫——宫中的一张紫檀大桌。桌上叠堆着成捆的衣料，明黄、杏黄、豆芽黄、绛紫、粉紫、烟灰紫、葡萄绿、梨花白……勾满了龙、凤、江河日月，以及许许多多的花：绣球花、水菱花、金盏花、锦带花、凌霄花、红葵花、紫薇花、瑞香花……繁绮瑰丽。

"杭州织造早该换人！头几年的上用衣料古板土气，今年这批就十分独出心裁。"西太后喜荷水眼山眉，将戴了几粒彩珠戒的右手向前伸出，俨俨地指点着，"姐姐你瞧，这款多新颖。"

东太后王氏工细的俊脸上笑意矜贵，仿如枝桠上刚刚破苞的一点嫩芽，透露出浅浅的春消息，"是不错，尤其这凤尾上缀的玛瑙和珍珠，这款妹妹就拿去吧。"

"这么贵重的料子，还是姐姐留着用吧。"

"我不惯这样花红绿柳的，再说了，穿给谁看呢？"王氏将头一昂，凌云髻间的凤点头便射出了道道光针，刺穿喜荷的眉心。

自齐奢主动与王却钏修好，东西两党间的剑拔弩张已大有改观，连带后宫的关系也缓和了许多。王氏再不似先前动不动就指桑骂槐，因此喜荷不知她这一句是无心快语或另有深意。正当答言，却忽来了一股穿堂风：

"禀告两位太后，皇叔父摄政王继妃觐见。"

每隔十天半月，各位王公命妇为表尊崇，总要进宫向两宫太后请安，而请安的顺序自是以东宫为先。

　　只见东太后王氏从胁下抽出条五凤齐飞的手绢，掩在口前打个呵欠，"看了这半日的料子，我乏得很了，恐怕没什么精力应付。妹妹，就请继妃去你那里坐一坐，她与你同出詹家，是五服以内的堂姊妹，你们能聊的也多，我这里谢谢她的心意。你才挑中的料子，回头我叫人送去你宫里。"

　　依喜荷的想法巴不得要单独会见，这便辞了王氏，出来就在正殿内碰到了齐奢的继妃詹氏：身着吉服，头戴凤冠，佩着玉花彩结绶，一派大家丰范。喜荷受了她半个礼，就忙叫宫女挽住，"你是我的堂妹，咱们原该亲热些，不必总这么拘泥于虚礼。"客套了几声，便各乘了软肩舆向慈宁宫前来。

　　等进了慈宁宫的宫房，喜荷再次吩咐豁免詹氏叩见的大礼，赐座赐茶，煦煦地说着话。如同漫天碎尘，东飘西荡后，终是尘埃落定。

　　"近一段，三爷好像忙得厉害？"喜荷坠着眼、抿着茶，仿似很不经心的样子。

　　詹氏玉润珠温，低眉敛袖道："王爷一向如此，不到卯时就起身，常忙到亥时才歇下，臣妇也常常好几日不得见上一面。"

　　"王府里如今妃位上有几人？"

　　"侧妃只有顺妃一人，世妃有容妃、婉妃二人，哦，还有一位寿妃，是早几年册封的。"

　　"那么其余王嫔、姬人当中，有谁是新近得宠的？"

　　詹氏没出声，单摇了摇头，脸上满是和顺的笑意。喜荷蓦地里一阵心虚，只怕再问就太过露骨，遂引开了话题。两三刻钟后也就是送客的时候，喜荷格外恩遇，亲自陪詹氏走到了殿外，携一携她的手，"替我向三爷问好吧。"

　　詹氏刚走，又一阵靴履飒沓，是慈庆宫的管事牌子吴染带人送衣料来。赵胜作为慈宁宫的管事牌子，也忙前跑后地张罗着："主子您瞧这个，漂亮极了……主子，您再看这一卷，这牡丹花的一点红，红得多鲜亮……"

　　喜荷就斜倚着门廊，怔目环顾。陡瞄见院墙不起眼的某角落不知哪来的两只狮子狗，一只骑在另一只身后，春兴勃发地交媾着。这淫秽的一幕在她心中激起了隐晦的什么，令她的双手牢牢攥紧，好控制住自己不去一把扯过那一匹匹、一卷卷的衣料，全撕碎，统统撕个烂碎！

东边的说得对极了，穿给谁看呢！

狗在吠，有太监发现，扎着手去赶。喜荷绝望地闭起眼。她想她是一幅滑凉的绸缎，生满了女罗花，这些花永生永世地绽放着，在金丝与银线间。

而外头的百花也全都要开了，开在太阳与和风中，在一个蠢动的春天。

五

春天，撩动了每个人的心弦。见沿途枝头新绿、生气扶疏，摄政王继妃詹氏就起了游春之念。离宫后，轿子一径抬回了王府，换过便装，就来在花园中绕着荷塘漫步，同几名丫鬟贴身说笑，也是一番乐趣。

走走停停，便至蓝桥红豆之中，忽听得一声春莺乍啭：

"妾身叩见继妃娘娘，给娘娘请安。"

詹氏循声望去，见两条身影跪在前头的树影间，面貌看不清是哪位姬妾，正要叫"免礼"，就被身畔的丫鬟轻轻一扯，"娘娘，那是世妃香寿同她的姚奶妈。"

詹氏眉头上的那一点喜气霎时间不翼而飞，目中无人地冷冷走开去。丫鬟们有的窃笑，有的冷嗤，有的还故意拿脚尖踢开一粒土块，骂："挡道的玩意儿。"

香寿与姚奶妈双双直跪在浅草中，直到环佩声声去远，这才相搀起身。香寿依旧是八月十六夜宴的模样，眉目绝艳而衣饰清寒，她神情凄郁地叹一声，一叹中，蕴含了不解的愁与谜。一旁的姚奶妈也仍是泼恶不改，遥对詹氏一行的背影狠狠啐一口。

詹氏走出还不到小半里，迎头又撞见了谁。这次她却是笑容可掬，"小顺妹妹，婉妃妹妹，快都起来吧，你们两个倒也有兴致。"

二妃伴住了詹氏，侍奉左右。

"难得太阳好，坐在屋里可惜了。"

"是，我院子里的几树花都开了，想着花园里一定景致更佳。"

"对了娘娘，你这是才从宫里回来？不曾见着王爷吗？"

"是啊，怎么不同王爷一道回来？"

詹氏目光迢迢，笑望着冰开不久的湖面，"我怕烦着王爷，也没叫人告诉他，他这阵子还在乾清宫呢。"

乾清宫金龙衔壁、彩凤缀帷、榻护绣褥、地铺锦罽，一张黑漆描金的棋桌边，齐奢手捏一枚红玉棋子，举手无悔，投子弃局，"臣输了。"

桌子另一边是少帝齐宏，一笑，仿佛是琪树临风，"皇叔只怕是有意相让。"

齐奢也是笑，"顾师父教得好，皇上学得精，棋艺一日千里。臣实在已竭尽全力，力不从心。"

"好吧，朕且听了皇叔这一句，就算是哄朕的朕也高兴，这一个多月的工夫总算没白费。"

"年下到元宵，各个衙门封印，皇上也能心无旁骛地放松几天。最近这一开衙又是看不完的折子，怕搅了皇上的心情吧？"

"皇叔不用拐弯抹角，朕晓得，不过就是前一阵习棋有些入迷，一时没收回心来，所以拖了几天没看折子。朕保证，打明儿起，皇叔每日挑出来的折子，朕一定一字不漏乖乖地看完，成不成？"

"皇上误会臣的意思了，臣原本是说，皇上若嫌天天对着折子气闷，臣愿陪皇上去南苑疏散疏散，跑跑马、打打猎。不过既然皇上如此牵心国事，实乃天下至福，臣不敢有违，一切就按圣意来办。"

齐宏一下子蹦起来，哈哈大笑道："皇叔你坏透了，原来早知道朕想去南苑！朕都琢磨好久了，就怕母后觉得朕贪玩，一直没敢开口。好皇叔，求你跟母后说一声，带朕出去玩两天，朕做梦都想能痛痛快快地在山里跑一回马。好皇叔……"

匣心记

齐宏乐极忘形，似个撒娇的小童在冲亲人讨一块糖。

笑意染满了齐奢的眼底嘴边，却不忘君臣之别，一面笑着接受拉拉扯扯，一面恭谨起身，"皇上先坐，先坐。"

宫中开饭比别处早，自鸣钟叮叮当当地敲过五响，就已是晚膳时分。齐宏苦留齐奢一同用饭，齐奢辞一番，即欣然领受。称为"一同"，其实分了两个隔间，御膳有什么就赏什么，等于给齐奢另开了一桌一模一样的饭。但齐奢一向午饭吃得晚，实在胃口不佳，为不辜负侄儿的好心，很尽力地吃了一回。饭毕来这头叩谢了恩典，叫周敦拿一封银子犒赏了乾清宫的管事太监应习，便辞别退出。

他让轿子在后头跟着，自己一路散步走回崇定院，只当消食。在院中值房整理了一些公文，即预备起轿回府。结果一出门，就碰见王却钊与王正浩、王正廷父子三人由内阁的大门步出。齐奢立即放出了笑脸，很热络地迎上前，"舅舅，首辅老先生！这会子才散班？辛苦辛苦。"

"不敢不敢，怎及三王爷辛苦？"王却钊满面春意，似乎面前的不是杀子仇人，而只是血肉至亲。其身后的两位一样洋溢着喜笑，抱手揖礼，"摄政王。"

四人寒暄一番，你谦我让地各自登轿。擦身的一霎，每个人脸上的善意都先后消失，如同到来时一样地突兀且自然。

阴凉的轿厢中，王却钊捋一捋长须，嘴唇无声一动，"走着瞧。"

而前方，齐奢的八人黄缎大轿已在一应金扇仪仗下，威武浩荡地去远了。

六

齐奢回到王府，先在书房"和道堂"接见了几位密僚，本欲接着批阅镇抚司送来的白匣，考虑了片刻，却又伸个懒腰站起身，"周敦，传轿，去风月双清阁。"

王府东路隐有一列宫柳，簇拥着一带红楼，便是府中内眷的居处。继妃詹氏所住的"风月双清阁"这时间已掌了灯，阵阵的笑语从灯火璀璨的上房传出。

"继妃这儿难得这么热闹，这是谁在里面呢？"

齐奢一边往里走，一边略显诧异地问道。

马上就有一个太监几步并上前，"跟王爷回话，是顺主子、容主子和婉主子三位在陪主子娘娘打雀儿牌呢。"

"是吗？"齐奢挑高了一侧的眉头，"别言声，我进去瞧瞧。"

果然套间里支着方桌，桌面上铺着红毡，侧妃顺妃，容、婉二世妃陪继妃詹氏坐在一处，四人牌戏正酣。顺妃穿着亮绯色的掐花斜襟窄褙子，金丝长裙；容妃穿着靛蓝色宝相花洋缎衣，系着一条高腰细褶百合裙；婉妃则一袭姜黄色圆领叶蔓长褂，外罩着团花长比甲，比甲的双捆压边下露出暗紫色的裙褶来：一个个粉颈纤腰，丰容妍色。詹氏坐在上首，黛绿色立领对襟大褙配着琥珀色的大褶裙，一条松花色月形的镶珠勒子遮在精描细画的两道垂珠眉前，典雅大方中又见温柔之态。

一窥之下，齐奢就出声笑起来，"好一幅春闺集艳图。"

边上侍候的众婢先层层跪下来施礼，四妃也离了座位福下去，詹氏款然一笑，"王爷来了。"

齐奢叫丫鬟替自己宽去了外衣，只剩下单袍，系着条三色金束带，搓着两手笑，"你这儿暖和，坐久了热得慌。"

"哟，听王爷这话，难不成是打算久坐喽？"容妃的头发生得略低，有个花尖，眉眼又浓又大，笑起来调皮非常。

顺妃的一双清水眼里早噙满了闪耀的笑意，故作佻僙地向下斜瞥着，"你们瞧，嘴里说着热，他还搓手，分明是手痒了想上桌，那可不要久坐吗？"

大家伙一下子乐了，齐奢也跟着笑起来，"我本想来和继妃清清静静说一会子话的，怎么偏你们几个母夜叉在这里竹战。"

那边门帘一挑，丫鬟送上来一只青瓷小盏。詹氏殷殷地亲手捧上前，"新炖的蜂蜜燕窝，王爷润一润口。”

婉妃臻首轻晃，肉鼓鼓的两点樱唇上下开合个不停，“下午和顺姐姐逛花园时恰巧同继妃娘娘碰上了，一起走出去没多远竟又迎头撞上了容姐姐，大家就笑说这倒能凑出一桌牌来，这么三说两不说，就跑来娘娘这儿摆战局了。谁料到王爷会来，可真是‘大巧背小巧——巧上加巧’。既来之则安之，王爷也坐下来来两圈吧。”

齐奢歪在炕床上吃着燕窝，一壁把手晃了晃，“我不来，我看你们玩一会子就走，还有事情没忙完呢。”

“嘻，”容妃一脸的似嗔似喜、含怨含颦，“事情哪有忙完的时候？还不就捉空寻开心吗？”

“就是王爷，”婉妃在旁帮腔道，“连过年的时候你都扎在那书房不出来，就歇一个晚上又怎么了？”

詹氏也启齿一笑，“王爷上次上牌桌都是什么时候的事儿了？老这么昼夜辛苦、宵衣旰食，偶尔也该放松一下，小赌怡情嘛。我虽是不爱玩乐的人，这不有时也玩两把，不为别的，大家坐在一处谈谈笑笑的就很好。”

“王爷就留下吧。”顺妃侍立在炕下，把手腕上一对鎏金蝴蝶转珠镯挽了挽，顺手就拂过齐奢的衣角，“难得娘娘有兴致，你就不看妾妃们，也看着娘娘的面子啊。”

齐奢偏头向詹氏一瞥，笑着放下了手中的小盏，“好，既然连你都开口了，我就陪你们打两圈。你们打多大的？”

顺妃扑哧一笑，“继妃娘娘说常年到头叫下人禁赌，当主子的倒大明大放地点着灯赌钱终归难看，所以才是拿棋子儿当注来着。”

齐奢“嘿”了一下子，“那有什么劲儿？我记得我那儿还剩着好些过年才打的压岁锞子，把那个拿来吧，取个彩头，也不算赌钱。周敦，去，叫人送过来。”

几名婢女上前来洗过了残牌，众人便待重新入座。婉妃因身份最低，只退开

在一边，詹氏却压手叫她坐下，"你接着打吧，我正好想歇歇手。"说着命人再添了一张椅子，请齐奢坐了，自己就坐在他身后看牌。

齐奢与三妃斗了几回，说也巧，不管谁取胜，三次倒有两次总是顺妃点的牌。这一回还没几手，又是顺妃刚发下一张二饼，婉妃就笑道："托姐姐的福，我可满了。"气得顺妃把颈项一扭，"不来了不来了，刚才就数我最背晦，眼下又是三家卷我一家，不来了。"

婉妃笑着将小指上的缠丝点翠护甲轻轻地往唇边一擦，"玩玩而已，顺姐姐怎么又急了？"

詹氏正自桌边梅花小几上的果碟里拿绢子托了几颗糖渍栗仁，还没放进嘴里就笑起来，"偏她最喜欢耍性子，老像小孩子似的。"

顺妃更拿出了蛮横不羁的口吻，撒娇似的说："还是娘娘来吧，妾妃今儿手气不好。"

"别别，"齐奢出言劝阻，"这把我坐庄，指不定你就转运了呢？"他笑着扭过身，从詹氏的手绢中抓了两颗糖栗子扔进嘴里，又把另一手晃两晃，"洗牌洗牌。"

顺妃勉勉强强跟着容婉二妃一道洗了牌，刚一起牌，便听詹氏在齐奢背后轻笑了一声道："王爷久不上桌的人手气壮，一上来竟就十严了，你们可各自小心吧。"

谁知齐奢却有些不置可否的，拣了张万字就随意甩出去，"我缺的这张必不在她们手上，且等我另顶一张出来。"

他下家就是顺妃，即刻喊了一声"吃"，把齐奢那牌拣了去，扔出一张白皮。

再下来是容妃与婉妃，二人出过牌，齐奢接着打了一张出来，"六万。"

顺妃又忙叫："吃！"容妃却在那边叫："碰！"雀儿牌里以碰为大，容妃拿了牌去。

待婉妃出过牌，轮到齐奢这里，他竟依旧是历练周道的一声："六万。"

顺妃怔了下，随即一点喜孜孜的笑意就由眼底溢出，又拿眼尾轻扫了齐奢一扫，"吃。"

匣心记

容妃和婉妃对看了一看，也扁着嘴儿笑，却也不得不顺着齐奢的心意来捧顺妃的牌，这样一来，顺妃当然是无往不利。到后几手，容妃揣不住说了一句："顺姐姐和清一色万字呢，谁要再打万字谁就该吃个大大的包子了。"

齐奢却只模棱两可地一笑，"那怎么办？我这一副好牌现已成了，可不能再拆开重来，我只不信她真能和清一色。"他心里算着顺妃只少一张一万，遂把一直扣在手里的那张一万扔了出去。眼见顺妃心花怒放地就把面前的牌阵一推，"这一晚上可算让我和了一把！"

正值有丫鬟自外面端了一大茶盘的金银锞子来，齐奢就故意笑骂了一句："早不来晚不来，前几把都叫她们给胡混了过去，偏我这一吃包子你就来。"

那丫鬟马上回嘴道："哟，不是你叫周敦着了火似的回来找这些劳什子？还亏得我自个踩着梯子从大柜顶上翻出来，一路上还差点儿绊一跤，倒给你送错了不成？"

顺妃正低着头数权充筹码的围棋棋子，听见这声音向边上一瞄，见那人娱光眇视、薄怒伴嗔，衣衫艳丽而轻佻，当头还插着朵桃红绢花，正是齐奢屋里的大丫鬟萃意，由不得她就暗暗翻了个白眼。

齐奢却不以为忤，反指着萃意呵呵一笑，"这快嘴丫头！放下吧。"又凑过身来贴拢了顺妃，一手搭着她的椅子背，另一手点在她牌上道："我来帮你算算，你这把是大顺一条龙，翻八番，还有元宝一番、财神三番，总共是十二番。萃意，数十二个金锞子拿到你顺主子这儿来。"

那锞子有"必定如意"式的，有"吉庆有余"式的，有"八宝联春"式的，一颗颗金光灿灿，齐奢又从茶盘里取出了三只五彩大荷包亲手将锞子装起，搁在顺妃的面前。锞子把精美的荷包皮撑得鼓鼓的，而顺妃精美的脸皮也被欣喜、骄傲、虚荣……被每一种小巧而闪耀的情绪鼓胀了起来，终于破开在嘴角，露出了一个甜蜜的笑容。

但容妃与婉妃就远非这般欣快，哪怕隔着大老远，也能闻得见泛起在她们脸上的酸味。婉妃先乔模乔样地叹了一口气，"王爷，妾妃瞧呀，照这么打下去，就打上一整夜，赢家也是顺姐姐无疑。"

"就是，"容妃也语含讥讪地一笑，"这下妾妃和婉妹妹也觉得没意思，不想玩了。"

齐奢听了，笑着自顺妃的椅旁抽身正坐，"算我今儿上了贼船，你们全是惹不起的。来吧，我这个大包子包你们个个满意。"

妻妾们笑起来，方始一块伸手去洗牌。齐奢的牌原是由继妃詹氏代洗，这时丫鬟萃意到了，便弓下身来替他洗牌。她两手上戴着一只鸡血石葫芦戒、一只四叶宫花的绿玉小戒，套着一对银镯子；而三妃则更戴了满手不是赤金就是点翠的护甲、戒指、腕镯。大红色的桌毡，八只白腻白腻的手儿，手上的珠宝在琉璃屏画的宫灯下恍闪出刺目的宝光，伴着洗牌声"哗啦哗啦"地乱响着。如果富贵风流是一种声音，这就是。

此际，齐奢忽也前倾了上身，把两臂挂得长长的摸去牌堆里。詹氏在后头轻声不解道："有她们呢，王爷怎么自己动手洗起牌来了？"

齐奢倒更把两手抡圆起来，"反正眼看着爷今儿也得往死里输，就靠洗牌捞回些本儿吧。"嘴上说着，粗糙的手掌就有意无意自众姬雪白丰润的手上一一抚过，仿若恶狼卷过了羊群。

这一下掀起了哄堂大笑，下人们不敢笑，全憋得鼓嘴瞪眼的一脸滑稽相。婉妃第一个夺出了手，扯着半幅袖掩住了香腮，"王爷最坏了！"

容妃笑得打跌，鬓边的一串金丝珠络栗栗颤动着，捧着肚子直叫"哎哟"。萃意也笑弯了腰，双手扶着齐奢的肩膀，直把两鬓往他颈窝里揉。

詹氏别开了脸，却也抽出手绢打着嘴，满目的笑意葱茏。

只有顺妃，笑是笑了两声，却又把嘴角往下一拉，很是一副吃味的样子，"近来没见着几次，倒一次比一次会耍嘴皮，也不知叫什么人给带的。"

齐奢也不理睬她们，只管怡然自得地自个洗着牌。那牌是以白玉雕就的，牌

匣心记

身上镶嵌着红绿水晶。可不是？他的生命中，哪怕小到小小的一只雀儿牌，也是道不尽的富丽堂皇，此刻他周匝环满了贤妻美妾、俏婢豪奴，而假如他起身离开去到那深寂的书房里，他就将独自把玩这世上至高的权力。他这样一个人，该什么也不缺的。但齐奢却分明感到每一时每一刻，甚至就在当下这样美满欢愉的时刻，他的心也在不停地渴念着一个人的名字，不是锦缎在渴念着绣花，而是寒天雪地在渴念着炭火；就如同饥饿的胃要一顿饭，焦痛的喉讨一口水。生死攸关。

齐奢就这样默想着青田，把满桌被推翻的牌一张一张地重新垒过。倏尔，却看周敦出现在门前，匆匆行过礼后上前耳语了两句，捧来一封信。

桌边火盆里的炭块"噼啪"一炸，星子映入了齐奢的眼底。他的双目蓦然间被点亮，满座环视了一番，"你们先回避一下，我这里有些事情。"

众姬见他面色变得很严肃，也不敢再说笑，都随詹氏一起退到了外屋去。

七

齐奢拆开信，信纸上写满了弯弯曲曲的异域文字。这些字幻化着、动荡着，散发出微光，终于化作了一抹斜阳，辉映着腾格里长天。

天际下无垠的大草原，被血色所染就。

一刀挥出，漂亮地插入敌人的胸膛，胜利的呐喊还未出口，已成惨嚎。铁器耀眼的反光一掠，头颅飞升，无头的尸体仍然被身下的坐骑载动着向前冲杀。千钧一发之际高竖起盾牌挡住了袭击，战马的肚皮却遭豁开，飞奔中被自己流出的肚肠缠住四蹄，连同背上的骑士一起倒地，千万的铁蹄自上呼啸践踏而过，肉遂成泥。号角、战鼓、嘶吼、哀鸣……震耳欲聋，响彻四野。

鞑靼和瓦剌——最善战的蒙古人中最善战的两个部族——正在为了世仇与荣誉，血战到底。

鞑靼的首领苏赫巴鲁一马当先，平端战刀，整个人变作了一副牙齿，所到之处只剩下骨渣和肉屑。他张开嘴长啸了一声，声调古怪。立时，座下的骑兵们纷纷策马，背对着夕阳向东收做了一道弧线，同时厮杀得愈加英勇、亢奋，而血腥。六万轻骑，不仅已逼得十万瓦剌大军溃散败逃，而且终将毫不留情地将其吞没，因他们的领袖已在大地上找到了一副更犀利的牙。

这里原本是一座湖，但冬日连续的干旱使湖水退入了湖心，裸露在外的湖底则成了烂泥潭。瓦剌的数千人马就被鞑靼的追兵驱赶着，前仆后继地冲向陷阱，成了死亡的食物。泥潭里的黑泥兴奋地冒起了气泡，吸吮着、吞咽着。有些瓦剌士兵欲回头求生，却在逆流中被自己人挤死、撞死，偶有几个成功调转了马头，接下来却遭到了外围的鞑靼人的疯狂砍杀。一时间，瓦剌队伍中人嚎马鸣，除了泥浆就是血浆，惨不忍睹。

但对于鞑靼的首领苏赫巴鲁，这一幕无异于世上最优美的风景。为了全歼瓦剌主力的这天，他已等待了数年。因此，当迟迟等不到计划中的西路军堵住包围圈的缺口时，他往日的沉着荡然无存，频频咆哮着蒙古语，"大哥人呢？"

没有谁能回答他，除了十丈外那一匹风驰电掣的快马。马至，其上的信使头盔一掀，洒下满头的汗雨。

"二王子，大事不妙！大汗五天前驾崩，大王子压下消息不发，早已带人赶回去继位了！"

所有的瓦剌人都发现了缺口，大规模地逃窜，得到生机的声音盖过了一切。然而鞑靼二王子苏赫巴鲁什么也听不到，他耳中唯余嗡嗡的空响。

等苏赫巴鲁的听力恢复时，所听到的第一句话就是："行不通。"

"为何行不通？！"他端坐中军大帐，一拍桌子，几乎地震。

副将莫日根并不惧王子的怒问，有条不紊道："大王子日夜兼程，又比咱们占得先机，无论如何也追不上了。而他一到国都必先打开国库，将金银财物分发给众王公大臣来换取他们的效忠。二王子如果现在仅凭手中的兵力就擅离驻地抢夺

匣心记

汗位，非但是以卵击石，而且会让瓦剌人乘虚而入。”

“难道一丝希望也没有了？”

“有。”

“希望何在？”

“北京。”

北京，是长城的另一边，是繁华的城、是深深的府，是心怀城府的一个男人，与他手中的这一封信。

齐奢重新叠起了信纸，沉思一刻。之后，他俯身把信撂进牌桌下的炭盆里。

伴着极其微弱的“哧”一响，信中的部族相残与兄弟相争就化作了黑色的、飘舞的纸灰。

八

第一场春雨在两天后落下，雨过，天再一次变得阴嗖嗖、寒沁沁，仿佛一夜间又回到了冬天。

而对有些人来说，只用一天就能遍历整整一年的冷暖轮回。青田每天早晨睁开眼，全觉得身在数九寒冬，根本没勇气钻出被窝。挨到了中午、下午，就觉得来到了春天、夏天，又有了生机与希望。临睡前则成了萧瑟的秋，薄雾浓云愁永昼。睡过去再醒来，又躺在刺冷的隆冬里。心痛和绝望是四季的风，起起落落。风起时，她似枯叶般被席卷着，无法呼吸；风息了，她就尘满面地干坐着，审视着满地往事的遗迹。但在这般的苦斗中，依然有使人欣慰之处。青田记得去年的五月直到九月，四个月里头她没有一时一分的快乐。然后九月、十月，每隔上十几天，她就会有一刹那的平静。再然后十一月、十二月，三五天内，她就会得到一次心底的安宁。开了年，她每天都会有些小小的欢喜，譬如抄经抄到满心空空时，她就是欢喜的，抑或这一夜，再一次见到他时。

齐奢看起来容光奕奕，进门就张口直问："快两个月没见，有没有一丁点儿想念爷？"

青田笑，亲手替他烧水、烹茶。她想起过他，常常，但那并不是想念。她了解想念的滋味，曾经甜如蜂蜜，今日却苦如鸩毒——她手中的茶杯陡然地浮现出一个倒影，青田手一震，拿竹荚用力地搅碎了水面。

齐奢坐在小炉边，白猫在御缩成一团拱在他怀里，姿势娇慵得似个备受呵护的小女人。而他爱抚温存、笑容纯良，也像个世间好男子。"我早想来瞧你，可要么不方便，要么不得闲，今儿好容易逮着个空子，不过天晚了，又冷，去哪儿也不便，就直接上门来了，你甭嫌扰了你的清净。"

"三爷哪里话？"青田双手奉茶，含笑向齐奢睨一眼，"好久不见，三爷瘦了。"

"你倒是胖了些，气色也好得多。"他接过茶，轻润了一口，又深深地叹出来。叹息也是刚从文火上取下的，滚热、熨帖。"我前两天叫人送来的百合酥你吃了没有？合不合口味？"

饮食男女，静坐夜话，聊着聊着已漏尽更残。门被叩了两叩，周敦在外头唤："爷，三更了。"齐奢低声笑起来，"哟，都这么晚了。"遂放开了手中的猫儿，起身作别。

青田向拓着鹦鹉衔草水印的棉窗纸睃一眼，稍一犹豫，"三爷，这几天还下霜呢，万一滑了马掌跌一跤可不是玩的。我西屋里另有张床，干干净净，从没人使过的。你若不嫌弃，就将就一夜，在我这儿借个干铺吧。"

一丝笑意莹亮地浮起在齐奢的眼中，人也不答话，回身就向里间的卧室走去，走到了青田的那张红木玳瑁小床边，伸足朝床帮踹了两踹。

青田先是愣愣地瞧着，随即就"扑哧"一笑，"你这人，人家好心为你，你倒拐着弯地损人。"

齐奢偏过脸，剔高了一眉，"你这人，人家拐着弯地损你，你居然也听得出？"

匣心记

传说北宋时，道君皇帝宋徽宗时常出宫与名妓李师师幽会，一次恰逢李师师的旧情郎词人周邦彦也在香闺里盘桓。情急下，周邦彦只得躲去了床底，将酒束灯炮、午夜缠绵之情听了个饱。夜间宋徽宗起驾，李师师假意相留，惹床下的周邦彦一肚子醋气。事后写就了一首《少年游》，将李师师其时款留宋徽宗的话语字字尽录，曰：马滑霜浓，不如休去[1]。

二人意下所指，正是这一段艳事。但见青田气笑参半，一指向前点着，"你快到床底下拿人，拿不出个周邦彦来，我可和你没完。"

齐奢笑着连连摆手，提脚外行，"罢了罢了，你是李师师，爷可不是宋徽宗。爷要有意，别说干铺，'湿铺'也借了不知多少，有你这句体贴话就够了。这会子再不走，怕天亮折子也批不完。"

青田的笑容有一刹的虚悬，"你——？"

"可不是嘛。"齐奢从衣架上拽下了自个的外褂，展臂入袖，"每次和你待上半日，爷晚上都得彻夜赶工，有时候事儿多些，连觉也没得睡。怎么样，听后是不是备觉感动？嘻，甭说你，爷自己都不禁深受感动。"

青田又一次笑个止不住，"再没见你这种人，死乞白赖地要人感动。"说着一面伸出手，替齐奢扣起他腰间的汉玉带钩。

齐奢俯着她——她低垂的、根根细秀的眉，双眸深深有物，"我倒真不怕死乞白赖，只要您笑口常开。"顿一顿，笑脸是一贯的似是而非，"这句还不感动？"

青田笑着把他推一推，"要走就快走，还能捞着睡一会子。"

都走到门口了，齐奢又拧回头，在额角拍一下，"我一见你真是开心得什么都忘了，今儿原是有件正事儿同你商量的。"

"嗯？"青田盈盈而立，将鬓角的一梢垂发掠去了耳后。

"过几天我打算到关外走一趟，行围狩猎，来回大概一个多月，你同我一道吧。"

---

[1]（宋）周邦彦《少年游》："并刀如水，吴盐胜雪，纤手破新橙。锦幄初温，兽烟不断，相对坐调笙。低声问向谁行宿，城上已三更。马滑霜浓，不如休去，直是少人行。"

"关外？"

"此时塞北万物复苏、风光怡人，你与其待在这儿触物感怀，不如跟我出去散散心。"

窗下立有一支鸳鸯戏荷的五柱灯，四映着锦帷雪壁，将其间的人面也映作了一片粉朦朦。青田将一手温着腮脚，低头默想。

齐奢自知她顾虑些什么，稍一乐，双手一摊，"我在你跟前都当这么久柳下惠了，君子一世，岂可坏在小人一时？保证，一路上对姑娘以礼相待。"

青田依旧思忖了片刻，方举目一笑，娟媚横生，"周公之礼[1]可不能算。"

齐奢见她应了，自是喜欢，不过带笑嗟呀一句："你要黏上毛，比猴还精。"

明灯渡影，满室皆春。

室外之春，则往北，吹向辽原碧草而去。

九

短短两日后，即为动身之期。这回上门来接的是一架双马高车，车厢甚为宽敞，几乎同一个小房间的大小差不多，青田和暮云两个人并坐在里头也不觉拘紧，所以虽然赶路无歇，倒不算十分辛苦。齐奢依旧是便装乘马，同行的约有五十来名清一色膀圆腰宽的骑士，个个做家丁打扮，瞧起来就像是富家公子携同家眷一道游春。

烟丝醉软，燕语如剪。红绽雨肥天。

是夜，官驿入住，青田的房间在齐奢隔壁，反正这几日不是隔壁就是对门，他晚上也总要过来陪她说一会子话，置一壶酒，嘻嘻哈哈地对饮几杯才回房去睡。这一夜因她要洗头沐浴，他便不再上门，只命人送了些生鸡卵、香皂、花露等物。

---

[1] 周公之礼：俗指男女同房。

匣心记

一室雾气中，暮云将青田扶入香汤，先以皂角为她洗了发，再拿蛋清涂在发丝间，按摩片刻后淘净，接着又用香肥皂洗了身，洒上花露，服侍着换过了素绢寝衣，最后再搭上一块晾头发的青布披肩。

所居之地已近国界，极荒僻，一丝人声不闻，只听得到虫鸣兽嗥。暮云才将窗子支开一条缝，敲门声就响起。她去应门，隔一刻，捧进了一只剔红匣，"三爷叫周公公送来的，说是这地界有种小虫子细得能钻进帐子里咬人，把这香点上就好了。"一壁打开了匣子取香，一壁笑问："人家都这样了，姑娘还要怎样？"

灼灼的蜡光把镜子里的人影镀上了一层光圈，两手仍左一层右一层地精心涂抹着，像尊自己给自己飞金的神像。乳霜以杏仁、轻粉、滑石磨蒸，再加冰片、麝香、蚌粉、珍珠粉、益母草相调，温润香软。青田把指尖停在了眼尾，斜睨而来，"这话说得不通，人家怎样，我又怎样？"

暮云往八仙过海的珐琅熏炉里舀了两勺子香屑，探鼻嗅一嗅，"人家鞍前马后，到现在连姑娘的头发丝都不碰。姑娘呢，高兴了就哄两句，不高兴就甩脸子。不是我说，以前你对着那些客人竟还殷勤小心得多，几曾这样骄纵任性过？"

青田又挖了些乳霜在掌心匀开，优游地揉着面颊，"我问你，倘若人家现从隔壁过来要我脱衣服上床，甭说我本就是个窑姐儿，就算我是宰相的千金，可以说个'不'？哪里用得着他鞍前马后？哪里轮得到我骄纵任性？你没听说过，摄政王府里养了多少姬妾，还馋嘴猫儿似的跟我这儿歪缠，图什么？想想就明白，还不是到哪里都是女人赶着他、巴着他，山珍海味来得容易，吃得厌烦，索性自己试试上赶的滋味，家常例饭外弄一碟消闲果子，吃着碗里，看着锅里，要的就是这一份看得见吃不着，也不过就是公子哥儿嫖姑娘，另一种嫖法儿。我又不是个雏儿，若被这把戏骗动了，可不白在这桃花门巷里打混？"

"姑娘你这可就是没良心了，竟把三爷说得这样不地道。"

"我倒真不是说三爷，我是说我自己。论色论艺，我又不是世上无双；论传宗接代，我十五岁就喝了'败毒汤'，注定一世腹中空空；论家世品行，更是搭不上一点儿边。德言容功，我占哪样？人家不是嫖我，真是爱我不成？纵使情人眼里出西施，这位主儿现今看我有薛涛、苏小的清才，樊素、小蛮的丰调，等一到了手，睡上个三天两夜也就腻烦了。这些事情我见得还少吗？先前那些个从良的倌人哪有一个平安白头的？在那些王侯贵人的眼里，我们这种人不过是个玩物，好的时候抱在怀里、放在膝头，宝啊贝啊的，一个不好，送人的、发卖的、赶出门的，甚或还有直接打发归院的，道儿可多着呢。"

"姑娘你可真是变了，说出来的话句句叫人心冷，三爷若晓得一定难过死了。我眼里见过的人也不算少，我觉得，三爷待姑娘那是没的说的一片真心。"

"三爷是假意也好、真心也罢，我根本不在乎。说句不客气的，从前'那个人'的出身不过和我半斤八两，我那么多年养着他，披肝沥胆地对待他，他尚且嫌我配不上他，三爷这样的男人，又岂是我能配得上的？人贵在有自知之明，我段青田是身份卑贱，可也从没想着高攀谁。只等哪天三爷这么吊膀子吊腻了，我自尽我这一身窑子里的本事好好伺候他几晚上，也就算报了恩了。"

暮云来到背后，拿了梳子替青田栉头发，"姑娘，你对三爷就真没一丁点儿意思？我倒瞧着你挺喜欢同他待在一处。"

"是，可为的不过是跟他待在一处时，可以不跟心里的有些事儿待在一处，总不能前脚没拔出来，后脚又陷进去。"青田睇着镜中的倒影，将手反绕过肩头，在自个湿重的长发间握住了暮云的手，"你就甭替我操心了。这些年我私下攒的体己上哪儿去了，你也知道，剩下的虽不多，可替你体体面面地办份嫁妆，让你同金铺的小赵终成眷属，还是绰绰有余的。"

"姑娘！"半掩腮，娇嗔轻揉。

青田笑，将暮云拉至身侧，轻抚她鬓发，"你也在这圈子里这么多年，以后嫁作人妇，切不可再惦记这一份五光十色。有个真心敬你、爱你之人，一起过清白日子，比什么都强。暮云，你的命比我好，我打心眼儿里羡慕你。"

暮云仰首半跪，眼轮已微微地发红，"姑娘放心，你这样一个人绝不会白白遭这半生的苦的，他日必有一个老天爷派下来的人，给姑娘后半生的幸福。"

"幸福早不是我能求的，我而今只想求一个清凉寂静。"青田脉脉一笑，托着暮云的手，抽过了玉梳，"我自个来，你替我磨墨。"

"这么晚了还抄经？"暮云嘴里问着已取过了墨锭，添清水，运雪腕。

摇摇欲滴的烛光里，青田气定神凝，饱蘸了一凹墨，笔韵怡然分明：世人求爱，刀口舐蜜，初尝滋味，已近割舌，所得甚小，所失甚大；世人得爱，如入火宅，烦恼自生，清凉不再，其步亦坚，其退亦难……我之夫妇，譬如飞鸟，暮栖高树，同共止宿，须臾之间，及明早起，各自飞去，行求以食；有缘则合，无缘则离……爱欲之人，犹如执炬，逆风而行，必有烧手之患……设习爱欲事，恩爱转增长，譬如饮咸水，终不能止渴……一切恩爱会，无常难得久，生世多畏惧，命危于晨露……由爱故生忧，由爱故生怖，若离于爱者，无忧亦无怖……

横竖撇捺，全都是皮鞭挥出的曲线，但对于自己血肉所造、早已伤痕累累的心之怒嚎，青田充耳不闻，继续一笔一划地抽打它。她清楚，要驯服这世间最不可驯服的一头兽，仅有的方法就是残酷。

炷尽沉烟，梦回莺啭，乱煞年光遍。

十

再行数日，天气愈加阴晴频换，景况也荒凉了不少。向阳处就一派桃红杏白，光稍欠的地方，河水里依旧夹杂着碎冰，草色亦怯怯。

人一样入乡随俗，齐奢的衣裳一身素简过一身，骑装革带，相比起皇室贵族来，倒真更似个幽并游侠。这日清早，他召集了随行的武士们，就在离驿站不远的一片野林里开弓试猎，打到了不少的狍子、獐子之类的野物。猎装也不及换下，就趁着晚饭前的一点空子来敲青田的门，邀她一同"飞鞍越平陆"[1]。青田从前随客人们游船驰马无所不至，也算得略通骑术，经不住怂恿，转身就换过了一套本色金闽香云衫裤，罩一件蜜绿坎肩，拿一条韦陀银丝带拦腰一系，蹬上回文嵌花的绿皮薄底靴，把头发梳作一条淌三股的大辫盘起在颈后，坠一只佛头青的小玉蝶，横撺着马鞭就下了楼。齐奢一见她这副装扮，仰首大笑不已，"乖乖，这可真是跑马卖解来了！"

青田只管向他横目一剜就攀鞍上马，她座下是一匹菊花青，腿长腰细。齐奢也跨上自己的爱驹，名唤"白蛟"的一匹醇驷，昂头掉尾，锦辔雕鞍，形状甚是神骏。二人一壁懒懒地说笑着，信马由缰。半残的斜阳金晃晃地照下来，草木苍劲，不知是些什么鸟在那里钩辀格磔地叫着。青田环野四顾，玩兴大盛，便将双腿一夹，手抡起鞭子向马屁股一抽，"驾！"马儿即时放蹄，如风如电。齐奢驰骤其后，连呼着"慢些"，青田却充耳不闻，单咯咯地笑着纵马狂奔。

在如此开阔的地面上——开阔似一位智者的心胸，什么样的积郁、苦闷全一扫而空，是为了追逐这久违的轻松，青田忘乎所以地甩动着皮鞭。有一下，觉得仿佛是身子被猛向后一扯，速度陡然间失控。马直接从个大土坡子上蹦下去，刹不住地冲撞。饶是她身轻，并不曾给掀下来，也已颠了个发乱衣散、失魂落魄。青田知是马惊，只把双手牢扯着缰绳不放，急急地大声呼救："三爷，三爷！我停不下来啦！"

自己的声音一下就被从耳边掠走，扑面而来的先是焦黄土色，随即又变为层层的密林，粗细不一的枝叶藤干迅雷不及掩耳地朝脸上刺来，吓得青田是双目死闭，伏在马背上不敢抬头。像是在一张大筛子上被乾坤倒转、天地翻覆地筛弄着，足足过了有一个魔怔那么长的时间，方觉马蹄拖绊了几下，渐慢渐停。又过一个魔怔，

---

[1]（南北朝）鲍照《拟古》："幽并重骑射，少年好驱逐。毡带佩双鞬，象弧插雕服。兽肥春草短，飞鞍越平陆。朝游雁门上，暮还楼烦宿。石梁有余劲，惊雀全无目。汉虏方未和，边城屡翻覆。留我一白羽，将以分虎竹。"

匣心记

被扬弃到半空中的三魂六魄才落定。青田战战兢兢地直起身，望见一条河横亘在马蹄前，随即就听到齐奢的嗓音，远远地，不知在何方唤她的名。

青田慌忙欲答，试了三四次，方打开紧扣的声道，"在这儿！"

那边顿了一刹，"哪儿？"

"这儿！"

"哪儿？"

"这儿！河边！"

接下来就是长久的静索，马儿打了个响鼻，把头探进河中饮水，刷啦啦的，四周鸟兽的鸣叫既古怪又尖利。等到她快哭出来，才重新听到他，这次听起来就在附近。"青田？你再应我一声！"

"我在这儿！"

胯下的马从河面直起了头颈，偏了偏耳朵调转身体。前方的树林已洇起浓重的雾，枝杈垂遮。然后，就像在一本曾引起少女所有遐思的书里头，有个轮廓极鲜明、样貌却模糊的人物，骑着白马出现了。青田直望那马背上的剪影，颜色，是梦之烟蓝。

齐奢一句话也没有，默默地将她接下鞍，递过了水囊。青田也像惊马一样"咕咚咕咚"大灌了一通，之后抹去嘴角的水迹与满面惊惶，强自镇定道："没事儿了，走吧。"

齐奢接过了水囊拴回腰间，"走哪儿去？"

"回驿馆啊。"

"你没瞧见太阳下山、东西不辨？"

"那又怎样？"

"背着这条河往回走，走一个时辰后，我保险你一低头就又看到这条河。"

青田的后颈上冒起了一片鸡皮疙瘩，"什么意思？"

"迷路。"言简、意赅。

"那、那怎么办？"

“先生把火，很快就该冷了。上马。”

“嗯？”

“河边风大地潮，不好点火，换个地方。上马，你骑白蛟。”

他把自个的坐骑拉来她面前，青田将一脚塞进马镫，怎奈四肢酸软，连撑了几下也登不上去。齐奢笑起来，伸过了两手，环住她腰肢往上一兜。

青田不防这一下，人倒在马上坐稳了，心却跳得快弹出来。腰间热麻，仿佛一直有一双大手扣在那儿，不由得令她暗自惊异。大概是太久没男人碰过她，否则莫说是衣衫相隔，就算是同谁赤裸而呈肌肤之亲，她也稀松平常，这样的敏感，只有和一个人——

腰部的温暖陡变作沸水般的滚烫，是起了一身的燎泡，皮开肉绽。青田咬紧了嘴唇，脸色泛白。

齐奢倒是若无其事，谈笑自若：“嘿，这小腰，都快薄成纸了。不忙，马上给你弄东西填肚子。”他纵身翻上了青马，打个呼哨，两马并头走向了林间。

走出一小段，暮色已沉，河流消失在身后，但仍听得到潺潺的水响。齐奢驻马，扶下了青田，又将两马系好，卸掉了嚼子由它们啃食草皮。他自己则捡来一把又一把的草叶树枝，挑了高出地面的一小块土丘堆做一处。青田傻看了一会儿，也来帮手，拾几根带着叶片的落枝。齐奢笑，抓起来扔去到一边，“这些水分太重，点不着的。大小姐您还是坐着吧，这种粗活儿就不劳您添乱了。”

青田悻悻，只好倚树坐低。看他将枝叶一层层地码放好，挑几根粗枝架一个“井”字，又堆上碎木片，最后掏出了火刀火石，背风点燃了篝火。

木头先开始冒烟，渐起了小火苗，火苗又很快从微黄变作通红。仿佛是太阳才落山，就又有个太阳从大地里钻出来，融融的光直扑而来，映得人半个身子全红彤彤的。青田展开了笑靥，正要讲什么，齐奢却手指一竖，“嘘……”

她扭头望去，也注意到丈把外的树丛中隐隐约约伏着只小灰兔。齐奢轻手轻脚地从悬在马鞍后的箭壶里抽出一只箭，箭杆上包熟铁、带叶片，看着就奇沉无比。

匣心记

他整个人一动不动，唯两臂徐徐地拉伸，弓弯满月、箭去流星。"嗖"一声后，他将大弓挂回到马背上，走过去俯身一提。青田方才看清提起在他手里的是一对兔儿，一箭对穿。她掩面不忍多看，但一瞬后就分开了两手，眼瞪得滚圆滚圆。

"你干吗去？！"

声音惊起了一群飞鸟，青田微觉尴尬，放低了嗓子，眼巴巴张着齐奢，"你干吗去？"

他一手解开了白蛟的缰绳，把另一手的野兔一抖搂，"剥皮洗刷。就往河边一趟，马上回来。"

青田揪着眉犹疑了一瞬，才又软又怯地说："那你快些。"身前的火堆一闪一闪，她额际与两鬓起了毛的碎发虚虚地发着光，宛若一道悬空的光环。

高头大马上，齐奢一脸不轨地笑了，"就冲你这副小模样，爷一辈子不走都成。"

青田臊了一臊，"你赶紧走！"

温热的兔血沿着箭头淌下，滴答滴答，点点留痕。齐奢在马背上别回了半扇肩，"我去去就回，你别乱走，也别太想我，啊。"

青田拿眼把他翻一翻，又捺不住笑了。

那宽阔的背影刚消失，就来了一阵阴风，没几下把天也吹黑了。似乎过去了很久很久，久到除了风，什么也听不到；除了黑，什么也看不到。青田越来越紧地抱住了双肩，拱着腿凑住火。忽地"啊"一声，又抚了抚胸，是一只松鼠由脚边蹿过。她滚着眼珠子往两边瞅瞅，满目惊怯地哭丧着眉眼，把脸埋进了臂弯低低地骂一句："死鬼。"

再一次听到马蹄踏断枯枝的脆响时，她几乎是如闻天籁，抬起头往前盼着；双眸被火光照映得奇亮，脸色却又黑又沉。

马到了近前，齐奢腿一抬就稳稳落地，展眉一笑："说吧，骂了爷爷几千声？"

青田拿手把散落在肩前的辫子往后一甩，"我当你死了不回来呢。"

他"啧"的一下，"爷还不是为了你？一会儿你甭吃啊。"他一手拴好马，另一手就将仍穿在铁箭上的一对兔子架来了火上，已是开膛破腹、毛皮尽褪，不多时兔肉就发出了"滋滋"的油响。齐奢拔出了解手刀，在肉上划出一道道的切口，又自腰间取出一只小锦囊。

青田略感好奇地盯着看，随即这一点好奇就变作了瞠目结舌——堂堂摄政王，居然随身带着盐！

齐奢只管低着头，把囊中的细盐细致地撒在兔肉上，"我十一岁就跟着鞑靼人野外行军，习惯了。只要长途跋涉，一定随身带着弓箭、水，还有盐。有了这几样，到哪儿也活得好好的。"他举目看向她，脸色持正，笑意全含在声音里，"现在，多了个你。"

青田但觉双颊被火烤得发烫，她把眼神从猎人移向了猎物，"能吃了吗？"

齐奢释然一笑，动手割了薄薄的一片肉递来。她拈过，小心翼翼地抿一口，竟觉食指大动，就把食指放在嘴里头吮着，"还要。"

他切一层熟肉，撒一层盐，再将剩下的生肉划出切口，一切做起来庖丁解牛。青田也在一旁不假少停地吃着，腻了满手的鲜油。

两只兔子转眼就只剩下了两副白骨，风中的凉意业已侵骨，除了一小捧篝火，十面阴森森、空茫茫。齐奢空望火堆，雍然眯窄了双眼，"说真的，倘若走不出去，跟你一道葬身此间，我倒也算了无遗憾，不知姑娘心中可还有什么牵挂？"

语落，风却起，猛一下撩起了火点灰星。青田正伸手烤火，人一瑟缩间，就瞥见身畔的一张脸：眉目英秀，鼻根耸挺，投下的阴影就格外锐利。是离得太近，或天下间好看的男子都有些相似之处，总之就是跟记忆里的某个虚像狭路相逢。沧海桑田的泪意被勾起，上浮又沉息。

整一场的起承转合被旁观的齐奢尽收，他很重很重地冷笑了一声。

青田垂头望向自己的鞋尖。"三爷笑我好没骨气是吧？"

齐奢转开脸，捡起脚边的一根树枝拨了拨火。火苗差不多是直舔来他手背上，他却全然不觉，只一下一下地翻弄着底层的灰烬，"我笑我自己。一开始我就没隐瞒过，我对你竟是一面如旧，哪怕只单单地看你一眼，也自生出万千的欢喜心来，

匿心记

只期望着一点一滴待你，终能聚沙成塔，令你也对我日久生情、缘分亲厚。怎知心机费尽，到头来还是竹篮子打水，你的心上人始终是状元郎。"

青田冷淡而不屑，直言不讳地说出那个名，"乔运则，他不是我的心上人。从他亲口承认毒杀我的那天起，我跟他就已经一刀两断，他飞黄腾达也好、穷愁潦倒也罢，与我没有半分关系，而今的乔运则于我不过是陌路人一个。"

她陡一下噎住，把下巴搁上膝头，似经过万重的挣扎，才一字字讲出口："只是、只是，三爷，还有另一个乔运则，从前的乔运则。我记着，他还是学徒的时候，有一回去给一家太太送做好的衣裳，那太太见他人生得讨喜，给了好大一笔赏钱，他高兴得不得了，揣在怀里就来找我。那时我也还没出道，最好的伙食就是偶尔吃到那些红倌人们的剩饭，有回我念叨说苏浙酒肆的菜可真好吃，像我小时候家乡菜的味道，他就记住了，得了这笔钱，一定要请我下馆子。我们就约了一天，都穿上平时舍不得穿的衣服，欢欢喜喜地一同前去。结果路上碰到个卖艺摊子，一个女人带着个五六岁的儿子在那里练把式，看得人挺多，等表演完了，那孩子拿着柳条盘子上来收钱时，人却一下子走空了。母子俩抱头哭起来，看起来是生计无所着落的样子。我们俩就在不远处，他便转过头，那么眼巴巴地看着我。我知道他什么意思，我说：'你把钱给他们吧，咱们以后再下馆子。'他就上去把钱塞给他们，那母亲千恩万谢的，他却窘得拉着我飞跑开来。他说还留下了几个钱，至少能点三个大菜，也不算寒酸。我们到了苏浙酒肆，我挑了三个菜，香得连舌头都差点儿吞进去。吃完该会账了，他说看见个客人要去请个安，叫我先去街口等着他。过了好久他才出来，鼻青脸肿的，吓得我半死。他却笑嘻嘻同我说，其实他把所有的钱都给那母子俩了，可不想叫我白白盼一场，就想那苏浙酒肆是大店，也不会为了三个菜拧他上衙门，他就当一回小白赖，拼着给伙计们饱揍一顿，让我饱吃一顿。你说这个人傻气不傻气？这样的事，我随便就能数出一箩筐。就是这些个前尘旧影里的傻小子，始终待在我心里头不肯走，我睁着眼、闭着眼，全是他。他就是不放过我，他还在杀我，每一天都杀死我成千上万遍。我怎么样也想不通，我的傻小子为什么会变成今天这条狼……"

她哭了，头一次在他面前哭得这般荏弱而无助。眼泪成串成串地落下，燎在火光里有凄绝美绝的色，是深海底鲛人的珠。

齐奢的双眼频繁地眨动起来，但却只安坐如初地凝望着青田在那里痛哭，待她自己哭了个够，才慢慢地接一句："我说过一遍，再说一遍：会过去的，再挺挺，一定会过去的。"

青田抽泣着将嘴角一歪，神情中充满了讥讽，"什么时候？"

"总有一天。"他微微地有一顿，一目的专注与澈然，"还拿我自个来说吧，我前半生的倒霉事儿你也都耳熟能详，其中最难熬的一件不是一夜残疾，也不是七年为质，而是被先帝下旨圈禁终身。那时，我一步不得出府门，日常饮食全从一个小角门的门槛下递送，不光是沾污着秽、尘羹土饭，甚至好些时候都不知是谁吃剩的东西。寒冬腊月里，除了身夹袍，我连件御寒的棉衣也没有。甚至为了防止我跟外界联络，纸笔都不供给。你再难过的时候，好歹还能顾全衣食，在熏笼边抄上一卷经。我可是饿着肚子，在西北风里蹲在地下拿沙盘练字，冻得受不了就围着高墙的墙根，拖着这条瘸腿一圈一圈地跑。有回千方百计地偷偷弄进来把铁弓，冰冻三尺的天里头空拉弓弦，指头都差点儿割断。到晚上，只能和我的小猫挤在一块取暖。身边那一群拜高踩低的太监们就明目张胆地奚落我这个废王，说他们如果是我，宁愿躺在床上被活活冻死也不会下地跑，因为我跑起来的样子——他们说——'活像只一瘸一拐的大马猴儿'。"

青田早知道齐奢有一段被幽禁的经历，却从不了解这经历中隐含着如此之多的苦痛和屈辱。她震惊地瞧向他，但只在他眼中瞧见了火苗的倒影，金澄而温暖。

"我也不知道，自己为什么不躺到那破屋的床上被活活冻死，既然看起来，我活着已没有任何必要。每天夜里我抱着我的猫，脑袋里只有四个字：幽禁终身，幽禁终身。但每天早上起来，我照样习字、跑步、开弓……任由一帮奴才们折辱取乐。然后突然有一天，一切都改变了。"齐奢扔开了手里的树枝，偏着脸避过烟，"四年，

匣心记

我等了四年,只有我自己,没有任何人在身边宽解我、开导我。现在,你至少还有我。"

青田几乎不敢再盯着这燃烧着金火苗的一对眼看了,她急速地拨转视线,朝熊熊的火堆直凝了半晌,"三爷——"

"嗯?"

"你最绝望的时候,会想些什么?"

"想两件事。"

"哪两件?"

齐奢的目光穿过枝叶间的稀疏,直指向天穹,"头顶上的星,"接着他把触碰过火与星的眸子指向她,她身体的最深处,"跟我们胸腔里的心。"

广袤的林中,每一棵树都在土地里深深地扎根,却又全力地向上伸展着,以期触碰永无法触碰到的天空。其姿态,分明是譬喻之象。于是,就在无穷的譬喻的包围间,男与女仰望着星空,守坐着一团搏动的火焰。

火一点一点地黯淡,又一阵冷风袭来。青田一边拿两手蹭了蹭满面的热泪,一边打了个寒颤。

齐奢把剩下的兔肉掷去地上,"走吧。"

青田愕然,"哪儿去?"

"回驿馆。"

"不是迷路了吗?"

齐奢垂目下视,却将手抬起在耳边往上一指,"紫微星,恒指正北。"他向她投过了一瞥,冷漠或落寞交织难分,"人自觉离死比较近的时候,容易真情流露。你平常喜怒不形,要么就同我插科打诨,我只是想弄清你心底的想法。知道你还想着你那'傻、小、子',我也就明白该怎么做了,要不难免躁进。说白了,我就是借机诈你一诈。"

登时间,青田就觉得一股子热血涌上头,红涨了满脸,人一分分地从地下立起,两手在身侧捏成拳,"你——"

齐奢大不耐烦地头一拧，抽出了腰间的马鞭朝前一点，"你知道天底下得了便宜还卖乖的人都什么面相吗？就你现在这样！吃了我打的兔子，往我心上戳一刀，还摆出一副别人都欠你的表情。"他几脚踢开了地下的火堆，又将星星零火踩灭。黑暗中，他们谁也看不见谁、谁也不看谁，各自攀上了马背。

夜晚下了重雾，两匹马一前一后地穿行于林间。渐渐地，开始出现了点点火光，随即是愈来愈多的人声："王爷，王爷！王爷在这儿！周公公，王爷回来啦！"

又有一条纤小的身影挤开众人，直扑来青田的腿跟前，"姑娘！姑娘你们哪里去了，担心死我了！"

灯影与鼎沸如同繁丽的辞藻，齐奢和青田则是辞藻下的隐意，缄言沉默着。

十一

他们间的这场冷战整整持续了四天。

齐奢当夜里回了房就打鸡骂狗，周敦一个字不敢问，憋到第二天中午马队停行开饭时，怯生生探个头，"爷，还请姑娘一块用饭？"瞧清主子的表情后，就把头一缩，"奴才这就叫人给姑娘她们单独开饭。"

自从上路，每日午、晚两顿饭，齐奢定是与青田并桌进食，一同谈天说笑。故而这顿清餐冷饭，青田吃的全是气，到晚上就更来气。这一夜，队伍直接宿营而居，搭起的军帐内隔帆布，外头以厚棉做围，风雨不透，尽管如此，体质稍弱的人一入帐仍旧会觉得地气寒瘆。青田早早就缩进被窝，把所带的夹衣一股脑全罩上身，两手紧攒着毛绒绒的在御，吊着脸生闷气。暮云睡在她旁边，也靠着床头直呵手，"你昨儿晚上和三爷闹别扭了吧？"

"谁跟他闹别扭？"青田一下把眼瞪得比猫儿还圆，"是他自己别扭。说得好好的什么'赏春远游'，结果把人骗到这种鬼地方又不理不睬，算什么？"

匣心记

"我猜铁定又是姑娘你不醒事，伤了三爷的心了。就是一条狗被你踹两脚也还知道躲你两天呢，甭说那样一个顶天立地的男子汉了。得了，你瞧这呵气成霜的，赶明儿跟三爷要些取暖的物事，搭个话，也就下台了，啊。"

"不去，"头一昂，又低下，快快地把脸蹭着猫，"就是冻死，我也不跟他张这个口。"

"暮云姑娘，暮云姑娘？"帐外传来一个文细的声音，是那个叫小信子的公公。

暮云应了，披衣下床，掀开帐帘说过几句话，就见先后进来好几个小太监，端着炭盆，捧着貂裘，还有一壶滚热的鲜奶，个个都垂望着脚面，放下了东西就倒退而出。暮云忙不及地谢一声，就抿着嘴儿笑起来，先把炭盆移在了床边，再把貂裘塌去了被上，又把热奶倒进碗里头送到青田手边，"哪，大小姐，您就仗着三爷疼您，好好作吧！"

青田也不吱声，捧过碗合进了手心。皮肤是一如继往地白如冬雪，却并不能阻止因重重温暖而自动涌开的血色，在她的双颊绽放如春花。

次日，照旧是日行百里、夜宿营帐，齐奢也照旧不来兜搭她。青田气定神闲，只管读经坐禅，累了就掀开车帘望景。景色当真是养目怡人，一望平畴绿草，天苍苍野茫茫，是乐府诗才能到达的远方。就这么又行了两日，到第五天上，队伍中午即停行扎寨。仍是按惯例，齐奢所在的大营居中，并划出了既定长围，一概人等不许出界。青田憋闷了好几天，有意散散心，却嫌界内皆是巡岗，自己油头粉面地出去，颇有招摇过市之嫌。正迟疑间，暮云摸进来，笑孜孜地向外一点，"人家请你呢。"

帐幕外，齐奢一身水墨色箭袖，横腰一束三镶白玉带，峭然而立，素袂随风，"我知道这几天你认真地反省过了，七尺男儿也不消你开口道歉，我原谅你了。"

青田顾影临风，且怒且笑，"你、原、谅、我？"

"难以置信是吧？这样，为了表示我原谅你的诚意，现在——"忽地从背后掣出一只大纸鸢，晃了晃，"带小图去放风筝。"

青田愣了愣，才反应出他的一口京腔是在叫她的小名，而他手中的风筝则是

个双玉佩、五铢衣的美人扎。她记得，曾有一次她信口谈起过这一段童年回忆，但她想不到他竟也记得。仿佛是被风吹走的一粒种早不知哪里去，却在晴好的一天开作了软絮如梦的蒲公英，飘回她掌心。她咬住了下嘴唇，很用了一番力气才能轻描淡写地笑半声："什么王爷，分明像个无赖。"

齐奢宽宏大量地呵呵一笑："进去加件衣裳再走，我等你。"

青田这件衣裳加了足足有半顿饭的光景，再次揭幕而出时，整个人都面目如新。软毛织锦的披风下，桃色折枝花对襟短袄，系一条佛青闪光长裙，一枚金累丝押发箍一个蓬蓬松松的堕马髻，髻上插一枚观音坐莲的点翠华胜，挽一支祥南玉珠钗。如此瑰丽的色泽，如此纷纷碎碎在太阳下的宝光流闪，也亮不过她唇上一抹玫红色的胭脂，与眼中泯然一笑时的光斑。

齐奢的整个人都有一霎明显的怔松，随即施施然笑了，"算你识相，晓得爷就吃美人计这一套，等得真快骂街了。"

青田矜持地摸了摸耳鬓，向前走，不消回顾，便知他一定跟在身后，一副壮健的、高大的身躯，右肩膀会微微地沉一下、沉一下。她默然微笑，垂望着腰间的一枚如意碧玉佩，佩上的蝴蝶结子五彩纷呈。

行出不过一里多地，风物又已大异，天低云阔，铺地的碧草一直往天边长过去，有的已长至半人高。齐奢扯了风筝，青田拿了簏子，一东一西地，似乎只嘻嘻哈哈地又笑又喊了一场，那风筝就飞去了好高好高。一时风急了起来，青田便把线缠去一棵树桠上，脱了长披风铺去身下，同齐奢肩挨肩地并坐在上头。两个人谁也不说话，闭着眼，眼皮里的黑暗被阳光晒得金灿灿的，一似熨斗贴切，熨开了所有心事的眉头。

很久后，青田将眼虚开一线，极目那飘悬在高天的美人风筝。谁知风筝蓦地里一抖，叫什么给撼动了，急速地上下翻飞起来。

"哟，"她半支了手臂，"要掉下来了。"

齐奢并不打开眼，仅打了个呵欠道："去收收线。"

匣心记

"可是四海独尊德高望重的王爷老大人，真会使唤人。"横目一嗔，却也翻身而起。

才解了风筝,未及卷线,风竟又一下猛烈,"轰"地就要自她的手上把风筝抢走。青田被带得撞了两步,却孩子气地高起兴来,笑扯着风筝逆风而走,跟无形的巨力把手里的玩具挣来夺去。末了,干脆放任地跑起来,纵声而笑,像从来没有笑过一样地笑。

齐奢早已在原地撑起了上身遥望,看青田一路抛洒着珠光与笑容,亦带着浓浓的笑意向她喊一句:"当心别割着手!"

青田不睬,只管踩着春草,欢快地向深原中奔去。之后脚底下怎么一绊,拧回头,注意到地里灰突突的一段木桩。她呆了一呆,风筝线"呱啦啦"一阵飞速在她的手掌间拉一条血痕,嫁与东风直上九霄。而人则被黏在了地上似的,半步也移不动。

对面的木桩子长出了腿,尖耳转动,打开了荧黄的吊梢眼,森然而望——

狼。

这个字,就是青田的全部思维。

如同活活被魇住,她四体僵硬,不能言、不能动。直至凭空飞来颗石子,"嗖"地正中狼吻,把狼痛得头一缩,她才随之将眼珠子朝一旁划过去:齐奢迈着不大不小的步子,不慌不忙地走近。

青田就那么斜眼瞟着他,字与字之间抖成了一片:"这不是你拿来诈我的吧……"

齐奢冲她咧嘴一笑,便冲着狼收回了目光,丢出手里的又一粒投石。狼偏脸避过,却被接踵而至的一团泥巴正拍到眼部,不由做一阵狂乱的甩动。不到一丈外,青田看着那畜生抖完了皮毛,终于被撩发,旋转过一整具壮大的躯干,朝挑衅之向拱出了一连串的低吼来。

"赶紧走。"齐奢的声调只比平时略高出一分,随后便不再有人语,而是慢慢

地滚动起喉头，发出了跟狼一模一样的动静。狼似乎愣了下，便对人类呲开嘴，亮出了全副森白的牙，粗长的狼尾直溜溜地翘平了，威胁地探出前爪。

青田仍扎着两手杵在原地，傻乎乎观看着这一场对峙，她能觉出右手的手心有一丝暖，是被风筝线划出的伤口在淌血。侧立于前方的狼把鼻头抽两抽，灵敏地嗅出了浓郁的血甜，眼珠子又朝她这边睨过来。青田索性将两眼一闭，在黑暗中被自己"咣当咣当"乱撞的心脏摇撼着，满嘴酸苦。恍惚间听到一阵更为低沉可怕的狼声，来源却是齐奢所在的方位，紧跟着是嘹亮的"唰"一响。她抽缩着五官，单单把一只眼打开半条缝，从缝隙里窥见了刀刃的反光——齐奢高举着蒙古刀，直视狼，带风地、蔑视地打了个大大的叉。

先是有一霎绝对的静固，之后，一切便支离破碎。青田眼睁睁看着一束灰黄色的旋风携带着恶臭扑向了同她相反的另一端，电光石火间，身高极显眼的齐奢就自她眼前消失了。平旷的原野上，有一带草丛连片连片地倒伏，伴随着惊天震地的狼嗥，接下来就是由风捎带出的、清晰无比而令人作呕的血腥气。

目不可及的荒天处，余势尚存的美人风筝究竟是一朝到地，落在深泥谁复怜[1]了。

泪水从青田的脸上奔泻而下，她瘫坐在地，一声接一声地哀泣，整个世界都在她模糊的视野中剧烈地震颤起来，唯一坚实的、唯一能抓住的就是脚下的大地。于是青田就死死地抓着，抓住了满满的一手泥，迷迷怔怔间低头一瞧，阗然就燃起了一腔的悲愤，血红着泪眼，将手中的泥块举臂投出。泥块却软软地一落，散开在脚面。她紧咬了后牙，用不停抖簌的手重新在地下又挠又挖，不顾指甲接二连三地劈开，终于团起了一块泥，又一次竭尽全力地投出。再一次！再一次！她就这么投掷着泥块，不知是想砸死那吞吃了齐奢的恶狼，还是想惹得它连自己也一块吃掉。

[1]（唐）元稹《有鸟·纸鸢》："有鸟有鸟群纸鸢，因风假势童子牵。去地渐高人眼乱，世人为尔羽毛全。风吹绳断童子走，余势尚存犹在天。愁尔一朝还到地，落在深泥谁复怜。"

匣心记

草窠的波动愈来愈微弱，青田的泥块却愈掷愈远、愈掷愈有力气。有一块不偏不倚地正往草窠里飞去，临到头却"啪"一下，被越草而出的一副手掌凭空接住。

"姑娘，话说埋人这事儿，你得先挖坑！"随着这一声，齐奢就打挺站起，那矫捷的英姿连腿脚完好之人也望尘莫及。他笑着，浑身的兽血，抛开了握在手内的泥块。

青田还满抓着一手泥，呆瞪了半晌，最后依旧是恶狠狠地直掼而出，"没死你半天不吱声！！"含糊得自个都听不清。恐惧、绝望、狂怒、狂喜……所有的情绪全搅合在一处，令她失常得唔哩唔噜地哭作了一团，以至于连什么时候缩进齐奢怀里的都不知道。

她嗅到他前襟上刺鼻的狼血，其下却另埋着一股味道，似汗非汗，是一个成年男子特有的温热，是白雾缭绕的古香火，熏得她成了座煌煌大庙，庙里头全都是暮鼓晨钟、虔诚朝圣，还有铺墙盖壁的本生故事画儿，拨开了烟火去看，够看一生一世的，光是拨开那一蓬一团的烟火，也要一生一世。青田觉得自己要在这胸膛中晕过去了，她调动起最后的理智，一力挣脱。眼一抬，就撞上了另外一对眼，被香烟所掩的神佛之眼，俯瞰世事地俯着她。

"你乐什么？！"恼羞成怒，合手将他推开。

齐奢的笑容一如其怀抱，温厚醉人，"你哭什么，我乐什么。"

正打机锋，又听得一声令人汗毛倒竖的低嘶。原来那狼扑杀时已被率先躺倒的齐奢自喉至腹地拿刀开了膛，仗着余力搏斗间内脏便流了一地，躺倒不支，此时却缓过一口气来，回光返照，饿疯了地从草里去啃自己的肠子。

齐奢面色微变，却依旧笑呵呵的，"此地不宜久留，招来狼群，我一个可不够喂的。"他撕下条衣角将青田的手略一包扎，就扶她起身，却见其稍一撑又坐倒，不禁悬了心，"怎么，还哪儿伤着啦？"

先摇头，继而愧窘万分道："腿——软——"

齐奢大乐，"哎，不对，你没这么胆小啊？在我跟前不自来挺硬气的吗？"

青田啼妆惨淡，"你看我再怎么也只是秀色可餐，那东西看我是骨血皮肉皆可餐，能一样吗？"

齐奢笑着重新拢住她，一手插去到膝弯抱起。他本就常年苦练角觚弓矢，神力出众，青田又不过一捻之瘦，横在他臂间只似件轻飘飘的衣。她自然而然地就将双臂环上了对方的后颈，青青的长草擦过她裙边鞋尖，发出沙沙的轻软的响。漫漫长路，她有的是时间品咂专属一个跛足之人的、一高一低的特殊节奏，似一个故事迂回曲折。而任何好听的故事，必是迂回曲折的。未免深陷，她清醒抽离，低声道："我自己能走了。"

营地已近在眼前，齐奢听话地放低了青田，见她一身的丽装皱皱巴巴，额发浅湿而凌乱，鼻尖上染着些从自己身上蹭到的血迹，双颊却红过了鲜血，其缘故藏在一对嫩薄低垂的眼睑后。这一刻，他们离得是这么近，连她顶心的发香也一丝不拉地全顺着他鼻腔直灌心脏，心脏又滚沸了，杀狼一样地疯搏着。稍纵即逝间，混杂着身与心的双重欲念操纵了齐奢，嘴唇已直觉地向她俯近，却又被意志力生生地拽回。他想起了那天夜林里的谈话。如果说在亲吻青田这件事上他有任何的不情愿，就是自己的唇舌会令她忆起另一个人的滋味。

齐奢克制住冲动，拉开了距离，跟青田并身往回走。

这是他在这一场把姿态放低到尘埃里的追逐中，可保留的唯一一丝男人的尊严了。

十二

当晚，二人言归于好，共进晚餐。齐奢一如既往，打趣自己亦打趣对方，青田却有些婉转而不善言，总是下意识地揉擦着右掌的掌心，新长出的伤痕是疼痛的，

287

匣心记

但又带着些奇异的痒。

夜里回到自己的床上，手臂间的在御蓬松得像一捧棉花，仿佛抱着它刚一钻进被窝，就浑身软乏地睡倒了，一觉沉甜。

天明，在新鲜的光线中打开眼，扑扇了两下睫毛。

环顾一遭后，青田拥被起身。婢女和猫全不在，帐子静悄悄得诡异。她下了床，却找不到鞋，只得赤足披了件外衣揭帐而出。迎面的晨风吹走了睡意，日照下的遍野洪荒中，草碧花繁，整个的营地却不翼而飞。

青田难以置信地大张着眼，原地转一圈，跑出去好远再回顾，仍是只看到自己的一顶帐子孤零零地倒扣着。而她是不知怎么被扣进了苍穹的大帐里，觅不到出口，心砰砰地乱跳了起来，六神无主，孑然独立。

"小囡！"

闻唤，青田猛地回过头，就见他笑意和煦，仿佛是早早地约好了在那里等着她——"在找我吗？"

她几乎要哭出来，快步打扫掉他们间的那一点距离，什么话也没说，伸手就环住了他的腰。他也牢牢地抱住她，把鼻尖和嘴唇埋进她的长发。

下一刻，他们已幕天而席地，她用舌含住他送入的舌。配合精密的动作盛大如仪式，一切指向退化、还原、回归。她赤裸的皮肤被铺展在泥土与鲜草中，草揉搔着她的脚心，由细腻的脚趾缝间软茸地涨起。

鸿蒙的宇宙间，天崩地溃之前，迷迷糊糊地浮起了一线光。她整个人都被卷入洪风一般的呼吸中，仰着他，濒死地喃喃："三爷……"

尖锐的一声冷气把人从床铺上一把拽起，黑乎乎的帐内，青田空支着两手急喘呆坐，一张床上的暮云揉了揉眼，"姑娘，又做噩梦了？"

青田扭脸瞥她一眼，迷茫地点点头，"噩梦。"继而，肯定地、警告地和自己点一点头，"噩梦。"

这天近暮时分，在望不见的天尽头蓦地里响起了一声号角。不一会儿，就有

另一声号角自营垒这边送出。整整一刻钟，天边的和眼前的号角你一呼我一应，仿如草原上的一对牧人对唱着野歌、互唤着姓名。

内帐中，暮云正就着一只小盆洗手帕，纳闷地停住，"姑娘，外面在做什么？"

青田坐在只小小的胡床[1]上，两手向上翻起，在御蹬着两条后腿拿前爪搭在她手心里，又拿脑袋来蹭她右手上裹着的白纱。青田把在御的两只爪交进一手里，另一手挠了挠它的肚皮，"我猜是要到了。"

"什么到了？"

"三爷昨儿才同我说的，此行对外宣称是出京狩猎，实则专为了秘会一人。"

"谁呀？"

"鞑靼二王子，叫、叫什么，苏赫巴鲁。"

苏赫巴鲁跃下马，相貌堂堂，仪态庄重，一身的蒙古袍华贵而笔挺，英爽飒然。他身后是一支规模庞大的骑兵，驻马在原地守望着自己的头领大步向对面走去。对面是另一支精骑，迎上前的则是满张两臂的齐奢。两个男人大笑着重重抱了个满怀，可未等怀抱松开，却骤然翻了脸，各自架起膀子去抓扭那一边的肩、腰、大腿，有几个趔趄，又同时站稳，气喘吁吁地凝视着，再一次大声地笑起来，相互拍打着叫一句"谙达"，说起了语速极快的蒙古话。

远远隔半里地，青田和暮云揭了个帘角窥看着。暮云犹自不解道："鞑靼与我国一向刀兵不断，头几年，三爷不也因着大败鞑靼才重获王爵？干吗一路辛苦私会敌国？"

"国是敌国，人却是亲人。三爷幼年被送往鞑靼，与二王子是十几年的结义兄弟，和彼此的亲兄弟相比竟要亲出千倍万倍。"青田想起齐奢曾对她讲述的故事中那一个跛足的小皇子，与将其从地上伸手拉起的大男孩。她莞尔一笑，转面暮云道："三爷说，他'几乎'不相信任何人，二王子就是'几乎'中的一个。"

---

[1] 一种可携带的轻便坐具。

匪心记

　　鞑靼的军人约有数百，迅速而安静地就在外围扎寨。苏赫巴鲁本人则被齐奢请入了大帐中促膝倾谈，一个时辰后，两人方才并肩出帐。天色已暗，营地的空场中燃起了几根巨型的火柱，两方军队如何无为、莫日根等十几员虎贲将士就席地而坐，面前的矮桌上摆满了美食美酒。齐奢与苏赫巴鲁打横同坐在首席，挨着齐奢的手边又斜加了一张小桌，是青田的座位。

　　去年摘牌子以来，青田再不曾经历过笙歌不夜，且今晚又不消侑酒待客，却成了席首上宾，一时也不知该如何妆扮。选来选去，挑了件万字地一枝独杏的长褙子，下着素帕裙，绾一个倾髻，耳眼内钉一对白果大的鸽血石塞子，素雅俏丽，扶着暮云姗姗出场。场上有两名武士在演练着刀枪，正当四面连声喝彩，她趁这时悄然在齐奢的邻桌落座。齐奢瞥见她，就拿手肘朝身畔的苏赫巴鲁一撞，向青田这里指一指，说了句什么。苏赫巴鲁转过一张方方正正的紫黑色脸膛，笑着向青田点了个头，一面把她仔细端量着，一手就搂过齐奢的头颈叽里咕噜地回说了一大串。齐奢抖肩而乐，一会儿点头一会儿摇头。这一切均被青田收之眼底，她微有不快，攒眉直盯而来，正与苏赫巴鲁的眼神对了个正着。那看起来野分分的蒙古汉子一愣，竟闪现些许的羞缩，调开了眼目。

　　许多许多年以后，青田会带着笑聆听苏赫巴鲁亲口追忆起这一场相会，但其时，她只挑个空恶刺刺地向齐奢"哎"了一声。

　　场上已换作一个长眉秀楚的鞑靼少年在奏着把音色苍厚的琴，齐奢正听得入神，被她这么一叫，神思不属地转过脸，"嗯？"

　　青田往他这头探着身，压沉了声音："你才跟那鞑靼人说我什么来着？"

　　齐奢咋了一下舌，也倾过来，低低道："什么'鞑靼人'？你客气点儿，那是你将来的大伯子。"

　　"别想浑绕开，说我什么来着？"

　　"我说，"他将一对笑眼向前睐住了琴童，只把脸更近地凑住她，"正撞着五百年风流业冤，颠不刺的见了万千，似这般可喜娘的庞儿罕曾见。则着人眼花缭乱口难言，魂灵儿飞在半——"

青田不等齐奢再把《西厢记》中张君瑞见莺莺的情辞接着往下念，已笑骂上一句："去你的！好好说，到底才和他念叨我什么来着，这么半天？"

"好好说啊，我才和他念叨，兄弟这回可栽了，撞见了命里的夜叉星，不成功便成仁。"

青田听见这话，明知齐奢是信口开河，可一张脸却不由自主就发起烧来。他偏好不好又转回眼来看，结果他一看，她脸上的飞红就愈烈。青田将一手反冰着腮角，很着恼地睬了他一眼，收回了上身正目端坐。

齐奢也抽身，不出声地笑起来。青田已有好几次在他跟前脸红了，他不是没见过女人脸红，但一个生活中除了男人就是男人的女人脸红，是完全另一码事。其实青田的美不是不带风尘气的，如一切水做的女子，水中被泼入了脏污，日久便坏死成一窝泥淖。但她却是绵绵若存、深不见底的活水，吃进再多的脏，假以时日吞吐沉淀，就又是一汪洌然可鉴的清水面。与一名无知少女的纯真不同，这风尘气里的纯真，在齐奢看来，甚至是值得敬佩的，正如人们敬佩一位富贵不能淫、贫贱不能移、威武不能屈的大丈夫。

他就坐在离青田几尺远的地方，不停回想着她害羞的模样：凝白的皮肤下渐涌渐散的鲜红，仿佛一滴血，在一碗浓浓的马奶子酒里怒放出的动荡。

马奶酒的醇香弥漫四方，天空上众星升腾。而令人信服草原上的星斗是同别处一样的星斗是不可能的，因为这里的这些显然要浑圆、盈亮、充满质感得多，跟它们相比，北京城上的那一堆仅仅是假珠宝似的赝品。

就在这烨烨生辉的星海下，男人们痛饮叫喊、豪笑取乐。青田也和暮云抵首谈笑、自斟自饮着，偶然听到身侧爆发出大笑，她余光一扫，便遇到齐奢的眼。毫无道理地，她慌忙地闪躲了，不敢细望。

他的眼，是继对往事的回忆外，第二项令她坐立难安的事物。

匣心记

十三

　　用不了多久，就听着有汉语声、蒙古语声混杂在一起轰轰的叫好。齐奢和苏赫巴鲁一同起身走向了场中，齐奢略带酒意地笑着，几下解去了外衣盘起在腰间，赤裸裸地露出了半截身子来。

　　火炬在他背后灼灼地烧着，青田隔岸观火，只觉得这火一路烧进了自个的心里来。隔着衣衫，她无数次见过齐奢的身体，除去衣衫，她则见过更多的男人的身体，可从未有一次，她见过这样的：肌肉虬结，强壮如狮，黧黑的胸口上生有着毛发、盘踞着累累伤疤。她追想起乔运则，精瘦而优美，皮质光滑，握在手间是一管温柔的白玉笔；而眼前，则是一柄刀。青田忽然间想知道，假如将手指自齐奢线条凛冽的背脊拂过，会不会被割伤。

　　另一边的苏赫巴鲁也褪去了上衣，身体是一般的紧实健壮。他拿右手摁住胸口，弯腰行礼，接着就伸出两臂扑过去。直到他与齐奢难分难解地扭做一处，青田才意识到他们是在摔跤角力，而她则一直在瞪着一双馋眼，目不转睛地看。

　　手心的伤痕又古怪地作痒，青田一面抓挠着纱布，一面把透红的脸颊别向一旁。身畔的暮云正全神观战，冷不防失口惊叫，紧张得将她一把拉住，又拼命地喊好。青田任由其兴奋得叽叽咯咯，自己只端起了面前的酒碗狠呷上一大口，再不朝场内一顾。

　　她不知比赛是几时结束的，也不知胜负，只恍然间听到雷鸣的掌声，而后就嗅到了一股子气味，不是香味，但却出奇地好闻。她往后一回脸，就瞧见：齐奢正经过她身边，背上浮坠着一层汗，一颗颗如沉重的金珠，他自己拿手擦抹着，粗鲁不羁地一甩。青田猛一下明白，那是他的汗、他的体味，就是这气味充斥了她昨夜的梦。梦中的旖旎还历历如绘，是一座魔域，诱人沉沦。

　　她默默地执念起佛号，自觉心神稍定时，火堆边，十来名靼鞑的摔角手们业已鞠躬退出，一群年轻的姑娘登场。她们且歌且舞，随激越的节奏把四肢八方飞扬着，并一个接一个地抛出烁亮的眼神，伴着身上的五色锦袍、鹅黄绸带、帽上的翡翠与珊瑚……一切都在闪耀着青春而动人的光辉。

音乐停下时，舞者中最耀眼的直直走来正中，面对着齐奢扶胸一礼，将桌上他的金酒碗双手斟满，捧起，启朱唇、露皓齿。一副嗓子摇曳关情，余韵悠远。一首祝酒歌唱毕，全场雷动，共桌的苏赫巴鲁乐不可支，拢着手吹起了口哨。齐奢已醺然，拊掌大笑，自那女孩的手中接过酒，翻碗相见。新一轮的欢声未熄灭，他已将喝空的酒碗重新注满，立起身，指尖往酒里一蘸，将酒珠向天、地各一弹，又抹在自己的额头前，直目敬酒的少女，开了口。

这辈子青田也未曾听到过比之更悦耳的男声——低回处深幽似水，高阔处明丽如火焰，虚，是风、是沙，实，是铁、是金，荡气回肠，动人心魄。她一个字也听不懂齐奢所唱的，但听得一身接一身地起栗，仿佛赤裸裸试一匹上好的绸，精湛的花色与奢侈的触感一寸寸爬过她皮肤。没有一个女人会不想将这样的料子据为己有，拿来裁一袭可身的好衣，可着身体的每一根曲线。

山呼海啸的喝彩声中，那鞑靼少女腮颊火红，两手高举在眉前接过了酒碗，在手中微微一旋，刻意将红得夺目的嘴唇压在碗沿上齐奢口呷过的、那依旧余留着湿迹之处，一饮而尽。碗放低，便露出光彩如启明星般的眸子，用直指正北的磊落直指男人的双目。而后者竟恰如正北，落落大方地受着这爱慕的眼光，不转不移。

场上的鼓噪声一浪高过一浪，青田在一壁冷眼相望，不知所以就骤然被触犯。她干笑一声，将手内的半只干果往古铜高脚盘中一甩，抬身就走，却根本无人注意她，甚至连暮云都没跟上来。她回到帐内，百无聊赖地走来走去，又百无聊赖地在地毯上蜷坐。脚边的一件狐肷子内，在御超然地酣眠着，她把它抱起在大腿上轻揪着颈皮子，又捏又揉。猫拨楞拨楞耳朵，就双爪抱头，更深地把自己埋起来。青田笑着给了在御一吻，抬眼就见齐奢掀开了帐帘钻进来。

他偎在她身旁半卧下，仰起脸相睇，"外头那么热闹，干吗一个人待着？"

"吃酒吃沉了。"掉头望向别处，形容冷漠。

匣心记

齐奢笑，再次以绣工使用金丝银线的狡黠，使用他款然华丽的嗓音，"吃的是酒，还是醋啊？"他见她更拉长了脸，就笑得更开心，把头向她肩臂上一靠，"我这一年为你吃的醋，且不说绵、酸、香、甜、醇五味俱全、质量上乘，就光论斤两也赶得上山西省一年的贡数。你这才半勺有余一勺不足，就鼻子不是鼻子眼不是眼的，像话吗？"是抱怨，亦是心甘意甜。在手边，往上爬了半寸，就捉住了她的手。

青田垂目注视着自己的手安躺于他修长而粗糙的手掌里，完全是一具柔若无骨的娇小胴体被一具壮实的男子身躯交叠在下。他掌心有弓和刀所磨出的手胝，还有蚂蚁，一串冷酥酥的蚂蚁、又一串热酥酥的蚂蚁乌泱泱地爬过她手背，爬进她袖口，爬遍她全身。前半生中，青田仅认识一个手掌里有蚂蚁的男人，她想起了这男人。所以几乎算是毛骨悚然地，她一把就从齐奢手间夺回了自个的手，其突兀把膝头的在御惊得一抽，爪子差点儿带断了她腕上拴着的一串翠十八子儿的坠角。

齐奢显而易见地一愣，腮角一鼓，凉凉笑出了半口气，也就抽开了浮有盘肠纹的袖，拔身而去。方踏出，帐外就"轰隆"一下。青田可以选择不去看，却无法不去听这喧嚣到极点，且刻刻愈发喧嚣的动静。除了她之外，所有人都在狂欢。

在御溜下她腿面，扒了一个锦缎靠背滚去到上头重新入眠。青田在地下愣了片刻，果决地立起身，手忙脚乱地掣湖笔、调徽墨、开宣纸、启端砚，将早已倒背如流的真言一勾一划地写于眼前：世人求爱，刀口舐蜜……我之夫妇，譬如飞鸟……爱欲之人，犹如执炬……设习爱欲事，恩爱转增长……一切恩爱会，无常难得久……由爱故生忧，由爱故生怖，若离于爱者，无忧亦无怖。

她空架着手，盯着自己墨色未干圆润苍秀的字迹，带着种几近走投无路的急迫反复地低声吟咏着："若离于爱者，无忧亦无怖。若离于爱者，无忧亦无怖。"

就从这脂光粉艳的皮囊下，那逃避世俗的苦行僧又一次现身，祭出鞭条，开始以加倍的穷凶极恶抽打一颗越来越不听话的心。

十四

　　仿佛是闹到了快四更天，外头的宴会才有散的意思。青田一直不曾睡，本预备着等暮云回来好好地教训她几句，却看人家被两个小太监架在手内摸入帐，喝得赤头赤面，口齿都不大清楚起来，气得她赶紧接过来扶上床，嘴里叨叨着，却又是擦脸喂茶又是除衣盖被，反倒服侍了丫鬟一场，自己才用剩水随便洗上一把。

　　因为两顶帐子紧挨着，所以齐奢那边一有动静，青田这头也就听见了。虽不大真切，也辨出个女孩子的莺声你来我往地跟他说着蒙古语。指尖都碰到了帐幕，青田又打消了偷窥的念头，对着灯发了一会子怔，借着叹息，也就吹灭了。

　　于是躺上床，暗影憧憧，思悠哉。也不知是只一会儿还是好久后，忽听见外面有人叫："青田。"

　　青田一下从床上弹起，侧耳谛听，可听来听去，却只听得到暮云香甜的呼吸。她已疑心是自己听错了，正待重新躺下时，又一次听到了低低的、沙沙的一声："青田，你出来。"——是他。

　　她迟疑一下，就散着发、披着衣去了。澹澹的风撩动起春草，营火星星点点，更显得安静。齐奢的瞳仁里带有酒意，就那么黑沉沉地打量着她，不说话。

　　青田毫无缘故地慌了，几不可闻地冒出一句："你那位靼靼美人呢？"本是想撇清的，说出口才觉得像犯酸。

　　果不其然，他即刻就笑了，反问："什么靼靼美人？"

　　"才和三爷对歌那位。"

　　"嘶，谁啊？长什么样？"

　　"手如柔荑，肤如凝脂，颈如蝤蛴，齿如瓠犀。[1]"

　　"有这么个人？怎么我一点儿印象都没有？"

---

[1]《诗经·卫风·硕人》："……手如柔荑，肤如凝脂，颈如蝤蛴，齿如瓠犀，螓首蛾眉，巧笑倩兮，美目盼兮……"

匣心记

青田半笑着眼珠子一翻，"哪里就醉成这样了？"

齐奢更是笑，笑意愈赖，"自从遇上你，其他女人爷一概瞧不见、记不住，这你总不能怪爷吧？"

青田啐了声，笑腻腻地咬着下唇垂低了眼。

空气里存有清冽的酒香，斜月照徘徊。良久，谁也不出一声。齐奢收敛了盎然的笑意，专心地，试图寻找一两个恰当的词来表达体验到的情意，却如在一堆的谷穗间寻找碎金，两者看起来很接近，但风马牛不相及。到头来，唯有疲累地、穷拙地喃喃："青田……"片刻后，又更低声地重复了一遍，"青田……"

说不清缘故，青田心一酸，竟要掉下泪来。她终归是抬了眼直迎他，梦中的情思便又一遍重现。他们间，只隔有着区区一个梦的距离，不是他在梦，也不是她在梦，是不知哪一个局外人梦出来的，让他和她头顶着女娲氏补不完的离恨天、脚踩着费长房缩不尽的相思地，神谋化力，天造地设。于是，顺着梦的方向，他们目光和气息、嘴唇和身体，所有的一切都开始慢慢地接近。

"王爷——！"

凡是在入梦前一刻被唤醒的人脾气都不会怎么好，齐奢从青田的双唇前别过脸，已是七孔生烟。然而，当他见到巡哨飞骑未完成的话语被轰然一下亮起在几里外的烽火完成时，表情就一片死寂。他直接把青田丢在当地，转身往苏赫巴鲁的大帐中赶去。

不出半盏茶的工夫，十地已是人喧马嘶，一程接一程的狼烟窜起。青田心知定有何事不妙，刚推醒了暮云，就有齐奢的一位近身亲兵揭帐直入，"段姑娘，摄政王有令，情况有变，着姑娘立刻离开。车已经准备好了，末将会率人护送姑娘一路到京。"

倏忽之间，青田跟暮云就被一块塞进了马车里，才坐定，便瞥见个焦急的影，全借着步态方能辨出，人却已面目全非：身被重甲，胁底悬刀。青田望着齐奢这副陌生的装扮，口干齿涩，"三爷——"忽地大梦初醒一样，哆嗦出两个字，"在御！"

　　话音甫落，就看到他一转身奔了开去。这是青田第一次看到齐奢奔跑，往日闲逸的风度一扫而空，一脚深一脚浅，再加上极其沉重的战袍，衬得姿态极度可笑。她一下子想起他所说的那句"一瘸一拐的大马猴儿"，心一揪，泪水就决了堤。甚至当他取回被遗忘在帐内的在御搪进她怀里，她依旧光知道抽泣。

　　昏乱的泪光和火光间，她完全地看不清他，头盔的颊当[1]又遮住他半张脸，单见一双深深深深的眼，听得简短的一声"路上当心"，即眼瞅那身影飞转而去，消失在浓稠的白雾里。

　　车帷落下，车身冲出，天地剧烈地颠簸起来，周围充斥着蹄铁声、兵士的喊声。青田一手拢着烂醉如泥的暮云，一手拢着熟睡的在御，泪水发疯一般地止不住。

　　草草如斯的分手仿似裂帛，一丝丝一絮絮，割破了指尖，划伤眼帘。她记得，全记得，当自己数不清有多少次孤坐在夜深处，渴望借一死来平息生命的磨折之际，那最终让她打消这念头的，不仅仅是她的自尊心，更是想起白日的阳光里有这样一个男人：会带着你一步一步攀到香山顶，指给你看，那些才路过的巨大坟头，换个高度后会显得多么渺小而微不足道；或在雨过天晴的什刹海中心，船头上默无一言地陪着你，飐风停后的水面再次变得澄明清净，你垂视着自己的倒影，就像开在面银镜子里的白蔷薇[2]。当他两眼满布着血丝、嗓子发沙，显然是文山会海一夜无眠，依旧搜罗出一个又一个的笑话讲给你听；当他不辞辛苦地奔波来回，仅只为用眼神圣洁地抚摸一个妓女时，你压根不明白他想要什么——除了绽开在你嘴角的笑容之外，你整个令人垂涎三尺的尤物之身，从指甲到趾甲，他什么也不想多要。

　　这个重权在握的男人，头一点就能令你赤条条躺倒，但他只是在归途微凉的夜风中替你披好外衣，不遗余力地，帮助你重新站起来。这个赤手空拳的孩子，被你内心狰狞的痛苦一遍遍摔倒在地，又一遍遍跛着脚、不怕姿态难堪地爬起，只凭借着一颗勇敢而谦卑的心，帮你、替你，与你的痛苦角力。

---

［1］作战的头盔上用来保护面颊的金属部件。
［2］奥斯卡·王尔德《莎乐美》："她好像一朵映在银镜中间白蔷薇的影子。"

　　青田终于发觉，在她和苦厄之间这场实力悬殊的斗争中，忧伤和恐怖之所以分分退去，并非由于她大彻大悟、离于爱者，正相反，由于有一份一路护持着她的爱，明浩如灯、汪然似海。

　　青田从未像此刻一样地憎恨乔运则，他杀了她，让她变成了这样一具精明、吝啬、虚情假意、工于算计的行尸，活像是——一个妓女。是的，青田空前地感到，自己是个妓女。她无论如何也不相信，她连一句关怀、一句致谢，哪怕是礼貌的道别也没有，她同齐奢说的最后一句话，是一只畜生的名字。

　　轮轴快得直欲飞出，青田扒开了帘幕，带着满面的热泪向车外的骑兵喊道："军爷，究竟出什么事儿了？"

　　骏马上传过一个雷霆般的嗓门："瓦剌大军袭营！"

　　一支飞箭的距离外，大营的方向已似一位深陷情海的弱女子，陷入火海一片。

匣心记